Conan Doyle

Sherlock Holmes' Buch der Fälle

—

Sherlock Holmes

Werkausgabe in neun Einzelbänden nach den Erstausgaben neu und getreu übersetzt

—

ERZÄHLUNGEN

BAND V

SIR ARTHUR CONAN DOYLE

Sherlock Holmes' Buch der Fälle

NEU ÜBERSETZT VON

HANS WOLF

HAFFMANS VERLAG

Titel der Originalausgabe:
»The Case-Book of Sherlock Holmes«,
London und New York 1927

Umschlagzeichnung von
Peter Neugebauer

1.–6. Tausend, Herbst 1987
7.–8. Tausend, Herbst 1989
9.–14. Tausend, Herbst 1990

Satz aus der Baskerville von Mühlberger, Gersthofen
Druck: Ebner Ulm
ISBN 3 251 20108 5

Inhalt

VORWORT

Ich fürchte, daß es Mr. Sherlock Holmes wie einem jener beliebten Tenöre ergehen wird, die, obschon ihre Zeit vorbei ist, immer wieder in Versuchung geraten, ihrem nachsichtigen Publikum noch eine allerletzte Abschiedsvorstellung zu geben. Einmal muß dies freilich ein Ende haben, und er muß den Weg allen Fleisches, einerlei ob es real oder erfunden ist, gehen. Gleichwohl würde man sich gerne vorstellen, daß es für die Kinder der Phantasie ein imaginäres Zwischenreich gibt, irgendeinen seltsamen, unmöglichen Ort, wo die Stutzer Fieldings den Schönen von Richardson noch immer den Hof machen, wo Scotts Helden noch immer einherstolzieren, Dickens' ergötzliche Cockneys noch immer Gelächter hervorrufen und Thackerays Lebemänner weiterhin ihre verruchten Karrieren verfolgen. In einer bescheidenen Ecke eines solchen Walhallas werden vielleicht auch Sherlock und sein Watson eine Zeitlang ein Plätzchen finden, dieweil ein noch gewitzterer Detektiv mit einem noch minder gewitzten Gefährten die Bühne betreten mag, die sie nunmehr verlassen haben.

Seine Karriere hält nun schon recht lange an – wiewohl man ihre Dauer auch übertreiben kann; altersschwache Gentlemen, die an mich herantreten und erklären, daß seine Abenteuer die Lektüre ihrer Knabenzeit bildeten, erhalten von mir nicht die Antwort, die sie zu erwarten scheinen. Auf einen derart unhöflichen Umgang mit den eigenen Daten ist man nämlich nicht erpicht. Die nackte Wahrheit lautet: Holmes gab sein Debüt in *Eine Studie in Scharlachrot* sowie in *Das Zeichen der Vier*, zwei schmalen Büchlein, die zwischen 1887 und 1889 erschienen sind. Die erste aus der langen Reihe kurzer Erzählungen, *Ein Skandal in Böhmen*, erschien 1891 in ›The Strand Magazine‹. Das Publikum schien empfänglich und begierig nach mehr, so daß sie von da an, also vor neununddreißig

Jahren, in unregelmäßiger Folge herausgegeben wurden; heute umfaßt die Reihe nicht weniger als fünfundsechzig Erzählungen, die in *Die Abenteuer, Die Memoiren, Die Rückkehr* und in *Seine Abschiedsvorstellung* bereits nachgedruckt worden sind; somit verbleiben noch die während der letzten paar Jahre veröffentlichten zwölf Geschichten, die hier unter dem Titel *Sherlock Holmes' Buch der Fälle* vorgelegt werden. Er trat seine Abenteuer inmitten der viktorianischen Ära an, überdauerte die allzu kurze Regierungszeit Edwards und hat es selbst in unseren fieberhaften Tagen geschafft, seine kleine persönliche Nische zu bewahren. Man kann daher mit Fug behaupten, daß seine ersten jungen Leser mittlerweile erleben, wie ihre herangewachsenen Kinder die nämlichen Abenteuer im nämlichen Magazin verfolgen. Das ist ein schlagendes Beispiel für die Geduld und Loyalität des britischen Publikums.

Ich war fest entschlossen, Holmes am Schluß von *Die Memoiren* sterben zu lassen, weil ich das Gefühl hatte, daß meine literarischen Energien nicht zu sehr in eine bestimmte Bahn gelenkt werden sollten. Jenes blasse, scharfgeschnittene Gesicht und die schlaksige Gestalt nahmen längst einen ungebührlich großen Teil meiner Phantasie in Anspruch. Ich verübte die Tat; doch glücklicherweise äußerte sich kein Coroner zu den irdischen Überresten – und so hatte ich, nach einer langen Pause, keinerlei Mühe, der schmeichelhaften Nachfrage zu entsprechen und mein vorschnelles Handeln wegzuerklären. Ich mußte es nie bereuen, denn in der Praxis stellte sich heraus, daß diese leichteren Skizzen mich nie daran gehindert haben, meine Grenzen in so unterschiedlichen Literaturzweigen wie Geschichtsschreibung, Poesie, Historischen Romanen, Spiritistischen Untersuchungen und Drama zu erforschen und zu erkennen. Selbst wenn Holmes nie existiert hätte, wäre ich nicht imstande gewesen, mehr zu leisten – wiewohl er der Anerkennung meiner seriöseren literarischen Arbeiten vielleicht doch ein bißchen im Wege gestanden haben mag.

Und somit, Leser, nehmen Sie Abschied von Sherlock Holmes! Ich danke Ihnen für die langjährige Treue und kann nur hoffen, daß diese Art von Zerstreuung ein wenig für die Plackerei des Lebens entschädigt hat und jene anregende geistige Abwechslung gewährte, die man nur im Feenreich erfundener Geschichten finden kann.

Arthur Conan Doyle

DER ILLUSTRE KLIENT

Jetzt kann es keinen Schaden mehr anrichten«, lautete Mr. Sherlock Holmes' Kommentar, als ich wohl zum zehnten Mal in ebenso vielen Jahren seine Einwilligung erbat, die folgende Geschichte zu enthüllen. So erhielt ich endlich doch noch die Erlaubnis, das schriftlich festzuhalten, was in mancherlei Hinsicht den Höhepunkt in der Laufbahn meines Freundes bezeichnete.

Sowohl Holmes als auch ich hatten eine Schwäche für das türkische Dampfbad. Nirgendwo sonst habe ich ihn weniger verschwiegen und menschlicher erlebt als beim Rauchen in der wohligen Schlaffheit des Ruheraumes. Im oberen Stockwerk des Etablissements in der Northumberland Avenue gibt es eine abgesonderte Ecke, wo zwei Liegesofas nebeneinander stehen, und auf ebendiesen lagen wir am 3. September 1902, dem Tag, da meine Geschichte beginnt. Ich hatte ihn gefragt, ob es irgend etwas Aufregendes gebe, und als Antwort war aus den Laken, die ihn umhüllten, sein langer, dünner, sehniger Arm geschossen und hatte aus der Innentasche seines neben ihm hängenden Mantels einen Briefumschlag gezogen.

»Vielleicht handelt es sich nur um einen grundlos aufgeregten, wichtigtuerischen Narren, vielleicht geht es aber auch um Leben oder Tod«, sagte er, als er mir das Billett reichte. »Mehr als das, was diese Nachricht mir mitteilt, weiß ich nicht.«

Sie kam aus dem Carlton Club und datierte vom vergangenen Abend. Folgendes las ich:

> Sir James Damery empfiehlt sich Mr. Sherlock Holmes und beabsichtigt, ihn morgen um 16.30 Uhr aufzusuchen. Sir James erlaubt sich zu erwähnen, daß die

Angelegenheit, in der er Mr. Holmes zu konsultieren wünscht, höchst delikat und überdies äußerst wichtig ist. Er hofft daher zuversichtlich, daß Mr. Holmes sein Bestes tun wird, diese Unterredung zu gewähren, und daß er dies durch einen telephonischen Anruf im Carlton Club bestätigt.

»Ich brauche wohl nicht zu erwähnen, daß ich es bestätigt habe, Watson«, sagte Holmes, als ich ihm das Papier zurückgab. »Wissen Sie irgend etwas über diesen Damery?«

»Nur, daß sein Name in der Gesellschaft geläufig ist.«

»Na, da kann ich Ihnen noch etwas mehr verraten. Er genießt einen ziemlichen Ruf als Vermittler bei delikaten Angelegenheiten, die nicht in die Zeitung kommen sollen. Sie erinnern sich vielleicht an seine Verhandlungen mit Sir George Lewis über den Hammerford-Will-Fall. Er ist ein Mann von Welt mit einer natürlichen Veranlagung zur Diplomatie. Ich bin daher gewiß, daß dies keine falsche Fährte ist und daß er unseren Beistand auch wirklich benötigt.«

»Unseren?«

»Nun, wenn Sie die Güte hätten, Watson.«

»Es soll mir eine Ehre sein.«

»Na denn, die Stunde ist Ihnen bekannt – sechzehn Uhr dreißig. Bis dahin können wir die Angelegenheit vergessen.«

Ich hatte damals meine eigene Wohnung in der Queen Anne Street, fand mich jedoch schon vor der angegebenen Zeit in der Baker Street ein. Punkt halb fünf wurde Colonel Sir James Damery gemeldet. Ihn zu beschreiben, ist wohl kaum erforderlich, denn viele werden sich dieser stattlichen, freimütigen und rechtschaffenen Persönlichkeit erinnern, jenes breiten, glattrasierten Gesichtes und vor allem jener angenehmen, sanften Stimme. Offenheit strahlte aus den grauen irischen Augen, und gute Laune umspielte die lebhaften, lächelnden Lippen. Sein glänzender Zylinder, der dunkle Gehrock –: von der Perlennadel in der schwarzen Seidenkrawatte bis zu den lavendelfarbenen Gamaschen über den Lackschuhen besprach in der Tat jedes Detail die penible Sorgfalt seiner Kleidung, für die er berühmt war. Der große, gebieterische Aristokrat beherrschte das kleine Zimmer.

»Selbstverständlich war ich darauf vorbereitet, auch Dr. Watson anzutreffen«, bemerkte er mit einer höflichen Verbeugung. »Seine Mitarbeit ist vielleicht sogar höchst erforderlich; bei diesem Fall, Mr. Holmes, haben wir es nämlich mit einem Mann zu tun, für den Gewalt etwas Alltägliches bedeutet und der buchstäblich vor nichts zurückschreckt. Ich möchte behaupten, es gibt keinen gefährlicheren Mann in Europa.«

»Ich hatte bereits mehrere Gegner, auf die man diese schmeichelhafte Bezeichnung anwandte«, sagte Holmes lächelnd. »Sie rauchen nicht? Dann entschuldigen Sie bitte, wenn ich mir meine Pfeife anzünde. Wenn Ihr Mann gefährlicher ist als der verstorbene Professor Moriarty oder der noch lebende Colonel Sebastian Moran, dann lohnt es sich in der Tat, ihn kennenzulernen. Darf ich fragen, wie er heißt?«

»Haben Sie schon einmal von Baron Gruner gehört?«

»Sie meinen den österreichischen Mörder?«

Colonel Damery hob lachend die in Glacéhandschuhen steckenden Hände. »Ihnen entgeht wohl gar nichts, Mr. Holmes! Wundervoll! Sie halten ihn also bereits für einen Mörder?«

»Es gehört zu meinem Beruf, die Verbrechen auf dem Kontinent eingehend zu verfolgen. Wie könnte jemand, der irgend etwas über die Geschehnisse in Prag gelesen hat, noch an der Schuld dieses Mannes zweifeln! Es war doch lediglich ein juristischer Kunstkniff und der verdächtige Tod eines Zeugen, was ihn rettete! Ich bin so sicher, daß er seine Frau getötet hat, als sich der sogenannte ›Unfall‹ am Splügenpaß ereignete, als ob ich ihm dabei zugeschaut hätte. Ich wußte auch, daß er nach England gekommen war, und mir schwante bereits, daß er mir früher oder später zu schaffen machen würde. Nun, was hat Baron Gruner denn angestellt? Ich nehme doch an, man hat nicht diese alte Tragödie wieder aufgegriffen?«

»Nein, es handelt sich um etwas Ernsteres. Ein Verbrechen zu ahnden, ist wichtig; aber es zu verhindern, ist noch wichtiger. Es ist schrecklich, Mr. Holmes, wenn man erkennt, wie sich ein entsetzliches Ereignis, eine gräßliche Situation vor den eigenen Augen anbahnt; wenn man klar begreift, wohin das führen muß, und dennoch gänzlich außerstande ist, es abzuwenden. Kann ein Mensch in eine mißlichere Lage geraten?«

»Wahrscheinlich nicht.«

»Dann werden Sie dem Klienten, dessen Interessen ich vertrete, Ihr Mitgefühl nicht versagen.«

»Ich wußte nicht, daß Sie nur Vermittler sind. Wer ist denn Ihr Auftraggeber?«

»Mr. Holmes, ich muß Sie bitten, nicht auf dieser Frage zu bestehen. Es ist wichtig, daß ich ihm zusichern kann, daß sein angesehener Name auf keinen Fall in die Sache mit hineingezogen wird. Seine Beweggründe sind in höchstem Maße ehrenhaft und ritterlich, aber er zieht es vor, unerkannt zu bleiben. Ich brauche wohl nicht zu betonen, daß Ihr Honorar gesichert ist und daß man Ihnen vollkommen freie Hand läßt. Der wirkliche Name Ihres Klienten ist doch gewiß ohne Belang?«

»Bedaure«, sagte Holmes. »Ich bin es zwar gewohnt, daß bei meinen Fällen am einen Ende ein Rätsel steht; aber an beiden Enden – das ist zu verwirrend. Ich fürchte, Sir James, ich muß ablehnen.«

Unser Besucher war sehr verstört. Sein breites, empfindsames Gesicht verdüsterte sich vor Erregung und Enttäuschung.

»Sie sind sich der Konsequenz Ihrer Handlungsweise wohl kaum bewußt, Mr. Holmes«, sagte er. »Sie bringen mich in ein äußerst ernstes Dilemma – ich bin mir nämlich sicher, daß Sie den Fall mit Stolz übernähmen, wenn ich Ihnen die Fakten mitteilen könnte; aber ein Versprechen verbietet mir, sie gänzlich zu enthüllen. Darf ich Ihnen wenigstens das darlegen, was mir anzugeben möglich ist?«

»Durchaus, solange wir darüber einig sind, daß ich mich dadurch zu nichts verpflichte.«

»Das versteht sich von selbst. Zunächst einmal: Sie haben doch zweifellos schon von General de Merville gehört?«

»Der berühmte de Merville vom Khyberpaß? Ja, ich habe von ihm gehört.«

»Er hat eine Tochter, Violet de Merville, jung, reich, schön, gebildet – ein Wunderweib in jeder Beziehung. Und just diese Tochter, dieses liebliche, unschuldige Mädchen aus den Klauen eines Satans zu retten, sind wir zur Zeit bemüht.«

»Dann hat also Baron Gruner eine gewisse Macht über sie?«

»Die stärkste aller Mächte, die für eine Frau von Belang sind – die Macht der Liebe. Der Bursche sieht, wie Sie vielleicht schon gehört haben, außerordentlich gut aus, hat bezaubernde Manieren, eine sanfte Stimme und jenes Air von Romantik und Geheimnis, das einer Frau so viel bedeutet. Es heißt, daß ihm das ganze weibliche Geschlecht zu Füßen liege und daß er sich diesen Umstand auch weidlich zunutze mache.«

»Aber wie kommt ein solcher Mann dazu, eine Lady vom Stand der Miss Violet de Merville kennenzulernen?«

»Es geschah auf einer Yachtreise im Mittelmeer. Obwohl es sich um eine geschlossene Gesellschaft handelte, bezahlte jeder die Passage selbst. Ohne Zweifel waren sich die Veranstalter über den wahren Charakter des Barons erst im klaren, als es zu spät war. Der Schurke nahm die Lady für sich ein, und das mit solchem Erfolg, daß er voll und ganz ihr Herz gewonnen hat. Die Feststellung, daß sie ihn liebt, drückt den Sachverhalt nur unzureichend aus. Sie ist vernarrt in ihn, sie ist von ihm besessen. Außer ihm gibt es nichts auf der Welt. Sie will kein Wort gegen ihn hören. Alles wurde bereits unternommen, um sie von ihrer Verrücktheit zu kurieren, aber vergeblich. Kurz, sie beabsichtigt, ihn nächsten Monat zu heiraten. Da sie volljährig ist und einen eisernen Willen hat, ist guter Rat teuer, wie man sie daran hindern könnte.«

»Weiß sie von der österreichischen Episode?«

»Der schlaue Teufel hat ihr von jedem schmutzigen öffentlichen Skandal seiner Vergangenheit erzählt; aber immer so, daß er sich dabei als unschuldigen Märtyrer darstellt. Sie nimmt ihm seine Version uneingeschränkt ab und will von keiner anderen hören.«

»Meine Güte! Aber ist Ihnen nun der Name Ihres Klienten nicht doch noch unabsichtlich entschlüpft? Zweifellos handelt es sich um General de Merville.«

Unser Besucher ruckte unruhig auf seinem Stuhl hin und her.

»Ich könnte Sie ja täuschen, indem ich es behauptete, Mr. Holmes; aber es wäre nicht die Wahrheit. De Merville ist ein gebrochener Mann. Der unbeugsame Soldat wurde von diesem Vorfall vollständig demoralisiert. Er hat den Mut, der ihn auf dem Schlachtfeld nie im Stich ließ, verloren und ist zu einem schwachen, zitternden Greis geworden, der völlig unfähig ist, es mit einem brillanten, kräftigen Halunken wie diesem Österreicher aufzunehmen. Mein Klient ist jedenfalls ein alter Freund – einer, der den General seit vielen Jahren genau kennt und an diesem jungen Mädchen, schon seit sie noch Kinderkleidchen trug, väterliches Interesse nimmt. Er kann nicht tatenlos mit ansehen, wie sich diese Tragödie vollzieht. Für Scotland Yard gibt es hierbei keinerlei Handhabe. Es war sein Vorschlag, Sie zu konsultieren; aber dies geschah, wie ich schon erwähnt habe, unter der ausdrücklichen Bedingung, daß er persönlich nicht in die Sache hineingezogen würde. Ich zweifle nicht daran, Mr. Holmes, daß Sie mit Ihren hervorragenden Fähigkeiten die Spur zu meinem Klienten mühelos zurückverfolgen könnten, aber ich muß Sie bitten, es als Ehrensache zu betrachten, daß Sie dies unterlassen und sein Inkognito nicht verletzen.«

Holmes lächelte verschmitzt.

»Ich glaube, das kann ich mit Sicherheit versprechen«, sagte er. »Ich möchte hinzufügen, daß mich Ihr Problem interessiert und daß ich bereit bin, mich damit zu befassen. Wie kann ich mit Ihnen in Verbindung bleiben?«

»Man findet mich über den Carlton Club. Aber für Notfälle gibt es einen privaten Telephonanschluß: XX.31.«

Holmes notierte die Nummer und saß, noch immer lächelnd, mit dem geöffneten Notizbuch auf dem Knie da.

»Und die gegenwärtige Adresse des Barons, bitte?«

»Vernon Lodge, in der Nähe von Kingston. Es ist ein großes Haus. Er hatte bei einigen ziemlich anrüchigen Spekulationen Glück und ist ein reicher Mann, was ihn natürlich zu einem noch gefährlicheren Gegner macht.«

»Hält er sich gegenwärtig zu Hause auf?«

»Ja.«

»Können Sie mir abgesehen von dem, was Sie mir bereits mitgeteilt haben, noch weitere Informationen über den Mann geben?«

»Er hat kostspielige Neigungen. Er ist Pferdezüchter. Eine kurze Zeit lang spielte er Polo in Hurlingham, aber dann erregte diese Prager Affäre Aufsehen, und er mußte damit aufhören. Er sammelt Bücher und Gemälde. Er hat auch eine ausgeprägte künstlerische Seite. Er ist, soviel ich weiß, eine anerkannte Autorität für chinesische Keramik und hat darüber bereits ein Buch geschrieben.«

»Ein vielseitiger Geist«, sagte Holmes. »Das haben alle großen Verbrecher so an sich. Mein alter Freund Charlie Peace war ein Violinvirtuose. Wainwright war kein übler Künstler. Ich könnte noch viele anführen. Nun gut, Sir James, Sie können Ihrem Klienten ausrichten, daß ich mein Augenmerk auf Baron Gruner richten werde. Mehr kann ich jetzt nicht sagen. Ich besitze ein paar eigene Informationsquellen und glaube, wir werden Mittel und Wege finden, die Sache in Gang zu setzen.«

Als unser Besucher gegangen war, saß Holmes so lange in tiefen Gedanken da, daß es mir vorkam, als habe er meine Anwesenheit vergessen. Aber schließlich fand er unvermittelt auf den Boden der Wirklichkeit zurück.

»Na, Watson, schon eine Idee?« fragte er.

»Ich würde es für das beste halten, wenn Sie einmal mit der jungen Lady selbst sprächen.«

»Mein lieber Watson, wenn ihr armer alter gebrochener Vater sie nicht umstimmen kann, wie soll dann ich, ein Fremder, es schaffen? Falls jedoch alle Stricke reißen, hat der Vorschlag etwas für sich. Aber ich glaube, wir müssen den Hebel woanders ansetzen. Ich könnte mir durchaus vorstellen, daß Shinwell Johnson uns dabei weiterhilft.«

Ich hatte in diesen Memoiren noch keine Gelegenheit, Shinwell Johnson zu erwähnen, weil ich meine Darstellungen nur selten den späteren Phasen der Karriere meines Freundes entnommen habe. Er wurde während der ersten Jahre dieses Jahrhunderts zu einem wertvollen Gehilfen. Johnson, ich sage es mit Bedauern, machte sich zuerst als sehr gefährlicher Schurke einen Namen und büßte zweimal eine Strafe in Parkhurst ab. Schließlich bereute er und verbündete sich mit Holmes, indem er als sein Agent in Londons riesiger Unterwelt agierte und zu Informationen gelangte, die sich oft als lebenswichtig erwiesen. Wäre Johnson ein Polizeispitzel gewesen, hätte man ihn bald entlarvt; aber da er sich nur auf Fälle einließ, die nicht gleich vor Gericht kamen, wurden seine Aktivitäten von seinen Kumpanen niemals bemerkt. Der Glanz seiner beiden Verurteilungen verschaffte ihm Zutritt zu jedem Nachtclub, jeder Absteige und jeder Spielhölle der Stadt, und seine scharfe Beobachtungsgabe sowie sein rascher Verstand machten ihn zu einem idealen Agenten für die Beschaffung von Informationen. Und just an diesen Mann gedachte Sherlock Holmes sich nun zu wenden.

Es war mir nicht möglich, Holmes' unmittelbar anschließende Schritte zu verfolgen, da ich meinerseits einige dringende berufliche Verpflichtungen hatte; aber ich traf ihn, wie verabredet, noch am gleichen Abend im Simpson's, wo wir an einem kleinen Tisch am Vorderfenster saßen, auf den dahinrauschenden Lebensstrom des Strand hinabblickten und er mir einiges von dem erzählte, was inzwischen geschehen war.

»Johnson ist schon auf der Pirsch«, sagte er. »Er wird in den dunkleren Schlupfwinkeln der Unterwelt wohl manchen Unrat auflesen, denn genau dort unten, inmitten der schwarzen Wurzeln des Verbrechens, müssen wir auf die Geheimnisse dieses Mannes Jagd machen.«

»Wenn aber die Lady nicht glauben will, was längst bekannt ist, warum sollte dann irgendeine neue Enthüllung von Ihnen sie von ihrem Vorsatz abbringen?«

»Wer weiß, Watson? Frauenherz und Frauensinn sind dem Manne unlösbare Rätsel. Sie mögen einen Mord verzeihen oder rechtfertigen; aber irgendein geringeres Vergehen kann ihr Herz zernagen. Baron Gruner sagte mir . . .«

»Er sagte Ihnen!«

»Ach so, natürlich, ich hatte Ihnen ja nichts von meinen Plänen erzählt. Tja, Watson, ich liebe nun mal die direkte Auseinandersetzung mit meinem Gegner. Ich stehe ihm gerne Auge in Auge gegenüber und deute mir selbst den Stoff, aus dem er gemacht ist. Nachdem ich Johnson seine Instruktionen erteilt hatte, nahm ich eine Droschke nach Kingston und traf den Baron in höchst leutseliger Stimmung an.«

»Wußte er, wer Sie sind?«

»Das war nicht schwierig, ich habe ihm nämlich einfach meine Karte geschickt. Er ist ein vortrefflicher Gegner, eiskalt, mit seidenweicher Stimme; er wirkt besänftigend wie eine Ihrer ärztlichen Autoritäten und ist gleichwohl giftig wie eine Kobra. Er besitzt Lebensart – ein echter Aristokrat des Verbrechens, der einem obenhin den Nachmittagstee anbietet, während darunter die ganze Grausamkeit des Grabes lauert. Ja, ich bin froh, daß meine Aufmerksamkeit auf Baron Adelbert Gruner gelenkt worden ist.«

»Sie sagen, er war leutselig?«

»Ein schnurrender Kater, der sich seiner Mäuse sicher fühlt. Die Leutseligkeit mancher Menschen ist tödlicher als die Gewalttätigkeit gröberer Seelen. Seine Begrüßung war charakteristisch. ›Ich dachte mir fast, daß ich Sie früher oder später kennenlernen würde, Mr. Holmes‹, sagte er. ›Zweifellos hat Sie General de Merville engagiert, damit Sie sich bemühen, meine Heirat mit seiner Tochter Violet zu verhindern. So ist es doch, nicht wahr?‹

Ich gab es zu.

›Mein Lieber‹, sagte er, ›Sie werden sich dabei nur Ihren wohlverdienten Ruf ruinieren. Das ist kein Fall, den Sie erfolgreich abschließen könnten. Fruchtlose Arbeit käme auf Sie zu, zu schweigen von mancher Gefahr, der Sie sich aussetzen würden. Lassen Sie mich Ihnen aufs nachdrücklichste raten, sich unverzüglich aus der Sache zurückzuziehen.‹

›Seltsam‹, antwortete ich, ›aber genau diesen Rat wollte ich Ihnen eigentlich geben. Ich achte Ihren Verstand hoch, Baron, und das wenige, was ich von Ihrer Person bis jetzt kennengelernt habe, hat meine Wertschätzung nicht verringert. Ich will von Mann zu Mann an Sie appellieren. Niemand möchte Ihre Vergangenheit aufrühren und Ihnen unnötige Unannehmlichkeiten bereiten. Das ist vorbei, und die Wogen haben sich nun geglättet für Sie; aber wenn Sie auf dieser Heirat bestehen, werden Sie einen Schwarm von mächtigen Feinden heraufbeschwören, die Sie so lange nicht in Ruhe lassen, bis Ihnen der Boden Englands zu heiß geworden ist. Ist das die Sache wert? Sie täten wahrhaftig klüger daran, die Lady in Ruhe zu lassen. Es wäre nicht angenehm für Sie, wenn man sie mit den Taten Ihrer Vergangenheit bekanntmachen würde.‹

Der Baron trägt einen Schnurrbart mit kleinen gewichsten Spitzen – wie die kurzen Fühler eines Insekts. Diese zitterten vor Vergnügen, während er zuhörte; schließlich brach er in ein leises Kichern aus.

›Entschuldigen Sie meine Heiterkeit, Mr. Holmes‹, sagte er, ›aber es ist wirklich drollig anzuschauen, wie Sie ohne ein Blatt in der Hand versuchen, Ihre Karten auszuspielen. Ich glaube zwar nicht, daß dies irgend jemand besser könnte als Sie, aber ziemlich rührend ist es trotzdem. Keinen einzigen Trumpf in der Hand, Mr. Holmes, nichts als die allerschlechtesten Karten.‹

›Das glauben Sie.‹

›Das weiß ich. Lassen Sie sich das von mir klar gesagt sein; mein eigenes Blatt ist nämlich so stark, daß ich mir leisten kann, es aufzudecken. Ich war so glücklich, die völlige Zuneigung dieser Lady zu gewinnen. Und die schenkte sie mir trotz der Tatsache, daß ich ihr ganz offen von all den unglücklichen Vorfällen meiner Vergangenheit erzählt habe. Ich sagte ihr auch, daß gewisse böswillige und hinterhältige Personen – ich hoffe, Sie erkennen darin sich selbst wieder – zu ihr kommen und ihr all diese Dinge erzählen würden, und habe sie darauf hingewiesen, wie man diesen Leuten begegnet. Sie haben doch schon einmal von posthypnotischer Suggestion gehört, Mr. Holmes? Nun, Sie werden ja sehen, wie sie wirkt; ein Mann von Persönlichkeit kann von der Hypnose nämlich ohne vulgäre Handauflegungen und Mätzchen Gebrauch machen. Sie ist also auf Sie vorbereitet und wird Ihnen wohl, daran zweifle ich nicht, eine Zusammenkunft gewähren, da sie ja dem Willen ihres Vaters absolut ergeben ist – mit Ausnahme dieser einen kleinen Sache.‹

Tja, Watson, mehr gab es anscheinend nicht zu sagen, deshalb verabschiedete ich mich mit so viel kalter Würde, wie ich nur aufbringen konnte; doch als ich die Hand bereits an der Türklinke hatte, hielt er mich auf.

›Übrigens, Mr. Holmes‹, sagte er, ›kannten Sie Le Brun, den französischen Agenten?‹

›Ja‹, sagte ich.

›Wissen Sie auch, was ihm zugestoßen ist?‹

›Ich habe gehört, daß er im Stadtteil Montmartre von einigen Apachen niedergeschlagen und lebenslänglich zum Krüppel gemacht wurde.‹

›Sehr richtig, Mr. Holmes. Ein merkwürdiger Zufall wollte es, daß er sich erst eine Woche zuvor noch eingehend mit meinen Angelegenheiten beschäftigt hatte. Lassen Sie es bleiben, Mr. Holmes; es bringt kein Glück. Schon manche haben diese Erfahrung gemacht. Mein letztes Wort an Sie lautet: Gehen Sie Ihrer Wege, und lassen Sie mich die meinigen gehen. Good bye!‹

So, das wär's, Watson. Nun sind Sie auf dem laufenden.«

»Der Bursche scheint gefährlich zu sein.«

»Überaus gefährlich. Einem Großmaul schenke ich keine Beachtung, aber der hier gehört zu der Sorte von Männern, die weniger sagen, als sie eigentlich denken.«

»Müssen Sie sich denn unbedingt einmischen? Ist es denn wirklich so wichtig, ob er das Mädchen heiratet?«

»Wenn ich in Betracht ziehe, daß er seine letzte Ehefrau ohne jeden Zweifel ermordet hat, würde ich sagen, es ist sehr wichtig. Außerdem, der Klient! Je nun, wir brauchen das nicht weiter zu erörtern. Wenn Sie Ihren Kaffee getrunken haben, kommen Sie am besten mit mir nach Hause; vermutlich wartet dort nämlich schon der muntere Shinwell mit seinem Bericht.«

Wir trafen ihn tatsächlich an – ein riesiger, ungeschlachter, vom Skorbut befallener Mann mit rotem Gesicht und einem Paar lebhafter schwarzer Augen, die als einziges äußeres Kennzeichen seine außerordentliche Gerissenheit verrieten. Er war anscheinend in sein ganz spezielles Reich hinabgetaucht: Neben ihm auf dem Sofa saß ein Musterexemplar, das er mit heraufgebracht hatte, eine schlanke, flammenartige junge Frau mit blassem, angespanntem Gesicht; es war jugendlich und doch schon so ausgelaugt von Sünde und Sorge, daß man ablesen konnte, was für schreckliche Jahre ihre leprösen Spuren hinterlassen hatten.

»Das ist Miss Kitty Winter«, sagte Shinwell Johnson, indem er sie mit einem Wink seiner feisten Hand vorstellte. »Was die nicht alles weiß . . . Na, das kannse ja selber sagen. Hab sie schnurstracks aufgetrieben, noch nicht mal 'ne Stunde nach Ihrer Nachricht.«

»Bin ja auch leicht zu finden«, sagte die junge Frau. »Hölle, Zweigstelle London, das geht nie fehl. Gleiche Adresse wie Porky Shinwell. Wir sind ja auch alte Kumpel, Porky, du und ich. Aber potz Teufel! Da gibt's einen, der müßt in einer noch schlimmeren Hölle schmoren als wir, wenn's in dieser Welt irgendeine Gerechtigkeit gäb! Und das ist der Mann, hinter dem Sie her sind, Mr. Holmes.«

Holmes lächelte. »Demnach begleiten uns dabei Ihre guten Wünsche, Miss Winter.«

»Wenn ich mithelfen kann, ihn dahin zu bringen, wo er hingehört, bin ich bis zum letzten Schnaufer die Ihrige«, sagte unsere Besucherin mit wildem Nachdruck. In ihrem weißen, starren Gesicht und den lodernden Augen lag Haß von einer Intensität, zu der Frauen nur selten und Männer wohl nie fähig sind. »Sie brauchen nicht meine Vergangenheit auszuforschen, Mr. Holmes. Die tut hier nix zur Sache. Außer daß mich Adelbert Gruner zu der gemacht hat, die ich bin. Wenn ich ihn bloß mit runterziehen könnte!« Ihre Hände griffen wie rasend in die Luft. »Oh, wenn ich ihn nur in den Abgrund ziehen könnte, in den er schon so viele getrieben hat!«

»Sie wissen also, wie die Dinge liegen?«

»Porky Shinwell hat's mir gerade erzählt. Er ist hinter irgend'ner anderen armen Närrin her und will sie diesmal sogar heiraten. Und Sie wollen das durchkreuzen. Na, Sie wissen ja sicher genug über diesen Teufel, um zu verhindern, daß ein anständiges Mädchen, was noch bei Sinnen ist, mit ihm in derselben Kirche stehen möchte.«

»Sie ist aber nicht bei Sinnen. Sie ist wahnsinnig verliebt. Man hat ihr bereits alles über ihn erzählt. Es kümmert sie nicht.«

»Auch über den Mord?«

»Ja.«

»Mein Gott, muß die Nerven haben!«

»Sie tut das Ganze als Verleumdung ab.«

»Könnten Sie ihr nicht 'n Beweis vor die einfältigen Augen halten?«

»Nun, können Sie uns denn dabei helfen?«

»Bin ich nicht selbst Beweis genug? Wenn ich mich vor sie hinstelle und ihr erzähle, wie er mich benutzt hat . . .«

»Das würden Sie tun?«

»Na, und ob!«

»Nun, einen Versuch könnte es wert sein. Er hat ihr allerdings die meisten seiner Sünden bereits gebeichtet, und sie hat sie ihm verziehen; ich nehme an, sie will diese Frage nicht wieder aufgreifen.«

»Ich könnt wetten, er hat ihr nicht alles gebeichtet«, sagte Miss Winter. »Ich hab nämlich ein oder zwei Morde so am Rand mitbekommen; und zwar andere als den einen, der so viel Wirbel gemacht hat. Ab und zu hat er in seiner samtweichen Art von jemand gesprochen und mich dann unverwandt angeguckt und gesagt: ›Noch im selben Monat war er tot.‹ Und das war nicht bloß heiße Luft. Aber es hat mich nicht weiter bekümmert – verstehen Sie, ich war ja damals selber in ihn verliebt. Mir war immer alles recht, was er getan hat, so wie dieser armen Närrin auch! Eins hat mich allerdings mal ins Wanken gebracht. Ja, potz Teufel! Wenn nicht sein giftiges, verlogenes Mundwerk gewesen wär, mit dem er alles erklärt und einen einlullt, dann hätt ich ihn noch in derselben Nacht verlassen. Er hat da nämlich so 'n Buch – 'n braunes Lederbuch mit Verschluß und seinem Goldwappen obendrauf. Ich glaub, er war in der Nacht 'n bißchen betrunken, sonst hätt er mir's bestimmt nicht gezeigt.«

»Was war denn damit?«

»Ich sag Ihnen, Mr. Holmes, dieser Mann sammelt Frauen wie andere Leute Falter oder Schmetterlinge, und er ist ebenso stolz auf seine Sammlung. In dem Buch war alles drin. Schnappschüsse, Namen, ausführliche Beschreibungen – einfach alles über sie. 'n hundsgemeines Buch war das – 'n Buch, wie's nicht mal einer aus der Gosse hätt zusammenstellen können. Und trotzdem war das Adelbert Gruners Buch. ›Seelen, von mir zugrunde gerichtet‹ – das hätt er obendrauf schreiben können, wenn er gewollt hätt. Aber das tut hier nix zur Sache, das Buch würd Ihnen nämlich nix nützen, und selbst wenn – Sie kommen doch nicht ran.«

»Wo ist es?«

»Wie soll ich das wissen, wo's jetzt ist? Es ist ja schon mehr als ein Jahr her, daß ich ihn verlassen hab. Ich weiß, wo er's damals aufbewahrt hat. Er ist ja in vielen Dingen pingelig und säuberlich wie 'ne Katze, deshalb ist es vielleicht immer noch im Brieffach von dem alten Schreibpult im hinteren Arbeitszimmer. Kennen Sie sein Haus?«

»Ich war bereits in seinem Arbeitszimmer«, sagte Holmes.

»Wirklich? Da waren Sie aber schon ganz schön fleißig, wenn Sie erst heut früh angefangen haben. Vielleicht hat der liebe Adelbert diesmal seinen Meister gefunden. Das vordere Arbeitszimmer ist das mit dem chinesischen Geschirr – in dem großen Glasschrank zwischen den Fenstern. Und hinter'm Schreibtisch ist dann die Tür, die zum hinteren Arbeitszimmer führt – 'n kleiner Raum, wo er Papiere und anderen Kram aufbewahrt.«

»Hat er denn keine Angst vor Einbrechern?«

»Adelbert ist kein Feigling. Nicht mal sein schlimmster Feind könnt das von ihm behaupten. Er kann auf sich selber aufpassen. Für die Nacht ist 'ne Alarmglocke da. Außerdem, was gibt's dort für'n Einbrecher groß zu holen? Höchstens, daß er mit dem ganzen feinen Geschirr abhaut.«

»Lohnt sich nicht«, sagte Shinwell Johnson im entschiedenen Tonfall des Experten. »Kein Hehler will Ware, die er weder einschmelzen noch verkaufen kann.«

»Ganz recht«, sagte Holmes. »Nun denn, Miss Winter, wenn Sie morgen abend um fünf hierherkommen wollen, könnte ich in der Zwischenzeit darüber nachdenken, ob sich Ihr Vorschlag, die Lady persönlich aufzusuchen, nicht doch durchführen ließe. Ich bin Ihnen für Ihre Mitarbeit außerordentlich verbunden. Ich brauche wohl nicht zu erwähnen, daß meine Klienten eine großzügige Belohnung . . .«

»Kein Wort davon, Mr. Holmes«, rief die junge Frau. »Ich bin nicht auf Geld aus. Ich will diesen Mann im Dreck liegen sehen, dann hab ich alles erreicht, was ich wollte – im Dreck, und mein Fuß auf seiner verfluchten Fratze. Das ist mein Lohn. Ich bin morgen dabei oder an jedem anderen Tag – so lang, wie Sie ihm auf der Spur sind. Porky hier kann Ihnen immer sagen, wo ich zu finden bin.«

Ich sah Holmes erst am folgenden Abend wieder, als wir erneut in unserem Restaurant am Strand speisten. Als ich ihn fragte, ob er mit seiner Unterredung Glück gehabt habe, zuckte er mit den Achseln. Dann erzählte er die Geschichte, die ich wie folgt wiedergeben möchte. Sein harter, trockener Bericht bedarf allerdings einer behutsamen auflockernden Bearbeitung, um ihn in die Ausdrucksweise des wirklichen Lebens zu überführen.

»Die Verabredung zu treffen, war überhaupt nicht schwierig«, sagte Holmes; »das Mädchen macht sich ein Vergnügen daraus, in allen nebensächlichen Dingen eine unterwürfige kindliche Gehorsamkeit an den Tag zu legen, mit der sie versucht, ihre krasse Widersetzlichkeit in Sachen Verlöbnis wiedergutzumachen. Der General rief an, daß alles bereit sei, und planmäßig erschien auch die feurige Miss W., so daß uns um halb sechs eine Droschke vor den Toren von 104, Berkeley Square absetzte, wo der alte Kämpe residiert – eines von diesen scheußlichen grauen Londoner Schlössern, neben denen eine Kirche sich frivol ausnähme. Ein Lakai führte uns in ein großes Empfangszimmer mit gelben Vorhängen, und dort erwartete uns bereits die Lady: ernst, blaß, verschlossen – so unerschütterlich und entrückt wie eine Schneestatue auf einem Berg.

Ich weiß nicht recht, wie ich sie Ihnen deutlich machen soll, Watson. Vielleicht lernen Sie sie noch kennen, bevor wir mit der Sache durch sind, dann können Sie von Ihrer eigenen Formulierungsgabe Gebrauch machen. Sie ist schön; aber von jener ätherischen Schönheit einer Fanatikerin, die mit ihren Gedanken in den höchsten Gefilden schwebt. Solche Gesichter habe ich auf den Gemälden der alten Meister des Mittelalters gesehen. Wie ein Unhold seine schmutzigen Pratzen auf solch ein Wesen aus dem Jenseits legen konnte, ist mir unbegreiflich. Sie haben vielleicht schon beobachtet, daß Gegensätze einander anziehen: das Geistige das Animalische, der Höhlenmensch den Engel. Einen schlimmeren Fall als diesen haben Sie noch nicht erlebt.

Sie wußte natürlich, warum wir gekommen waren – dieser Schurke hatte keine Zeit verloren, ihr Gemüt gegen uns zu vergiften. Miss Winters Erscheinen überraschte sie ziemlich, glaube ich; aber dann winkte sie uns in unsere Sessel wie eine ehrwürdige Äbtissin, die zwei ziemlich lepröse Bettelmönche empfängt. Sollten Sie je zu Aufgeblasenheit neigen, mein lieber Watson, machen Sie eine Kur bei Miss Violet de Merville.

›Nun, Sir‹, sagte sie, mit einer Stimme wie der Wind von einem Eisberg, ›Ihr Name ist mir vertraut. Wie ich höre, sind Sie gekommen, um meinen Verlobten, Baron Gruner, zu verleumden. Es geschieht einzig auf Bitten meines Vaters, daß ich Sie überhaupt empfange, und ich mache Sie schon im voraus darauf aufmerksam, daß alles, was Sie sagen werden, mich auch nicht im leisesten beeindrucken kann.‹

Sie tat mir leid, Watson. Einen Augenblick lang empfand ich für sie so, wie ich für meine eigene Tochter empfunden hätte. Ich bin nicht oft beredsam. Ich gebrauche meinen Kopf, nicht mein Herz. Aber ich habe auf sie wahrhaftig mit aller Wärme eingeredet, die ich aufbringen konnte. Ich malte ihr die scheußliche Lage einer Frau aus, der der Charakter eines Mannes erst aufgeht, nachdem sie seine Gattin geworden ist – einer Frau, die sich den Liebkosungen blutiger Hände und wollüstiger Lippen unterwerfen muß. Ich ersparte ihr nichts – die Schande, die Furcht, die Pein, die Hoffnungslosigkeit des Ganzen. All meine glühenden Worte vermochten auf jenen Elfenbeinwangen nicht einen Hauch von Farbe und in jenen abwesenden Augen nicht einen Schimmer von Erregung hervorzurufen. Ich dachte daran, was der Halunke über posthypnotischen Einfluß gesagt hatte. Man konnte wirklich glauben, daß sie hoch über der Erde in einem ekstatischen Traum lebte. Dennoch waren ihre Antworten nichts weniger als unentschieden.

›Ich habe Ihnen geduldig zugehört, Mr. Holmes‹, sagte sie. ›Der Eindruck auf mich ist genau wie vorausgesagt. Es ist mir bekannt, daß Adelbert, daß mein Verlobter ein stürmisches Leben hinter sich hat, in dem er sich bitteren Haß und höchst ungerechte Schmähungen zuzog. Sie sind nur der letzte einer Reihe von Leuten, die mir ihre Verleumdungen vorgebracht haben. Möglicherweise meinen Sie es gut, obwohl ich höre, daß sie ein bezahlter Agent sind, der ebenso bereit gewesen wäre, für den Baron zu arbeiten wie gegen ihn. Jedenfalls möchte ich, daß Sie ein für allemal begreifen, daß ich ihn liebe und daß er mich liebt und daß die Meinung der ganzen Welt mir nicht mehr bedeutet als das Gezwitscher der Vögel draußen vor dem Fenster. Wenn sein edler Charakter jemals einen kurzen Augenblick zu Fall gekommen ist, wurde ich vielleicht eigens gesandt, um ihn zu seiner wahren und stolzen Höhe aufzurichten. Mir ist nicht klar‹, hierbei richtete sie ihren Blick auf meine Begleiterin, ›wer diese junge Lady sein mag.‹

Ich wollte eben antworten, als das Mädchen wie ein Wirbelwind dazwischenfuhr. Wenn sich jemals Flamme und Eis von Angesicht zu Angesicht gegenüberstanden, dann in den Gestalten dieser beiden Frauen.

›Ich werd Ihnen sagen, wer ich bin‹, rief sie mit vor Leidenschaft verzerrtem Mund und fuhr aus dem Sessel hoch – ›ich war seine letzte Mätresse. Ich bin eine von hundert, die er verführt und benutzt und ruiniert und auf den Kehrichthaufen geworfen hat, so wie er's mit Ihnen auch machen wird. *Ihr* Kehrichthaufen ist dann wahrscheinlich schon mehr 'n Grab, und vielleicht ist das auch am besten so. Ich sag Ihnen, Sie närrisches Weib, wenn Sie diesen Mann heiraten, wird er Ihr Tod sein. Ob's dann 'n gebrochenes Herz ist oder 'n gebrochenes Genick – irgendwie packt er Sie schon. Ich red hier nicht aus Liebe zu Ihnen. Es schert mich keinen Pfifferling, ob Sie leben oder sterben. Ich red aus Haß auf ihn und um ihm eins auszuwischen und um's ihm heimzuzahlen, was er mir angetan hat. Aber das ist auch einerlei, und Sie brauchen mich gar nicht so anzugucken, meine feine Lady; Ihnen mag's nämlich noch dreckiger gehen als mir, bevor Sie's hinter sich haben.‹

›Ich zöge es vor, solche Dinge unerörtert zu lassen‹, sagte Miss de Merville kalt. ›Lassen Sie mich ein für allemal sagen, daß mir aus dem Leben meines Verlobten drei Vorfälle bekannt sind, bei denen er in Beziehungen mit intriganten Frauen verwickelt wurde, und daß ich seiner aufrichtigen Reue über etwelche Übeltaten, die er begangen haben mag, versichert bin.‹

›Drei Vorfälle!‹ schrie meine Begleiterin. ›Sie Närrin! Sie unsagbare Närrin!‹

›Mr. Holmes, ich bitte Sie, diese Unterredung zu beenden‹, sagte die eisige Stimme. ›Ich habe dem Wunsch meines Vaters, Sie zu empfangen, entsprochen; aber ich bin nicht gezwungen, mir die wahnwitzigen Reden dieser Person anzuhören.‹

Mit einem Fluch stürzte Miss Winter vorwärts, und wenn ich sie nicht am Handgelenk festgehalten hätte, dann hätte sie diese Frau vor Wut an den Haaren gepackt. Ich zerrte sie zur Tür und hatte Glück, sie ohne öffentliches Aufsehen zurück in die Droschke zu bekommen, denn sie war außer sich. Auf eine kalte Art und Weise war ich selbst ganz schön wütend, Watson, denn es lag etwas unbeschreiblich Aufreizendes in der leidenschaftslosen Reserviertheit und erhabenen Selbstgefälligkeit der Frau, die wir zu retten versuchten. Nun kennen Sie also wieder den genauen Stand der Dinge, und ich muß offensichtlich einen neuen Eröffnungszug planen, denn mit diesem Gambit klappt es wohl nicht. Ich bleibe mit Ihnen in Verbindung, Watson; es ist nämlich mehr als wahrscheinlich, daß auch Sie Ihren Part noch spielen müssen, obwohl es auch sein kann, daß zunächst sie und nicht wir am Zug sind.«

Und so war es. Ihr Streich fiel – oder vielmehr sein Streich; denn niemals könnte ich glauben, daß die Lady darin eingeweiht war. Ich glaube, ich könnte noch genau den Pflasterstein bezeichnen, auf dem ich stand, als mein Blick auf das Plakat fiel und ein Stich des Grauens mir mitten durchs Herz fuhr. Es geschah zwischen dem Grand Hotel und der Charing Cross Station, wo ein einbeiniger Zeitungsverkäufer seine Abendausgabe feilbot. Es war genau zwei Tage nach unserer letzten Unterhaltung. Dort stand es, schwarz auf gelb, auf dem schrecklichen Aushängebogen:

Mordanschlag auf Sherlock Holmes

Ich glaube, ich blieb einige Augenblicke lang wie betäubt stehen. Dann erinnere ich mich undeutlich, daß ich mir eine Zeitung schnappte, daß der Mann mich ermahnte, weil ich nicht bezahlt hatte, und daß ich schließlich im Eingang einer Apotheke stand, während ich den verhängnisvollen Artikel aufschlug. Er lautete wie folgt:

> Wir erfahren mit Bedauern, daß Mr. Sherlock Holmes, der bekannte Privatdetektiv, heute vormittag das Opfer eines Mordüberfalls wurde, der ihn in einen besorgniserregenden Gesundheitszustand versetzte. Genaue Einzelheiten liegen nicht vor, der Vorfall scheint sich jedoch gegen zwölf Uhr in der Regent Street, vor dem Café Royal, ereignet zu haben. Der Anschlag wurde von zwei mit Stöcken bewaffneten Männern verübt, und Mr. Holmes erhielt Schläge auf Kopf und Körper, wobei er Verletzungen davontrug, welche die Ärzte als äußerst ernst bezeichnen. Man überführte ihn ins Charing Cross Hospital; später bestand er darauf, zu seiner Wohnung in der Baker Street gebracht zu werden. Bei den Schurken, die ihn überfallen haben, handelt es sich offenbar um respektierlich gekleidete Männer, die den Umstehenden entkamen, indem sie durchs Café Royal hinaus auf die dahinter liegende Glasshouse Street liefen. Ohne Zweifel gehören sie zu jener verbrecheri-

schen Vereinigung, die schon so oft Gelegenheit hatte, Tatkraft und Scharfsinn des Verletzten zu beklagen.

Ich brauche wohl nicht zu erwähnen, daß ich den Artikel kaum überflogen hatte, als ich schon in eine Droschke sprang und mich auf dem Weg zur Baker Street befand. Im Hausflur traf ich Sir Leslie Oakshott an, den berühmten Wundarzt, dessen Kutsche am Bordstein wartete.

»Keine unmittelbare Gefahr«, lautete sein Rapport. »Zwei Platzwunden am Kopf und ein paar beachtliche Quetschungen. Mehrere Stiche waren erforderlich. Morphium wurde injiziert, und Hauptsache ist Ruhe; aber eine Unterredung von ein paar Minuten wäre durchaus nicht verboten.«

Mit dieser Erlaubnis stahl ich mich in das abgedunkelte Zimmer. Der Leidende war hellwach, und ich hörte meinen heiser geflüsterten Namen. Das Rouleau war zu drei Vierteln herabgelassen, aber ein Sonnenstrahl glitt schräg hindurch und traf den bandagierten Kopf des Verletzten. Ein karmesinroter Fleck hatte sich durch die weiße Leinenkompresse gesaugt. Ich setzte mich neben Holmes und senkte den Kopf.

»Schon gut, Watson. Machen Sie nicht so ein erschrockenes Gesicht«, murmelte er mit sehr schwacher Stimme. »Es ist nicht so schlimm, wie es aussieht.«

»Gott sei Dank!«

»Ich bin ja ein ziemlicher Experte im Stockfechten, wie Sie wissen. Die meisten Hiebe habe ich abgewehrt. Der zweite Gegner, der war freilich zuviel für mich.«

»Was kann ich denn tun, Holmes? Es war natürlich dieser verdammte Bursche, der sie angesetzt hat. Ein Wort von Ihnen, und ich geh los und zieh ihm das Fell über die Ohren.«

»Guter alter Watson! Nein, wir können nichts tun; es sei denn, die Polizei ergreift die Männer. Aber ihre Flucht war gut vorbereitet. Dessen können wir sicher sein. Warten Sie noch ein bißchen ab. Ich habe so meine Pläne. Zunächst heißt es, meine Verletzungen aufs grellste darzustellen. Man wird Sie um Neuigkeiten angehen. Tragen Sie dick auf, Watson. Ich hätte Glück, wenn ich die Woche noch überlebte – Gehirnerschütterung – Delirium – was Sie wollen! Sie können gar nicht genug übertreiben.«

»Aber Sir Leslie Oakshott?«

»Oh, das geht schon in Ordnung. Er wird mich im schlechtesten Zustand erleben. Dafür sorge ich schon.«

»Sonst noch etwas?«

»Ja. Richten Sie Shinwell Johnson aus, er soll dieses Mädchen aus der Schußlinie bringen. Diese Prachtburschen werden nun hinter ihr her sein. Sie wissen natürlich, daß sie wegen der Sache bei mir war. Wenn sie es sich bei mir getraut haben, werden sie sie wohl kaum ungeschoren lassen. Das ist dringend. Erledigen Sie es noch heute abend.«

»Ich bin schon auf dem Sprung. Noch etwas?«

»Legen Sie meine Pfeife auf den Tisch – und den Tabakspantoffel. Gut! Schauen Sie jeden Morgen herein, dann werden wir unseren Feldzug planen.«

Am gleichen Abend verabredete ich mit Johnson, Miss Winter in eine ruhige Vorstadt zu bringen und dafür zu sorgen, daß sie sich versteckt hielt, bis die Gefahr vorüber war.

Sechs Tage lang lebte die Öffentlichkeit unter dem Eindruck, daß Holmes sich an der Schwelle des Todes befinde. Die Bulletins waren sehr ernst, und in den Zeitungen erschienen düstere Artikel. Meine fortgesetzten Visiten überzeugten mich, daß es so schlimm nicht stand. Seine drahtige Konstitution und sein entschlossener Wille wirkten Wunder. Er erholte sich schnell, und ich hatte zuzeiten den Verdacht, daß er tatsächlich schneller auf die Beine kam, als er, selbst mir gegenüber, vorgab. Er hatte eine seltsame heimlichtuerische Ader, die schon manchen dramatischen Effekt gezeitigt hatte, aber selbst seine engsten Freunde darüber im dunkeln ließ, welches seine genauen Pläne waren. Bis zum Äußersten verfolgte er den Grundsatz, daß der einzig sichere Plan der sei, den einer alleine aushecke. Ich stand ihm näher als irgend jemand sonst; dennoch war ich mir der Kluft zwischen uns immer bewußt.

Am siebten Tag wurden ihm die Fäden gezogen; trotzdem

erschien in den Abendblättern ein Bericht über eine Wundrose. In denselben Abendblättern stand eine Ankündigung, die ich meinem Freund, sei er nun krank oder wohlauf, zu bringen verpflichtet war. Es handelte sich schlicht darum, daß sich unter den Passagieren eines Schiffes der Cunard-Linie, der *Ruritania*, die am Freitag von Liverpool aus in See stechen sollte, der Baron Adelbert Gruner befand, der in den Staaten einige wichtige Finanzgeschäfte abzuwickeln habe, und zwar noch vor seiner nahe bevorstehenden Heirat mit Miss Violet de Merville, der einzigen Tochter von usw. usw. Holmes lauschte den Neuigkeiten mit einem kalten, konzentrierten Ausdruck auf seinem blassen Gesicht, was mir verriet, daß sie ihn hart trafen.

»Freitag!« rief er. »Nur noch drei volle Tage. Ich glaube, der Halunke will sich aus der Gefahrenzone absetzen. Aber das wird ihm nicht gelingen, Watson! Beim Leibhaftigen, das wird ihm nicht gelingen! Doch nun, Watson, möchte ich, daß Sie etwas für mich tun.«

»Dazu bin ich ja hier, Holmes.«

»Gut, dann verwenden Sie die nächsten vierundzwanzig Stunden auf ein intensives Studium chinesischer Keramik.«

Er gab keine Erklärungen ab, und ich fragte auch nicht danach. Durch lange Erfahrung hatte ich die Weisheit des Gehorsams gelernt. Als ich jedoch seine Wohnung verlassen hatte, ging ich die Baker Street entlang und sann darüber nach, wie um alles in der Welt ich eine so sonderbare Anordnung ausführen sollte. Schließlich fuhr ich zur London Library am St. James Square, trug die Sache meinem Freund Lomax, dem Unterbibliothekar, vor und begab mich mit einem stattlichen Band unter dem Arm zu meiner Wohnung.

Man sagt, daß der Rechtsanwalt, der einen Fall so sorgfältig paukt, daß er einen sachverständigen Zeugen am Montag vernehmen kann, all sein gewaltsam angeeignetes Wissen schon vor Samstag wieder vergessen hat. Ich möchte mich jetzt gewiß nicht als Autorität für Keramiken ausgeben. Den ganzen damaligen Abend jedoch und, mit einer kurzen Ruhepause, die ganze damalige Nacht und den ganzen nächsten Morgen verschlang ich Wissen und prägte dem Gedächtnis Namen ein. Da erfuhr ich von den Kennzeichen der großen Dekorationskünstler, vom Geheimnis zyklischer Daten, von den Stempeln der Hung-wu- und den Schönheiten der Yung-lo-Zeit, von den Schriften des Tang-ying und den Herrlichkeiten der primitiven Periode der Sung- und Yüan-Dynastien. Ich war angefüllt mit all diesen Kenntnissen, als ich Holmes am nächsten Abend besuchte. Inzwischen lag er nicht mehr zu Bett – wenn auch die öffentliche Berichterstattung dies nicht vermuten ließ – und saß, den dick bandagierten Kopf auf die Hand gestützt, in der Kuhle seines Lieblingssessels.

»Nanu, Holmes«, sagte ich, »wenn man den Zeitungen Glauben schenkt, dann liegen Sie gerade im Sterben.«

»Das«, sagte er, »ist genau der Eindruck, den ich vermitteln wollte. Nun denn, Watson, haben Sie Ihre Lektionen gelernt?«

»Ich habe es zumindest versucht.«

»Gut. Sie könnten ein intelligentes Gespräch über das Thema in Gang halten?«

»Ich glaube schon.«

»Dann reichen Sie mir diese kleine Schachtel vom Kamin.«

Er öffnete den Deckel und entnahm einen kleinen Gegenstand, der überaus sorgfältig in feinen orientalischen Seidenstoff gewickelt war. Diesen faltete er auseinander und enthüllte eine zarte kleine Schale von schönster dunkelblauer Farbe.

»Sie bedarf sorgfältiger Behandlung, Watson. Das ist echtes Eierschalenporzellan der Ming-Dynastie. Ein feineres Stück wanderte niemals über Christies Auktionstisch. Ein komplettes Service hiervon wäre ungeheuer wertvoll – tatsächlich ist es zweifelhaft, ob es außerhalb des Kaiserpalastes von Peking ein komplettes Service gibt. Der Anblick dieses Stückes würde einen echten Kenner rasend machen.«

»Und was soll ich damit tun?«

Holmes reichte mir eine Karte mit folgendem Aufdruck: *Dr. Hill Barton, 369 Half Moon Street.*

»Das ist Ihr Name für heute abend, Watson. Sie werden

Baron Gruner einen Besuch abstatten. Ich kenne mich ein wenig in seinen Gewohnheiten aus; um halb neun dürfte er vermutlich frei sein. Vorher wird ihm ein Billett ankündigen, daß Sie die Absicht haben, vorzusprechen; und Sie werden dann verkünden, daß Sie ihm ein Muster eines vollkommen einzigartigen Services aus dem China der Ming-Zeit mitgebracht haben. Sie dürfen durchaus ein Arzt sein, da das eine Rolle ist, die Sie ohne Doppelzüngigkeit spielen können. Sie sind Sammler, dieses Service ist Ihnen untergekommen, Sie haben von des Barons Interesse für das Gebiet gehört, und Sie sind nicht abgeneigt, zu einem angemessenen Preis zu verkaufen.«

»Wie angemessen?«

»Gut gefragt, Watson. Sie würden freilich schlimm auf die Nase fallen, wenn Sie über den Wert Ihrer eigenen Ware nicht Bescheid wüßten. Diese Schale hat mir Sir James besorgt; sie stammt, soviel ich weiß, aus der Sammlung seines Klienten. Sie werden nicht übertreiben, wenn Sie andeuten, daß es Ebenbürtiges auf der Welt kaum geben dürfte.«

»Vielleicht könnte ich vorschlagen, das Service von einem Experten schätzen zu lassen.«

»Ausgezeichnet, Watson! Sie sprühen heute vor Geist. Schlagen Sie Christie oder Sotheby vor. Ihre Feinfühligkeit läßt es nicht zu, einen Preis selbst zu bestimmen.«

»Aber wenn er mich nicht empfangen will?«

»O doch, er wird Sie empfangen. Er leidet an Sammelwut in ihrer ausgeprägtesten Form – und besonders was dieses Gebiet betrifft, auf dem er eine anerkannte Autorität ist. Setzen Sie sich, Watson, dann diktiere ich Ihnen den Brief. Antwort ist nicht erforderlich. Sie teilen lediglich mit, daß Sie kommen, und weshalb.«

Es war ein bewundernswertes Dokument, kurz, höflich und die Neugier des Kenners entfachend. Ein Bote wurde rechtzeitig damit entsandt. Am selben Abend brach ich mit der kostbaren Schale in der Hand und der Karte von Dr. Hill Barton in der Tasche zu meinem Abenteuer auf.

Das schöne Haus und Grundstück wies darauf hin, daß Baron Gruner, wie Sir James gesagt hatte, ein Mann von beträchtlichem Reichtum war. Eine lange, gewundene Auffahrt, mit Banketten seltener Sträucher zu beiden Seiten, mündete in einen großen, kiesbestreuten Platz, der mit Statuen geschmückt war. Das Anwesen war von einem südafrikanischen Goldkönig in den Tagen des großen Booms erbaut worden, und das langgestreckte, niedrige Haus mit den Ecktürmchen – obschon ein architektonischer Albtraum – imponierte durch seine Größe und Solidität. Ein Butler, der sich als Kirchenvertreter im House of Lords sehr gut ausgenommen hätte, ließ mich eintreten und überantwortete mich einem in Plüsch gekleideten Lakaien, der mich ins Empfangszimmer des Barons geleitete.

Er stand gerade vor einer großen geöffneten Vitrine, die sich zwischen den Fenstern befand und einen Teil seiner chinesischen Sammlung enthielt. Bei meinem Eintreten drehte er sich um und hielt eine kleine braune Vase in der Hand.

»Bitte nehmen Sie doch Platz, Doktor«, sagte er. »Ich habe eben meine eigenen Schätze betrachtet und mich gefragt, ob ich es mir wirklich leisten könnte, sie zu vermehren. Dieses kleine T'ang-Exemplar aus dem siebten Jahrhundert dürfte Sie vermutlich interessieren. Ich bin sicher, feinere Handarbeit oder eine reichere Glasur haben Sie noch nie gesehen. Haben Sie die erwähnte Ming-Schale bei sich?«

Ich packte sie sorgfältig aus und reichte sie ihm. Er setzte sich an seinen Schreibtisch, zog, da es bereits dunkelte, die Lampe herüber und schickte sich an, die Schale zu untersuchen. Dabei fiel das gelbe Licht auch auf sein Äußeres, und ich konnte es in aller Ruhe studieren.

Er war ohne Zweifel ein bemerkenswert gut aussehender Mann. Der europäische Ruf seiner Schönheit war vollauf gerechtfertigt. Er war zwar nicht mehr als mittelgroß, jedoch von anmutiger und kräftiger Statur. Sein Gesicht war olivenfarbig, fast orientalisch, mit großen, dunklen, verträumten Augen, die auf Frauen zweifellos eine unwiderstehliche Faszination ausüben konnten. Sein Haar und der Schnurrbart waren rabenschwarz; letzteren trug er kurz, gezwirbelt und sorgfältig gewichst. Seine Züge waren regelmäßig und angenehm, mit Ausnahme des geraden, dünnlippigen Mundes. Wenn ich jemals den Mund eines Mörders gesehen habe, dann hier – eine grausame, harte Scharte im Gesicht, zusammengepreßt, unerbittlich und schrecklich. Er war schlecht beraten, den Schnurrbart so zurechtzustutzen, denn sein entblößter Mund war ein Gefahrensignal der Natur zur Warnung seiner Opfer. Seine Stimme war einnehmend, seine Manieren vollendet. Sein Alter hätte ich auf etwas über dreißig geschätzt, wiewohl später aus seinen Unterlagen hervorging, daß er zweiundvierzig war.

»Sehr fein – sehr fein, in der Tat!« sagte er schließlich. »Und Sie sagen, Sie haben ein dazu passendes sechsteiliges Service. Mich wundert nur, daß ich von so herrlichen Stücken noch nichts gehört haben soll. Ich weiß nur von einem einzigen Stück in England, das zu diesem hier paßt, und das steht aller Wahrscheinlichkeit nach nicht zum Verkauf. Wäre es indiskret, wenn ich Sie fragte, Dr. Hill Barton, wie Sie in seinen Besitz gekommen sind?«

»Spielt das wirklich eine Rolle?« fragte ich mit der sorglosesten Miene, die ich zustande brachte. »Sie sehen ja selbst, daß das Stück echt ist, und was den Preis betrifft, so begnüge ich mich mit der Wertbestimmung durch einen Experten.«

»Sehr mysteriös«, sagte er mit einem raschen, argwöhnischen Aufblitzen seiner dunklen Augen. »Wenn man es mit Objekten von solchem Wert zu tun hat, möchte man natürlich alles über den Handel wissen. Daß das Stück echt ist, ist unbestreitbar. Daran hege ich überhaupt keinen Zweifel. Aber angenommen – ich muß jede Möglichkeit in Betracht ziehen –, es stellt sich hinterher heraus, daß Sie gar kein Recht hatten, es zu verkaufen?«

»Ich würde Ihnen Sicherheiten gegen jeden Rechtsanspruch dieser Art bieten.«

»Das würde freilich die Frage aufwerfen, was Ihre Sicherheiten wert sind.«

»Darüber könnte meine Bank Auskunft erteilen.«

»Nun schön. Dennoch kommt mir der ganze Handel ziemlich ungewöhnlich vor.«

»Es steht Ihnen frei, das Geschäft zu machen oder nicht«, sagte ich gleichgültig. »Ich habe es Ihnen zuerst angeboten, weil ich gehört habe, Sie seien ein Kenner; aber anderswo werde ich keine Schwierigkeiten haben.«

»Wer hat Ihnen denn gesagt, daß ich ein Kenner sei?«

»Mir ist bekannt, daß Sie über das Thema ein Buch geschrieben haben.«

»Haben Sie das Buch gelesen?«

»Nein.«

»Meine Güte, das wird mir immer unverständlicher! Sie sind ein Kenner und Sammler und besitzen ein sehr wertvolles Stück in Ihrer Sammlung, haben sich jedoch nie die Mühe gemacht, das einzige Buch zu konsultieren, das Sie über die wahre Bedeutung und den Wert Ihres Besitzes hätte belehren können. Wie erklären Sie das?«

»Ich bin ein sehr beschäftigter Mann. Ich bin praktizierender Arzt.«

»Das ist keine Antwort. Wenn jemand ein Steckenpferd hat, dann geht er ihm eifrig nach – ganz gleich, welche Tätigkeiten er sonst noch ausüben mag. In Ihrem Billett haben Sie behauptet, ein Kenner zu sein.«

»Das bin ich auch.«

»Dürfte ich Sie mit ein paar Fragen auf die Probe stellen? Ich muß Ihnen sagen, Doktor – wenn Sie denn wirklich ein Doktor sind –, daß die Sache immer verdächtiger wird. Ich möchte Sie fragen: Was wissen Sie über den Kaiser Shomu, und wie bringen Sie ihn mit dem Shōsōin bei Nara in Verbindung? Du meine Güte, das bringt Sie wohl in Verlegenheit? Erzählen Sie mir doch ein bißchen über die Nördliche Wei-Dynastie und ihren Platz in der Geschichte der Töpferkunst.«

In gespieltem Ärger sprang ich vom Stuhl hoch.

»Das ist unerträglich, Sir«, sagte ich. »Ich bin hierhergekommen, um Ihnen einen Gefallen zu tun und nicht, um von

Ihnen wie ein Schuljunge examiniert zu werden. Meine Kenntnisse auf diesem Gebiet sind im Vergleich zu den Ihrigen vielleicht nur zweitrangig; aber ich werde gewiß keine Fragen beantworten, die in so beleidigender Weise gestellt wurden.«

Er sah mich unverwandt an. Alle Verträumtheit war aus seinen Augen gewichen. Sie funkelten plötzlich. Zwischen den grausamen Lippen schimmerten seine Zähne.

»Was wird hier gespielt? Sie sind doch als Spion hier. Sie sind ein Kundschafter von Holmes. Sie versuchen mich hereinzulegen. Wie ich höre, liegt der Kerl im Sterben; also schickt er seine Handlanger, um mich zu überwachen. Sie haben sich hier auf unerlaubte Weise Zutritt verschafft, aber bei Gott! Sie sollen merken, daß das Hinauskommen schwerer ist als das Hineinkommen.«

Er war aufgesprungen; ich wich zurück und machte mich auf einen Angriff gefaßt, denn der Mann war außer sich vor Wut. Möglicherweise war ich ihm von Anfang an verdächtig gewesen; dieses Kreuzverhör hatte ihm zweifellos die Wahrheit enthüllt; jedenfalls war klar, daß ich nicht hoffen durfte, ihn zu täuschen. Seine Hand fuhr hastig in eine Seitenschublade und durchstöberte sie wütend. Dann vernahm er wohl ein Geräusch, denn er hielt aufmerksam lauschend inne.

»Ah!« rief er. »Ah!« und stürzte in den Raum hinter ihm.

Mit zwei Schritten war ich an der offenen Tür, und die Szene dahinter werde ich immer als klares Bild im Gedächtnis bewahren. Das zum Garten hinausweisende Fenster stand weit offen. Daneben stand, einem Schreckgespenst gleich, den Kopf in blutbefleckte Bandagen gewickelt und das Gesicht erschöpft und weiß, Sherlock Holmes. Im nächsten Augenblick war er durch die Fensteröffnung, und ich hörte, wie sein Körper draußen in die Lorbeerbüsche krachte. Mit einem Wutgeheul stürmte der Hausherr hinter ihm her zum offenen Fenster.

Und dann! Es geschah im Nu, und doch nahm ich es deutlich wahr. Ein Arm – ein Frauenarm – schoß aus dem Laub hervor. Im gleichen Augenblick stieß der Baron einen gräßlichen Schrei aus – einen Aufschrei, der mir immer im Gedächtnis nachklingen wird. Er schlug beide Hände vors Gesicht, raste im Zimmer umher und rannte mit dem Kopf furchtbar gegen die Wände. Dann fiel er auf den Teppich; er wälzte und krümmte sich, während Schrei auf Schrei durch das Haus gellte.

»Wasser! Um Gottes willen, Wasser!« schrie er.

Ich griff mir von einem Seitentisch eine Karaffe und eilte ihm zu Hilfe. Im gleichen Moment stürmten von der Halle her der Butler und mehrere Diener herein. Ich erinnere mich, daß einer von ihnen ohnmächtig wurde, als ich bei dem Verletzten kniete und jenes furchterregende Gesicht ins Lampenlicht drehte. Das Vitriol fraß sich überall hinein und tropfte von Ohren und Kinn. Ein Auge war bereits weiß und glasig; das andere rot und entzündet. Die Züge, die ich ein paar Minuten zuvor noch bewundert hatte, glichen nun einem schönen Gemälde, über welches der Künstler einen nassen und fauligen Schwamm gezogen hatte. Sie waren verwischt, verfärbt, unmenschlich, schrecklich.

Mit ein paar Worten erklärte ich genau, was geschehen war, soweit es den Angriff mit dem Vitriol betraf. Einige waren durchs Fenster geklettert, andere hinausgeeilt auf den Rasenplatz, aber es war dunkel und hatte zu regnen begonnen. Zwischen seinen Schreien raste und tobte das Opfer gegen die Rächerin. »Es war diese Höllenbrut, Kitty Winter!« rief er. »Oh, dieses Teufelsweib! Dafür wird sie bezahlen! Bezahlen wird sie! Oh, Gott im Himmel, diese Schmerzen sind nicht auszuhalten!«

Ich badete sein Gesicht in Öl, legte Watte auf die wunden Hautflächen und verabreichte eine Morphium-Injektion. Angesichts dieses Schocks war jeder Argwohn gegen mich von ihm gewichen, und er klammerte sich an meine Hände, als ob es auch noch in meiner Macht läge, Licht in jene Augen zu bringen, die wie die eines toten Fisches zu mir aufstarrten. Ich hätte weinen können über die Verwüstung, hätte ich mich nicht des nichtswürdigen Lebens erinnert, das zu einer solch gräßlichen Veränderung geführt hatte. Es war ekelerregend, das Tätscheln seiner brennenden Hände zu spüren, und ich war erleichtert, als, dicht gefolgt von einem Spezialisten, sein Hausarzt kam, um mich von meinem Posten abzulösen. Auch ein Polizei-Inspektor war inzwischen eingetroffen, und ihm übergab ich meine echte Visitenkarte. Jede andere Handlungsweise wäre ebenso sinnlos wie töricht gewesen, denn man kannte mich beim Yard vom Sehen fast ebenso gut wie Holmes selbst. Dann verließ ich dieses Haus der Düsternis und des Schreckens. Binnen einer Stunde war ich in der Baker Street.

Holmes saß in seinem altgewohnten Sessel; er wirkte sehr blaß und erschöpft. Abgesehen von seinen Verletzungen hatten sogar seine eisernen Nerven unter den Ereignissen dieses Abends gelitten, und er lauschte entsetzt meinem Bericht über die Verwandlung des Barons.

»Der Sünden Sold, Watson – der Sünden Sold!« sagte er. »Früher oder später ereilt er jeden. Weiß Gott, da waren der Sünden genug«, fügte er hinzu; er nahm einen braunen Band vom Tisch. »Hier ist das Buch, von dem die Frau gesprochen hat. Wenn das die Heirat nicht verhindern kann, dann nützt überhaupt nichts mehr. Aber das wird es, Watson. Das muß es. Keine Frau mit Selbstachtung könnte so etwas ertragen.«

»Es ist wohl das Tagebuch seiner Liebschaften?«

»Oder das Tagebuch seiner Begierden. Nennen Sie es, wie Sie wollen. In dem Augenblick, da die Frau uns davon erzählte, erkannte ich, welch eine enorme Waffe es wäre, wenn wir seiner nur habhaft werden könnten. Ich deutete damals meine Absichten nicht an, denn diese Frau hätte sie möglicherweise ausgeplaudert. Aber ich grübelte darüber nach. Dann verschaffte dieser Anschlag auf mich die günstige Gelegenheit, den Baron glauben zu lassen, gegen mich seien keine Vorsichtsmaßnahmen mehr nötig. All das gelang bestens. Ich hätte noch ein bißchen länger gewartet, aber seine geplante Amerikareise zwang mich zu handeln. Ein so kompromittierendes Dokument hätte er niemals zurückgelassen. Deshalb mußten wir sofort zu Werke gehen. Nächtlicher Einbruch kam nicht in Frage. Dagegen war er gewappnet. Aber abends gab es eine Chance, sofern ich nur sicher sein konnte, daß seine Aufmerksamkeit anderweitig in Anspruch genommen war. Und da kamen Sie und Ihre blaue Schale ins Spiel. Aber ich mußte zweifelsfrei wissen, wo sich das Buch befand, und mir war klar, daß mir nur wenige Minuten zum Handeln blieben, denn meine Zeit war danach bemessen, wie gut Sie sich in chinesischer Töpferkunst auskannten. Deshalb habe ich im letzten Moment das Mädchen mitgenommen. Woher sollte ich denn ahnen, was das für ein Päckchen war, das sie so sorgsam unter dem Mantel trug? Ich dachte, sie sei ganz und gar *meiner* Geschäfte wegen gekommen; aber anscheinend hatte sie auch noch ein eigenes zu besorgen.«

»Er hat geahnt, daß *Sie* mich geschickt haben.«

»Das stand zu befürchten. Aber Sie haben ihn gerade noch lange genug hingehalten, daß ich das Buch holen konnte – wenn auch nicht lange genug, um unbemerkt zu entkommen. Ah, Sir James, freut mich sehr, daß Sie gekommen sind!«

Unser vornehmer Freund war auf eine vorangegangene Einladung hin erschienen. Mit größter Aufmerksamkeit lauschte er Holmes' Bericht über das, was geschehen war.

»Sie haben Wunder vollbracht – Wunder!« rief er, als er die Geschichte gehört hatte. »Wenn aber diese Verletzungen so schrecklich sind, wie Dr. Watson sie schildert, dann läßt sich unser Ziel, die Heirat zu vereiteln, doch gewiß ohne den Einsatz dieses scheußlichen Buches erreichen.«

Holmes schüttelte den Kopf.

»Frauen vom Typ de Merville reagieren anders. Sie würde ihn als entstellten Märtyrer nur um so mehr lieben. Nein, nein. Seine moralische Seite, nicht seine physische, gilt es zu zerstören. Dieses Buch wird sie auf die Erde zurückholen – ich wüßte nicht, womit man dies sonst noch erreichen könnte. Er hat es mit eigener Hand geschrieben. Daran kann sie nicht vorbei.«

Sir James nahm sowohl das Buch als auch die kostbare

Schale mit. Da ich selbst überfällig war, ging ich mit ihm hinunter auf die Straße. Ein Brougham erwartete ihn bereits. Er sprang hinein, gab dem mit einer Kokarde geschmückten Kutscher hastig eine Anweisung und fuhr rasch davon. Er schwang seinen Mantel halb aus dem Fenster, um das Wappenschild auf dem Paneel zu verhüllen; aber nichtsdestoweniger hatte ich es im grellen Licht von der Lünette über unserer Haustür bereits erkannt. Vor Überraschung rang ich nach Luft. Dann machte ich kehrt und lief die Treppe zu Holmes' Wohnung hinauf.

»Ich habe herausgefunden, wer unser Klient ist«, rief ich und wollte mit meiner großen Neuigkeit herausplatzen. »Wahrhaftig, Holmes, es ist ...«

»Es ist ein treuer Freund und ritterlicher Gentleman«, sagte Holmes und hob Einhalt gebietend eine Hand. »Das soll uns jetzt und für immer genügen.«

Ich weiß nicht, auf welche Weise man sich des inkriminierenden Buches bediente. Vielleicht hat Sir James die Sache bewerkstelligt. Andererseits ist es wahrscheinlicher, daß eine so delikate Aufgabe dem Vater der jungen Lady anvertraut wurde. Die Wirkung jedenfalls war ganz wie erwünscht. Drei Tage später erschien in der *Morning Post* ein Artikel, der verlautbarte, daß die Eheschließung zwischen Baron Adelbert Gruner und Miss Violet de Merville nicht stattfinden werde. Dasselbe Blatt brachte auch das erste polizeigerichtliche Verhör im Verfahren gegen Miss Kitty Winter aufgrund der schweren Anklage wegen Vitriolspritzens. Während der Verhandlung kamen jedoch derartig mildernde Umstände an den Tag, daß das Gericht, wie man sich erinnern wird, die geringste Strafe verhängte, die bei einem solchen Vergehen möglich war. Sherlock Holmes drohte eine Strafverfolgung wegen Einbruchs; aber wenn der Zweck gut und der Klient illuster genug ist, wird sogar die starre britische Rechtsprechung human und elastisch. Mein Freund hat bis jetzt noch nicht auf der Anklagebank gesessen.

DER ERBLEICHTE SOLDAT

Die Ideen meines Freundes Watson sind begrenzt, aber um so hartnäckiger hält er an ihnen fest. Seit langem schon drängt er mich, eines meiner Erlebnisse einmal selbst niederzuschreiben. Womöglich habe ich diese Aufsässigkeit ein wenig provoziert, da ich schon oft Ursache hatte, ihn auf die Oberflächlichkeit seiner Darstellungen hinzuweisen und ihn dafür zu tadeln, daß er dem Massengeschmack willfahre, anstatt sich streng an Fakten und Personen zu halten. »Versuchen Sie es doch selbst, Holmes!« gab er darauf zurück, und ich muß bekennen, daß ich nun, die Feder in der Hand, doch einzusehen beginne, daß der Stoff auf eine Weise präsentiert werden muß, die das Interesse des Lesers zu wecken vermag. Diesen Zweck kann die folgende Begebenheit kaum verfehlen, da sie zu den seltsamsten Fällen meiner Sammlung zählt – auch wenn sich zufälligerweise darüber nichts in Watsons Sammlung findet. Wo ich schon von meinem alten Freund und Biographen spreche, möchte ich die Gelegenheit ergreifen, um folgendes anzumerken: Wenn ich mich bei meinen vielfältigen kleinen Untersuchungen mit einem Begleiter belastet habe, so nicht etwa aus Gefühlsduselei oder aus einer Kaprice heraus, sondern weil Watson einige bemerkenswerte Eigenschaften besitzt, denen er – bescheiden, wie er ist – in seiner übertriebenen Wertschätzung meiner Leistungen bisher nur geringe Beachtung geschenkt hat. Ein Verbündeter, der einem Schlußfolgerungen und Vorgehensweise vorwegnimmt, ist immer gefährlich; aber jemand, dem jede Entwicklung stets als Überraschung daherkommt und dem die Zukunft allzeit ein versiegeltes Buch ist, stellt in der Tat einen idealen Gehilfen dar.

Meinem Notizbuch entnehme ich, daß ich im Januar 1903, just nach Beendigung des Burenkrieges, Besuch von Mr.

James M. Dodd erhielt, einem großen, frischen, sonnengebräunten und aufrechten Briten. Der gute Watson hatte mich damals um einer Gattin willen verlassen, im Lauf unserer Kameradschaft die einzige eigennützige Tat, deren ich mich entsinnen kann. Ich war allein.

Gewöhnlich sitze ich mit dem Rücken zum Fenster und plaziere meine Besucher auf den Stuhl gegenüber, wo das Licht voll auf sie fällt. Mr. James M. Dodd schien ein wenig in Verlegenheit, wie das Gespräch zu beginnen sei. Ich machte keinen Versuch, ihm zu helfen, denn sein Schweigen ließ mir mehr Zeit zur Beobachtung. Es hat sich als klug erwiesen, die Klienten mit einer Kostprobe meiner Fähigkeiten zu beeindrucken, daher teilte ich ihm einige meiner Schlußfolgerungen mit.

»Aus Südafrika, Sir, stelle ich fest.«

»Ja, Sir«, antwortete er ziemlich überrascht.

»Imperial Yeomanry, nehme ich an.«

»Genau.«

»Middlesex Corps, ohne Zweifel.«

»So ist es. Mr. Holmes, Sie sind ja ein Hexenmeister.«

Ich lächelte über seine verblüffte Miene.

»Wenn ein kräftig wirkender Gentleman mein Zimmer betritt, mit einer Gesichtsbräune, wie sie die englische Sonne niemals erzeugen könnte, und mit dem Taschentuch im Ärmel statt in der Tasche, fällt es nicht schwer, ihn einzuordnen. Sie tragen einen kurzen Bart, was zeigt, daß Sie kein Berufssoldat waren. Sie sehen aus wie ein Reiter. Was Middlesex betrifft, so hat mir bereits Ihre Karte verraten, daß Sie ein Börsenmakler aus der Throgmorton Street sind. Welchem Regiment sollten Sie sonst angehören?«

»Sie sehen alles.«

»Ich sehe nicht mehr als Sie, aber ich habe mir angewöhnt zu beachten, was ich sehe. Wie auch immer, Mr. Dodd, Sie sind heute morgen nicht zu mir gekommen, um die Wissenschaft der Beobachtung zu erörtern. Was ist denn in Tuxbury Old Park geschehen?«

»Mr. Holmes . . .!«

»Mein lieber Sir, daran gibt es nichts Geheimnisvolles. Ihr Schreiben trug diesen Briefkopf, und da Sie die Dringlichkeit unseres Treffens betont haben, war klar, daß sich etwas Unvorhergesehenes und Bedeutsames ereignet hatte.«

»Ja, allerdings. Aber ich habe den Brief am Nachmittag geschrieben, und seitdem ist eine ganze Menge passiert. Wenn Colonel Emsworth mich nicht rausgeworfen hätte . . .«

»Rausgeworfen!«

»Naja, darauf lief es jedenfalls hinaus. Er ist ein eisenharter Bursche, dieser Colonel Emsworth. Der größte Leuteschinder in der Armee seinerzeit, und damals herrschte sowieso schon ein rauher Umgangston. Wenn es nicht um Godfrey gegangen wäre, hätte ich mir das Benehmen des Colonels nicht gefallen lassen.«

Ich zündete mir meine Pfeife an und lehnte mich in den Stuhl zurück.

»Vielleicht erklären Sie mir bitte, wovon Sie sprechen.«

Mein Klient grinste verschmitzt.

»Ich war schon drauf und dran zu glauben, daß Sie alles wissen, ohne daß man Ihnen was erzählt«, sagte er. »Aber ich will Ihnen berichten, was passiert ist, und ich hoffe zu Gott, daß Sie mir sagen können, was das zu bedeuten hat. Die ganze Nacht habe ich wachgelegen und mir den Kopf zerbrochen, und je mehr ich nachdenke, um so unglaublicher wird die Geschichte.

Als ich im Januar 1901 eingerückt bin – genau vor zwei Jahren –, gehörte der junge Godfrey Emsworth bereits derselben Schwadron an. Er ist der einzige Sohn von Colonel Emsworth – Emsworth, dem Träger des Krimkrieg-Viktoria-Kreuzes –, er hat Kämpferblut, und so war es kein Wunder, daß er als Freiwilliger diente. Es gab im Regiment keinen feineren Burschen. Wir schlossen Freundschaft – jene Art von Freundschaft, die sich nur entwickeln kann, wenn man das gleiche Leben führt und die gleichen Freuden und Sorgen teilt. Er war mein Kamerad – und das bedeutet in der Armee eine ganze Menge. Ein Jahr lang, in dem hart gekämpft wurde, sind wir zusammen durch dick und dünn gegangen. Dann traf ihn eine Kugel aus einer Elefantenbüchse, im Gefecht bei Diamond Hill, hinter Pretoria. Ich bekam einen Brief aus dem Hospital in Kapstadt und einen aus Southampton. Seitdem kein Wort mehr – nicht ein einziges Wort, Mr. Holmes, seit über sechs Monaten, und er war doch mein bester Kumpel.

Tja, als der Krieg vorüber war und wir alle zurückkehrten, habe ich seinem Vater geschrieben und mich erkundigt, wo Godfrey sich aufhält. Keine Antwort. Ich habe ein bißchen abgewartet und dann noch mal geschrieben. Diesmal bekam ich eine Antwort, kurz und schroff. Godfrey befinde sich auf einer Weltreise und werde kaum vor einem Jahr zurück sein. Das war alles.

Mir hat das nicht genügt, Mr. Holmes. Die ganze Geschichte kam mir so verdammt unnatürlich vor. Er ist ein anständiger Kerl und würde einen Kumpel nicht einfach so fallenlassen. Das sähe ihm nicht ähnlich. Und ich wußte eben auch, daß er einmal eine Menge Geld erben wird, und außerdem, daß sein Vater und er nicht besonders gut miteinander auskämen. Der Alte sei manchmal ein Tyrann, und der junge Godfrey habe zu viel Temperament, um sich das gefallen zu lassen. Nein, mir hat das nicht genügt, und ich beschloß, der Sache auf den Grund zu gehen. Es ergab sich allerdings, daß ich – nach zweijähriger Abwesenheit – noch eine Menge Ordnung in meine eigenen Angelegenheiten bringen mußte, und deshalb konnte ich mich erst diese Woche wieder mit dem Fall Godfrey beschäftigen. Aber seitdem möchte ich alles übrige liegen lassen, bis die Sache endlich ausgestanden ist.«

Mr. James M. Dodd schien zu der Sorte Mensch zu gehören, die man wohl besser zum Freund denn zum Feind hat. Seine blauen Augen blickten entschlossen, während er sprach, und seine kantigen Kiefer bissen fest aufeinander.

»Und, was haben Sie unternommen?« fragte ich.

»Mein erster Schritt war, zu ihm nach Hause zu gehen, nach Tuxbury Old Park bei Bedford, um einmal selbst das Gelände zu sondieren. Zu diesem Zweck habe ich mich schriftlich bei seiner Mutter angemeldet – von dem Bärbeißer von Vater hatte ich die Nase ziemlich voll – und machte einen sauberen Frontalangriff: Godfrey sei mein Stubengenosse, mir liege sehr viel daran, ihr von unseren gemeinsamen Erlebnissen zu erzählen, ich hielte mich gerade in der Gegend auf, ob sie etwas dagegen hätte, et cetera? Daraufhin bekam ich von ihr eine sehr liebenswürdige Antwort nebst einer Einladung, in ihrem Haus zu übernachten. Und das hat mich am Montag dorthin geführt.

Tuxbury Old Hall liegt völlig abgeschieden – fünf Meilen ringsum nirgendwo ein Ort. Am Bahnhof war kein Wagen, und so mußte ich mit meinem Koffer zu Fuß losziehen; es war schon fast dunkel, als ich ankam. Das Haus ist groß und weitläufig und es steht in einem ansehnlichen Park. Ich würde sagen, es setzt sich aus allen möglichen Epochen und Stilarten zusammen; den Grundstock bildete wohl elisabethanisches Fachwerk, und den Abschluß ein viktorianischer Säulengang. Innen war alles holzgetäfelt; an den Wänden hingen Teppiche und schon halb verblichene alte Gemälde – ein Haus der Schatten und Geheimnisse. Es gibt da einen Butler, den alten Ralph, der ungefähr so alt zu sein scheint wie das Haus, und seine Frau, die womöglich noch älter ist. Sie war Godfreys Amme gewesen, und ich habe ihn mit einer Zuneigung von ihr sprechen hören, die nur noch von der zu seiner Mutter übertroffen wurde; deshalb fühlte ich mich zu ihr hingezogen, trotzdem sie so komisch aussah. Auch die Mutter gefiel mir – eine sanfte kleine weiße Maus von einer Frau. Nur den Colonel konnte ich nicht leiden.

Wir sind auch sofort ein bißchen aneinandergeraten, und ich wäre zurück zum Bahnhof gelaufen, wenn ich nicht das Gefühl gehabt hätte, daß ihm das gerade recht gewesen wäre. Man hat mich gleich in sein Arbeitszimmer geführt, und dort traf ich ihn an – einen riesigen Mann mit krummem Rücken, vergilbter Haut und einem zottigen grauen Bart; er saß hinter seinem Schreibtisch, auf dem alles kreuz und quer lag. Eine rotgeäderte Nase ragte wie ein Geierschnabel aus dem Gesicht, und unter buschigen Augenbrauen funkelten mich zwei grimmige graue Augen an. Ich konnte nun verstehen, warum Godfrey so selten von seinem Vater gesprochen hatte.

›Nun, Sir‹, schnarrte er. ›Ich würde ganz gern die wahren Gründe für diesen Besuch erfahren.‹

Ich antwortete, daß ich die schon in meinem Brief an seine Frau dargelegt hätte.

›Ja, ja; Sie haben behauptet, daß Sie Godfrey in Afrika kennengelernt hätten. Als Beweis dafür haben wir natürlich nur Ihr Schreiben.‹

›Ich habe seine Briefe in der Tasche.‹

›Lassen Sie die doch freundlicherweise mal sehen.‹

Er warf einen flüchtigen Blick auf die beiden, die ich ihm reichte; dann warf er sie mir wieder zu.

›Also, worum geht es?‹ fragte er.

›Ich mag Ihren Sohn Godfrey gern, Sir. Viele gemeinsame Erlebnisse und Erinnerungen verbinden uns. Ist es denn nicht natürlich, daß ich mich über sein plötzliches Schweigen wundere und wissen will, was aus ihm geworden ist?‹

›Ich entsinne mich recht deutlich, Sir, daß wir schon einmal miteinander korrespondierten und daß ich Ihnen bereits mitgeteilt habe, was aus ihm geworden ist. Er befindet sich auf einer Weltreise. Nach den Strapazen in Afrika war er in schlechter gesundheitlicher Verfassung, und sowohl seine Mutter als auch ich waren der Auffassung, daß völlige Ruhe und Ortswechsel erforderlich seien. Geben Sie freundlicherweise diese Erklärung auch an alle anderen Freunde weiter, die sich dafür womöglich interessieren.‹

›Gewiß‹, antwortete ich. ›Aber vielleicht hätten Sie noch die Güte, mir den Namen seines Dampfers und der Schiffahrtslinie nebst Abfahrtszeit anzugeben. Ich habe keinen Zweifel, daß ich dann in der Lage wäre, mit einem Brief an ihn durchzukommen.‹

Meine Bitte schien meinen Gastgeber ebenso zu verwirren wie zu ärgern. Seine großen Brauen senkten sich über die Augen, und er trommelte ungeduldig mit den Fingern auf den Tisch. Schließlich blickte er auf mit der Miene eines Schachspielers, der einen gefährlichen Zug seines Gegners bemerkt und sich entschieden hat, wie er ihn erwidern kann.

›Manch einer, Mr. Dodd‹, sagte er, ›würde wohl Anstoß nehmen an Ihrer verteufelten Hartnäckigkeit und wäre der Meinung, dieser Starrsinn sei nichts anderes als eine verdammte Unverschämtheit.‹

›Das müssen Sie als Ausdruck meiner echten Zuneigung für Ihren Sohn sehen, Sir.‹

›Schon recht. Das habe ich Ihnen auch in hohem Maße zugute gehalten. Dennoch muß ich Sie bitten, diese Nachforschungen einzustellen. Jede Familie hat ihre ureigensten Erfahrungen und Beweggründe, die man einem Außenstehenden nicht immer erklären kann, so gut seine Absichten auch sein mögen. Meiner Frau liegt viel daran, etwas über Godfreys Vergangenheit zu erfahren; Sie können ihr gern davon erzählen, aber ich möchte Sie bitten, Gegenwart und Zukunft aus dem Spiel zu lassen. Solche Nachforschungen dienen keinem nützlichen Zweck, Sir; sie bringen uns nur in eine peinliche und schwierige Lage.‹

Damit war ich also in eine Sackgasse geraten, Mr. Holmes. Es gab kein Weiterkommen. Ich konnte nur so tun, als ob ich mich mit der Situation abfände, und innerlich ein Gelübde ablegen, daß ich erst ruhen würde, wenn sich das Schicksal meines Freundes aufgeklärt hätte. Es war ein trübseliger Abend. Wir speisten ruhig zu dritt, in einem düsteren, verblichenen alten Zimmer. Die Lady fragte mich eifrig über ihren Sohn aus, aber der Alte schien mürrisch und niedergedrückt. Die ganze Prozedur hat mich derartig gelangweilt, daß ich mich, so rasch wie mir schicklicherweise möglich war, entschuldigte und mich auf mein Zimmer zurückzog. Es war ein großer, kahler Raum im Erdgeschoß, so düster wie der Rest des Hauses, aber wenn man ein Jahr lang in der südafrikanischen Steppe geschlafen hat, Mr. Holmes, ist man nicht allzu wählerisch mit seinem Quartier. Ich zog die Vorhänge auseinander, schaute hinaus in den Garten und stellte fest, daß es eine schöne Nacht mit einem hell scheinenden Halbmond war. Dann setzte ich mich ans prasselnde Kaminfeuer, stellte die Lampe neben mich auf einen Tisch und versuchte, mich mit einem Roman abzulenken. Ich wurde allerdings gestört von Ralph, dem alten Butler, der mit frischem Nachschub an Kohlen hereinkam.

›Ich dachte, die könnten Ihnen über Nacht vielleicht ausgehen, Sir. Wir haben rauhes Wetter, und diese Räume sind kalt.‹

Er zögerte etwas, bevor er wieder hinausging, und als ich mich umschaute, stand er da und sah mich mit einem nachdenklichen Ausdruck auf seinem runzligen Gesicht an.

›Verzeihung, Sir, aber es ließ sich nicht vermeiden, mit anzuhören, was Sie bei Tisch über den jungen Master Godfrey gesagt haben. Sie wissen, Sir, daß meine Frau seine Amme war, und deshalb darf ich wohl sagen, daß ich sein Pflegevater bin. Die Sache interessiert uns natürlich. Und Sie sagen, er hat sich gut gehalten, Sir?‹

›Es gab keinen mutigeren Mann im Regiment. Er hat mich einmal aus dem Gewehrfeuer der Buren herausgeschleppt – sonst säße ich wahrscheinlich nicht hier.‹

Der alte Butler rieb sich die mageren Hände.

›Ja, Sir, ja, das ist Master Godfrey, wie er leibt und lebt. Er war schon immer tapfer. Im Park gibt es nicht einen Baum, Sir, auf den er nicht geklettert ist. Nichts konnte ihn aufhalten. Er war ein feiner Junge, und – oh, Sir, er war ein feiner Mann.‹

Ich fuhr hoch.

›Hören Sie!‹ rief ich. ›Sie sagen, er *war*. Sie reden, als ob er tot wäre. Was hat diese ganze Geheimniskrämerei zu bedeuten? Was ist mit Godfrey Emsworth geschehen?‹

Ich packte den Alten an der Schulter, aber er drehte sich weg.

›Ich weiß nicht, was Sie meinen, Sir. Fragen Sie den Herrn

nach Master Godfrey. Er weiß Bescheid. Mir kommt es nicht zu, mich einzumischen.‹

Er war im Begriff, den Raum zu verlassen, aber ich hielt ihn am Arm fest.

›Hören Sie‹, sagte ich. ›Eine Frage werden Sie mir noch beantworten, bevor Sie gehen, und wenn ich Sie die ganze Nacht festhalten muß. Ist Godfrey tot?‹

Er konnte mir nicht in die Augen sehen. Er war wie hypnotisiert. Nur mühsam ging ihm die Antwort über die Lippen. Sie war schrecklich und unvermutet.

›Ich wünschte bei Gott, er wäre es!‹ rief er; dann riß er sich los und stürzte aus dem Zimmer.

Sie können sich denken, Mr. Holmes, daß ich in nicht gerade glücklicher Verfassung zu meinem Stuhl zurückgegangen bin. Die Worte des Alten schienen mir nur eine Erklärung zuzulassen. Offenbar war mein Freund in irgendwelche kriminelle oder zumindest unehrenhafte Geschäfte verwickelt, die den guten Ruf der Familie antasteten. Der strenge alte Herr hatte seinen Sohn fortgeschickt und vor der Welt versteckt, damit kein Skandal ans Licht käme. Godfrey war ein unbekümmerter Bursche. Er ließ sich leicht beeinflussen von seiner Umgebung. Ohne Zweifel war er in üble Gesellschaft geraten und ins Verderben gestürzt worden. Eine traurige Geschichte, wenn das wirklich zutraf; aber selbst dann war es meine Pflicht, ihn aufzuspüren und zu sehen, ob ich ihm helfen konnte. Voll Sorge grübelte ich gerade über die Sache nach, als ich hochsah und Godfrey Emsworth vor mir stand.«

Mein Klient hatte wie in tiefer Erregung innegehalten.

»Bitte fahren Sie fort«, sagte ich. »Ihr Problem weist einige sehr ungewöhnliche Merkmale auf.«

»Er stand draußen vor dem Fenster, Mr. Holmes, das Gesicht gegen die Scheibe gepreßt. Ich habe Ihnen ja schon erzählt, daß ich in die Nacht hinausgeschaut hatte. Danach ließ ich die Vorhänge ein Stück weit offen. Und von dieser Öffnung wurde seine Gestalt eingerahmt. Das Fenster reichte bis zum Boden, und ich konnte sie in ihrer ganzen Länge erkennen;

aber es war das Gesicht, was meinen Blick in Bann hielt. Es war totenbleich – noch nie habe ich einen so blassen Mann gesehen. Vermutlich sehen Gespenster so aus, aber seine Augen trafen auf meine, und es waren die Augen eines lebenden Menschen. Als er merkte, daß ich ihn anschaute, sprang er zurück und verschwand in die Dunkelheit.

Es war etwas Erschreckendes an dem Mann, Mr. Holmes. Es war nicht nur dieses grausige Gesicht, das so käsebleich in der Dunkelheit schimmerte. Es war noch was dahinter: etwas Verstohlenes, Heimliches, Schuldbewußtes – etwas, was zu dem aufrichtigen, mannhaften Burschen, den ich gekannt hatte, überhaupt nicht paßte. Es hinterließ in mir ein Gefühl des Grauens.

Aber wenn man ein oder zwei Jahre als Soldat mit Kamerad Bure Krieg gespielt hat, dann behält man die Nerven und handelt schnell. Godfrey war kaum verschwunden, als ich auch schon am Fenster war. Der Griff klemmte, und es dauerte ein Weilchen, bis ich es aufreißen konnte. Dann flitzte ich durch und rannte den Gartenweg hinunter, in die Richtung, die er meiner Meinung nach eingeschlagen haben könnte.

Der Weg war lang, und es war nicht sehr hell, doch mir war so, als ob sich vor mir etwas bewegte. Ich rannte weiter und rief seinen Namen, aber es hatte keinen Zweck. Als ich das Ende des Weges erreichte, zweigten da mehrere andere Pfade zu verschiedenen Gartenhäusern ab. Ich blieb unschlüssig stehen, und da hörte ich deutlich das Geräusch einer sich schließenden Tür. Es kam nicht von hinten aus dem Haus, sondern irgendwo aus der Dunkelheit vor mir. Das genügte, Mr. Holmes, um mich davon zu überzeugen, daß das, was ich gesehen hatte, keine Vision war. Godfrey war vor mir weggelaufen und hatte eine Tür hinter sich zugemacht. Dessen war ich mir sicher.

Mehr konnte ich nicht tun, und ich verbrachte eine unruhige Nacht, wobei ich mir die Sache durch den Kopf gehen ließ und versuchte, eine zu den Tatsachen passende Theorie zu finden. Am nächsten Tag kam mir der Colonel etwas versöhnlicher vor, und als seine Frau die Bemerkung machte, daß es in der Umgebung einige Sehenswürdigkeiten gebe, nutzte ich die Gelegenheit zu fragen, ob ihnen eine weitere Übernachtung sehr ungelegen käme. Die etwas widerwillige Zustimmung des Alten gewährte mir einen ganzen Tag, an dem ich meine Beobachtungen machen konnte. Ich war schon völlig davon überzeugt, daß sich Godfrey irgendwo in der Nähe versteckt hielt; aber wo und warum blieb noch herauszufinden.

Das Haus ist so groß und weitläufig, daß man darin ein Regiment verstecken könnte, ohne daß jemand was merkt. Wenn sich dort das Geheimnis verbarg, würde es mir schwerfallen, es zu ergründen. Aber die Tür, die ich zugehen gehört hatte, befand sich mit Sicherheit nicht im Haus. Ich mußte also den Garten auskundschaften und sehen, was ich herausfinden konnte. Das war ohne weiteres möglich; die alten Leutchen waren nämlich mit sich selbst beschäftigt und kümmerten sich nicht um mich.

Es gibt mehrere kleine Nebengebäude, aber am Gartenende befindet sich ein einzelnes, ziemlich großes – groß genug, um einem Gärtner oder Wildheger als Wohnung zu dienen. War das vielleicht die Stelle, von der das Geräusch der zugehenden Tür gekommen war? Ich ging so unbekümmert darauf zu, als ob ich ziellos im Gelände herumspazierte. Als ich mich näherte, kam ein kleiner, lebhafter, bärtiger Mann heraus, in einem schwarzen Mantel und mit einer Melone auf dem Kopf – ganz und gar nicht der Typ eines Gärtners. Zu meiner Überraschung schloß er die Tür hinter sich ab und steckte den Schlüssel ein. Dann schaute er mich ziemlich verblüfft an.

›Sind Sie hier zu Besuch?‹ fragte er.

Ich bejahte und erklärte, ich sei ein Freund von Godfrey.

›Wie schade, daß er verreist ist; er hätte sich nämlich bestimmt gefreut, mich zu sehen‹, fuhr ich fort.

›Ja doch. Ganz bestimmt‹, sagte er mit einer etwas schuldbewußten Miene. ›Aber Ihr Besuch läßt sich zweifellos zu einem günstigeren Zeitpunkt wiederholen.‹ Er ging weiter, doch als ich mich umdrehte, bemerkte ich, daß er am anderen Ende des Gartens, halb verdeckt von den Lorbeerbüschen, stehenblieb und mich beobachtete.

Als ich an dem kleinen Haus vorbeikam, schaute ich es mir gut an; die Fenster waren mit schweren Gardinen verhängt, und soweit man etwas erkennen konnte, war es leer. Womöglich würde ich mir mein eigenes Spiel verderben und sogar aus dem Haus gewiesen werden, wenn ich allzu keck vorginge; denn ich war mir bewußt, daß ich immer noch beobachtet wurde. Ich schlenderte also zum Haus zurück und wartete die Nacht ab, ehe ich meine Untersuchungen fortsetzte. Als alles dunkel und still war, schlüpfte ich aus meinem Fenster und begab mich so leise wie möglich zu dem mysteriösen Gartenhäuschen.

Ich habe schon erwähnt, daß die Fenster mit schweren Gardinen verhängt waren, aber nun waren auch noch die Läden geschlossen. Durch einen drang jedoch etwas Licht, daher konzentrierte ich mich auf dieses Fenster. Ich hatte Glück; die Gardine war nämlich nicht ganz zugezogen, und der Laden hatte eine Ritze, so daß ich ins Zimmer hineinsehen konnte. Es war eine recht freundliche Unterkunft, mit heller Lampe und flackerndem Kaminfeuer. Mir gegenüber saß der kleine Mann, den ich morgens getroffen hatte. Er rauchte Pfeife und las eine Zeitung . . .«

»Was für eine Zeitung?« fragte ich.

Mein Klient schien sich über die Unterbrechung seines Berichtes zu ärgern.

»Spielt das eine Rolle?« fragte er.

»Es ist von größter Bedeutung.«

»Ich habe wirklich nicht darauf geachtet.«

»Vielleicht haben Sie bemerkt, ob es eine großformatige Tageszeitung war oder eine kleinere von der Art der Wochenblätter.«

»Jetzt, wo Sie es erwähnen – sie war nicht groß. Es könnte der *Spectator* gewesen sein. Wie auch immer, ich habe solchen Details nur geringe Beachtung geschenkt; ein zweiter Mann saß nämlich da, mit dem Rücken zum Fenster, und ich könnte schwören, daß es sich bei diesem zweiten Mann um Godfrey handelte. Sein Gesicht konnte ich zwar nicht sehen, aber die Neigung seiner Schultern war ja ein altgewohnter Anblick für mich. Er saß dem Kaminfeuer zugekehrt und stützte den Kopf auf den Ellbogen; diese Haltung hatte etwas sehr Melancholisches. Ich war noch unschlüssig, was ich tun sollte, als ich einen harten Schlag auf die Schulter bekam und Colonel Emsworth neben mir stand.

›Hier entlang, Sir!‹ sagte er mit gedämpfter Stimme. Schweigend ging er zum Haus, und ich folgte ihm auf mein Zimmer. In der Halle hatte er noch einen Fahrplan mitgenommen.

›Um acht Uhr dreißig geht ein Zug nach London‹, sagte er. ›Der Wagen steht um acht am Tor.‹

Er war weiß vor Wut, und ich fühlte mich tatsächlich so elend, daß ich nur noch ein paar zusammenhanglose Entschuldigungen stammeln konnte; ich versuchte mich zu rechtfertigen, indem ich die Sorge um meinen Freund geltend machte.

›Die Sache steht außer jeder Diskussion‹, sagte er schroff. ›Sie haben sich auf höchst verwerfliche Weise in die Privatsphäre unserer Familie eingemischt. Sie waren als Gast hier und haben sich wie ein Schnüffler benommen. Ich habe Ihnen nichts mehr zu sagen, Sir, außer daß ich nicht wünsche, Sie jemals wiederzusehen.‹

Bei diesen Worten habe ich die Fassung verloren, Mr. Holmes, und ich sprach wohl ziemlich hitzig.

›Ich habe Ihren Sohn gesehen, und ich bin überzeugt, daß Sie ihn aus irgendwelchen nur Ihnen bekannten Gründen vor der Welt verstecken. Ich habe keine Ahnung, warum Sie ihn derartig von der Außenwelt abschneiden, aber ich bin sicher, daß er kein freier Mensch mehr ist. Ich mache Sie darauf aufmerksam, Colonel Emsworth, daß ich von dem Versuch, dem Geheimnis auf den Grund zu kommen, erst ablassen werde, wenn ich von Sicherheit und Wohlergehen meines Freundes überzeugt bin, und ich werde mich von dem, was Sie äußern oder tun könnten, keineswegs einschüchtern lassen.‹

Der alte Knabe machte ein Gesicht wie ein Teufel, und ich dachte wirklich, er sei drauf und dran, mich anzugreifen. Ich habe ja schon erwähnt, daß er ein hagerer, grimmiger alter Riese ist, und obwohl ich kein Schwächling bin, hätte ich bestimmt Mühe gehabt, mich gegen ihn zu behaupten. Wie auch immer, nach einem langen wütenden Blick machte er auf dem Absatz kehrt und ging aus dem Zimmer. Was mich betrifft, so nahm ich den erwähnten Morgenzug, fest entschlossen, Sie nach einer schriftlichen Anmeldung sofort aufzusuchen und um Rat und Hilfe zu bitten.«

Dies also war das Problem, das mir mein Besucher vorlegte. Seine Lösung bot, wie der gewitzte Leser längst gemerkt haben wird, nur geringe Schwierigkeiten, denn die Zahl der Möglichkeiten, die ausgeschlossen werden mußten, um zum Kern der Sache vorzustoßen, war sehr begrenzt. Bei aller Einfachheit mögen einige interessante und ungewöhnliche Einzelheiten des Problems seine Protokollierung dennoch rechtfertigen. Ich begann nun, die Lösungsmöglichkeiten einzugrenzen, indem ich mich gewohnheitsgemäß der logischen Analyse bediente.

»Die Bediensteten«, fragte ich, »wie viele gab es im Haus?«

»Soviel ich weiß, sind da nur der alte Butler und seine Frau. Man lebt anscheinend sehr einfach.«

»Dann gab es also keinen Diener in dem Gartenhaus?«

»Nein, es sei denn, der kleine Mann mit dem Bart hätte diese Funktion. Aber der sah eher wie eine höhergestellte Person aus.«

»Das gibt doch sehr zu denken. Bestanden irgendwelche Hinweise dafür, daß Nahrungsmittel vom einen Haus zum anderen befördert wurden?«

»Jetzt, wo Sie es erwähnen – ich habe in der Tat gesehen, wie der alte Ralph den Gartenweg in Richtung dieses Häuschens hinuntergegangen ist und dabei einen Korb getragen hat. Der Gedanke an Nahrungsmittel ist mir dabei allerdings nicht gekommen.«

»Haben Sie in der Ortschaft irgendwelche Erkundigungen eingezogen?«

»Ja. Ich habe mit dem Stationsvorsteher gesprochen und außerdem mit dem Wirt des Dorfgasthauses. Ich habe sie einfach gefragt, ob sie etwas über meinen alten Kameraden Godfrey Emsworth wüßten. Beide versicherten mir, daß er sich auf einer Weltreise befinde. Fast unmittelbar nach seiner Heimkehr sei er wieder aufgebrochen. Diese Geschichte wird offenbar allgemein akzeptiert.«

»Sie haben nichts von Ihrem Verdacht erwähnt?«

»Nein.«

»Das war sehr vernünftig. Die Sache sollte zweifellos untersucht werden. Ich fahre mit Ihnen zurück nach Tuxbury Old Park.«

»Heute?«

Zufällig war ich just zur gleichen Zeit mit der Aufklärung jenes Falles beschäftigt, den mein Freund Watson als ›Die Abtei-Schule‹ geschildert hat und in den der Herzog von Greyminster so tief verwickelt war. Außerdem hatte ich vom türkischen Sultan einen Auftrag, der nach sofortiger Erledigung verlangte, da seine Vernachlässigung politische Konsequenzen von schwerwiegendster Art zeitigen konnte. Daher war ich, wie mein Tagebuch vermerkt, erst zu Beginn der nächsten Woche in der Lage, mich in Begleitung von Mr. James M. Dodd auf den Weg nach Bedfordshire zu machen, um meinen Auftrag in Angriff zu nehmen. Als wir zur Euston Station fuhren, gesellte sich ein ernster und schweigsamer eisengrauer Gentleman zu uns, mit dem ich die nötigen Vereinbarungen getroffen hatte.

»Das ist ein alter Freund«, sagte ich zu Dodd. »Möglicherweise ist seine Anwesenheit vollkommen überflüssig; andererseits kann sie aber auch von wesentlicher Bedeutung sein. Im Moment brauchen wir darauf nicht weiter einzugehen.«

Die Erzählungen Watsons haben den Leser zweifellos schon an die Tatsache gewöhnt, daß ich weder Worte verschwende noch meine Gedanken enthülle, solange ein Fall noch überdacht wird. Dodd schien überrascht, doch es wurde nichts mehr gesagt, und wir setzten zu dritt unsere Fahrt fort. Im Zug stellte ich Dodd dann noch eine Frage; mir lag daran, daß unser Reisebegleiter sie ebenfalls hörte.

»Sie sagen, daß Sie das Gesicht Ihres Freundes ganz deutlich am Fenster gesehen haben – so deutlich, daß Sie von seiner Identität völlig überzeugt sind?«

»Ich habe überhaupt keinen Zweifel daran. Er hat die Nase gegen die Scheibe gepreßt. Das Lampenlicht fiel voll auf ihn.«

»Es hätte niemand sein können, der ihm ähnlich sah?«

»Nein, nein; das war er selbst.«

»Aber Sie sagen doch, er sei verändert gewesen?«

»Nur die Hautfarbe. Sein Gesicht war – wie soll ich es beschreiben? – es war weiß wie ein Fischbauch. Es war wie gebleicht.«

»War es überall gleichmäßig blaß?«

»Ich glaube nicht. So deutlich habe ich ja nur seine Stirn gesehen, weil sie gegen die Scheibe gepreßt war.«

»Haben Sie ihn gerufen?«

»Ich war in dem Moment zu erschrocken und entsetzt. Dann bin ich ihm nachgerannt – wie ich Ihnen ja schon berichtet habe –, aber ohne Erfolg.«

Mein Fall war praktisch abgeschlossen; es bedurfte nur noch eines kleinen Details, um ihn abzurunden. Als wir nach ziemlich langer Fahrt bei dem seltsamen alten weitläufigen Haus, das mein Klient geschildert hatte, ankamen, öffnete uns Ralph, der ältliche Butler. Ich hatte den Wagen für den ganzen Tag gemietet und meinen älteren Freund gebeten, in ihm zu warten – es sei denn, wir würden nach ihm rufen. Ralph, ein kleiner runzliger alter Knabe, trug die konventionelle Dienstkleidung: schwarzer Rock und grau gesprenkelte Hose – mit einer kuriosen Variante allerdings. Er hatte braune Lederhandschuhe an, die er bei unserem Anblick jedoch sofort abstreifte; als wir eintraten, legte er sie auf den Tisch in der Halle. Ich verfüge, wie mein Freund Watson wohl schon angemerkt hat, über ungewöhnlich scharfe Sinne; ein schwacher, aber beißender Geruch ließ sich wahrnehmen. Er schien von dem Tisch in der Halle auszugehen. Ich wandte mich um, legte meinen Hut dort ab, wischte ihn herunter und bückte mich, um ihn aufzuheben; dabei gelang es mir, meine Nase bis auf dreißig Zentimeter an die Handschuhe heranzubringen. Ja, unzweifelhaft waren sie die Quelle des seltsamen teerartigen Geruchs. Als ich ins Arbeitszimmer weiterging, hatte ich den Fall bereits gelöst. Ach, daß ich mir so in die Karten schauen lassen muß – nun, da ich meine Geschichte selbst erzähle! Denn nur indem Watson solche Glieder in der Kette zu verheimlichen pflegte, konnte er seine effekthascherischen Finale inszenieren.

Colonel Emsworth war nicht in seinem Zimmer; auf Ralphs Anmeldung hin kam er jedoch ziemlich rasch herbei. Wir vernahmen seine schnellen, schweren Schritte im Flur. Die Tür flog auf, und mit gesträubtem Bart und verzerrter Miene stürmte er herein – der schrecklichste alte Mann, den ich jemals gesehen habe. Er hielt unsere Visitenkarten in der Hand; dann zerriß er sie und trampelte auf den Fetzen herum.

»Habe ich Ihnen nicht gesagt, Sie elender Schnüffler, daß Sie Hausverbot haben? Wagen Sie es ja nicht, Ihre verwünschte Visage hier noch einmal blicken zu lassen! Wenn Sie noch einmal ohne meine Erlaubnis hier eindringen, mache ich von meinem Hausrecht Gebrauch, und wenn ich dabei Gewalt anwenden muß. Ich schieße Sie nieder, Sir! Bei Gott, das tue ich! Was Sie betrifft, Sir« – hierbei wandte er sich mir zu –, »so gilt die gleiche Warnung auch für Sie. Mir ist bekannt, was für einen nichtswürdigen Beruf Sie ausüben; aber Sie müssen sich für Ihre angeblichen Talente ein anderes Betätigungsfeld suchen. Hier ist dafür kein Platz.«

»Ich werde erst dann hier weggehen«, sagte mein Klient fest, »wenn ich aus Godfreys eigenem Mund erfahre, daß man ihn nicht gefangenhält.«

Unser unfreiwilliger Gastgeber läutete die Glocke.

»Ralph«, sagte er, »rufen Sie die Grafschaftspolizei an und bitten Sie den Inspektor, uns zwei Polizisten zu schicken. Sagen Sie ihm, wir hätten Einbrecher im Haus.«

»Einen Augenblick«, sagte ich. »Sie müssen sich darüber im klaren sein, Mr. Dodd, daß Colonel Emsworth im Recht ist und daß wir uns außerhalb der Legalität befinden, wenn wir in seinem Haus bleiben. Andererseits sollte er einsehen, daß Ihr Verhalten ausschließlich von der Sorge um seinen Sohn bestimmt ist. Ich wage allerdings zu hoffen, daß ich Colonel Emsworth zu einer Änderung seiner Ansicht bewegen könnte, wenn man mir gestattete, mich fünf Minuten mit ihm zu unterhalten.«

»So leicht ändern sich meine Ansichten nicht«, sagte der alte Kämpe. »Ralph, tun Sie, was ich Ihnen gesagt habe. Worauf, zum Teufel, warten Sie noch? Rufen Sie die Polizei an!«

»Nichts dergleichen«, sagte ich, indem ich mich mit dem Rücken zur Tür stellte. »Jede polizeiliche Einmischung würde genau die Katastrophe heraufbeschwören, die Sie so sehr fürchten.« Ich zückte mein Notizbuch und kritzelte ein einzelnes Wort auf ein loses Blatt. »Das«, sagte ich, als ich es Colonel Emsworth reichte, »hat uns hierhergeführt.«

Er starrte das Geschriebene an, mit einem Gesicht, aus dem jeder Ausdruck, außer Verblüffung, gewichen war.

»Woher wissen Sie das?« keuchte er, schwer auf seinen Stuhl sinkend.

»Es ist meine Aufgabe, Bescheid zu wissen. Das gehört zu meinem Beruf.«

Er saß in tiefen Gedanken da, wobei er sich mit der hageren Hand den zottigen Bart zauste. Dann machte er eine resignierende Geste.

»Na schön, wenn Sie Godfrey unbedingt sehen wollen – bitte sehr. Aber ich habe damit nichts zu tun; Sie haben mich dazu gezwungen. Ralph, richten Sie Mr. Godfrey und Mr. Kent aus, daß wir in fünf Minuten bei ihnen sind.«

Als diese Zeitspanne um war, gingen wir den Gartenweg hinunter, bis wir uns vor dem mysteriösen Haus an seinem Ende befanden. An der Tür stand ein kleiner bärtiger Mann mit ziemlich verblüfftem Gesichtsausdruck.

»Das kommt etwas plötzlich, Colonel Emsworth«, sagte er. »Das wird unsere ganzen Pläne durcheinanderbringen.«

»Ich kann nichts dafür, Mr. Kent. Man hat uns dazu gezwungen. Ist Mr. Godfrey bereit, uns zu empfangen?«

»Ja; er wartet drinnen schon.« Er drehte sich um und führte uns in ein großes, schlicht möbliertes Vorderzimmer. Ein Mann stand mit dem Rücken zum Kamin; bei seinem Anblick sprang mein Klient mit ausgestreckter Hand vor.

»Na endlich, Godfrey, alter Junge! Bin ich froh!«

Doch der andere machte eine abwehrende Handbewegung.

»Komm mir nicht zu nahe, Jimmie. Halt Abstand. Ja, da staunst du wohl! Ich seh nicht mehr ganz so schneidig aus wie der Vizekorporal Emsworth von der Schwadron B, wie?«

Sein Aussehen war in der Tat ungewöhnlich. Man konnte zwar erkennen, daß er einmal ein gutaussehender junger Mann gewesen war, mit scharf geschnittenen, von der afrikanischen Sonne gebräunten Gesichtszügen; doch diese dunklere Oberfläche war übersät von seltsamen weißlichen Flecken, die seine Haut gebleicht hatten.

»Deswegen reiß ich mich nicht um Besucher«, sagte er. »Bei dir macht's mir ja nichts aus, Jimmie; aber auf deinen Freund hätte ich verzichten können. Ich nehm an, es gibt einen guten Grund dafür; aber du erwischst mich in einer mißlichen Lage.«

»Ich wollte sichergehen, daß mit dir alles in Ordnung ist, Godfrey. Ich habe dich damals gesehen, als du nachts durchs Fenster zu mir reingeschaut hast; und ich konnte die Geschichte nicht eher ruhen lassen, als bis ich sie aufgeklärt hätte.«

»Der alte Ralph hat mir gesagt, daß du da bist, und ich mußte dich doch wenigstens mal angucken. Ich habe gehofft, du würdest mich nicht bemerken; als ich gehört habe, wie das Fenster aufging, mußte ich wieder in meine Höhle flitzen.«

»Aber warum denn, um Himmels willen?«

»Oh, das läßt sich schnell erzählen«, sagte er, sich eine Zigarette anzündend. »Du erinnerst dich doch an das Gefecht eines Morgens bei Buffelsspruit, hinter Pretoria, an der östlichen Eisenbahnlinie? Von meiner Verwundung hast du wohl gehört?«

»Ja, ich habe davon gehört, aber keine Einzelheiten erfahren.«

»Drei von uns sind von den anderen abgeschnitten worden. Die Gegend war ja sehr zerklüftet, du erinnerst dich wahrscheinlich. Es waren Simpson – der Bursche, den wir ›Glatze Simpson‹ gerufen haben –, Anderson und ich. Wir wollten durch die Linie von Kamerad Bure schlüpfen; aber der hat im Hinterhalt gelauert und uns drei erwischt. Die anderen zwei sind gefallen. Ich habe eine Kugel durch die Schulter bekommen, aus einer Elefantenbüchse. Trotzdem habe ich mich an mein Pferd geklammert, und es ist noch etliche Meilen galoppiert, bevor ich ohnmächtig aus dem Sattel gerutscht bin.

Als ich wieder zu mir kam, wurde es schon dunkel; dann habe ich mich hochgerappelt, obwohl mir ganz schwach und elend zumute war. Zu meiner Überraschung befand sich ganz in der Nähe ein Haus, ein ziemlich großes Haus mit breiter Veranda und vielen Fenstern. Es war verflucht kalt. Du erinnerst dich ja an diese klamme Kälte, die abends immer hereingebrochen ist, eine tödliche, krank machende Kälte – ganz anders als ein frischer gesunder Frost. Na gut, ich war also durchgefroren bis auf die Knochen, und meine einzige Hoffnung schien darin zu liegen, dieses Haus zu erreichen. Taumelnd bin ich aufgestanden und habe mich vorwärtsgeschleppt, ohne recht zu wissen, was ich tue. Ich erinnere mich dunkel, daß ich langsam die Treppe hinaufgestiegen bin, durch eine weit geöffnete Tür in einen großen Raum mit mehreren Betten kam und mich mit einem Seufzer der Erleichterung auf eines davon geworfen habe. Es war ungemacht, aber das hat mich nicht im geringsten gekümmert. Ich habe mir das Bettzeug über den schlotternden Leib gezogen und war im Nu tief eingeschlafen.

Als ich aufgewacht bin, war es Morgen, und es kam mir so vor, als finde ich mich statt in einer normalen Welt in einem seltsamen Albtraum wieder. Durch die großen, vorhanglosen

Fenster flutet die afrikanische Sonne, und jedes Detail des geräumigen, kahlen, weißgetünchten Schlafsaals sticht scharf und deutlich hervor. Vor mir steht ein schmächtiges, zwergenhaftes Männchen mit einem riesigen knolligen Kopf; es schnattert ganz aufgeregt auf holländisch und wedelt dabei mit zwei fürchterlichen Händen, die wie braune Schwämme aussehen. Hinter ihm steht eine Gruppe von Leuten, die sich über die Situation anscheinend stark amüsieren; aber als ich sie mir angeschaut habe, ist es mir eiskalt über den Rücken gelaufen. Nicht einer von ihnen war ein normales menschliches Wesen. Alle waren sie verkrümmt oder aufgedunsen oder auf seltsame Weise verunstaltet. Das Gelächter dieser fremdartigen Ungeheuer hat sich schauerlich angehört.

Anscheinend konnte keiner von ihnen Englisch, aber die Situation mußte geklärt werden – die Kreatur mit dem großen Kopf wurde nämlich immer rasender vor Zorn; er schrie wie ein wildes Tier, hatte seine verformten Hände auf mich gelegt und war drauf und dran, mich aus dem Bett zu zerren, ohne darauf zu achten, daß meine Wunde wieder blutete. Das kleine Monster war stark wie ein Bulle, und ich weiß nicht, was es mit mir angestellt hätte, wenn nicht ein älterer Mann, der offensichtlich Autorität besaß, durch den Lärm in den Saal gelockt worden wäre. Er spricht ein paar strenge Worte auf holländisch, und mein Peiniger zieht sich zurück. Dann wendet er sich mir zu und starrt mich dabei höchst verblüfft an.

›Wie in aller Welt sind Sie hierhergekommen?‹ fragt er verwundert. ›Moment mal. Jetzt seh ich's erst, Sie sind ja völlig erschöpft, und Ihre verwundete Schulter muß versorgt werden. Ich bin Arzt, ich werde Sie gleich mal verbinden. Aber, Mann Gottes, Sie sind hier in weit größerer Gefahr als auf dem Schlachtfeld! Dies ist ein Leprahospital, und Sie haben im Bett eines Aussätzigen geschlafen.‹

Muß ich dir noch mehr erzählen, Jimmie? Anscheinend waren diese armen Geschöpfe angesichts der herannahenden Schlacht tags zuvor evakuiert worden. Danach, als die Briten vorgerückt sind, hat ihr ärztlicher Aufseher sie wieder zurückgebracht; er hat mir versichert, daß er sich zwar für immun gegen die Krankheit hält, aber trotzdem nie gewagt hätte, was ich getan habe. Er hat mich in ein Einzelzimmer gelegt und freundlich behandelt; nach ungefähr einer Woche wurde ich ins allgemeine Hospital in Pretoria überführt.

Jetzt kennst du also meine Tragödie. Ich habe verzweifelt gehofft; erst als ich schon nach Hause zurückgekehrt war, haben mir die schrecklichen Zeichen, die du auf meinem Gesicht siehst, verraten, daß ich nicht davongekommen bin. Was sollte ich tun? Ich befand mich in diesem einsamen Haus. Wir hatten zwei Angestellte, auf die wir uns völlig verlassen konnten. Ein Häuschen war vorhanden, in dem ich wohnen konnte. Mr. Kent, ein Wundarzt, war bereit, unter dem Siegel der Verschwiegenheit bei mir zu bleiben. So gesehen, war der Plan ziemlich einfach. Die Alternative war furchtbar – lebenslange Isolierung, unter fremden Menschen; und ohne Hoffnung, jemals wieder freizukommen. Allerdings war absolute Geheimhaltung nötig, sonst hätte es selbst in dieser ruhigen Gegend einen Aufschrei der Empörung gegeben, und ich wäre in mein grausiges Schicksal getrieben worden. Sogar du, Jimmie – sogar du mußtest im dunkeln gelassen werden. Warum mein Vater jetzt nachgegeben hat, kann ich mir nicht erklären.«

Colonel Emsworth deutete auf mich.

»Das ist der Gentleman, der mich dazu gezwungen hat.« Er entfaltete den Zettel, auf den ich das Wort »Lepra« geschrieben hatte. »Ich dachte mir, wenn er schon so viel weiß, ist es sicherer, wenn er gleich alles weiß.«

»Ganz recht«, sagte ich. »Wer weiß, ob es nicht sogar sein Gutes hat? Ich nehme an, daß nur Mr. Kent den Patienten gesehen hat. Darf ich fragen, Sir, ob derartige Krankheiten, die, soviel ich weiß, tropischer oder subtropischer Natur sind, zu Ihrem Fachgebiet gehören?«

»Ich besitze die herkömmlichen Kenntnisse eines ausgebildeten Mediziners«, bemerkte er etwas steif.

»Ich hege nicht den geringsten Zweifel an Ihrer Kompetenz, Sir, aber Sie werden mir gewiß zustimmen, daß es in einem solchen Fall von Nutzen wäre, einen zweiten Gutachter heranzuziehen. Das haben Sie bisher unterlassen, weil Sie vermutlich befürchteten, daß man dann den Patienten zwangsweise isolieren könnte.«

»So ist es«, sagte Colonel Emsworth.

»Ich habe die Situation vorausgesehen«, erklärte ich, »und deshalb einen Freund mitgebracht, auf dessen Diskretion man sich absolut verlassen kann. Ich konnte ihm einmal von Berufs wegen helfen, und er ist bereit, Sie eher als Freund denn als Spezialist zu beraten. Sein Name ist Sir James Saunders.«

Die Überraschung und Freude, die die Aussicht auf eine Zusammenkunft mit Lord Roberts bei einem frischgebackenen Offizier ausgelöst hätte, wäre nicht größer gewesen als die, die sich nun auf Mr. Kents Gesicht spiegelte.

»Das ist eine große Ehre«, murmelte er.

»Dann werde ich Sir James bitten, hierher zu kommen. Er wartet gegenwärtig noch im Wagen vor dem Tor. In der Zwischenzeit, Colonel Emsworth, sollten wir uns vielleicht in Ihr Arbeitszimmer begeben, wo ich Ihnen dann die nötigen Erklärungen liefern könnte.«

Und hier vermisse ich nun wirklich meinen Watson. Er wäre imstande, meine schlichte Kunst, die doch nichts als der systematisch angewandte gesunde Menschenverstand ist, durch geschickte Fragen und verblüffte Ausrufe in den Stand eines schieren Wunders zu erheben. Sobald ich meine Geschichte selbst erzähle, verfüge ich freilich nicht über solche Hilfsmittel. Dennoch will ich meinen Gedankengang just so wiedergeben, wie ich ihn meinem kleinen Auditorium, zu dem auch Godfreys Mutter gehörte, in Colonel Emsworths Arbeitszimmer vorgetragen habe.

»Dieser Gedankengang«, sagte ich, »geht von folgender Voraussetzung aus: Wenn man alles, was nicht im Bereich des Möglichen liegt, eliminiert hat, dann muß der verbleibende Rest – wie unwahrscheinlich er immer sei – unbedingt die Wahrheit sein. Es ist durchaus möglich, daß dieser Rest mehrere Deutungen zuläßt; in dem Fall stellt man eine nach der anderen auf die Probe, bis ein beweiskräftiges Ergebnis vorliegt. Dieses Prinzip wollen wir nun auf den vorliegenden Fall anwenden. So, wie er sich mir zunächst präsentierte, gab es für die Zurückgezogenheit oder Einsperrung dieses Gentleman in einem Gartenhäuschen auf dem väterlichen Grundstück drei Deutungsmöglichkeiten. Erstens, daß er sich wegen eines Verbrechens versteckt hielt; zweitens, daß er geistesgestört war und man seine Unterbringung in einer Anstalt vermeiden wollte; drittens, daß er eine Krankheit hatte, die seine Isolierung erforderte. Eine weitere passende Erklärung konnte ich nicht finden. Demnach mußten diese drei untersucht und gegeneinander abgewogen werden.

Die Lösung mit dem Verbrechen konnte der Überprüfung nicht standhalten. Aus dieser Gegend lagen keine Meldungen über ein unaufgeklärtes Verbrechen vor. Dessen war ich mir sicher. Wenn es sich um ein noch nicht entdecktes Verbrechen handelte, läge der Familie wohl eher daran, sich den Delinquenten vom Hals zu schaffen und ihn ins Ausland zu schikken, als ihn zu Hause zu verstecken. In einer solchen Verhaltensweise konnte ich keinen Sinn entdecken.

Plausibler war die geistige Umnachtung. Die Anwesenheit der zweiten Person in dem Häuschen legte den Gedanken an einen Wärter nahe. Die Tatsache, daß diese Person beim Hinausgehen die Tür abgeschlossen hat, bestätigte diese Annahme und deutete auf Zwang. Andererseits konnte dieser Zwang aber nicht absolut streng sein, sonst hätte sich der junge Mann nicht entfernen können, um einen Blick auf seinen Freund zu werfen. Sie werden sich erinnern, Mr. Dodd, daß ich nach Anhaltspunkten suchte; so habe ich Sie zum Beispiel nach der Zeitung gefragt, die Mr. Kent gelesen hat. Wäre es die *Lancet* oder das *British Medical Journal* gewesen, so hätte mir das vermutlich weitergeholfen. Nun ist es aber nichts Ungesetzliches, einen Geistesgestörten auf einem Privatgrundstück in Gewahrsam zu halten, solange er unter qualifizierter Aufsicht steht und die Behörden ordnungsgemäß in Kenntnis gesetzt sind. Warum also dieser verzweifelte Wunsch nach völliger Geheimhaltung? Erneut konnte ich die Theorie nicht mit den Fakten in Übereinstimmung bringen.

Es blieb demnach nur noch die dritte Möglichkeit, zu der alles zu passen schien, so seltsam und unwahrscheinlich sie auch war. Lepra ist in Südafrika nichts Ungewöhnliches. Durch irgendeinen merkwürdigen Zufall könnte dieser junge Mann sie sich zugezogen haben. Das brächte jedoch seine Angehörigen in eine ganz abscheuliche Situation, da sie den Wunsch hegten, ihn vor der Isolierung zu bewahren. Strikte Geheimhaltung wäre erforderlich, um zu verhindern, daß Gerüchte entstehen und sich daraufhin die Behörden einschalten. Ein zuverlässiger Arzt zur Versorgung des Kranken ließe sich gegen angemessene Bezahlung leicht finden. Nichts spräche dagegen, letzterem nach Einbruch der Dunkelheit seine Freiheit zu gönnen. Daß die Haut bleich wird, ist eine gewöhnliche Folge dieser Krankheit. Vieles deutete auf diese Möglichkeit – so viel, daß ich beschloß, so vorzugehen, als wäre sie bereits erwiesen. Als ich bei meiner Ankunft bemerkte, daß Ralph, der ja die Mahlzeiten hinaustrug, Handschuhe anhatte, die mit einem Desinfektionsmittel imprägniert waren, fand ich meine letzten Zweifel beseitigt. Ein einziges Wort hat Ihnen angezeigt, Sir, daß Ihr Geheimnis entdeckt war; und wenn ich es lieber aufgeschrieben als ausgesprochen habe, so nur, um Ihnen zu beweisen, daß man sich auf meine Diskretion verlassen kann.«

Ich war just im Begriff, diese kleine Analyse des Falles abzuschließen, als sich die Tür öffnete und die asketische Gestalt des großen Dermatologen auf der Schwelle erschien. Aber diesmal hatten sich seine sphinxartigen Züge entspannt, und in seinen Augen lag warme Menschlichkeit. Er schritt auf Colonel Emsworth zu und schüttelte ihm die Hand.

»Es ist mein Los, oft schlechte Nachrichten zu bringen, selten gute«, sagte er. »Diesmal ist der Anlaß ein erfreulicher. Es handelt sich nicht um Lepra.«

»Was?«

»Ein ausgeprägter Fall von Pseudo-Lepra oder Ichthyosis,

eine schuppenartige Affektion der Haut, unansehnlich, hartnäckig, aber vermutlich heilbar und ganz gewiß nicht anstekkend. Ja, Mr. Holmes, diese zufällige Übereinstimmung ist bemerkenswert. Bloß, ist sie wirklich nur zufällig? Sind da nicht subtile Kräfte am Werk, von denen wir nur wenig wissen? Die schlimmen Ahnungen, unter denen der junge Mann, seit er der Ansteckungsgefahr ausgesetzt war, zweifellos schrecklich gelitten hat – sind wir denn sicher, daß nicht gerade *sie* vielleicht eine körperliche Wirkung zeitigen, die das Befürchtete täuschend nachahmt? Jedenfalls, ich verpfände meine Berufsehre ... Aber die Lady ist in Ohnmacht gefallen! Ich glaube, es ist besser, wenn Mr. Kent bei ihr bleibt, bis sie sich von diesem freudigen Schock erholt.«

DER MAZARIN-STEIN

Dr. Watson freute sich, wieder einmal in der Baker Street zu weilen, in dem unordentlichen Zimmer im ersten Stock, dem Ausgangspunkt so vieler bemerkenswerter Abenteuer. Er sah sich um und betrachtete die wissenschaftlichen Tabellen an der Wand, den säurezerfressenen Arbeitstisch mit den Chemikalien, den in der Ecke lehnenden Geigenkasten und den Kohleneimer, der von alters her die Pfeifen und den Tabak beherbergte. Schließlich traf sein Blick wieder das frische und lächelnde Gesicht von Billy, dem jungen, aber sehr klugen und taktvollen Hausburschen, der die Einsamkeit und Isolation, von welchen die schwermütige Person des großen Detektivs umgeben war, ein wenig überbrücken geholfen hatte.

»Es hat sich anscheinend überhaupt nichts verändert, Billy. Und du hast dich auch nicht verändert. Ich hoffe, das läßt sich auch von ihm sagen?«

Billy warf einen raschen, etwas besorgten Blick auf die geschlossene Schlafzimmertür.

»Ich glaube, er liegt im Bett und schläft«, sagte er.

Es war sieben Uhr, am Abend eines lieblichen Sommertages; aber Dr. Watson war mit den Unregelmäßigkeiten seines alten Freundes vertraut genug, so daß ihn diese Eröffnung nicht überraschte.

»Dann gibt es wohl einen neuen Fall?«

»Ja, Sir; damit ist er zur Zeit ganz schwer beschäftigt. Ich hab schon Angst um seine Gesundheit. Er wird immer blasser und dünner, und essen tut er auch nichts. ›Wann wünschen Sie zu speisen, Mr. Holmes?‹ fragt Mrs. Hudson. ›Übermorgen, um neunzehn Uhr dreißig‹, sagt er. Sie wissen ja, wie er ist, wenn er sich in einen Fall kniet.«

»Ja, Billy, ich weiß.«

»Er ist hinter irgend jemand her. Gestern war er als Handwerker auf Arbeitssuche unterwegs. Heute als alte Frau. Hat mich ganz schön reingelegt, und ich müßt seine Tricks doch inzwischen kennen.« Billy deutete grinsend auf einen am Sofa lehnenden, völlig verbeulten Sonnenschirm. »Der gehört zur Ausstattung der Alten«, sagte er.

»Aber was hat das alles zu bedeuten, Billy?«

Billy senkte die Stimme, wie jemand, der über die größten Staatsgeheimnisse spricht. »Ihnen kann ich's ja verraten, Sir; aber es sollte unter uns bleiben. Es geht um diesen Fall mit dem Krondiamant.«

»Was – der Hunderttausend-Pfund-Diebstahl?«

»Ja, Sir. Man muß ihn unbedingt wiederhaben, Sir. Sie, sogar der Premierminister und der Innenminister waren bei uns und haben auf diesem Sofa da gesessen. Mr. Holmes war sehr freundlich zu ihnen. Er hat sie gleich beruhigt und versprochen, daß er alles tun wird, was er kann. Aber da gibt es noch Lord Cantlemere . . .«

»Ah!«

»Ja, Sir; Sie wissen, was das heißt. Ein richtiger Steifnacken ist das, wenn ich mal so sagen darf. Mit dem Premierminister kann ich was anfangen, und ich hab auch nichts gegen den Innenminister; der hat einen richtig umgänglichen, freundlichen Eindruck gemacht. Aber seine Lordschaft kann ich nicht leiden. Und Mr. Holmes auch nicht, Sir. Wissen Sie, er hat nämlich kein Vertrauen zu Mr. Holmes und war dagegen, ihn zu engagieren. Ihm wär's eigentlich lieber, wenn er versagt.«

»Und Mr. Holmes weiß das?«

»Mr. Holmes weiß immer alles, was man wissen sollte.«

»Na, dann wollen wir hoffen, daß er nicht versagt und daß Lord Cantlemere sich blamiert. Aber sag mal, Billy, was soll denn der Vorhang da vor dem Fenster?«

»Mr. Holmes hat ihn vor drei Tagen dort aufgehängt. Wir haben was Ulkiges dahinter versteckt.«

Billy ging und zog den Vorhang, der die Nische mit dem Bogenfenster verdeckte, zurück.

Dr. Watson konnte einen überraschten Ausruf nicht unterdrücken. Dort saß das Faksimile seines alten Freundes, mit Schlafrock und allem Drum und Dran, das Gesicht zu drei Vierteln dem Fenster zugewandt und, wie in einem unsichtbaren Buch lesend, etwas gesenkt, während der Körper tief in einem Sessel versunken war. Billy nahm den Kopf ab und hielt ihn hoch.

»Wir drehen ihn in verschiedene Stellungen; dann wirkt's vielleicht noch lebensechter. Ich trau mich das Ding nur anzurühren, wenn das Rouleau unten ist. Wenn's oben ist, kann man nämlich von der anderen Straßenseite aus alles sehen.«

»So etwas haben wir schon früher einmal verwendet.«

»Das war vor meiner Zeit«, sagte Billy. Er zog die Gardinen zurück und lugte hinaus auf die Straße. »Gegenüber sind Leute, die uns beobachten. Jetzt kann ich am Fenster einen Kerl erkennen. Schauen Sie nur!«

Watson war einen Schritt vorgetreten, als sich die Schlafzimmertür öffnete und die lange, dünne Gestalt von Holmes zum Vorschein kam; sein Gesicht wirkte blaß und abgespannt, aber Schritt und Haltung waren so lebhaft wie eh und je. Mit einem einzigen Satz war er am Fenster und hatte das Rouleau wieder herabgezogen.

»Das genügt, Billy«, sagte er. »Du warst nämlich soeben in Lebensgefahr, mein Junge, und ich kann dich jetzt noch nicht entbehren. Na, Watson? Schön, Sie wieder einmal in Ihrem alten Quartier zu sehen. Sie kommen allerdings in einem kritischen Augenblick.«

»Das habe ich mir schon gedacht.«

»Du kannst gehen, Billy. Dieser Junge ist ein Problem, Watson. Inwieweit darf ich zulassen, daß er sich einer Gefahr aussetzt?«

»Was für einer Gefahr, Holmes?«

»Der des plötzlichen Todes. Ich muß mich heute abend auf einiges gefaßt machen.«

»Worauf denn?«

»Ermordet zu werden, Watson.«

»Nicht doch; machen Sie keine Scherze, Holmes!«

»Selbst mein beschränkter Sinn für Humor brächte bessere Scherze zustande. Aber wir dürfen uns doch die Wartezeit so angenehm wie möglich machen, nicht wahr? Ist Alkohol erlaubt? Sodawasser und Zigarren sind am üblichen Platz. Einmal noch möchte ich Sie im altgewohnten Sessel sitzen sehen. Sie haben es inzwischen hoffentlich verlernt, meine Pfeife und den erbärmlichen Tabak zu bemäkeln? Das muß mir zur Zeit nämlich die Nahrung ersetzen.«

»Aber warum essen Sie denn nichts?«

»Weil sich durch Fasten die Sinne verfeinern. Also wahrhaftig, mein lieber Watson, Sie als Arzt müssen doch zugeben, daß das, was der Verdauungsapparat durch Blutzufuhr gewinnt, dem entspricht, was dem Gehirn dabei verlorengeht. Ich bin ein Gehirn, Watson. Der Rest von mir ist bloß ein Anhängsel. Daher gilt meine Rücksicht nur dem Gehirn.«

»Aber was ist mit dieser Gefahr, Holmes?«

»Ah, ja; für den Fall, daß sie Gestalt annehmen sollte, wäre es vielleicht ganz gut, wenn Sie Ihr Gedächtnis mit Name und Adresse des Mörders belasten würden. Beides können Sie dann an Scotland Yard weiterleiten, mit freundlichem Gruß und einem Abschiedssegen. Sylvius lautet der Name – Graf Negretto Sylvius. Schreiben Sie ihn auf, Mann, schreiben Sie ihn auf! 136 Moorside Gardens, N. W. Haben Sie das?«

Watsons ehrliches Gesicht bebte vor Sorge. Die immensen Risiken, die Holmes einzugehen pflegte, kannte er nur allzu gut; er wußte recht wohl, daß das, was er sagte, wahrscheinlich eher eine Unter- denn eine Übertreibung war. Gleichwohl war Watson immer ein Mann der Tat und zeigte sich auch jetzt der Situation gewachsen.

»Sie können auf mich zählen, Holmes. Die nächsten ein, zwei Tage habe ich sowieso nichts zu tun.«

»Ihre Moral hat sich nicht gerade gebessert, Watson. Zu Ihren übrigen Lastern kommt nun auch noch das Flunkern hinzu. Denn Sie weisen alle Merkmale des beschäftigten Arztes auf, der andauernd konsultiert wird.«

»So dringende Fälle sind nicht dabei. Aber können Sie denn diesen Burschen nicht festnehmen lassen?«

»Doch, Watson, natürlich. Und genau das plagt ihn ja so.«

»Aber warum tun Sie es dann nicht?«

»Weil ich nicht weiß, wo der Diamant ist.«

»Ah! Billy hat mir davon erzählt: das fehlende Kronjuwel!«

»Ja, der große gelbe Mazarin-Stein. Mein Netz ist ausgeworfen, und meine Fische sind gefangen. Aber den Stein habe ich nicht erwischt. Welchen Sinn hätte es, die Leute festzunehmen? Freilich können wir die Welt etwas wohnlicher machen, indem wir die Burschen ins Gefängnis stecken. Aber darauf bin ich nicht aus. Ich will nur den Stein.«

»Und ist dieser Graf Sylvius einer von Ihren Fischen?«

»Ja, und er ist ein Hai. Er schnappt zu. Der andere ist Sam Merton, der Boxer. Eigentlich kein übler Bursche, dieser Sam, aber ein Handlanger des Grafen. Sam ist kein Hai. Er ist nur ein unsagbar einfältiger dickköpfiger Plattfisch. Gleichwohl zappelt auch er schon in meinem Netz.«

»Wo hält sich dieser Graf Sylvius auf?«

»Ich bin ihm den ganzen Morgen über nicht von der Seite gewichen. Sie haben mich ja schon als alte Lady erlebt, Watson. Noch nie war ich überzeugender. Einmal hat er mir sogar meinen Sonnenschirm aufgehoben. ›Sie gestatten, Madame‹, hat er gesagt – er ist nämlich Halb-Italiener, müssen Sie wissen: bei guter Laune von südlicher Grandezza, bei schlechter jedoch ein Teufel in Menschengestalt. Das Leben steckt voller Schnurren, Watson.«

»Es hätte aber auch eine Tragödie daraus werden können.«

»Nun ja, vielleicht. Jedenfalls bin ich ihm in die Minories gefolgt, zur Werkstatt des alten Straubenzee. Straubenzee hat das Luftgewehr hergestellt – ein herrlich gearbeitetes Stück, wie ich höre –, und ich nehme fast an, daß es sich eben jetzt hinter dem gegenüberliegenden Fenster befindet. Haben Sie schon die Attrappe gesehen? Natürlich, Billy hat sie Ihnen ja gezeigt. Tja, wahrscheinlich bekommt sie jeden Moment eine Kugel durch ihr schönes Köpfchen. Ah, Billy, was gibt's?«

Der Junge war wieder im Zimmer erschienen, auf seinem Tablett lag eine Karte. Holmes betrachtete sie kurz, mit emporgezogenen Augenbrauen und amüsiertem Lächeln.

»Der Herr höchstselbst. Das hätte ich allerdings kaum erwartet. Immer den Stier bei den Hörnern packen, Watson! Der Mann hat Mut. Vielleicht haben Sie von seinem Ruf als Großwildschütze schon gehört. Es wäre in der Tat ein triumphaler Abschluß seiner exzellenten Jägerkarriere, wenn er seinen Trophäen auch noch mich hinzufügen könnte. Das beweist freilich, daß er spürt, wie überaus dicht ich ihm auf den Fersen bin.«

»Schicken Sie nach der Polizei.«

»Vielleicht später. Aber noch nicht jetzt. Würden Sie bitte einmal vorsichtig aus dem Fenster schauen, Watson, und nachsehen, ob sich jemand auf der Straße herumtreibt?«

Behutsam lugte Watson um den Rand des Vorhangs.

»Ja, ein grobschlächtiger Bursche steht in der Nähe der Tür.«

»Das wird Sam Merton sein – der getreue, aber ziemlich beschränkte Sam. Wo wartet denn dieser Gentleman, Billy?«

»Im Vorzimmer, Sir.«

»Führ ihn herein, wenn ich läute.«

»Ja, Sir.«

»Auch wenn ich nicht im Zimmer bin; führ ihn trotzdem herein.«

»Ja, Sir.«

Watson wartete, bis die Tür wieder geschlossen war; dann wandte er sich mit ernstem Blick Holmes zu.

»Hören Sie, Holmes, das ist schlichtweg unverantwortlich. Dieser Mann ist verzweifelt und zu allem entschlossen. Womöglich ist er gekommen, um Sie umzubringen.«

»Das würde mich nicht überraschen.«

»Ich bestehe darauf, bei Ihnen zu bleiben.«

»Sie würden nur schrecklich im Weg stehen.«

»Ihm?«

»Nein, mein lieber Freund – mir.«

»Trotzdem, ich kann Sie unmöglich allein lassen.«

»Doch, das können Sie, Watson. Und das werden Sie, denn bis jetzt haben Sie die Spielregeln immer beachtet. Ich bin sicher, Sie werden bis zuletzt mitspielen. Dieser Mann ist gekommen, um *seine* Pläne zu verwirklichen; aber er wird bleiben, um den *meinen* zu dienen.« Holmes zückte sein Notizbuch und kritzelte ein paar Zeilen. »Nehmen Sie einen Wagen zu Scotland Yard und übergeben Sie das Youghal vom C.I.D. Dann kommen Sie mit der Polizei wieder hierher. Anschließend wird der Bursche festgenommen.«

»Mit Vergnügen.«

»Vor Ihrer Rückkunft bleibt mir vermutlich gerade noch genügend Zeit, um herauszufinden, wo sich der Stein befindet.« Er klingelte. »Ich glaube, wir verschwinden durchs Schlafzimmer. Dieser zweite Ausgang ist ungemein praktisch. Es wäre mir ganz lieb, meinen Hai zu beobachten, ohne daß er mich sieht; ich habe da, wie Sie sich erinnern werden, so meine eigenen Methoden.«

So war es denn ein leeres Zimmer, in welches Billy eine Minute später den Grafen Sylvius geleitete. Der berühmte Großwildjäger, Spieler und Lebemann war ein großer, dunkelhäutiger Bursche mit einer langen, gebogenen Nase; sie überragte wie ein Adlerschnabel den gewaltigen dunklen Schnauzbart, der einen grausamen, dünnlippigen Mund umschattete. Er war gut gekleidet; aber seine schillernde Krawatte, die funkelnde Anstecknadel und seine glitzernden Ringe wirkten überladen. Als sich die Tür hinter ihm schloß, sah er sich mit wildem, aufgescheuchtem Blick um – wie jemand, der in jeder Ecke eine Falle argwöhnt. Dann fuhr er heftig zusammen, als er den reglosen Kopf und den Kragen des Schlafrocks bemerkte, die über die Lehne des Sessels am Fenster ragten. Zunächst malte sich schiere Verblüffung auf seiner Miene. Dann glomm in seinen dunklen, mordgierigen Augen das Licht einer gräßlichen Hoffnung. Noch einmal sah er sich hastig um, ob auch keine Zeugen anwesend seien; dann schlich er auf Zehenspitzen, seinen dicken Stock halb erhoben, an die stille Gestalt heran. Schon duckte er sich zum letzten Sprung und Schlag, als eine kühle, sardonische Stimme ihn von der geöffneten Schlafzimmertür her ansprach:

»Machen Sie es nicht kaputt, Graf! Machen Sie es nicht kaputt!«

Der Meuchelmörder taumelte zurück, Bestürzung im verzerrten Gesicht. Einen Moment lang hob er noch einmal seinen bleigefüllten Stock halb in die Höhe, als ob er seine Zerstörungswut vom Abbild auf das Original lenken wollte; aber irgend etwas in jenen festen grauen Augen und dem spöttischen Lächeln veranlaßte ihn, die Hand sinken zu lassen.

»Ein hübsches kleines Ding, nicht wahr?« sagte Holmes; er schritt auf die Nachbildung zu. »Geschaffen von Tavernier, dem französischen Modelleur. Er versteht sich auf Wachsfiguren so gut wie Ihr Freund Straubenzee auf Luftgewehre.«

»Luftgewehre, Sir! Was meinen Sie damit?«

»Legen Sie doch Hut und Stock auf dem Seitentisch ab! Bitte nehmen Sie Platz. Würde es Ihnen etwas ausmachen, Ihre Pistole ebenfalls abzulegen? Oh, wenn Sie es vorziehen, darauf zu sitzen, bitte sehr. Ihr Besuch kommt mir wirklich höchst gelegen; ich hatte ohnehin das dringende Bedürfnis, ein paar Minuten mit Ihnen zu plaudern.«

Der Graf schaute finster drein, mit drohend zusammengezogenen Augenbrauen.

»Auch ich wollte mich ein wenig mit Ihnen unterhalten, Holmes. Deswegen bin ich ja hier. Ich kann allerdings nicht leugnen, daß ich eben noch vorhatte, über Sie herzufallen.«

Holmes schwang ein Bein auf die Tischkante.

»Ich dachte mir fast, daß Sie etwas Derartiges im Sinn hätten«, sagte er. »Aber warum diese persönlichen Aufmerksamkeiten?«

»Weil Sie mich zu sehr belästigt haben. Weil Sie Ihre Handlanger auf mich angesetzt haben.«

»Meine Handlanger! Ich versichere Ihnen: Nein!«

»Unsinn! Ich habe die Leute doch beschatten lassen. Sie

sind nicht der einzige, der diese Art von Spielchen beherrscht, Holmes.«

»Es ist zwar nur eine Kleinigkeit, Graf Sylvius, aber vielleicht hätten Sie die Güte, sich mir gegenüber einer korrekten Anrede zu befleißigen. Sie sehen sicher ein, daß ich sonst, bei meinen Arbeitsgepflogenheiten, bald mit dem halben Verbrecheralbum auf vertrautem Fuß stünde, und werden mir zustimmen, daß Ausnahmen nur Neid erregen.«

»Na schön, dann eben *Mr.* Holmes.«

»Ausgezeichnet! Doch ich versichere Ihnen, was meine angeblichen Agenten betrifft, so irren Sie sich.«

Graf Sylvius lachte abfällig.

»Andere können genauso gut beobachten wie Sie. Gestern war es ein alter Sportsfreund, heute eine ältliche Frau. Sie haben mich den ganzen Tag über nicht aus den Augen gelassen.«

»Also wirklich, Sir, Sie schmeicheln mir. In der Nacht bevor man ihn hängte, sagte der alte Baron Dowson, in meinem Fall habe das Gesetz gewonnen, was der Bühne verlorengegangen sei. Und nun zollen auch Sie meinen kleinen schauspielerischen Darbietungen so freundliches Lob!«

»Das waren Sie – Sie selbst?«

Holmes zuckte mit den Achseln. »Hier in der Ecke sehen Sie den Sonnenschirm, den Sie mir in den Minories so galant aufgehoben haben, ehe Sie anfingen, Verdacht zu schöpfen.«

»Wenn ich das gewußt hätte, wären Sie nie . . .«

»Wieder in dieses bescheidene Domizil zurückgekehrt. Dessen bin ich mir wohl bewußt. Wir alle trauern verpaßten Gelegenheiten nach. Sie haben es nun einmal nicht gewußt, und somit sitzen wir hier!«

Die gerunzelten Brauen des Grafen zogen sich noch dichter über den drohenden Augen zusammen. »Was Sie da sagen, macht die Sache nur noch schlimmer. Es waren nicht Ihre Agenten, sondern der schauspielernde Naseweis persönlich! Sie geben also zu, daß Sie mir nachspioniert haben. Warum?«

»Ich bitte Sie, Graf. Sie haben doch früher in Algerien Löwen geschossen.«

»Ja und?«

»Weshalb wohl?«

»Weshalb? Na, der Spaß – die Erregung – die Gefahr!«

»Und ohne Zweifel auch, um das Land von einer Plage zu befreien?«

»Genau!«

»Kurz und gut, meine eigenen Beweggründe!«

Der Graf fuhr hoch, und seine Hand zuckte unwillkürlich zur Hüfttasche.

»Setzen Sie sich, Sir, setzen Sie sich! Es gab noch einen weiteren, eher praktischen Grund: Ich will diesen gelben Diamanten!«

Graf Sylvius lehnte sich boshaft lächelnd in den Stuhl zurück.

»Jetzt bin ich aber sprachlos«, sagte er.

»Sie wissen genau, daß ich deswegen hinter Ihnen her bin. Heute abend sind Sie eigentlich nur hierhergekommen, um herauszufinden, wieviel ich über die Sache weiß und ob es unbedingt nötig ist, mich zu beseitigen. Nun, von Ihrem Standpunkt aus betrachtet, würde ich sagen: Es *ist* unbedingt nötig; ich weiß nämlich alles darüber, außer einer einzigen Kleinigkeit, die Sie mir freilich gleich verraten werden.«

»Ach, tatsächlich! Und welches, bitte schön, wäre diese fehlende Kleinigkeit?«

»Der Ort, wo sich der Krondiamant jetzt befindet.«

Der Graf sah sein Gegenüber scharf an. »Oh, das also möchten Sie wissen, ja? Und wie, zum Teufel, soll ich Ihnen das sagen können?«

»Sie können – und Sie werden.«

»Ach wirklich?«

»Sie können mich nicht bluffen, Graf Sylvius.« Während Holmes ihn unverwandt anschaute, verengten sich seine Augen und blitzten, bis sie zwei drohenden Stahlspitzen glichen. »Sie sind so durchsichtig wie Spiegelglas. Ich kann bis auf den tiefsten Grund Ihrer Gedanken blicken.«

»Dann sehen Sie natürlich auch, wo sich der Diamant befindet!«

Holmes klatschte vergnügt in die Hände; dann richtete er spöttisch den Zeigefinger auf den Grafen. »Sie wissen es also. Eben haben Sie es zugegeben!«

»Ich gebe gar nichts zu.«

»Kommen Sie, Graf, wenn Sie vernünftig sind, können wir ein Geschäft miteinander machen. Wenn nicht, wird es nur zu Ihrem Schaden sein.«

Graf Sylvius verdrehte die Augen zur Zimmerdecke. »Und Sie reden von Bluff!« sagte er.

Holmes betrachtete ihn nachdenklich, wie ein meisterlicher Schachspieler, der über seinen entscheidenden letzten Zug nachsinnt. Dann öffnete er die Tischschublade und zog ein kleines, dickes Notizbuch hervor.

»Wissen Sie, was ich in diesem Buch festhalte?«

»Nein, Sir, natürlich nicht!«

»Sie!«

»Mich?«

»Ja, Sir, *Sie*! Hierin sind Sie voll und ganz enthalten – jede Tat Ihres nichtswürdigen und gefährlichen Lebens.«

»Der Teufel soll Sie holen, Holmes!« rief der Graf mit flakkernden Augen. »Meine Geduld hat Grenzen!«

»Es steht alles hier drin, Graf. Die wahren Umstände des Todes der alten Mrs. Harold, die Ihnen den Blymer-Besitz hinterlassen hat, den Sie so schnell wieder verspielten.«

»Sie phantasieren ja!«

»Und die komplette Lebensgeschichte von Miss Minnie Warrender.«

»Tz! Damit werden Sie nichts anfangen können!«

»Wir haben hier noch jede Menge, Graf. Hier wäre der Raubüberfall im Luxuszug zur Riviera am 13. Februar 1892. Hier, im gleichen Jahr, der gefälschte Scheck, ausgestellt auf den Crédit Lyonnais.«

»Nein; in dem Fall irren Sie sich.«

»Folglich liege ich mit den übrigen richtig! Kommen Sie,

Graf, Sie sind doch Kartenspieler. Wenn der andere sämtliche Trümpfe in der Hand hält, spart man viel Zeit, wenn man sein Blatt hinwirft.«

»Was hat dieses ganze Gerede mit dem Juwel zu tun, von dem Sie gesprochen haben?«

»Sachte, Graf. Bezähmen Sie Ihre Ungeduld! Lassen Sie mich auf meine hausbackene Art und Weise zum Kern der Sache kommen. Dieses ganze Material hier habe ich gegen Sie in der Hand; doch vor allem habe ich sowohl gegen Sie als auch gegen Ihren Schläger klare Beweise in Sachen Krondiamant.«

»Ach wirklich?«

»Ich habe den Kutscher, der Sie zur Whitehall gebracht, und den, der Sie wieder weggefahren hat. Ich habe den Commissionaire, der Sie in der Nähe der Vitrine gesehen hat. Ich habe Ikey Sanders, der es ablehnte, sie für Sie aufzuschneiden. Ikey hat schon gepfiffen; das Spiel ist aus.«

Auf der Stirn des Grafen traten die Adern hervor. In unterdrückter Erregung ballten sich konvulsivisch seine dunklen, behaarten Fäuste. Er versuchte zu sprechen; aber die Worte wollten sich nicht bilden.

»Das sind die Karten, mit denen ich spiele«, sagte Holmes. »Ich lege sie alle auf den Tisch. Eine fehlt allerdings noch: der Karokönig. Ich weiß nicht, wo der Stein ist.«

»Das werden Sie auch nie erfahren.«

»Nein? Kommen Sie, seien Sie vernünftig, Graf. Bedenken Sie doch einmal Ihre Situation. Man wird Sie zwanzig Jahre einsperren. Sam Merton ebenfalls. Was kann Ihnen Ihr Diamant da noch nützen? Rein gar nichts. Wenn Sie ihn jedoch aushändigen – nun, dann werde ich aufgrund erhaltener Entschädigung von einer Anzeige absehen. Wir wollen weder Sie noch Sam. Wir wollen den Stein. Geben Sie ihn heraus, dann kommen Sie, sofern es nach mir geht, straffrei davon – vorausgesetzt, Sie benehmen sich künftig. Sollten Sie freilich noch einmal einen Fehltritt begehen – tja, dann wird es Ihr letzter sein. Diesmal allerdings lautet mein Auftrag, den Stein zu bekommen – nicht Sie.«

»Und wenn ich mich weigere?«

»Nun, dann schnappen wir uns – leider! – Sie und nicht den Stein.«

Billy war auf ein Läuten hin erschienen.

»Ich glaube, es wäre ganz gut, Graf, Ihren Freund Sam an dieser Konferenz teilnehmen zu lassen. Schließlich sollten auch seine Interessen vertreten werden. Billy, vor der Haustür findest du einen großen und häßlichen Gentleman. Bitte ihn, heraufzukommen.«

»Und wenn er nicht will, Sir?«

»Keine Gewalt, Billy. Sei nicht grob zu ihm. Wenn du ihm sagst, daß Graf Sylvius nach ihm verlangt, wird er mit Sicherheit kommen.«

»Was haben Sie denn jetzt vor?« fragte der Graf, als Billy wieder verschwand.

»Vor ein paar Minuten war mein Freund Watson bei mir. Ich habe ihm erzählt, daß ich einen Hai und einen Plattfisch im Netz hätte; jetzt hole ich das Netz ein, und die beiden hängen drin.«

Der Graf war aufgestanden, eine Hand hinter dem Rücken. Holmes hielt etwas fest, das aus der Tasche seines Schlafrocks ragte.

»Sie sterben bestimmt nicht im Bett, Holmes.«

»Diesen Gedanken hatte ich auch schon oft. Spielt das eine große Rolle? Ihr eigener Abgang, Graf, dürfte doch auch eher in der Senkrechten als in der Horizontalen erfolgen. Doch dieses Vorgreifen in die Zukunft hat etwas Morbides. Warum geben wir uns nicht ganz zwanglos dem Vergnügen des Augenblicks hin?«

In den dunklen, drohenden Augen des meisterlichen Verbrechers glomm plötzlich ein raubtierhafter Funke auf.

Holmes' Gestalt schien zu wachsen, als er sich straffte und bereit machte.

»Es hat keinen Zweck, nach der Pistole zu tasten, mein Freund«, sagte er ruhig. »Sie wissen sehr gut, daß Sie es nicht wagen dürfen, von ihr Gebrauch zu machen, selbst wenn ich

Ihnen Zeit ließe, sie zu ziehen. Ein garstiges, lautes Ding, so eine Pistole, Graf. Bleiben Sie besser bei den Luftgewehren. Ah! Ich glaube, ich höre die anmutigen Schritte Ihres schätzbaren Partners. Guten Tag, Mr. Merton. Ziemlich langweilig auf der Straße, nicht?«

Der Preisboxer, ein wuchtig gebauter junger Mann mit einem stumpfsinnigen, störrischen, platten Gesicht, stand linkisch an der Tür; er sah sich mit verwirrter Miene um. Holmes' lässige Höflichkeit war eine neue Erfahrung für ihn; obschon er vage spürte, daß sie feindselig war, wußte er nicht, wie er ihr begegnen sollte. Er wandte sich an seinen klügeren Gefährten um Hilfe.

»Was ist denn nun, Graf? Was will der Kerl? Wie sieht's aus?« Seine Stimme klang tief und rauh.

Der Graf zuckte mit den Achseln; die Antwort kam von Holmes.

»Wenn ich es auf eine kurze Formel bringen dürfte, Mr. Merton: Für Sie sieht's zappenduster aus.«

Der Boxer richtete seine Äußerungen noch immer an seinen Bundesgenossen.

»Macht der Nachbar hier dann Witze, oder was? Ich hab aber gar keine Lust auf Witze.«

»Das habe ich auch nicht erwartet«, sagte Holmes. »Ich glaube, ich kann Ihnen versprechen, daß Ihnen im weiteren Verlauf des Abends noch weniger nach Scherzen zumute sein wird. Doch nun passen Sie auf, Graf Sylvius. Ich bin ein beschäftigter Mann und habe meine Zeit nicht gestohlen. Ich gehe jetzt in dieses Schlafzimmer. Während meiner Abwesenheit fühlen Sie sich bitte ganz wie zu Hause. Dann können Sie Ihrem Freund erklären, wie die Sache steht, ohne sich von meiner Gegenwart hemmen zu lassen. Ich werde mich derweilen mit der Geige an der Hoffmannschen Barkarole versuchen. In fünf Minuten komme ich zurück, um mir Ihre endgültige Antwort anzuhören. Die Entscheidung ist Ihnen doch klar, ja? Nehmen wir Sie fest, oder bekommen wir den Stein?«

Holmes zog sich zurück; im Vorbeigehen griff er sich aus

der Ecke die Geige. Ein paar Augenblicke später drangen die langgezogenen, klagenden Noten dieser geisterhaftesten aller Melodien leise durch die geschlossene Schlafzimmertür.

»Was ist denn los?« fragte Merton besorgt, als sich sein Gefährte ihm zuwandte. »Weiß er was von dem Stein?«

»Er weiß viel zu viel davon. Ich bin mir gar nicht sicher, ob er nicht alles weiß.«

»Ach du lieber Gott!« Das bläßliche Gesicht des Boxers wurde um eine Spur bleicher.

»Ikey Sanders hat uns verpfiffen.«

»Ist das wahr? Dem butter ich'n Pfund rein, wenn ich dafür baumeln muß.«

»Das wird uns nicht viel helfen. Wir müssen uns klarwerden, was zu tun ist.«

»Moment mal«, sagte der Boxer; er blickte argwöhnisch zur Schlafzimmertür. »Das ist ein ganz ausgekochter Nachbar; den muß man im Auge behalten. Lauscht der auch nicht?«

»Wie soll er denn lauschen, bei der Musik?«

»Stimmt. Vielleicht steht dann aber einer hinter'm Vorhang. In dem Zimmer hat's sowieso zuviel Vorhänge.« Als er sich umschaute, sah er plötzlich zum ersten Mal die Nachbildung am Fenster; glotzend und mit dem Finger deutend stand er da – zu verblüfft, um etwas sagen zu können.

»Ach was! Das ist doch nur eine Attrappe«, sagte der Graf.

»Nachgemacht, eh? Ja, dann schlägt's dreizehn! So was hat's nicht mal bei Madame Tussaud. Das ist ihm ja wie aus dem Gesicht geschnitten, mit Rock und allem Drum und Dran. Aber die Vorhänge, Graf!«

»Ach, zum Henker mit den Vorhängen! Wir verschwenden nur unsere Zeit, und davon haben wir kein bißchen zuviel. Der kann uns ins Loch bringen wegen diesem Stein.«

»Den Teufel kann er!«

»Andererseits will er uns aber laufen lassen, wenn wir ihm verraten, wo die Sore steckt.«

»Was! Die Sore schießen lassen! Hunderttausend Eier schießen lassen!«

»Entweder das eine oder das andere.«

Merton kratzte sich den kurzgeschorenen Schädel.

»Der ist doch allein da drin. Los, wir machen ihn fertig. Wenn erst mal sein Licht ausgepustet ist, dann haben wir nichts mehr zu fürchten.«

Der Graf schüttelte den Kopf.

»Er ist gut bewaffnet. Wenn wir ihn erschießen, gibt es in einer Wohnung wie der hier kaum eine Möglichkeit zu entwischen. Außerdem ist es ziemlich wahrscheinlich, daß die Polizei das ganze Beweismaterial kennt, das er gesammelt hat. Hallo! Was war das?«

Vom Fenster schien ein unbestimmtes Geräusch zu kommen. Beide Männer wirbelten herum; doch alles war still. Abgesehen von der einen seltsamen Gestalt im Sessel war der Raum zweifellos leer.

»Irgendwas auf der Straße«, sagte Merton. »Also hören Sie, Chef, für den Grips sind Sie zuständig. Sie können sich bestimmt einen Ausweg ausdenken. Wenn Dresche nichts nutzt, dann sind Sie an der Reihe.«

»Ich habe schon bessere als ihn reingelegt«, antwortete der Graf. »Der Stein steckt hier in meiner Geheimtasche. Zu riskant, ihn irgendwo herumliegen zu lassen. Heute nacht kann er aus England geschafft und noch vor Sonntag in Amsterdam in vier Stücke geschnitten werden. Von Van Seddar weiß der Kerl nämlich nichts.«

»Ich hab gedacht, Van Seddar geht erst nächste Woche?«

»Das sollte er auch. Aber jetzt muß er mit dem nächsten Schiff abhauen. Einer von uns muß mit dem Stein los in die Lime Street und es ihm sagen.«

»Aber der doppelte Boden ist noch nicht fertig.«

»Schön, dann muß er ihn eben so nehmen und es riskieren. Wir dürfen keine Sekunde verlieren.« Mit jenem Gespür für Gefahr, das sich beim Jäger zum Instinkt entwickelt, hielt er noch einmal inne und warf einen scharfen Blick zum Fenster. Ja, das undeutliche Geräusch war mit Sicherheit von der Straße gekommen.

»Was Holmes angeht«, fuhr er fort, »den können wir ziemlich leicht reinlegen. Verstehst du, der Idiot will uns ja nicht festnehmen lassen, wenn er den Stein bekommt. Schön, versprechen wir ihm eben den Stein. Wir locken ihn auf eine falsche Fährte, und noch ehe er merkt, daß es die falsche ist, ist der Stein in Holland, und wir sind außer Landes.«

»Das hört sich gut an!« rief Sam grinsend.

»Du gehst los und sagst dem Holländer, er soll sich beeilen. Ich kümmere mich um diesen Trottel und saug mir ein Geständnis aus den Fingern. Ich werde ihm erzählen, daß sich der Stein in Liverpool befindet. Zum Teufel mit dieser Jammermusik; sie geht mir auf die Nerven! Bis er merkt, daß der Stein gar nicht in Liverpool ist, ist dieser in vier Teile geschnitten, und wir sind auf hoher See. Tritt mal etwas zurück, aus der Sichtlinie von diesem Schlüsselloch da. Hier ist der Stein.«

»Daß Sie es wagen, den so einfach mit sich rumzuschleppen!«

»Wo könnte ich ihn denn noch sicherer aufbewahren? Wenn wir es geschafft haben, ihn aus der Whitehall zu stehlen, dann bekommt ihn ein anderer bestimmt auch aus meiner Wohnung.«

»Ich möcht ihn mir mal anschauen.«

Graf Sylvius warf seinem Bundesgenossen einen nicht gerade schmeichelhaften Blick zu und ignorierte die ungewaschene Hand, die sich ihm entgegenstreckte.

»Was – glau'm Sie denn, ich will Ihnen den wegschnappen? Hören Sie mal, Mister, so langsam hab ich Ihr Benehmen aber ziemlich satt.«

»Schon gut; war nicht so gemeint, Sam. Streit können wir uns jetzt wirklich nicht leisten. Komm rüber ans Fenster, wenn du das Prachtstück richtig sehen willst. Jetzt halt ihn ans Licht! Hier!«

»Danke!«

Mit einem einzigen Sprung war Holmes aus dem Sessel der Attrappe geschnellt und hatte das kostbare Juwel an sich gerissen. Nun hielt er es in einer Hand, während er mit der anderen einen Revolver auf den Kopf des Grafen richtete. In höchster Verblüffung taumelten die beiden Schurken zurück. Noch ehe sie sich wieder gefangen hatten, hatte Holmes die elektrische Klingel betätigt.

»Keine Gewalt, Gentlemen – keine Gewalt, wenn ich bitten darf! Denken Sie an das Mobiliar! Es dürfte Ihnen doch völlig klar sein, daß Ihre Situation aussichtslos ist. Die Polizei wartet bereits unten.«

Die Bestürzung des Grafen war größer als seine Wut und Furcht.

»Aber wie zum Teufel ...« keuchte er.

»Ihre Überraschung ist durchaus verständlich. Sie wissen nicht, daß aus meinem Schlafzimmer eine zweite Tür hinter diesen Vorhang führt. Ich dachte eigentlich, daß Sie mich gehört haben müssen, als ich die Figur durch mich selbst ersetzte; aber das Glück stand mir zur Seite. Das gab mir Gelegenheit, Ihre schwungvolle Konversation zu belauschen, die wohl in quälender Steifheit verlaufen wäre, hätten Sie meine Anwesenheit bemerkt.«

Der Graf machte eine resignierende Geste.

»Sie sind uns über, Holmes. Ich glaube, Sie sind der Teufel in Person.«

»Nicht weit von ihm entfernt auf jeden Fall«, erwiderte Holmes mit einem höflichen Lächeln.

Sam Mertons träger Verstand hatte die Situation nur allmählich erfaßt. Als nun von der Treppe draußen das Geräusch schwerer Schritte erschallte, machte er seinem Schweigen schließlich ein Ende.

»Jetzt hat's mich erwischt!« sagte er. »Aber, sagen Sie mal, was ist denn mit der verflixten Fiedel los? Ich hör sie immer noch.«

»Tz, tz!« gab Holmes zurück. »Sie hören vollkommen richtig. Lassen Sie sie nur spielen! Diese modernen Grammophone sind eine bemerkenswerte Erfindung.«

Polizisten strömten herein, Handschellen klickten, und die

Verbrecher wurden zum wartenden Wagen abgeführt. Watson blieb noch bei Holmes; er gratulierte ihm zu dem frischen Blatt an seinem Lorbeerkranz. Ihre Unterhaltung wurde jedoch abermals von dem unerschütterlichen Billy mit seinem Karten-Tablett unterbrochen.

»Lord Cantlemere, Sir.«

»Führ ihn herein, Billy. Das ist der berühmte Peer, der die allerhöchsten Interessen vertritt«, sagte Holmes. »Er ist eine hervorragende und rechtschaffene Persönlichkeit, gehört aber noch ziemlich der alten Schule an. Wollen wir ihn etwas aus der Reserve locken und uns eine winzige Freiheit herausnehmen? Er weiß vermutlich noch nichts von den jüngsten Ereignissen.«

Die Tür öffnete sich, um eine dünne, asketische Gestalt mit scharfgeschnittenem Gesicht hereinzulassen. Der herabhängende Backenbart (im Stil der mittleren viktorianischen Zeit) war von schimmernder Schwärze; er paßte nicht so recht zu den gerundeten Schultern und dem kraftlosen Gang. Holmes trat freundlich vor und schüttelte eine teilnahmslose Hand.

»Wie geht es Ihnen, Lord Cantlemere? Es ist kühl für diese Jahreszeit; aber dafür ist es drinnen ziemlich warm. Darf ich Ihnen den Mantel abnehmen?«

»Nein danke, ich möchte nicht ablegen.«

Holmes legte ihm beschwörend die Hand auf den Ärmel.

»Bitte, erlauben Sie! Mein Freund Dr. Watson wird Ihnen bestätigen, daß solche Temperaturwechsel höchst heimtückisch sind.«

Seine Lordschaft machte sich etwas ungeduldig los.

»Ich befinde mich ganz wohl, Sir. Ich habe nicht das Bedürfnis zu bleiben. Ich habe lediglich hereingeschaut, um festzustellen, wie Sie mit Ihrer selbsterwählten Aufgabe vorankommen.«

»Sie ist schwierig – sehr schwierig.«

»Daß Sie zu diesem Befund gelangen, habe ich befürchtet.«

Ein leiser Spott lag in den Worten und im Gebaren des alten Höflings.

»Jedermann stößt einmal an seine Grenzen, Mr. Holmes; aber das kuriert uns von der Schwäche der Selbstzufriedenheit.«

»Ja, Sir, ich bin mittlerweile höchst verwirrt.«

»Zweifellos.«

»Besonders in einem Punkt. Möglicherweise könnten Sie mir darin weiterhelfen?«

»Ihre Bitte um Rat kommt ein bißchen spät. Ich dachte, Sie verfügen über eigene, unfehlbare Methoden? Gleichwohl bin ich bereit, Ihnen zu helfen.«

»Sehen Sie, Lord Cantlemere, die eigentlichen Diebe können wir ohne Zweifel unter Anklage stellen.«

»Sobald Sie sie gefangen haben.«

»Genau. Aber die Frage lautet: Wie sollen wir gegen den Hehler vorgehen?«

»Ist es dazu nicht etwas zu früh?«

»Man tut immer gut daran, vorauszuplanen. Also, was wäre nach Ihrem Darfürhalten ein schlüssiger Beweis gegen den Hehler?«

»Der tatsächliche Besitz des Steines.«

»Sie würden ihn daraufhin festnehmen?«

»Ohne jeden Zweifel.«

Holmes lachte selten; aber soweit sich sein alter Freund Watson erinnern konnte, war er noch nie so nahe daran, herauszuplatzen.

»In diesem Fall, mein lieber Sir, sehe ich mich in die schmerzliche Notwendigkeit versetzt, Ihre Festnahme zu empfehlen.«

Lord Cantlemere war sehr verärgert. Auf den bleichen Wangen flackerte etwas von seinem alten Feuer auf.

»Sie nehmen sich allerhand heraus, Mr. Holmes. In den fünfzig Jahren meiner Amtszeit kann ich mich keines solchen Vorkommnisses entsinnen. Ich bin ein beschäftigter Mann, Sir, von wichtigen Geschäften in Anspruch genommen, und ich habe weder Zeit noch Sinn für alberne Scherze. Ich will Ihnen offen sagen, Sir, daß ich an Ihre Fähigkeiten nie geglaubt habe und immer der Ansicht war, daß diese Angelegenheit in den Händen der regulären Polizei weit besser aufgehoben wäre. Meine Meinung wird durch Ihr Verhalten voll und ganz bestätigt. Ich habe die Ehre, Sir, Ihnen einen guten Morgen zu wünschen.«

Holmes hatte rasch seinen Standort gewechselt und befand sich nun zwischen dem Peer und der Tür.

»Einen Moment, Sir«, sagte er. »Sich jetzt mit dem Mazarin-Stein davonzumachen, wäre ein größeres Vergehen, als ihn nur zeitweilig in Besitz zu haben.«

»Sir, das ist unerträglich! Lassen Sie mich vorbei.«

»Stecken Sie doch einmal Ihre Hand in die rechte Manteltasche.«

»Was soll das, Sir?«

»Na los, nur zu; tun Sie, worum ich Sie bitte.«

Einen Augenblick später stand der verdutzte Peer blinzelnd und stammelnd da, den großen gelben Stein in der zitternden Hand.

»Was! Was! Wie ist das möglich, Mr. Holmes?«

»Ach je, Lord Cantlemere, ach je!« rief Holmes. »Mein alter Freund Watson hier kann Ihnen ein Lied singen von meiner garstigen Angewohnheit, handfeste Späße zu machen. Außerdem davon, daß ich einer dramatischen Situation einfach nicht widerstehen kann. Ich habe mir die Freiheit genommen – die sehr große Freiheit, wie ich zugebe –, Ihnen den Stein zu Beginn unserer Unterhaltung in die Tasche zu stekken.«

Der alte Peer starrte von dem Stein auf das lächelnde Gesicht vor ihm.

»Sir, ich bin verwirrt. Aber – doch – es ist tatsächlich der Mazarin-Stein. Wir stehen tief in Ihrer Schuld, Mr. Holmes. Ihr Sinn für Humor mag, wie Sie selbst einräumen, ein wenig verdreht sein und sich bemerkenswert unzeitig entfalten, doch zumindest nehme ich alles zurück, was ich über Ihre erstaunlichen beruflichen Fähigkeiten geäußert habe. Aber wie . . .«

»Der Fall ist erst zur Hälfte abgeschlossen; doch die Details können warten. Der Genuß, Lord Cantlemere, in den erlauchten Kreisen, in die Sie zurückkehren, vom glücklichen Ausgang der Geschichte erzählen zu können, wird Sie für meinen handfesten Spaß zweifellos ein wenig entschädigen. Billy, du führst seine Lordschaft hinaus und richtest Mrs. Hudson aus, ich wäre ihr dankbar, wenn sie so bald wie möglich ein Abendessen für zwei Personen heraufschicken würde.«

DIE DREI GIEBEL

Ich glaube, keines meiner Abenteuer mit Mr. Sherlock Holmes begann so abrupt und dramatisch wie jenes, das sich für mich an Die Drei Giebel knüpft. Ich hatte Holmes seit einigen Tagen nicht gesehen und wußte nicht, in welche neuen Bahnen seine Aktivitäten unterdessen gelenkt worden waren. An jenem Morgen war er jedoch in Plauderlaune und hatte mir eben den abgewetzten tiefen Sessel neben dem Kamin angewiesen (dieweil er sich mit der Pfeife im Mund in den Stuhl gegenüber schmiegte), als unser Besucher erschien. Hätte ich statt »Besucher« »rasender Stier« gesagt, so würde das einen deutlicheren Eindruck des Ereignisses vermitteln.

Die Tür war aufgeflogen, und herein stürzte ein riesiger Neger. Wäre er nicht so furchterregend gewesen, so hätte er eine komische Figur abgegeben, denn er trug einen überaus knalligen graukarierten Anzug mit einer wallenden lachsfarbenen Krawatte. Sein breites Gesicht mit der abgeplatteten Nase schob sich vor, während die düsteren Augen, in denen es feindselig schwelte, zwischen uns hin und her schweiften.

»Wer von den Genelmen is Masser Holmes?« fragte er.

Holmes hob matt lächelnd die Pfeife in die Höhe.

»Aha! Sie sin das, ja?« sagte unser Besucher, wobei er ungemütlich schleichenden Schrittes die Tischkante umrundete. »Hören Sie, Masser Holmes, Sie halten sich raus aus Angelegenheiten von andere Leut. Lassen Leut ihre Sache selber erledigen. Kapiert, Masser Holmes?«

»Sprechen Sie weiter«, sagte Holmes. »Das klingt gut.«

»Oh! Klingt gut, ja?« knurrte der Wilde. »Klingt nicht mehr so verdammt gut, wenn ich Sie n bissel vertrimmen muß. Ich hab schon früher mit Leut wie Sie zu tun gehabt, und die ham nicht so gut ausgesehn, wie ich mit ihnen fertig war. Da sehn Sie her, Masser Holmes!«

Er schwang einen riesigen knorrigen Klumpen von einer Faust unter die Nase meines Freundes. Holmes betrachtete sie eingehend mit höchst interessierter Miene. »Ist die angeboren?« fragte er. »Oder ist sie erst allmählich so geworden?«

Ob es mit der eisigen Gelassenheit meines Freundes zusammenhing oder mit dem leisen Geklapper, das ich verursachte, als ich den Schürhaken zur Hand nahm: die Hitzigkeit unseres Besuchers mäßigte sich jedenfalls.

»Also, ich hab Sie rechtzeitig gewarnt«, sagte er. »Ich hab n Freund, der is interessiert von wegen Harrow – Sie wissen, was ich mein – und der will keine Einmische von Ihnen nicht. Kapiert? Sie sin nich das Gesetz, und ich bin nich das Gesetz, und wenn Sie die Nase reinstecken, dann bin ich auch zur Stelle. Vergessen Sie das nich.«

»Ich wollte Sie schon lange einmal kennenlernen«, sagte Holmes. »Ich kann Sie nicht bitten, Platz zu nehmen, weil mir Ihr Geruch mißfällt; aber sind Sie nicht Steve Dixie, der Schläger?«

»Das is mein Name, und den kriegen Sie sicherlich eingebleut, wenn Sie ne Lippe riskieren.«

»Was Lippen betrifft, kann sich bestimmt keiner mit Ihnen messen«, sagte Holmes; er starrte auf den abscheulichen Mund unseres Besuchers. »Aber da wäre noch die Ermordung des jungen Perkins vor der Holborn-Bar ... Was! Sie wollen doch nicht etwa schon wieder gehen?«

Der Neger hatte einen Satz nach hinten gemacht, und sein Gesicht war bleigrau. »So ein Geschwätz will ich nich hören«, sagte er. »Was hab ich zu tun mit diesem Perkins, Masser Holmes? Ich hab doch gerade am Bull Ring in Birmingham trainiert, als dieser Junge in Schlamassel gekommen is.«

»Ja, davon können Sie dann dem Richter erzählen, Steve«, sagte Holmes. »Ich habe Sie und Barney Stockdale schon eine Weile im Auge ...«

»So wahr mir Gott helfe! Masser Holmes ...«

»Das reicht jetzt. Lassen Sie die Finger davon. Ich hol Sie mir schon, wenn ich Sie brauche.«

»Gu'n Morgen, Masser Holmes. Sie nehm doch hoffentlich mein Besuch nich krumm?«

»Doch – es sei denn, Sie verraten mir, wer Sie geschickt hat.«

»Och, das is kein Geheimnis nich, Masser Holmes. Das war der Genelman, den Sie grad erwähnt ham.«

»Und wer hat ihm den Auftrag dazu erteilt?«

»Weiß Gott. Ich weiß nich, Masser Holmes. Er hat nur gesagt, ›Steve, geh du zu Masser Holmes und richte aus, er ist sein Leben nich mehr sicher, wenn er inne Gegend von Harrow kommt.‹ Das is die ganze Wahrheit.«

Ohne irgendeine weitere Frage abzuwarten, sauste unser Besucher aus dem Zimmer – ebenso überstürzt, wie er gekommen war. Leise kichernd klopfte Holmes die Asche aus seiner Pfeife.

»Ich bin froh, daß Sie nicht gezwungen waren, ihm den wolligen Schädel einzuschlagen, Watson. Ich habe Ihr Manöver mit dem Schürhaken bemerkt. Aber eigentlich ist er ein ziemlich harmloser Bursche, ein großes, muskulöses, törichtes, polterndes Baby – und leicht ins Bockshorn zu jagen, wie Sie gesehen haben. Er gehört zur Spencer-John-Bande und war unlängst an einer schmutzigen Sache beteiligt, die ich noch aufklären könnte, falls ich mal Zeit habe. Sein unmittelbarer Chef, Barney, ist etwas gewitzter. Ihre Spezialität sind Überfälle, Einschüchterungen und dergleichen. Was ich freilich wissen möchte, ist: Wer ist diesmal der Hintermann?«

»Aber warum wollen die Leute denn Sie einschüchtern?«

»Es geht um diesen Harrow-Weald-Fall. Der Vorfall veranlaßt mich, der Sache auf den Grund zu gehen; denn wenn sich jemand der Mühe unterzieht, davon so viel Aufhebens zu machen, dann muß etwas dran sein.«

»Aber worum handelt es sich denn?«

»Ich war just im Begriff, Ihnen das zu erzählen, als sich dieses possierliche Intermezzo ereignete. Hier ist der Brief von Mrs. Maberley. Wenn Sie Lust haben, mich zu begleiten, geben wir ihr telegraphisch Nachricht und brechen sofort auf.«

LIEBER MR. SHERLOCK HOLMES, (las ich) –

Bei mir hat sich, im Zusammenhang mit diesem Haus, eine Reihe seltsamer Vorfälle ereignet, und ich würde großen Wert auf Ihren Rat legen. Sie können mich morgen zu jeder beliebigen Zeit zu Hause antreffen. Das Haus liegt nur eine kurze Wegstrecke von der Weald-Station entfernt. Ich glaube, mein seliger Gatte, Mortimer Maberley, war einer Ihrer früheren Klienten.

Ihre sehr ergebene
MARY MABERLEY.

Die Adresse lautete »Die Drei Giebel, Harrow Weald«.

»So, das wär's«, sagte Holmes. »Und nun wollen wir uns, wenn Sie Zeit haben, Watson, auf den Weg machen.«

Eine kurze Eisenbahn- und eine noch kürzere Wagenfahrt brachten uns zu dem Holz-und-Backstein-Landhaus; das dazugehörige Grundstück bestand aus brachliegendem Weideland. Drei schmale Vorsprünge über den oberen Fenstern stellten einen schwachen Versuch dar, seinen Namen zu rechtfertigen. Dahinter befand sich eine Gruppe melancholischer, halberwachsener Kiefern; das Ganze wirkte armselig und deprimierend. Nichtsdestoweniger fanden wir das Haus wohleingerichtet vor, und die Lady, die uns in Empfang nahm, war eine äußerst einnehmende ältere Person, mit allen Anzeichen von Bildung und Kultur.

»Ich kann mich an Ihren Gatten gut erinnern, Madame«, sagte Holmes, »obwohl es schon einige Jahre her ist, daß er meine Dienste wegen einer Kleinigkeit in Anspruch nahm.«

»Vermutlich sagt Ihnen der Name meines Sohnes Douglas mehr.«

Holmes sah sie mit großem Interesse an.

»Meine Güte! Sind Sie etwa die Mutter von Douglas Maberley? Ich kannte ihn zwar nur flüchtig, aber er war ja ohnehin in ganz London bekannt. Was für ein großartiger Mensch! Wo hält er sich denn inzwischen auf?«

»Er ist tot, Mr. Holmes, tot! Er war Attaché in Rom und ist dort letzten Monat an Lungenentzündung gestorben.«

»Das tut mir leid. In Verbindung mit einem solchen Mann kann man sich den Tod gar nicht vorstellen. Noch nie habe ich jemanden kennengelernt, der so sprühte vor Lebenslust. Er lebte intensiv – mit jeder Faser seines Wesens!«

»Zu intensiv, Mr. Holmes. Und das war sein Verderben. Sie erinnern sich daran, wie er war – strahlend und liebenswert. Sie haben das schwermütige, verdrießliche, vor sich hin brütende Geschöpf nicht mehr erlebt, zu dem er sich entwikkelte. Sein Herz war gebrochen. Mir war, als hätte sich mein prächtiger Junge in einem einzigen Monat in einen ausgelaugten und zynischen Menschen verwandelt.«

»Eine Liebesaffäre – eine Frau?«

»Oder eine Teufelin. Nun ja, ich habe Sie nicht hierhergebeten, um von meinem armen Jungen zu reden, Mr. Holmes.«

»Dr. Watson und ich stehen zu Ihrer Verfügung.«

»Es haben sich einige sehr seltsame Dinge ereignet. Ich wohne nun schon seit über einem Jahr in diesem Haus, und da ich ein zurückgezogenes Leben führen wollte, habe ich meine Nachbarn bislang nur selten zu Gesicht bekommen. Vor drei Tagen rief mich ein Mann an, der sich als Häusermakler ausgab. Er sagte, daß dieses Haus genau den Wünschen eines seiner Klienten entspreche und daß, falls ich verkaufen wolle, Geld keine Rolle spiele. Das kam mir sehr merkwürdig vor, weil mehrere leerstehende Häuser auf dem Markt sind, die wahrscheinlich ebenso geeignet wären; aber was er sagte, hat mich natürlich interessiert. Ich nannte daher einen Preis, der fünfhundert Pfund über dem lag, den ich selbst bezahlt hatte. Er nahm sofort an, fügte jedoch hinzu, daß sein Klient auch das Mobiliar zu kaufen wünsche; ich möge den Preis entsprechend erhöhen. Einige dieser Möbel stammen noch aus meiner alten Wohnung, und sie sind, wie Sie sehen, in sehr gutem Zustand, so daß ich eine hübsche runde Summe nannte. Auch in diese willigte er sofort ein. Ich hatte schon immer den Wunsch zu reisen, und das Angebot war derartig günstig, daß es wirklich so aussah, als könnte ich für den Rest meines Lebens mein eigener Herr sein.

Gestern traf der Mann mit dem schon vollständig aufgesetzten Vertrag ein. Glücklicherweise habe ich ihn Mr. Sutro gezeigt, meinem in Harrow wohnenden Rechtsanwalt. Er sagte mir: ›Das ist ein sehr sonderbares Dokument. Ist Ihnen bewußt, daß Sie, wenn Sie das unterschreiben, von Rechts wegen *überhaupt nichts* aus dem Haus mitnehmen dürfen – nicht einmal Ihren privaten Besitz?‹ Als der Mann abends wiederkam, habe ich ihn auf diesen Punkt aufmerksam gemacht und betont, daß ich lediglich das Mobiliar zu verkaufen beabsichtige.

›Nein, nein; alles‹, sagte er.

›Aber meine Kleidung? Mein Schmuck?‹

›Nun ja, nun ja, was Ihre persönlich Habe angeht, so lassen sich da vielleicht ein paar Zugeständnisse machen. Aber nichts darf ohne Kontrolle das Haus verlassen. Mein Klient ist zwar sehr großzügig, aber er hat seine Launen und Eigenheiten. Bei ihm heißt es: alles oder nichts.‹

›Dann muß es heißen: nichts‹, sagte ich. Und dabei wurde es belassen, doch das Ganze kam mir so ungewöhnlich vor, daß ich dachte . . .«

Da ereignete sich eine sehr merkwürdige Störung.

Holmes hob um Ruhe bittend die Hand. Dann durchquerte er mit langen Schritten den Raum, riß die Tür auf und zog eine große hagere Frau, die er an der Schulter gepackt hielt, ihrem Sträuben zum Trotz ins Zimmer, wie ein riesiges unbeholfenes Huhn, das zeternd aus seinem Stall gezerrt wird.

»Lassen Sie mich los! Was fällt Ihnen ein!« kreischte sie.

»Nanu, Susan, was hat das zu bedeuten?«

»Naja, Ma'am, ich wollt gerade reinkommen und fragen, ob Ihr Besuch zum Mittagessen bleibt, da springt dieser Herr da heraus und fällt über mich her.«

»Ich habe sie bereits die letzten fünf Minuten über gehört, wollte aber Ihren höchst interessanten Bericht nicht unterbrechen. Wohl ein bißchen asthmatisch, Susan, wie? Sie atmen zu schwer für diese Art von Arbeit.«

Susan wandte ihrem Fänger ein mürrisches, doch erstauntes Gesicht zu.

»Wer sind Sie überhaupt, und was für ein Recht haben Sie, mich so rumzuzerren?«

»Es geschah nur aus dem Wunsch heraus, in Ihrem Beisein eine Frage zu stellen. Haben Sie, Mrs. Maberley, irgend jemandem gegenüber erwähnt, daß Sie beabsichtigen, mir zu schreiben und mich zu konsultieren?«

»Nein, Mr. Holmes.«

»Wer hat Ihren Brief aufgegeben?«

»Susan.«

»Na bitte. Also, Susan, wem haben Sie denn nun geschrieben oder eine Nachricht zukommen lassen, daß Ihre Herrin mich um Rat fragen will?«

»Das ist gelogen. Ich hab niemand eine Nachricht zukommen lassen.«

»Aber, aber, Susan; Asthmatiker leben gewöhnlich nicht lange, wie Sie wissen. Flunkern ist eine schlimme Sache. Wem haben Sie es verraten?«

»Susan!« rief ihre Herrin, »mir scheint, Sie sind ein falsches, treuloses Frauenzimmer. Jetzt erinnere ich mich, daß ich gesehen habe, wie Sie mit jemandem über die Hecke hinweg gesprochen haben.«

»Das geht nur mich was an«, sagte die Frau trotzig.

»Und wenn ich Ihnen sage, daß es Barney Stockdale war, mit dem Sie gesprochen haben?« fragte Holmes.

»Na, wenn Sie's eh schon wissen, was fragen Sie dann noch danach?«

»Ich war mir nicht ganz sicher, aber nun weiß ich es. Alsdann, Susan, es soll mir zehn Pfund wert sein, wenn Sie mir verraten, wer Barneys Hintermann ist.«

»Jemand, der für jede Zehnpfundnote, die Sie haben, tausend Pfund hinblättern kann.«

»So, ein reicher Mann? Nein; Sie lächeln – eine reiche Frau. Nun, da wir schon so weit gediehen sind, könnten Sie ebensogut den Namen angeben und sich den Zehner verdienen.«

»Den Teufel werd ich tun.«

»Oh, Susan! Was für eine Ausdrucksweise!«

»Ich hau jetzt ab hier. Ich hab die Nase voll von Ihnen allen. Morgen laß ich meinen Koffer holen!« Sie warf sich herum und stürmte zur Tür.

»Good bye, Susan. Kampfer ist ein bewährtes Mittel ... Tja«, fuhr er fort, wobei sich seine Heiterkeit, sobald sich die Tür hinter der wutentbrannten Frau geschlossen hatte, unversehens in Bedenklichkeit verwandelte, »diese Bande meint es ernst. Schauen Sie doch einmal, wie dicht die Leute dranbleiben. Ihr Brief an mich trägt den Poststempel von zehn Uhr abends. Dennoch leitet Susan die Nachricht an Barney weiter. Barney hat Zeit, seinen Auftraggeber aufzusuchen und Instruktionen entgegenzunehmen; er oder sie – ich neige zu letzterem, weil Susan grinste, als sie glaubte, ich hätte einen Schnitzer gemacht – entwirft einen Plan. Black Steve wird eingeschaltet, und ich werde am nächsten Morgen aufgefordert, mich aus der Sache herauszuhalten. Sehen Sie, das nennt man rasche Arbeit.«

»Aber was wollen die Leute denn?«

»Ja, das ist die Frage. Wem hat das Haus vor Ihnen gehört?«

»Einem Schiffskapitän im Ruhestand namens Ferguson.«

»War irgend etwas Ungewöhnliches an ihm?«

»Nicht, daß ich wüßte.«

»Ich war gerade am Überlegen, ob er vielleicht etwas verborgen haben könnte. Gewiß, wenn Leute heutzutage einen Schatz verbergen, dann tun sie das bei der Postbank. Aber ein paar Verrückte gibt es immer. Ohne sie wäre die Welt ja auch langweilig. Mein erster Gedanke war der an versteckte Wertsachen. Doch warum sollten die Leute dann Ihre Möbel haben wollen? Sie besitzen nicht zufällig einen Raffael oder eine Erstausgabe von Shakespeare, ohne es zu wissen?«

»Nein, ich glaube nicht, daß ich etwas Selteneres als ein Crown-Derby-Teeservice besitze.«

»Das würde all diese Geheimniskrämerei wohl kaum rechtfertigen. Außerdem, warum sollten die Leute dann nicht ganz offen erklären, was sie wollen? Wenn sie es auf Ihr Teeservice abgesehen haben, können sie dafür mit Sicherheit einen Preis vorschlagen, ohne Ihnen gleich das Haus unter dem Dach wegzukaufen. Nein, wie ich die Sache lese, gibt es etwas, wovon Sie nicht wissen, daß Sie es besitzen, und das Sie nicht hergeben würden, wenn Sie es wüßten.«

»So lese ich es auch«, sagte ich.

»Dr. Watson teilt meine Ansicht, womit wir diesen Punkt abhaken können.«

»Gut, Mr. Holmes, aber worum kann es sich denn handeln?«

»Wir wollen einmal sehen, ob diese rein theoretische Analyse schon ausreicht, um die Sache einzugrenzen. Sie wohnen seit einem Jahr in diesem Haus.«

»Fast zwei.«

»Um so besser. Während dieses langen Zeitraums möchte kein Mensch irgend etwas von Ihnen. Jetzt plötzlich, innerhalb von drei oder vier Tagen, tritt man mit dringenden Forderungen an Sie heran. Was würden Sie daraus schließen?«

»Das kann nur bedeuten«, sagte ich, »daß das Objekt, was immer es sein mag, erst vor kurzem ins Haus gelangt ist.«

»Das können wir dann auch abhaken«, sagte Holmes. »Nun, Mrs. Maberley, *ist* kürzlich irgendein Objekt angekommen?«

»Nein; ich habe mir in diesem Jahr noch nichts Neues zugelegt.«

»Aha! Das ist höchst bemerkenswert. Tja, ich glaube, es ist am besten, wenn wir die Dinge sich noch ein bißchen weiterentwickeln lassen – bis wir über klarere Daten verfügen. Ist denn dieser Ihr Rechtsanwalt tüchtig?«

»Mr. Sutro ist überaus tüchtig.«

»Haben Sie noch eine Hausangestellte, oder war die reizende Susan, die eben die Haustür zugeknallt hat, alleine bei Ihnen?«

»Ich habe noch eine junge Zofe.«

»Versuchen Sie Sutro dazu zu bringen, ein- oder zweimal

hier im Haus zu übernachten. Sie werden möglicherweise Schutz brauchen.«

»Gegen wen denn?«

»Wer weiß? Die Angelegenheit ist zweifellos undurchsichtig. Wenn ich nicht herausfinden kann, hinter was die Leute her sind, muß ich die Sache von der anderen Seite angehen und versuchen, an den Auftraggeber heranzukommen. Hat dieser Häusermakler eine Adresse hinterlassen?«

»Nur seine Karte mit der Berufsangabe. Haines-Johnson, Auktionator und Taxator.«

»Ich glaube nicht, daß wir ihn im Adreßbuch finden. Ehrenwerte Geschäftsleute machen aus der Anschrift ihres Geschäftssitzes kein Geheimnis. Gut, Sie lassen mich jedenfalls jede neue Entwicklung der Ereignisse wissen. Ich habe mich nun Ihres Falles angenommen, und Sie können sich darauf verlassen, daß ich der Sache auf den Grund kommen werde.«

Als wir die Halle durchquerten, fiel Holmes' Blick, dem nichts entging, auf verschiedene Koffer und Kisten, die sich in der Ecke stapelten. Die Gepäckaufkleber waren deutlich zu erkennen.

»›Milano‹. ›Luzern‹. Die kommen aus Italien.«

»Das sind die Sachen von meinem armen Douglas.«

»Sie haben sie noch nicht ausgepackt? Wie lange sind die Sachen denn schon hier?«

»Sie sind letzte Woche angekommen.«

»Aber Sie sagten doch – ja, natürlich; das dürfte das fehlende Glied sein. Woher wissen wir denn, ob sich darin nicht etwas Wertvolles befindet?«

»Ausgeschlossen, Mr. Holmes. Der arme Douglas hatte ja nur sein Gehalt und eine kleine Jahresrente. Was konnte er schon Wertvolles besitzen?«

Holmes war in Gedanken verloren.

»Verschieben Sie es nicht länger, Mrs. Maberley«, sagte er schließlich. »Lassen Sie diese Gepäckstücke ins Schlafzimmer hinaufbringen. Überprüfen Sie sie so bald wie möglich und stellen Sie fest, was sie enthalten. Ich werde morgen wiederkommen und hören, was Sie zu berichten haben.«

Ganz offensichtlich wurden Die Drei Giebel sehr streng überwacht; denn als wir am Wegende die hohe Hecke umrundeten, stand dort im Schatten der schwarze Preisboxer. Wir stießen ganz unvermutet auf ihn, und an dieser einsamen Stätte wirkte er wie eine grimme und dräuende Statue. Holmes steckte die Hand in die Tasche.

»Suchen Sie Ihre Pistole, Masser Holmes?«

»Nein; nur mein Riechfläschchen, Steve.«

»Sehr komisch, Masser Holmes, eh?«

»Es wird Ihnen nicht mehr so komisch vorkommen, Steve, wenn ich Sie mir erst einmal vorknöpfe. Ich habe Sie heute morgen schon vorgewarnt.«

»Naja, Masser Holmes, ich hab überdenkt, was Sie gesagt ham, und ich will kein Geschwätz nich mehr über die Sache mit Masser Perkins. Wenn ich was helfen kann, Masser Holmes, dann tu ich's.«

»Na gut, dann verraten Sie mir doch mal, wer bei diesem Job hier hinter Ihnen steht.«

»So wahr mir Gott helfe! Masser Holmes, ich hab Ihnen die Wahrheit schon gesagt. Ich weiß nich. Mein Boss Barney gibt mir Befehle, und das is alles.«

»Schön; aber merken Sie sich, Steve: Die Lady in diesem Haus und alles, was sich unter seinem Dach befindet, stehen unter meinem persönlichen Schutz. Vergessen Sie das ja nicht.«

»In Ordnung, Masser Holmes. Ich denke dran.«

»Ich habe ihm einen tüchtigen Schrecken eingejagt, Watson«, bemerkte Holmes, als wir weitergingen. »Ich glaube, wenn er wüßte, wer sein Auftraggeber ist, würde er jetzt ein Doppelspiel treiben. Ein Glück, daß ich mich in der Spencer-John-Bande ein wenig auskenne und daß Steve dazugehört. Nun denn, Watson, das ist ein Fall für Langdale Pike, und ich beabsichtige, ihn gleich aufzusuchen. Wenn ich zurückkomme, werde ich vermutlich klarer sehen.«

Für den Rest des Tages bekam ich Holmes nicht mehr zu Gesicht; doch ich konnte mir gut vorstellen, wie er ihn verbrachte, denn Langdale Pike war sein lebendes Nachschlagewerk für alles, was mit gesellschaftlichem Skandal zu tun hatte. Dieses sonderbare, schlaffe Wesen hielt sich von früh bis spät im Erker eines Clubs in der St. James Street auf; er war sowohl Empfangsstation als auch Übermittler jedweden Klatsches aus der Metropole. Wie es hieß, erhielt er für die Artikel, mit denen er allwöchentlich die Schundblätter für ein neugieriges Publikum belieferte, ein vierstelliges Honorar. Wann immer weit unten in den trübsten Tiefen des Londoner Lebens ein seltsamer Wirbel oder Strudel entstand – mit mechanischer Exaktheit wurde er auf der Oberfläche von diesem menschlichen Registrierapparat erfaßt. Holmes verhalf Langdale diskret zu Informationen und nahm dafür seinerseits gelegentlich dessen Hilfe in Anspruch.

Als ich meinen Freund am frühen Morgen des nächsten Tages in seiner Wohnung wieder traf, konnte ich seinem Verhalten entnehmen, daß sich alles günstig anließ; doch nichtsdestoweniger erwartete uns eine höchst unliebsame Überraschung in Gestalt des folgenden Telegramms:

> Bitte sofort kommen. Nächtlicher Einbruch im Haus meiner Mandantin. Polizei eingeschaltet.
>
> SUTRO.

Holmes stieß einen Pfiff aus. »Das Drama hat einen Wendepunkt erreicht, und zwar schneller, als ich erwartet hatte. Hinter diesem Unternehmen steckt eine gewaltige treibende Kraft, Watson – was mich nach allem, was ich bereits in Erfahrung gebracht habe, freilich nicht weiter überrascht. Dieser Sutro ist doch ihr Rechtsanwalt. Ich habe einen Fehler gemacht, fürchte ich; ich hätte *Sie* bitten sollen, die Nachtwache zu übernehmen. Dieser Bursche hat sich offenbar als schwankes Rohr erwiesen. Tja, uns bleibt nichts anderes übrig, als noch einmal nach Harrow Weald zu fahren.«

Verglichen mit dem ordentlichen Haushalt des Vortages präsentierten sich uns Die Drei Giebel nun in einem völlig veränderten Zustand. Am Gartentor hatte sich eine kleine Gruppe von Müßiggängern versammelt, dieweil einige Polizisten noch die Fenster und die Geranienbeete untersuchten. Drinnen begegneten wir einem grauhaarigen alten Gentleman, der sich als Rechtsanwalt vorstellte, sowie einem geschäftigen Inspektor von rosigem Aussehen, der Holmes wie einen alten Freund begrüßte.

»Tja, Mr. Holmes, nichts zu holen für Sie in diesem Fall, fürchte ich. Bloß ein gewöhnlicher, alltäglicher Einbruch; und für die arme alte Polizei noch ohne weiteres zu überblicken. Spezialisten sind nicht erforderlich.«

»Ich bin sicher, der Fall ist in sehr guten Händen«, sagte Holmes. »Nur ein gewöhnlicher Einbruch, sagen Sie?«

»Ganz recht. Wir wissen ziemlich gut, wer die Männer sind und wo wir sie finden können. Es handelt sich um diese Bande von Barney Stockdale mit dem großen Nigger – sie sind unlängst hier in der Nähe gesehen worden.«

»Ausgezeichnet! Was haben sie denn mitgehen lassen?«

»Naja, große Beute haben sie anscheinend keine gemacht. Mrs. Maberley wurde mit Chloroform betäubt, und das Haus wurde ... Ah! Da ist ja die Lady selbst.«

Unsere Freundin von gestern hatte, auf ein kleines Dienstmädchen gestützt, das Zimmer betreten; sie wirkte sehr blaß und elend.

»Sie haben mir einen guten Rat gegeben, Mr. Holmes«, sagte sie traurig lächelnd. »Ach, und ich habe mich nicht daran gehalten! Ich wollte Mr. Sutro keine Unannehmlichkeiten bereiten; daher war ich ohne Schutz.«

»Ich habe erst heute morgen davon erfahren«, erklärte der Anwalt.

»Mr. Holmes riet mir, einen Freund ins Haus zu holen. Ich habe seine Empfehlung in den Wind geschlagen – und dafür bezahlt.«

»Sie sehen furchtbar mitgenommen aus«, sagte Holmes.

»Sie sind wohl noch gar nicht in der Lage, mir zu berichten, was geschehen ist.«

»Das steht alles hier drin«, sagte der Inspektor; er klopfte auf ein dickes Notizbuch.

»Dennoch, wenn die Lady nicht allzu erschöpft ist . . .«

»Es gibt wirklich nur wenig zu berichten. Ich habe keinen Zweifel, daß diese niederträchtige Susan für die Leute einen Zugang vorbereitet hatte. Sie müssen das Haus Zoll für Zoll gekannt haben. Ich weiß gerade noch, daß mir ein chloroformgetränkter Lappen auf den Mund gepreßt wurde; aber ich habe keine Ahnung, wie lange ich bewußtlos war. Als ich wieder zur Besinnung kam, stand neben meinem Bett ein Mann, während sich ein anderer mit einem Bündel in der Hand zwischen den Gepäckstücken meines Sohnes aufrichtete; diese waren teilweise geöffnet, und ihr Inhalt lag über den Boden verstreut. Bevor dieser Mann entkommen konnte, sprang ich auf und packte ihn.«

»Da sind Sie aber ein großes Risiko eingegangen«, sagte der Inspektor.

»Ich klammerte mich an ihn, aber er schüttelte mich ab; dann hat mich der andere wohl niedergeschlagen, denn von da an kann ich mich an nichts mehr erinnern. Das Dienstmädchen Mary hat den Lärm gehört und sogleich aus dem Fenster um Hilfe geschrien. Das rief die Polizei herbei; aber die Schurken waren bereits entwischt.«

»Was haben sie denn gestohlen?«

»Also, ich glaube nicht, daß etwas Wertvolles fehlt. In den Koffern meines Sohnes gab es sicher nichts zu stehlen.«

»Haben die Männer keine Spuren hinterlassen?«

»Da war ein Blatt Papier, das ich dem Mann, den ich gepackt hielt, vermutlich entrissen habe. Es lag völlig zerknüllt auf dem Fußboden. Die Handschrift darauf ist die meines Sohnes.«

»Was bedeutet, daß es für uns nicht sonderlich brauchbar ist«, sagte der Inspektor. »Wenn es nun die des Einbrechers wäre . . .«

»Genau«, sagte Holmes. »Welch eine schlichte, vernünftige Folgerung! Trotzdem, ich würde es mir ganz gern einmal ansehen.«

Der Inspektor zog ein großes gefaltetes Blatt aus seinem Notizbuch.

»Ich lasse nie etwas unbeachtet – ganz gleich, wie nebensächlich es ist«, sagte er etwas prahlerisch. »Das ist auch mein Rat an Sie, Mr. Holmes. In fünfundzwanzig Jahren Berufserfahrung habe ich meine Lektion gelernt. Es besteht immer die Aussicht auf Fingerabdrücke oder so etwas.«

Holmes inspizierte das Blatt.

»Was halten Sie davon, Inspektor?«

»Scheint der Schluß von irgendeinem kuriosen Roman zu sein, soweit ich es verstehe.«

»Wahrscheinlich erweist es sich tatsächlich als der Schluß einer kuriosen Geschichte«, sagte Holmes. »Sie haben die Zahl auf dem oberen Rand der Seite wohl schon bemerkt. Sie lautet zweihundertfünfundvierzig. Wo sind die restlichen zweihundertvierundvierzig Seiten?«

»Tja, vermutlich haben die Einbrecher sie mitgenommen. Wohl bekomm's ihnen!«

»Es erscheint doch kurios, in ein Haus einzubrechen, um solche Papiere zu stehlen. Gibt Ihnen das irgendeinen Hinweis, Inspektor?«

»Ja, Sir; es weist darauf hin, daß sich die Gauner in ihrer Hast das erste beste gegrapscht haben, was ihnen in die Hände fiel. Ich wünsche ihnen viel Spaß mit ihrer Beute.«

»Aber warum sollten sie dann an die Sachen meines Sohnes gehen?« fragte Mrs. Maberley.

»Tja, unten haben sie nichts Wertvolles gefunden; da haben sie ihr Glück eben oben versucht. So jedenfalls lese ich es. Was schließen denn Sie daraus, Mr. Holmes?«

»Ich muß darüber nachdenken, Inspektor. Kommen Sie doch mal ans Fenster, Watson.« Dann las er, neben mir stehend, das Fragment durch. Es setzte mitten im Satz ein und lautete wie folgt:

... Gesicht blutete heftig von den Schnitten und Schlägen; aber das war nichts im Vergleich zu seinem blutenden Herzen, da er jenes liebliche Antlitz sah, jenes Antlitz, für welches er sogar sein Leben zu opfern bereit gewesen und das nun auf seine Qual und Erniedrigung herabblickte. Sie lächelte – ja, beim Himmel! Sie lächelte, herzlose Teufelin, der sie glich, als er zu ihr aufschaute. In diesem Augenblick geschah es, daß Liebe starb und Haß geboren ward. Ein Mann muß für irgend etwas leben. Wenn schon nicht für deine Umarmung, meine Lady, dann aber gewiß für deine Vernichtung und meine vollständige Rache.

»Kuriose Grammatik!« sagte Holmes lächelnd, als er das Blatt dem Inspektor zurückgab. »Haben Sie bemerkt, wie aus dem ›er‹ plötzlich ›mein‹ wird? Der Schreiber hat sich von seiner eigenen Geschichte derartig fortreißen lassen, daß er sich im entscheidenden Moment mit dem Helden identifizierte.«

»Das schien ganz übles Zeug zu sein«, sagte der Inspektor, als er das Blatt in sein Buch zurücklegte. »Was! Wollen Sie etwa schon wieder fort, Mr. Holmes?«

»Ich glaube nicht, daß es für mich noch irgend etwas zu tun gibt – nun, da sich der Fall in so tüchtigen Händen befindet. Nebenbei bemerkt, Mrs. Maberley, haben Sie nicht den Wunsch geäußert, zu reisen?«

»Das war schon immer mein Traum, Mr. Holmes.«

»Wohin würden Sie denn gerne fahren – Kairo, Madeira, an die Riviera?«

»Oh! Wenn ich das Geld hätte, würde ich eine Weltreise machen.«

»Sehr schön. Eine Weltreise. Nun denn, guten Morgen. Ich schicke Ihnen heute abend vielleicht noch ein paar Zeilen.« Als wir am Fenster vorbeikamen, sah ich kurz, wie der Inspektor lächelte und den Kopf schüttelte. »Diese neunmalklugen Kerle haben doch immer einen leichten Stich«, las ich im Lächeln des Inspektors.

»So, Watson, wir sind bei der letzten Etappe unserer kleinen Reise angelangt«, sagte Holmes, als wir wieder ins Getöse der Londoner City zurückgekehrt waren. »Ich glaube, wir klären die Sache sofort auf; es wäre gut, wenn Sie mich begleiteten; wenn man es mit einer Lady wie Isadora Klein zu tun hat, fühlt man sich sicherer im Beisein eines Zeugen.«

Wir hatten uns einen Wagen genommen und fuhren nun rasch zu irgendeiner Adresse am Grosvenor Square. Holmes saß in Gedanken versunken da; doch plötzlich raffte er sich auf.

»Übrigens, Watson, ich nehme doch an, Sie durchschauen die ganze Sache?«

»Nein, das kann ich nicht gerade behaupten. Ich vermute nur, daß wir im Begriff sind, die Lady aufzusuchen, die hinter all diesen Übeltaten steckt.«

»Genau! Aber sagt Ihnen denn der Name Isadora Klein wirklich nichts? Sie war doch einmal *die* gefeierte Schönheit. Nie hat es eine Frau gegeben, die ihr gleichkam. Sie ist eine reinrassige Spanierin, vom echten Blut der gebieterischen Konquistadoren, und ihre Familie ist seit Generationen tonangebend in Pernambuco. Sie hat den bejahrten deutschen Zuckerkönig Klein geheiratet und präsentierte sich bald darauf als die reichste und schönste Witwe der Welt. Dann folgte ein Lebensabschnitt voller Abenteuer, wo sie sich nur noch ihren Genüssen hingab. Sie hatte mehrere Liebhaber, und Douglas Maberley, einer der ansehnlichsten Männer Londons, zählte dazu.

Nach allem, was man so hört, war die Sache für ihn mehr als ein Abenteuer. Er war nämlich keiner von diesen Paradiesvögeln aus den Salons, sondern ein energischer, stolzer Mann, der alles gab und dafür alles verlangte. Sie hingegen ist die *belle dame sans merci*, wie sie im Buch steht. Sobald sie ihrer Kaprice Genüge getan hat, ist der Fall für sie erledigt; und wenn der andere Beteiligte ihre Entscheidung nicht akzeptieren will, weiß sie sie ihm durchaus beizubringen.«

»Dann war das also seine eigene Geschichte . . .«

»Ah! Schon fügt sich Ihnen alles zusammen. Ich habe gehört, daß sie just im Begriff ist, den Herzog von Lomond zu ehelichen, der fast ihr Sohn sein könnte. Seiner Gnaden Mama mag den Altersunterschied vielleicht noch übersehen, doch ein großer Skandal wäre schon etwas anderes; folglich ist es unumgänglich ... Ah! Da wären wir.«

Wir standen vor einem der schönsten Eckhäuser des West End. Ein automatenhafter Lakai nahm unsere Karten entgegen und kehrte zurück mit der Auskunft, die Lady sei nicht zu Hause.

»Dann warten wir eben, bis sie wieder da ist«, sagte Holmes fröhlich.

Der Automat setzte aus.

»Nicht zu Hause heißt: Nicht zu Hause für *Sie*«, sagte der Lakai.

»Schön«, gab Holmes zurück. »Das heißt also, daß wir nicht warten müssen. Überbringen Sie Ihrer Herrin doch bitte dieses Billett.«

Er kritzelte drei oder vier Wörter auf ein Blatt seines Notizbuches, faltete es und reichte es dem Mann.

»Was steht denn auf dem Zettel, Holmes?« fragte ich.

»Ich habe lediglich geschrieben: ›Dann also lieber die Polizei?‹ Ich denke, das sollte uns die Türen öffnen.«

Das tat es – und zwar erstaunlich schnell. Eine Minute später befanden wir uns in einem Salon wie aus Tausendundeiner Nacht, riesengroß und wunderschön; er lag im Halbdunkel – nur vereinzelt spendeten elektrische Lampen ein rosa Licht. Die Lady hatte anscheinend jenes Alter erreicht, da selbst die stolzeste Schönheit das Halblicht bevorzugt. Als wir eintraten, erhob sie sich von einem Sofa: hochgewachsen, königlich, mit einer perfekten Figur, einem wunderschönen maskenhaften Gesicht und zwei hinreißenden spanischen Augen, die uns beide mit einem vernichtenden Blick bedachten.

»Was hat diese Zudringlichkeit zu bedeuten – und was soll diese unverschämte Mitteilung?« fragte sie, den Zettel in die Höhe haltend.

»Das brauche ich Ihnen doch nicht zu erklären, Madame. Dazu hege ich zu großen Respekt vor Ihrer Intelligenz – obschon ich einschränkend erwähnen muß, daß dieser Intelligenz unlängst ein erstaunlicher Irrtum unterlief.«

»Inwiefern, Sir?«

»Insofern, als Sie der Annahme waren, Ihre gedungenen Schläger könnten mich davon abschrecken, meiner Arbeit nachzugehen. Gewiß würde kein Mensch einen Beruf wie den meinen ergreifen, wenn ihn nicht gerade die Gefahr anzöge. Somit haben Sie selbst mich dazu genötigt, den Fall des jungen Maberley zu untersuchen.«

»Ich habe keine Ahnung, wovon Sie sprechen. Was habe ich mit gedungenen Schlägern zu schaffen?«

Holmes wandte sich müde ab.

»In der Tat, ich habe Ihre Intelligenz wohl doch unterschätzt. Nun denn, guten Tag!«

»Halt! Wo wollen Sie denn hin?«

»Zu Scotland Yard.«

Wir hatten noch nicht halbwegs die Tür erreicht, als sie uns einholte und Holmes am Arm festhielt. Im Nu hatte Stahl sich in Samt verwandelt.

»Bitte, nehmen Sie doch Platz, Gentlemen. Lassen Sie uns die Angelegenheit besprechen. Ich spüre, daß ich zu Ihnen offen sein kann, Mr. Holmes. Sie besitzen das Taktgefühl eines Gentleman. Wie rasch weiblicher Instinkt doch so etwas bemerkt! Ich möchte Sie als Freund betrachten.«

»Ich kann Ihnen nicht versprechen, Ihre Gefühle zu erwidern, Madame. Ich bin nicht das Gesetz, doch ich vertrete die Gerechtigkeit, soweit es in meinen schwachen Kräften steht. Ich bin bereit, Ihnen zuzuhören; danach werde ich Ihnen sagen, was ich zu tun gedenke.«

»Ohne Zweifel war es töricht von mir, einen so unerschrockenen Mann wie Sie zu bedrohen.«

»Was wirklich töricht war, Madame, ist der Umstand, daß Sie sich der Willkür einer Bande von Schurken ausgeliefert haben, die Sie erpressen oder bloßstellen können.«

»Nein, nein! So einfältig bin ich denn doch nicht. Da ich versprochen habe, offen zu sein, darf ich Ihnen verraten, daß niemand außer Barney Stockdale und seiner Frau Susan auch nur die geringste Ahnung hat, wer der Auftraggeber ist. Und was diese beiden betrifft – nun, es ist nicht das erste . . .« Sie lächelte und neigte in bezaubernd koketter Vertraulichkeit den Kopf.

»Ich verstehe. Sie haben sie früher schon einmal auf die Probe gestellt.«

»Es sind tüchtige Hunde, die leise jagen.«

»Solche Hunde haben die Angewohnheit, die Hand, die sie füttert, früher oder später zu beißen. Man wird sie wegen dieses Einbruchs festnehmen. Die Polizei ist bereits hinter ihnen her.«

»Was ihnen zustößt, nehmen sie in Kauf. Dafür werden sie schließlich bezahlt. Ich trete bei der Sache gar nicht in Erscheinung.«

»Es sei denn, ich ziehe Sie hinein.«

»Nein, nein; das würden Sie nicht tun. Sie sind ein Gentleman, und hier handelt es sich um das Geheimnis einer Frau.«

»Vor allen Dingen müssen Sie dieses Manuskript zurückgeben.«

Sie brach in leises Lachen aus und ging zum Kamin. Dort lag ein ausgeglühter Klumpen, den sie mit dem Schürhaken aufstocherte. »Soll ich vielleicht das hier zurückgeben?« fragte sie. Wie sie vor uns stand mit ihrem herausfordernden Lächeln, sah sie so spitzbübisch und reizend aus, daß ich das Gefühl hatte: Von allen Verbrecherinnen, mit denen Holmes je zu tun hatte, war sie diejenige, bei der es ihm am schwersten fallen würde, sich durchzusetzen. Gegen Gefühlsregungen war er allerdings immun.

»Das besiegelt Ihr Schicksal«, sagte er kalt. »Sie handeln sehr rasch, Madame, aber diesmal haben Sie den Bogen überspannt.«

Sie warf den Schürhaken scheppernd zu Boden.

»Wie hartherzig Sie sind!« rief sie. »Soll ich Ihnen die ganze Geschichte erzählen?«

»Ich bilde mir ein, sie selbst erzählen zu können.«

»Aber Sie müssen sie mit meinen Augen sehen, Mr. Holmes. Sie müssen sie vom Standpunkt einer Frau betrachten, die bemerkt, daß all ihren Lebenszielen im letzten Augenblick die Vernichtung droht. Kann man es einer solchen Frau verdenken, wenn sie sich schützt?«

»Die eigentliche Sünderin sind doch wohl Sie.«

»Ja, ja! Ich gebe es ja zu. Douglas war ein lieber Junge, aber es ergab sich eben so, daß er nicht in meine Pläne paßte. Er bestand auf Heirat; Heirat, Mr. Holmes, mit einem mittellosen Bürgerlichen. Mit weniger wollte er sich nicht zufriedengeben. Dann wurde er aufdringlich. Weil ich mich einmal hingegeben hatte, schien er zu glauben, ich müsse mich immer hingeben, und zwar ihm allein. Es war unerträglich. Zuletzt konnte ich nicht umhin, es ihm klarzumachen.«

»Mit Hilfe gedungener Schurken, die ihn unter Ihrem eigenen Fenster zusammenschlugen.«

»Sie scheinen tatsächlich alles zu wissen. Ja, es ist wahr. Barney und die Jungs haben ihn davongejagt und waren, ich gebe es zu, dabei ein bißchen grob. Aber was hat er dann getan? Wie hätte ich annehmen können, daß ein Gentleman so etwas fertigbringt? Er schrieb ein Buch, in dem er seine eigene Geschichte schilderte. Natürlich war ich der Wolf und er das Lamm. Es stand alles darin, unter veränderten Namen freilich; doch wer in ganz London hätte die echten nicht wiedererkannt? Was sagen Sie dazu, Mr. Holmes?«

»Nun, es war sein gutes Recht.«

»Es war, als sei ihm die Luft Italiens zu Kopf gestiegen und mit ihr die alte italienische Grausamkeit. Er hat mir geschrieben und eine Abschrift seines Buches geschickt, um mich auf die Folter zu spannen. Es existierten zwei Abschriften, teilte er mit – eine für mich, eine für seinen Verleger.«

»Woher wußten Sie denn, daß der Verleger seine noch nicht erhalten hatte?«

»Mir war bekannt, wer sein Verleger war. Es ist nämlich nicht sein erstes Buch, müssen Sie wissen. Ich fand heraus, daß der Verleger noch keine Nachricht aus Italien bekommen hatte. Dann starb Douglas plötzlich. Solange dieses andere Manuskript noch existierte, gab es für mich keine Sicherheit. Es mußte sich natürlich unter seiner persönlichen Habe befinden, und die würde man an seine Mutter zurücksenden. Ich schaltete die Bande ein. Einer von ihnen verschaffte sich als Dienstbote Zutritt zum Haus. Ich wollte die Sache auf ehrliche Weise hinter mich bringen. Ich habe es wirklich und aufrichtig versucht. Ich war bereit, das Haus mit allem, was darin war, zu kaufen. Ich akzeptierte jeden Preis – ganz gleich, was die Mutter verlangte. Erst als alles fehlgeschlagen war, versuchte ich es auf andere Weise. Ich bitte Sie, Mr. Holmes, ich gebe ja zu, daß ich mit Douglas zu hart umgesprungen bin – und es tut mir, weiß Gott, auch leid! Aber was hätte ich denn sonst tun sollen, wo doch meine ganze Zukunft auf dem Spiel stand?«

Holmes zuckte mit den Achseln.

»Nun ja«, sagte er, »ich glaube, ich werde mal wieder wegen erhaltener Entschädigung auf eine Anzeige verzichten. Was kostet eigentlich eine Weltreise erster Klasse?«

Die Lady machte große Augen.

»Würden fünftausend Pfund ausreichen?«

»Ja, ich glaube schon, allerdings!«

»Sehr schön. Ich denke, Sie unterzeichnen mir jetzt einen Scheck über diese Summe, und ich sorge dafür, daß Mrs. Maberley ihn erhält. Sie sind ihr nämlich eine kleine Luftveränderung schuldig. In der Zwischenzeit, Lady« – er hob warnend den Zeigefinger –, »sehen Sie sich vor! Sehen Sie sich vor! Auf die Dauer können Sie nicht mit dem Feuer spielen, ohne sich diese zarten Hände zu verbrennen.«

DER VAMPIR VON SUSSEX

Holmes hatte soeben aufmerksam einen Brief gelesen, der ihm mit der letzten Post gebracht worden war. Dann warf er ihn mir zu, mit jenem trockenen Kichern, das einem Lachen noch am nächsten kam.

»Als Mischung aus Modernem und Mittelalterlichem, aus Praktischem und aus wilder Phantasterei, stellt das hier, glaube ich, gewiß einen Gipfelpunkt dar«, sagte er. »Was halten Sie davon, Watson?«

Ich las das Folgende:

46 Old Jewry
19. Nov.

Betr.: Vampire

Sir,

Unser Mandant, Mr. Robert Ferguson, von Ferguson & Muirhead, Teehändler, Mincing Lane, hat sich in einem Schreiben gleichen Datums an uns um Auskunft betreffs Vampire gewandt. Da unsere Firma ausschließlich auf die Taxierung maschineller Anlagen spezialisiert ist, fällt die Sache wohl nicht in unser Fach. Wir haben Mr. Ferguson daher empfohlen, Sie aufzusuchen und Ihnen die Angelegenheit zu unterbreiten. Ihr erfolgreiches Wirken im Fall Matilda Briggs ist uns noch in guter Erinnerung.

Wir verbleiben, Sir, mit freundlichen Grüßen,

Ihre

Morrison, Morrison und Dodd

i. A. E. J. C.

»Matilda Briggs war nicht etwa der Name einer jungen Frau, Watson«, sagte Holmes, sich erinnernd. »Es war ein Schiff, das mit der Riesenratte von Sumatra in Zusammenhang steht – eine Geschichte, für die die Welt freilich noch nicht reif ist. Aber was wissen wir von Vampiren? Fällt die Sache etwa in *unser* Fach? Zwar ist immer noch alles ersprießlicher als Untätigkeit; doch wie es aussieht, sind wir nun wahrhaftig in ein Grimmsches Märchen geraten. Strecken Sie doch mal den Arm aus, Watson, und sehen Sie nach, was uns der Buchstabe V zu sagen hat.«

Ich lehnte mich zurück und nahm den betreffenden großen Index-Band herunter. Holmes balancierte ihn auf dem Knie, und sein Blick schweifte langsam und liebevoll über das Verzeichnis alter Fälle, gemischt mit einer Fülle von Informationen, die sich im Laufe seines Lebens angesammelt hatten.

»Verhängnisvolle Reise der *Gloria Scott*«, las er. »Das war eine üble Geschichte. Ich vermag mich zu entsinnen, Watson, daß Sie den Fall festgehalten haben; wiewohl ich Ihnen zum Resultat nicht gratulieren konnte. Victor Lynch, der Fälscher. Verheerendes Gift der Krustenechse oder Gila. Bemerkenswerter Fall, das! Vittoria, die Zirkusschönheit. Vanderbilt und der Geldschrankknacker. Vipern. Vigor, das Wunder von Hammersmith. Hallo! Hallo! Guter alter Index! Er ist unschlagbar. Hören Sie sich das an, Watson: Vampirismus in Ungarn. Und ferner: Vampire in Transsylvanien.« Begierig blätterte er weiter; aber nach kurzer gespannter Durchsicht warf er das große Buch mit enttäuschtem Brummen hin.

»Mumpitz, Watson, Mumpitz! Was haben wir mit umgehenden Leichnamen zu schaffen, die es nur dann in ihren Gräbern hält, wenn man ihnen einen Pfahl durchs Herz stößt? Das ist doch purer Wahnsinn.«

»Aber muß denn«, sagte ich, »der Vampir unbedingt ein Toter sein? Es gibt doch auch Lebende mit solchen Veranlagungen. Ich habe zum Beispiel gelesen, daß Greise jungen Leuten das Blut auszusaugen pflegen, um ihre eigene Jugend wiederzuerlangen.«

»Sie haben recht, Watson. Das Buch erwähnt diese Legende

auch. Doch verdient dergleichen im Ernst unsere Aufmerksamkeit? Diese Agentur hier steht mit beiden Füßen fest auf der Erde, und da muß sie auch bleiben. Uns reicht die Welt schon so, wie sie ist; für Geister haben wir keine Verwendung. Ich fürchte, wir können Mr. Robert Ferguson nicht sonderlich ernst nehmen. Vermutlich stammt dieser Brief hier von ihm; er wirft vielleicht ein wenig Licht auf das, was ihn bekümmert.«

Er nahm ein zweites Schreiben zur Hand, das unbeachtet auf dem Tisch gelegen hatte, dieweil er noch vom ersten in Anspruch genommen war. Dann begann er es zu lesen – mit einem amüsierten Lächeln, das allerdings nach und nach dahinschwand, um einem Ausdruck des gespannten Interesses und der Konzentration Platz zu machen. Als er die Lektüre beendet hatte, saß er eine kurze Zeit lang gedankenverloren da und ließ den Brief zwischen den Fingern baumeln. Schließlich fuhr er mit einem Ruck aus seinen Träumereien auf.

»Cheeseman's, Lamberley. Wo liegt denn Lamberley, Watson?«

»In Sussex, südlich von Horsham.«

»Nicht sehr weit weg, wie? Und Cheeseman's?«

»Ich kenne die Gegend, Holmes. Sie wimmelt von alten Häusern, die nach den Männern benannt sind, die sie vor Jahrhunderten gebaut haben. Man findet dort Odley's und Harvey's und Carriton's – die Leute sind vergessen, aber ihre Namen leben in ihren Häusern fort.«

»Ganz genau«, sagte Holmes kalt. Es gehörte zu den Besonderheiten seines stolzen, unabhängigen Wesens, daß er zwar jede frische Information sehr rasch und akkurat im Kopf speicherte, aber dem Spender dafür nur selten Anerkennung zollte. »Ich glaube fast, bis wir damit fertig sind, werden wir über Cheeseman's, Lamberley, noch eine ganze Menge mehr wissen. Der Brief kommt, wie ich gehofft hatte, von Robert Ferguson. Übrigens behauptet er, ein Bekannter von Ihnen zu sein.«

»Von mir!«

»Am besten, Sie lesen den Brief selbst.«

Er reichte das Schreiben herüber. Oben stand die bereits zitierte Adresse.

Lieber Mr. Holmes (begann es) –, meine Rechtsberater haben mir empfohlen, mich an Sie zu wenden. Die Angelegenheit ist allerdings so außerordentlich delikat, daß es mir nicht gerade leichtfällt, sie zur Sprache zu bringen. Sie betrifft einen Freund, dessen Interessen ich vertrete. Dieser Gentleman hat vor ungefähr fünf Jahren eine peruanische Lady geheiratet, die Tochter eines peruanischen Kaufmanns, den er im Zusammenhang mit der Einfuhr von Nitraten kennengelernt hatte. Die Lady ist wunderschön; aber der Umstand, daß sie gebürtige Ausländerin ist und einer fremden Religion angehört, führte ständig dazu, daß die Eheleute in ihren Neigungen und Ansichten nicht harmonierten, so daß nach einer gewissen Zeit seine Liebe zu ihr vielleicht etwas abkühlte und er diese Verbindung womöglich als Fehler zu betrachten begann. Er hatte das Gefühl, daß ihm manche ihrer Charakterzüge auf ewig unergründlich und unverständlich bleiben würden. Dies war um so schmerzlicher, als sie die liebevollste Ehefrau war, die ein Mann haben kann – und ihm allem Anschein nach vollkommen ergeben.

Nun zu dem Punkt, den ich Ihnen bei unserem Treffen dann noch näher erläutern möchte. Dieser Brief soll Ihnen lediglich ein allgemeines Bild von der Situation vermitteln und in Erfahrung bringen, ob Sie sich für die Sache eventuell interessieren könnten. – Die Lady begann einige sonderbare Eigenarten an den Tag zu legen, die ihrem ursprünglich lieblichen und sanften Wesen völlig zuwiderliefen. Der Gentleman lebt bereits in zweiter Ehe und hat von seiner ersten Frau einen Sohn. Dieser Knabe ist inzwischen fünfzehn, ein ganz reizender und liebenswürdiger Jüngling – trotz eines Schadens, den er als Kind bei einem Unfall leider davontrug. Gleichwohl wurde die Ehefrau zweimal dabei ertappt, wie sie diesen armen Jungen ohne die geringste Veranlassung mißhandelte. Einmal schlug sie ihn mit einem Stock, so daß auf seinem Arm eine dicke Strieme zurückblieb.

Das war jedoch eine Kleinigkeit im Vergleich zu ihrem Verhalten gegenüber ihrem eigenen Kind, einem niedlichen Bübchen von noch nicht ganz einem Jahr. Vor ungefähr einem Monat wurde das Kind von seiner Amme einmal ein paar Minuten alleine gelassen. Lautes Schreien, als hätte das Baby Schmerzen, rief die Amme zurück. Als sie ins Zimmer eilte, sah sie ihre Dienstherrin, die Lady, die sich über das Baby gebeugt hatte und es offensichtlich in den Hals biß, denn dort befand sich eine kleine, heftig blutende Wunde. Die Amme war so entsetzt, daß sie den Ehemann herbeirufen wollte; aber die Lady flehte sie an, es zu unterlassen, und gab ihr sogar fünf Pfund als Schweigegeld. Eine Erklärung erfolgte allerdings nicht, und vorläufig war die Angelegenheit erledigt.

Sie hinterließ jedoch bei der Amme einen furchtbaren Eindruck, und von da an begann sie, ihre Herrin aufmerksam zu beobachten und auf das Baby, das sie zärtlich liebt, noch besser aufzupassen. Es kam ihr so vor, als ob die Mutter ihrerseits sie beobachtete und ständig darauf wartete, an das Baby heranzukommen, wenn sie, die Amme, es einmal alleine lassen mußte. Tag und Nacht behielt die Amme das Baby im Auge, und Tag und Nacht schien die stille, wachsame Mutter auf der Lauer zu liegen – wie ein Wolf vor einem Lamm. Die Sache muß sich für Sie unglaublich anhören; dennoch bitte ich Sie, sie ernst zu nehmen, denn möglicherweise hängen das Leben eines Kindes und die geistige Gesundheit eines Mannes davon ab.

Schließlich kam der schreckliche Tag, da dem Gatten die Wahrheit nicht länger verheimlicht werden konnte.

Die Nerven der Amme versagten; sie hielt dem Druck nicht länger stand und vertraute dem Mann alles an. Ihm kam die Sache wie ein wildes Schauermärchen vor – wie wahrscheinlich jetzt auch Ihnen. Er kannte seine Frau nur als liebevolle Gattin und, von den Mißhandlungen ihres Stiefsohns abgesehen, als liebevolle Mutter. Warum sollte sie denn ihr geliebtes kleines Baby verletzen? Er erklärte der Amme, sie phantasiere und ihre Verdächtigungen könne er keineswegs dulden. Noch während sie sprachen, ertönte plötzlich ein Schmerzensschrei. Amme und Hausherr stürmten zusammen ins Kinderzimmer. Stellen Sie sich seine Empfindungen vor, Mr. Holmes, als er sah, wie sich seine Gattin neben dem Kinderbett von den Knien erhob, und als er auf dem entblößten Hals des Kindes und auf dem Bettlaken Blut entdeckte. Mit einem Entsetzensschrei drehte er das Gesicht seiner Frau ins Licht und stellte fest, daß ihre Lippen über und über mit Blut verschmiert waren. Ja, sie hatte ohne jeden Zweifel das Blut des armen Babys getrunken.

Das also ist der Stand der Dinge. Inzwischen hat sie sich in ihrem Zimmer eingesperrt. Erklärungen gab sie keine ab. Der Ehemann ist schon halb von Sinnen. Er und ich kennen den Vampirismus nur vom Hörensagen. Bisher hatten wir ihn für eine wilde Mär aus fernen Ländern gehalten. Und dennoch geschah es hier, mitten im Herzen des englischen Sussex ... Nun, dies alles kann ich ja morgen vormittag mit Ihnen besprechen. Werden Sie mich empfangen? Werden Sie Ihre großen Fähigkeiten einsetzen, um einem verstörten Mann zu helfen? Wenn ja, telegraphieren Sie bitte an: Ferguson, Cheeseman's, Lamberley; ich werde Sie dann um zehn Uhr zu Hause aufsuchen.

Ihr ergebener
Robert Ferguson

PS. – Ich glaube, Ihr Freund Watson spielte Rugby für Blackheath, als ich Three-Quarter für Richmond war. Das ist die einzige persönliche Empfehlung, die ich mitbringen kann.

»Natürlich erinnere ich mich an ihn«, sagte ich, als ich den Brief weglegte. »Big Bob Ferguson, der stärkste Three-Quarter, den Richmond je hatte. Er war schon immer ein gutmütiger Kerl. Das sieht ihm ähnlich, daß er am Fall eines Freundes derartigen Anteil nimmt.«

Holmes sah mich nachdenklich an und schüttelte den Kopf.

»Ich komme wohl nie dahinter, wo Ihre Grenzen liegen, Watson«, sagte er. »In Ihnen schlummern unentdeckte Möglichkeiten. Seien Sie so nett und geben Sie ein Telegramm auf: ›Will Ihren Fall gern untersuchen.‹«

»*Ihren* Fall!«

»Er darf doch nicht glauben, diese Agentur sei eine Anstalt für Schwachsinnige. Selbstverständlich ist es sein Fall. Schikken Sie ihm dieses Telegramm; dann mag die Sache bis morgen ruhen.«

Pünktlich um zehn Uhr am nächsten Morgen betrat Ferguson unser Zimmer. Ich hatte ihn als hochgewachsenen, schlaksigen Mann in Erinnerung, gelenkig und von enormer Schnelligkeit, die ihn so manchen gegnerischen Back hatte umrunden lassen. Es gibt bestimmt nichts Schmerzlicheres im Leben, als dem Wrack eines hervorragenden Athleten zu begegnen, den man noch in seiner Blütezeit erlebt hat. Seine große Gestalt wirkte eingefallen, das flachsblonde Haar wuchs nur noch spärlich, und die Schultern waren gebeugt. Ich fürchte allerdings, daß meine Erscheinung bei ihm ähnliche Empfindungen auslöste.

»Hallo, Watson«, sagte er, und seine Stimme klang immer noch tief und kräftig. »Sie sehen nicht mehr ganz so aus wie damals, als ich Sie im Old Deer Park über die Seile ins Publikum geworfen habe. Und vermutlich habe auch ich mich ein bißchen verändert. Aber älter gemacht haben mich die letzten paar Tage. Ihrem Telegramm entnehme ich, Mr. Holmes, daß es wohl keinen Zweck hat, mich als jemandes Bevollmächtigten auszugeben.«

»Es ist einfacher, direkt zu verhandeln«, sagte Holmes.

»Natürlich. Aber Sie können sich wohl vorstellen, wie schwer es ist, ausgerechnet von der Frau zu sprechen, der man eigentlich Schutz und Hilfe bieten muß. Was kann ich tun? Wie soll ich denn mit so einer Geschichte zur Polizei gehen? Andererseits müssen die Kinderchen doch geschützt werden. Ist es Wahnsinn, Mr. Holmes? Liegt es ihr vielleicht im Blut? Haben Sie einen ähnlichen Fall schon mal erlebt? Um Gottes willen, geben Sie mir einen Rat; ich bin mit meinem Latein am Ende.«

»Das ist durchaus verständlich, Mr. Ferguson. Aber nun nehmen Sie erst einmal Platz hier, reißen sich ein wenig zusammen und geben mir ein paar klare Antworten. Ich kann Ihnen versichern, daß ich mit meinem Latein noch sehr lange nicht am Ende bin und die feste Zuversicht habe, daß wir eine Lösung finden. Zunächst sagen Sie mir bitte, welche Schritte Sie bis jetzt unternommen haben. Ist Ihre Frau noch bei den Kindern?«

»Es kam zu einer entsetzlichen Szene. Sie ist eine überaus liebevolle Frau, Mr. Holmes. Wenn je eine Frau ihren Mann von ganzem Herzen und ganzer Seele geliebt hat, dann sie. Es hat ihr ins Herz geschnitten, daß ich dieses furchtbare, dieses unglaubliche Geheimnis entdeckt habe. Nicht einmal reden wollte sie darüber. Auf meine Vorwürfe gab sie keine Antwort, außer daß sie mich mit einem irgendwie wilden, verzweifelten Blick angestarrt hat. Dann ist sie in ihr Zimmer gestürzt und hat sich eingeschlossen. Seitdem weigert sie sich, mich zu sehen. Sie hat eine Zofe, die schon vor ihrer Heirat bei ihr war. Dolores heißt sie – sie ist eigentlich eher eine Freundin als eine Dienerin. Sie bringt ihr die Mahlzeiten.«

»Dann schwebt das Kind also nicht in unmittelbarer Gefahr?«

»Mrs. Mason, die Amme, hat geschworen, daß sie Tag und Nacht bei ihm bleiben will. Ich kann mich voll und ganz auf sie verlassen. Viel mehr beunruhigt bin ich wegen dem armen kleinen Jack; meine Frau hat ihn nämlich, wie im Brief erwähnt, schon zweimal mißhandelt.«

»Aber sie hat ihn noch niemals verletzt?«

»Nein; allerdings hat sie ihn heftig geschlagen. Das ist um so furchtbarer, als er ja ein armer kleiner harmloser Krüppel ist.« Fergusons hagere Züge wurden weicher, als er von seinem Jungen sprach. »Eigentlich sollte man annehmen, daß der Zustand des lieben Kerls jedes Herz rühren müßte. Ein Sturz in der Kindheit, und davon ein verkrümmtes Rückgrat, Mr. Holmes. Aber innen schlägt das liebste, das treueste Herz.«

Holmes hatte den gestrigen Brief zur Hand genommen und las ihn noch einmal durch. »Wer wohnt sonst noch in Ihrem Haus. Mr. Ferguson?«

»Zwei Dienstboten, die noch nicht lange bei uns sind. Ein Stallknecht, Michael, der im Haus schläft. Meine Frau, ich, mein Sohn Jack, das Baby, Dolores und Mrs. Mason. Das wären alle.«

»Ich nehme an, Sie haben Ihre Frau zur Zeit Ihrer Vermählung noch nicht sehr gut gekannt?«

»Ich kannte sie erst ein paar Wochen.«

»Wie lange war diese Zofe Dolores damals schon bei ihr?«

»Ein paar Jahre.«

»Demnach dürfte Dolores die Eigenheiten Ihrer Frau besser kennen als Sie?«

»Ja, das könnte man sagen.«

Holmes machte sich eine Notiz.

»Ich glaube«, sagte er, »ich könnte in Lamberley mehr ausrichten als hier. Das ist ganz eindeutig ein Fall für Ermittlungen an Ort und Stelle. Wenn die Lady in ihrem Zimmer bleibt, wird unsere Anwesenheit sie weder stören noch belästigen. Wir würden selbstverständlich im Gasthof wohnen.«

Ferguson zeigte sich erleichtert.

»Das hatte ich gehofft, Mr. Holmes. Wenn Sie heute noch kommen könnten – um zwei geht ein sehr günstiger Zug ab Victoria Station.«

»Natürlich können wir kommen. Hier herrscht im Moment ohnehin Windstille. Ich kann Ihnen meine Kräfte also uneingeschränkt zur Verfügung stellen. Watson wird uns selbstverständlich begleiten. Es gibt allerdings ein, zwei Punkte, über die ich mir noch völlige Klarheit verschaffen möchte, bevor ich aufbreche. Die unglückselige Lady hat, wenn ich es recht verstehe, offenbar beide Kinder mißhandelt, sowohl ihr eigenes Baby als auch Ihren kleinen Sohn?«

»So ist es.«

»Aber die Art der Mißhandlung ist nicht die gleiche, nicht wahr? Ihren Sohn hat sie doch geschlagen?«

»Einmal mit einem Stock und einmal sehr heftig mit der Hand.«

»Hat sie nicht erklärt, warum sie ihn gezüchtigt hat?«

»Nein; sie sagte nur, daß sie ihn hasse. Das hat sie immer wieder gesagt.«

»Nun ja, das ist bei Stiefmüttern nichts Ungewöhnliches. Eine postume Eifersucht, könnte man sagen. Ist die Lady von Natur aus eifersüchtig?«

»Ja, sehr – mit der ganzen Kraft ihrer feurigen tropischen Liebe.«

»Aber der Junge – er ist fünfzehn, wenn ich Sie recht verstanden habe; wegen der körperlichen Behinderung ist er geistig wahrscheinlich schon sehr fortgeschritten. Hatte er denn keine Erklärung für diese Mißhandlungen?«

»Nein; er hat mir versichert, sie seien grundlos.«

»Kamen die beiden sonst gut miteinander aus?«

»Nein; zwischen ihnen bestand nie Zuneigung.«

»Sie sagten doch, wie gefühlvoll er sei?«

»Nirgendwo auf der Welt könnte es einen so anhänglichen Sohn geben. Mein Leben ist auch sein Leben. Er ist ganz erfüllt von dem, was ich sage oder tue.«

Abermals machte sich Holmes eine Notiz. Eine Zeitlang saß er gedankenverloren da.

»Vor dieser zweiten Verheiratung waren Sie und der Junge ohne Zweifel die dicksten Kameraden. Sie hielten zusammen wie Pech und Schwefel, nicht wahr?«

»Völlig richtig.«

»Und der Junge lebte, da er ein so gefühlvolles Naturell hat, noch ganz in der zärtlichen Erinnerung an seine Mutter?«

»Ganz und gar.«

»Er scheint in der Tat ein höchst interessanter Bursche zu sein. Da wäre noch eine Frage zu diesen Mißhandlungen. Fielen die sonderbaren Anschläge auf das Baby und die Handgreiflichkeiten gegen Ihren Sohn zeitlich zusammen?«

»Beim ersten Mal ja. Es war, als ob sie einen Tobsuchtsanfall hätte und ihre Wut an beiden ausließe. Beim zweiten Mal mußte nur Jack darunter leiden. Was das Baby betraf, so kamen von Mrs. Mason keine Klagen.«

»Das kompliziert die Sache allerdings.«

»Ich kann Ihnen nicht ganz folgen, Mr. Holmes.«

»Schon möglich. Manchmal stellt man vorläufige Theorien auf und wartet auf den richtigen Zeitpunkt oder auf gründlichere Kenntnisse, um sie wieder zu verwerfen. Eine schlechte Angewohnheit, Mr. Ferguson; aber die menschliche Natur ist schwach. Ich fürchte, Ihr alter Freund hier hat meine wissenschaftlichen Methoden etwas übertrieben dargestellt. Wie dem auch sei, ich will jetzt nur noch erwähnen, daß mir Ihr Problem nicht unlösbar erscheint und daß Sie uns um zwei Uhr an der Victoria Station erwarten können.«

Am Abend eines trüben, nebligen Novembertages fuhren wir durch den Lehm eines langen gewundenen Weges in Sussex (unser Reisegepäck hatten wir im ›Chequers‹ in Lamberley zurückgelassen) und erreichten schließlich das abgelegene und alte Landhaus, in dem Ferguson wohnte. Es handelte sich um ein großes, weitläufiges Gebäude mit einem sehr alten Mitteltrakt und ganz neuen Seitenflügeln, hoch aufragenden Tudor-

Schornsteinen und einem flechtenbedeckten, steilen Dach aus Horsham-Platten. Die Eingangsstufen waren ausgetreten, und die alten Kacheln im Vorbau trugen ein redendes Wappen mit einem Käse und einem Mann, nach dem ursprünglichen Erbauer. Drinnen wellten sich schwere Eichenbalken an der Decke, und der unebene Fußboden war stark durchgebogen. Ein Geruch nach Alter und Verfall durchwehte das ganze bröckelige Gebäude.

Ferguson geleitete uns in einen sehr großen zentral gelegenen Raum. Hier flackerte und knisterte ein prächtiges Holzfeuer in einem riesigen altmodischen Kamin mit einem Eisengitter, das die Jahreszahl 1670 trug.

Ich ließ meine Blicke durch den Raum schweifen, der sich als höchst eigenartige Mixtur aus verschiedenen Epochen und Ländern präsentierte. Die bis zu halber Höhe holzgetäfelten Wände mochten noch gut von dem ursprünglichen Pächter aus dem siebzehnten Jahrhundert stammen. Ihr unterer Teil war allerdings mit einer Reihe passender moderner Aquarelle verziert; dieweil oben, wo gelber Putz die Stelle von Eichenholz einnahm, eine ansehnliche Sammlung südamerikanischer Gerätschaften und Waffen hing, die zweifellos die peruanische Lady im oberen Stock mitgebracht hatte. Holmes erhob sich (mit jener rasch entfachten Neugier, die seinem ungeduldigen Geist entsprang) und untersuchte sie ziemlich eingehend. Mit nachdenklichem Blick kehrte er zurück.

»Hallo!« rief er. »Hallo!«

Ein Spaniel hatte in der Ecke in einem Korb gelegen. Er trottete langsam auf sein Herrchen zu, wobei er nur mühsam von der Stelle kam. Die Hinterbeine bewegten sich unregelmäßig, und der Schwanz schleifte auf dem Boden. Der Hund leckte Fergusons Hand.

»Was ist, Mr. Holmes?«

»Der Hund. Was hat er denn?«

»Das hat dem Tierarzt auch Kopfzerbrechen gemacht. Eine Art Lähmung. Rückenmarksentzündung, meinte er. Aber es ist schon im Abklingen. Er wird bald wieder in Ordnung sein – nicht wahr, Carlo?«

Ein zustimmendes Zittern durchlief den schlaffen Schwanz. Der traurige Blick des Hundes wanderte zwischen uns hin und her. Er wußte, daß wir über seinen Zustand sprachen.

»Ist es plötzlich aufgetreten?«

»Es kam über Nacht.«

»Wie lange ist das her?«

»Vielleicht vier Monate.«

»Sehr bemerkenswert. Sehr aufschlußreich.«

»Was sehen Sie denn darin, Mr. Holmes?«

»Eine Bestätigung dessen, was ich bereits vermutet hatte.«

»Um Gottes willen, was vermuten Sie denn, Mr. Holmes? Für Sie mag das Ganze ja nur ein intellektuelles Rätselspiel sein, aber für mich geht es um Leben und Tod! Meine Frau eine potentielle Mörderin – mein Kind in ständiger Gefahr! Spielen Sie nicht mit mir, Mr. Holmes. Die Sache ist ganz furchtbar ernst.«

Der große Rugby-Three-Quarter zitterte am ganzen Leib. Holmes legte ihm besänftigend die Hand auf den Arm.

»Ich fürchte, die Lösung wird für Sie schmerzlich sein, Mr. Ferguson – ganz gleich, wie sie ausfallen mag«, sagte er. »Ich möchte Ihnen soviel wie möglich ersparen. Mehr kann ich im Augenblick nicht sagen; aber ich hoffe, daß ich etwas Eindeutiges in der Hand habe, ehe ich dieses Haus wieder verlasse.«

»Gebe Gott, daß Sie es schaffen! Wenn Sie mich nun bitte entschuldigen, Gentlemen; ich möchte hinauf zum Zimmer meiner Frau und sehen, ob sich etwas verändert hat.«

Er blieb einige Minuten weg; in der Zwischenzeit nahm Holmes seine Untersuchung der an der Wand hängenden Kuriositäten wieder auf. Als unser Gastgeber zurückkehrte, verriet seine niedergeschlagene Miene, daß er keine Fortschritte gemacht hatte. Er brachte ein hochgewachsenes, schlankes Mädchen mit braunem Gesicht mit.

»Der Tee ist fertig, Dolores«, sagte Ferguson. »Sieh zu, daß deine Herrin alles hat, was sie braucht.«

»Sie serr krank«, rief das Mädchen mit einem unwilligen Blick zu ihrem Herrn. »Sie nicht fragen nach Essen und Trinken. Sie serr krank. Sie brauchen Doktor. Ich haben Angst vor allein bleiben mit ihr ohne Doktor.«

Ferguson sah mich fragend an.

»Ich wäre sehr froh, wenn ich mich nützlich machen könnte.«

»Meinst du, deine Herrin würde Dr. Watson empfangen?«

»Ich ihn mitnehmen. Ich nicht fragen Erlaubnis. Sie brauchen Doktor.«

»Dann komme ich sofort mit Ihnen.«

Ich folgte dem vor Aufregung zitternden Mädchen die Treppe hinauf und einen altertümlichen Korridor entlang. An seinem Ende befand sich eine eisenbeschlagene massive Tür. Bei ihrem Anblick kam mir unwillkürlich der Gedanke, daß Ferguson es nicht leicht haben würde, zu seiner Frau zu gelangen – selbst wenn er es mit Gewalt versuchte. Die junge Frau zog einen Schlüssel aus der Tasche, und die schweren Eichenbohlen quietschten in ihren alten Scharnieren. Ich ging hinein; sie folgte mir rasch nach und schloß die Tür hinter sich ab.

Auf dem Bett lag eine Frau, die offensichtlich hohes Fieber hatte. Sie war nur halb bei Bewußtsein; doch als ich eintrat, schlug sie ein Paar erschrockener, aber schöner Augen auf und warf mir einen furchtsamen Blick zu. Als sie feststellte, daß sie einen Fremden vor sich hatte, schien sie erleichtert und sank mit einem Seufzer auf ihr Kissen zurück. Ich trat mit ein paar beruhigenden Worten näher, und sie blieb still liegen, während ich Puls und Temperatur maß. Beide waren hoch; gleichwohl hatte ich den Eindruck, daß ihr Zustand eher von einer geistigen und nervösen Erregung denn von einem akuten Anfall herrührte.

»So sie liegen schon ein Tag, zwei Tag. Ich Angst, sie sterben«, sagte das Mädchen.

Die Frau wandte mir ihr fieberglühendes und schönes Gesicht zu.

»Wo ist mein Mann?«

»Er ist unten und würde gerne zu Ihnen kommen.«

»Ich will ihn nicht sehen. Ich will ihn nicht sehen.« Dann schien sie ins Delirium abzugleiten. »Ein Satan! Ein Satan! Oh, was soll ich nur tun mit diesem Teufel?«

»Kann ich Ihnen irgendwie helfen?«

»Nein. Niemand kann helfen. Es ist aus. Alles ist zerstört. Was ich auch tue, alles ist zerstört.«

Die Frau mußte unter einer sonderbaren Wahnvorstellung leiden. Ich konnte mir den rechtschaffenen Bob Ferguson nicht in der Rolle eines Satans oder Teufels vorstellen.

»Madame«, sagte ich, »Ihr Mann liebt sie von ganzem Herzen. Dieser Vorfall hat ihn zutiefst betrübt.«

Abermals wandte sie mir diese herrlichen Augen zu.

»Er liebt mich. Ja. Aber liebe ich ihn nicht auch? Liebe ich ihn nicht so innig, daß ich eher mich opfere, als daß ich sein liebes Herz breche? Und obwohl ich ihn so liebe, konnte er mir unterstellen – konnte er derartig von mir sprechen.«

»Er grämt sich sehr, doch er kann das alles nicht verstehen.«

»Nein, das kann er nicht. Aber er sollte Vertrauen haben.«

»Wollen Sie ihn nicht doch sehen?« schlug ich vor.

»Nein, nein; ich kann diese schrecklichen Worte und seinen Gesichtsausdruck nicht vergessen. Ich will ihn nicht sehen. Gehen Sie jetzt. Sie können nichts für mich tun. Sagen Sie ihm nur das eine: Ich will mein Kind. Ich habe ein Recht auf mein Kind. Das ist alles, was ich ihm mitzuteilen habe.« Sie drehte ihr Gesicht zur Wand und schwieg fortan.

Ich kehrte nach unten zurück, wo Ferguson und Holmes noch immer am Kaminfeuer saßen. Niedergeschlagen hörte sich Ferguson an, was ich über die Unterredung zu berichten hatte.

»Wie kann ich ihr denn das Kind überlassen?« sagte er. »Woher soll ich wissen, ob sie nicht wieder eine seltsame Anwandlung überkommt? Kann ich denn je vergessen, wie sie sich neben dem Kinderbett aufgerichtet hat, mit dem Blut des Babys auf den Lippen?« Die Erinnerung ließ ihn schaudern. »Das Kind ist bei Mrs. Mason sicher aufgehoben; und da muß es auch bleiben.«

Ein schmuckes Dienstmädchen (das einzig Moderne, das wir in diesem Haus bisher zu Gesicht bekommen hatten) hatte etwas Tee hereingebracht. Just als sie ihn servierte, öffnete sich die Tür, und ein Jüngling betrat den Raum. Es war ein bemerkenswerter Knabe, blaß und blond, mit unruhigen hellblauen Augen, die plötzlich erregt und freudig aufleuchteten, als ihr Blick auf den Vater fiel. Er stürzte vor und schlang ihm mit der Hingabe eines liebenden Mädchens die Arme um den Hals.

»Oh, Vati«, rief er, »ich wußte gar nicht, daß du schon wieder da bist. Sonst hätte ich dir längst guten Tag gesagt. Ach, bin ich froh, dich zu sehen!«

Ferguson löste sich sanft aus der Umarmung und ließ dabei eine leichte Verlegenheit erkennen.

»Mein lieber alter Junge«, sagte er und tätschelte ihm sehr zärtlich den flachsblonden Kopf. »Ich bin deshalb so früh zurück, weil sich meine Freunde, Mr. Holmes und Dr. Watson, überreden ließen, herzukommen und mit uns einen Abend zu verbringen.«

»Ist das Mr. Holmes, der Detektiv?«

»Ja.«

Der Jüngling bedachte uns mit einem sehr durchdringenden und, wie mir schien, unfreundlichen Blick.

»Wie steht es mit Ihrem anderen Kind, Mr. Ferguson?« fragte Holmes. »Dürfen wir das Baby auch kennenlernen?«

»Sag bitte Mrs. Mason, sie soll das Baby herunterbringen«, sagte Ferguson. Der Junge entfernte sich mit einem seltsam watschelnden Gang, was meinem ärztlich geschulten Blick verriet, daß er an einem schwachen Rückgrat litt. Bald darauf kehrte er zurück, gefolgt von einer hochgewachsenen, hageren Frau, die ein überaus liebliches Kind auf dem Arm trug. Es hatte dunkle Augen und goldfarbenes Haar – eine wunderschöne Mischung aus Angelsächsischem und Romanischem.

Ferguson hing offenbar sehr an ihm, denn er nahm es in die Arme und liebkoste es ungemein zärtlich.

»Unglaublich, daß jemand es übers Herz bringt, ihm weh zu tun«, murmelte er, als er auf die kleine, entzündlich gerötete Wunde am Hals des Cherub schaute.

Just in diesem Moment warf ich zufällig einen Blick auf Holmes und stellte fest, daß seine Miene ganz eigenartig konzentriert war. Seine Züge wirkten fest, als wären sie aus altem Elfenbein geschnitzt, und seine Augen, eben noch kurz auf Vater und Kind gerichtet, hefteten sich nun in gespannter Neugier auf irgend etwas auf der anderen Seite des Raumes. Als ich seinem Blick folgte, konnte ich nur vermuten, daß er durchs Fenster in den melancholischen, tropfenden Garten hinaussah. Zwar behinderte ein von außen halb geschlossener Laden die Sicht; aber nichtsdestoweniger war es zweifellos das Fenster, was Holmes' konzentrierte Aufmerksamkeit in Bann hielt. Dann lächelte er, und seine Augen richteten sich wieder auf das Baby, auf dessen molligem Hals sich diese kleine runzlige Wunde befand. Wortlos unterzog Holmes sie einer sorgfältigen Untersuchung. Schließlich schüttelte er eines der grübchenreichen Fäustchen, die vor ihm hin und her ruderten.

»Good bye, kleiner Mann. Du fängst dein Leben ja recht ungewöhnlich an. Mrs. Mason, ich würde Sie gerne einmal unter vier Augen sprechen.«

Er nahm sie beiseite und redete einige Minuten eindringlich mit ihr. Ich konnte nur die letzten Worte verstehen; sie lauteten: »Ihre Angst wird, hoffe ich, bald ein Ende haben.« Die Frau, allem Anschein nach von mürrischem, schweigsamem Wesen, zog sich mit dem Kind wieder zurück.

»Was ist Mrs. Mason für ein Mensch?« fragte Holmes.

»Nach außen hin nicht gerade einnehmend, wie Sie sehen; aber sie hat ein goldenes Herz und hängt sehr an dem Kind.«

»Magst du sie, Jack?« Holmes drehte sich plötzlich zu dem Jungen um. Über dessen ausdrucksvolles Gesicht huschte ein Schatten; dann schüttelte er den Kopf.

»Jacky trennt sehr streng zwischen dem, was er mag, und

dem, was er nicht mag«, sagte Ferguson; er legte den Arm um den Jungen. »Glücklicherweise gehöre ich zur ersteren Kategorie.«

Der Knabe gurrte und schmiegte den Kopf an die Brust seines Vaters. Ferguson schob ihn sanft von sich.

»Geh spielen, kleiner Jacky«, sagte er und sah seinem Sohn liebevoll nach, bis er verschwand. »Also, Mr. Holmes«, fuhr er fort, als der Junge gegangen war, »ich habe wirklich das Gefühl, daß ich Sie vergeblich herbemüht habe; was können Sie denn noch tun, außer mir Ihr Mitgefühl zu bezeigen? Von Ihrem Standpunkt aus muß die Sache doch außerordentlich delikat und kompliziert erscheinen.«

»Delikat ist sie zweifellos«, sagte mein Freund mit amüsiertem Lächeln, »aber kompliziert kam sie mir bis jetzt eigentlich nicht vor. Das Ganze war von Anfang an ein Fall für eine Deduktion; und wenn diese ursprüngliche Deduktion Punkt für Punkt durch eine ganze Anzahl voneinander unabhängiger Ereignisse bestätigt wird, dann entsteht aus der subjektiven Erkenntnis eine objektive, und man darf mit Sicherheit sagen, daß man sein Ziel erreicht hat. Tatsächlich hatte ich es bereits erreicht, bevor wir die Baker Street verlassen haben; der Rest war nur noch Beobachtung und Bestätigung.«

Ferguson griff sich mit seiner großen Hand an die zerfurchte Stirn.

»Um Himmels willen, Holmes«, sagte er heiser, »wenn Sie die Wahrheit kennen, halten Sie mich nicht länger im Ungewissen. Ich weiß nicht, woran ich bin. Was soll ich tun? Mir ist ganz egal, wie Sie zu Ihrer Wahrheit gelangt sind, solange Sie sie nur wirklich gefunden haben.«

»Zweifellos schulde ich Ihnen eine Erklärung, und Sie sollen Sie auch bekommen. Aber gestatten Sie mir bitte, die Sache auf meine Art und Weise anzugehen. Ist die Lady in der Verfassung, uns zu empfangen, Watson?«

»Sie ist zwar krank, aber bei klarem Verstand.«

»Sehr gut. Wir können den Fall nämlich nur in ihrem Beisein aufklären. Lassen Sie uns zu ihr hinaufgehen.«

»Sie wird mich nicht sehen wollen«, rief Ferguson.

»Oh, doch, sie wird«, sagte Holmes. Er kritzelte ein paar Zeilen auf einen Zettel. »Sie zumindest haben Zutritt, Watson. Hätten Sie die Güte, der Lady dieses Billett zu überbringen?«

Ich ging wieder hinauf und gab das Briefchen an Dolores weiter, die behutsam die Tür öffnete. Eine Minute später vernahm ich von drinnen einen Schrei – einen Aufschrei, in dem sich Freude und Überraschung zu vermengen schienen. Dolores schaute heraus.

»Sie will Sie sehen. Sie will anhören«, sagte sie.

Auf meinen Zuruf hin kamen Ferguson und Holmes herauf. Als wir das Zimmer betraten, ging Ferguson ein oder zwei Schritte auf seine Frau zu, die sich inzwischen im Bett aufgerichtet hatte; doch sie streckte abwehrend die Hand aus. Daraufhin ließ er sich in einen Sessel sinken, dieweil Holmes neben ihm Platz nahm – nach einer Verbeugung vor der Lady, die ihn ganz entgeistert anstarrte.

»Ich glaube, wir brauchen Dolores nicht mehr«, sagte Holmes. »Oh, bitte sehr, Madame; wenn es Ihnen lieber ist, daß sie bleibt – ich habe nichts dagegen. Nun denn, Mr. Ferguson, ich bin ein beschäftigter, vielfach in Anspruch genommener Mann; meine Methoden müssen rasch und direkt sein. Die rascheste Operation ist immer die schmerzloseste. Lassen Sie mich Ihnen zunächst etwas Beruhigendes sagen: Ihre Gattin ist eine herzensgute, sehr liebevolle Frau, der man äußerst übel mitgespielt hat.«

Ferguson richtete sich mit einem Freudenschrei auf.

»Beweisen Sie das, Mr. Holmes, und ich stehe für immer in Ihrer Schuld.«

»Gerne; aber ich werde Sie dabei in anderer Hinsicht zutiefst verletzen müssen.«

»Das macht mir nichts aus, solange Sie nur meine Frau entlasten. Im Vergleich dazu ist alles andere auf der Welt unwichtig.«

»Schön, dann will ich Ihnen den Gedankengang, den ich in der Baker Street verfolgte, wiedergeben. Die Vorstellung, es könnte sich um einen Vampir handeln, erschien mir absurd. Dergleichen gehört in England nicht zur kriminellen Praxis. Gleichwohl war Ihre Beobachtung präzise. Sie haben gesehen, wie sich die Lady mit Blut an den Lippen neben dem Kinderbett aufrichtete.«

»Ja.«

»Ist Ihnen denn nie der Gedanke gekommen, daß das Aussaugen einer blutenden Wunde noch einem anderen Zweck dienen könnte, als dem, das Blut abzuzapfen? Gab es in der englischen Geschichte nicht sogar eine Königin, die eine Wunde aussaugte, um ihr auf diese Weise Gift zu entziehen?«

»Gift!«

»Ein südamerikanischer Haushalt. Mein Instinkt verriet mir das Vorhandensein dieser Waffen an der Wand, noch ehe ich sie zu Gesicht bekommen hatte. Es hätte auch ein anderes Gift sein können; aber das war mein erster Gedanke. Als ich den kleinen leeren Köcher neben dem schmalen Bogen entdeckte, entsprach das genau meinen Erwartungen. Wenn einer dieser Pfeile, in Curare oder eine andere teuflische Droge getaucht, das Kind verletzte, so würde das zum Tod führen – es sei denn, man saugte das Gift heraus.

Dann der Hund! Wenn man ein derartiges Gift zu verwenden beabsichtigt, würde man dann nicht zunächst einmal überprüfen, ob es nicht inzwischen seine Wirksamkeit verloren hat? Den Hund habe ich zwar nicht vorausgesehen; aber zumindest wußte ich seinen Zustand zu deuten, und somit paßte er in meine Rekonstruktion.

Verstehen Sie nun? Ihre Frau hat einen solchen Anschlag befürchtet. Sie sah, wie er verübt wurde, und rettete dem Kind das Leben; trotzdem schrak sie davor zurück, Ihnen die ganze Wahrheit zu bekennen, denn Sie wußte, wie sehr Sie den Jungen lieben, und hatte Angst, daß es Ihnen das Herz bricht.«

»Jacky!«

»Ich habe ihn beobachtet, als Sie eben das Kind liebkosten. Sein Gesicht spiegelte sich deutlich in der Fensterscheibe vor dem geschlossenen Laden. Ich erkannte eine derartige Eifersucht, einen so grausamen Haß, wie ich es selten auf einem menschlichen Antlitz gesehen habe.«

»Mein Jacky!«

»Sie müssen sich damit abfinden, Mr. Ferguson. Das Ganze ist um so schmerzlicher, als seine Handlungsweise von einer fehlgeleiteten Liebe, einer manisch übersteigerten Liebe zu Ihnen und vielleicht auch zu seiner verstorbenen Mutter bestimmt wurde. Der Haß gegen dieses Prachtkind, dessen Gesundheit und Anmut einen einzigen Kontrast zu seiner eigenen Schwächlichkeit bilden, zernagt ihm geradezu die Seele.«

»Guter Gott! Es ist unglaublich!«

»Stimmt alles, was ich gesagt habe, Madame?«

Die Lady schluchzte, das Gesicht in die Kissen vergraben. Dann wandte sie sich ihrem Ehemann zu.

»Wie hätte ich es dir denn sagen sollen, Bob? Ich habe doch gespürt, was für einen Schlag es dir versetzen würde. Ich wollte lieber abwarten, bis du es aus anderem Munde erfährst. Als dieser Gentleman, der offenbar über Zauberkräfte verfügt, mir schrieb, daß er alles wisse, war ich sehr erleichtert.«

»Ich glaube, ich würde Master Jacky ein Jahr am Meer verordnen«, sagte Holmes, indem er sich erhob. »Eine Unklarheit besteht allerdings noch, Madame. Wir haben volles Verständnis für Ihre Handgreiflichkeiten gegen Master Jacky. Der Geduld einer Mutter sind Grenzen gesetzt. Aber woher nahmen Sie den Mut, das Kind die beiden letzten Tage allein zu lassen?«

»Ich hatte Mrs. Mason alles erzählt. Sie wußte Bescheid.«

»Genau so habe ich es mir gedacht.«

Ferguson stand mit zugeschnürter Kehle neben dem Bett und streckte die zitternden Hände aus.

»Ich glaube, nun ist es Zeit, daß wir gehen, Watson«, flüsterte Holmes. »Wenn Sie sich bitte einen Arm der allzu treuen Dolores greifen; ich nehme sie dann am anderen. So, das wär's«, fügte er hinzu, als er die Tür hinter sich schloß. »Ich denke, den Rest sollten die beiden unter sich ausmachen.«

Eines freilich bleibt zu diesem Fall noch nachzutragen, nämlich das Schreiben, mit dem Holmes jenen Brief, der am Beginn dieser Erzählung steht, abschließend beantwortete. Es lautete wie folgt:

Baker Street
21. Nov.

Betr.: Vampire

Sir,

unter Bezug auf Ihren Brief vom 19. erlaube ich mir zu erwähnen, daß ich der Anfrage Ihres Mandanten, Mr. Robert Ferguson, von Ferguson & Muirhead, Teehändler, Mincing Lane, inzwischen nachgegangen bin und daß die Sache zu einem befriedigenden Abschluß gebracht wurde. Mit Dank für Ihre Empfehlung verbleibe ich, Sir,

Ihr ergebener
Sherlock Holmes.

DIE DREI GARRIDEBS

Vielleicht war es eine Komödie, vielleicht war es eine Tragödie. Die Geschichte kostete einen Menschen den Verstand, mich einen Aderlaß, und ein dritter verfiel der Strafe des Gesetzes. Gleichwohl barg sie zweifellos auch komische Elemente in sich. Nun, der Leser möge selbst entscheiden.

Ich entsinne mich noch sehr gut des Datums, denn just im gleichen Monat schlug Holmes es aus, sich für gewisse Verdienste, die eines Tages vielleicht noch geschildert werden, in den Ritterstand erheben zu lassen. Ich erwähne dies freilich nur am Rande; meine Stellung als Partner und Vertrauter gebietet mir, jedwede Indiskretion besonders sorgfältig zu vermeiden. Ich wiederhole indessen, daß diese Begebenheit mich in den Stand setzt, das Datum zu bestimmen: Es war gegen Ende Juni 1902, kurz nach Beendigung des südafrikanischen Krieges. Holmes hatte, wie das zuweilen seine Art war, mehrere Tage im Bett verbracht, doch an jenem Morgen ließ er sich wieder blicken; er hielt ein umfangreiches, auf Kanzleipapier verfaßtes Schreiben in der Hand, und in seinen strengen grauen Augen blinkte es amüsiert.

»Hier böte sich Ihnen eine günstige Gelegenheit, ein wenig Geld zu verdienen, Freund Watson«, sagte er. »Haben Sie den Namen Garrideb schon mal gehört?«

Ich verneinte.

»Tja, wenn Sie einen Garrideb ausfindig machen können – da steckt Geld drin.«

»Wie denn das?«

»Ah, das ist eine lange Geschichte – und eine ziemlich wunderliche dazu. Ich glaube nicht, daß wir bei unseren Erforschungen menschlicher Komplexitäten je auf etwas so Eigenartiges gestoßen sind. Der Bursche wird gleich zu einem Kreuzverhör erscheinen; deshalb will ich Ihnen die Sache nicht eröffnen, ehe er kommt. In der Zwischenzeit benötigen wir allerdings diesen Namen.«

Das Telefonbuch lag auf dem Tisch neben mir, und ich blätterte es ohne sonderliche Hoffnung durch. Doch zu meiner Überraschung fand sich dieser seltsame Name ganz richtig an seinem Platz. Ich stieß einen triumphierenden Schrei aus.

»Na bitte, Holmes! Hier steht er ja!«

Holmes nahm mir das Buch aus der Hand.

»›Garrideb, N.‹«, las er, »›136 Little Ryder Street, W.‹ Ich muß Sie leider enttäuschen, mein lieber Watson; das ist der Mann selbst. Das ist die Adresse auf dem Briefkopf. Wir brauchen einen Namenskollegen.«

Mrs. Hudson war hereingekommen, mit einer Karte auf einem Tablett. Ich nahm sie entgegen und warf einen Blick darauf.

»Na sowas, hier hätten wir ihn ja schon!« rief ich verblüfft. »Da steht ein anderer Vorname. John Garrideb, Rechtsanwalt, Moorville, U.S.A.«

Holmes lächelte, als er die Karte betrachtete. »Ich fürchte, Sie müssen sich noch etwas mehr Mühe geben, Watson«, sagte er. »Auch dieser Gentleman gehört bereits mit zur Geschichte, obwohl ich allerdings nicht damit gerechnet habe, ihn heute morgen schon zu sehen. Wie auch immer, er kann uns eine ganze Menge von dem, was ich wissen möchte, erzählen.«

Einen Augenblick später stand er im Zimmer. Mr. John Garrideb, Rechtsanwalt, war ein gedrungener, kräftiger Mann mit jenem rundlichen, frischen, glattrasierten Gesicht, das für so viele amerikanische Geschäftsleute charakteristisch ist. Alles in allem wirkte er feist und etwas kindlich und machte so den Eindruck eines ziemlich jungen, breit lächelnden Mannes. Seine Augen allerdings waren fesselnd. Selten habe ich in einem menschlichen Schädel ein Paar Augen gesehen, die ein so lebhaftes Innenleben verrieten, so hell waren sie, so wach, so deutlich spiegelten sie jeglichen Sinneswandel wider. Sein Akzent war amerikanisch, ohne jedoch von einer exzentrischen Sprechweise begleitet zu sein.

»Mr. Holmes?« fragte er; sein Blick huschte zwischen uns

hin und her. »Ah, ja! Ihre Bilder sind Ihnen nicht unähnlich, Sir, wenn ich mal so sagen darf. Soweit ich weiß, haben Sie von meinem Namensvetter, Mr. Nathan Garrideb, einen Brief erhalten, ja?«

»Nehmen Sie bitte Platz«, sagte Sherlock Holmes. »Wir haben vermutlich eine ganze Menge zu besprechen.« Er nahm seine Kanzleibögen zur Hand. »Sie sind natürlich der in diesem Schreiben erwähnte Mr. John Garrideb. Aber Sie halten sich doch schon seit geraumer Zeit in England auf?«

»Wie kommen Sie denn darauf, Mr. Holmes?« Mir war, als läse ich plötzlich Argwohn in jenen ausdrucksvollen Augen.

»Ihre Aufmachung ist ganz und gar englisch.«

Mr. Garrideb lachte gezwungen auf. »Ich habe von Ihren Kunststückchen ja schon gelesen, Mr. Holmes; aber ich hätte nie geglaubt, daß ich einmal selbst die Zielscheibe dafür abgeben würde. Woran erkennen Sie das?«

»Am Schulterschnitt Ihrer Jacke, an Ihren Stiefelspitzen – könnte da noch irgend jemand einen Zweifel hegen?«

»Hm, also ich hatte keine Ahnung, daß ich so offenkundig britisch wirke. Allerdings haben mich schon vor einer ganzen Weile Geschäfte hier herübergeführt, deswegen stammt meine Aufmachung, wie Sie bemerkt haben, fast ausschließlich aus London. Wie auch immer, ich schätze, Ihre Zeit ist kostbar; wir haben uns nicht getroffen, um über den Schnitt meiner Socken zu plaudern. Wie wär's, wenn wir jetzt mal auf das Papier, das Sie da in der Hand halten, zu sprechen kämen?«

Holmes hatte unseren Besucher wohl irgendwie verärgert, denn dessen feistes Gesicht wirkte inzwischen längst nicht mehr so liebenswürdig.

»Nur Geduld! Nur Geduld, Mr. Garrideb!« sagte mein Freund besänftigend. »Dr. Watson kann Ihnen bestätigen, daß sich diese meine kleinen Abschweifungen manchmal am Ende als recht sachdienlich erweisen. Aber warum hat Mr. Nathan Garrideb Sie eigentlich nicht begleitet?«

»Weswegen hat er Sie überhaupt in die Sache mit hineingezogen?« fragte unser Besucher, unversehens in Zorn ausbrechend. »Was, zum Donnerwetter, haben Sie damit zu schaffen? Da geht es um eine kleine geschäftliche Angelegenheit zwischen zwei Gentlemen; aber einer von ihnen muß doch tatsächlich einen Detektiv einschalten! Ich habe ihn heute früh getroffen, und er hat mir diesen Narrenstreich, den er mir da gespielt hat, gebeichtet; aus diesem Grund bin ich hier. Nichtsdestotrotz finde ich die ganze Geschichte lästig.«

»Er hat es ja nicht aus Mißtrauen gegen Sie getan, Mr. Garrideb. Er war lediglich seinerseits bestrebt, Ihr Ziel zu erreichen – ein Ziel, das für Sie beide, wenn ich es recht verstehe, gleichermaßen lebenswichtig ist. Er wußte, daß ich über Mittel und Wege verfüge, an Informationen heranzukommen; daher war es ganz natürlich, daß er sich an mich wandte.«

Das zornige Gesicht unseres Besuchers hellte sich allmählich auf.

»Naja, das ändert die Sache natürlich«, sagte er. »Als ich heute früh zu ihm gegangen bin und er mir sagte, daß er einen Detektiv benachrichtigt hat, habe ich mich gleich nach Ihrer Adresse erkundigt und bin schnurstracks hierhergekommen. Ich kann es nicht leiden, wenn sich die Polizei in eine Privatangelegenheit mischt. Aber solange Sie sich nur darauf beschränken, uns bei der Suche nach dem Mann zu helfen, habe ich nichts dagegen.«

»Na also, genau darum geht es doch«, sagte Holmes. »Und nun, Sir, da Sie schon einmal bei uns sind, hätten wir liebend gern eine klare Darstellung des Sachverhalts aus Ihrem eigenen Munde. Mein Freund hier weiß nämlich noch nicht über die Einzelheiten Bescheid.«

Mr. Garrideb musterte mich mit einem nicht allzu freundlichen Blick.

»Muß er denn Bescheid wissen?« fragte er.

»Wir arbeiten gewöhnlich zusammen.«

»Na schön, es besteht kein Grund, die Sache geheimzuhalten. Ich will Ihnen die Fakten mitteilen und mich dabei so kurz wie möglich fassen. Wenn Sie aus Kansas wären, dann bräuchte ich Ihnen nicht zu erklären, wer Alexander Hamilton Garrideb war. Er hat sein Geld mit Immobilien und später noch mit Weizen an der Getreidebörse in Chicago gemacht, aber er gab es wieder aus, um so viel Land aufzukaufen, daß eine Ihrer Grafschaften hineinpassen würde; es erstreckt sich den Arkansas River entlang, westlich von Fort Dodge. In dem Land hat es Weiden und Nutzhölzer und Ackerböden und Mineralien – einfach alles, was seinem Besitzer Dollars einbringt.

Er hatte weder Freunde noch Verwandte – jedenfalls habe ich nie von welchen gehört. Aber irgendwie war er stolz auf seinen ausgefallenen Namen. Und das führte uns zusammen. Ich war Anwalt in Topeka, und eines Tages erhielt ich Besuch von dem alten Knaben; vor Freude darüber, noch einen Träger seines Namens zu treffen, geriet er völlig aus dem Häuschen. Das war nämlich seine Lieblingsmarotte, und er war ganz versessen darauf, zu ermitteln, ob es auf der Welt noch weitere Garridebs gibt. ›Machen Sie mir noch einen ausfindig!‹ sagte er. Ich erklärte ihm, daß ich ein beschäftigter Mann bin und mein Leben nicht damit zubringen kann, in der Weltgeschichte herumzureisen, um Garridebs zu suchen. ›Trotzdem‹, sagte er; ›genau das werden Sie tun, wenn sich die Dinge nach meinen Plänen entwickeln.‹ Ich dachte, er macht nur Spaß; aber wie sich bald herausstellen sollte, steckte hinter seinen Worten sehr viel Bedeutung.

Kein Jahr später ist er nämlich gestorben und hat ein Testament hinterlassen. Es war das sonderbarste Testament, das im Staate Kansas jemals hinterlegt worden ist. Sein Besitz wurde in drei Teile aufgeteilt, und ich sollte einen davon erhalten – unter der Bedingung, daß ich zwei Garridebs ausfindig mache, denen dann der Rest zufiele. Es handelt sich um mindestens fünf Millionen Dollar für jeden; aber keiner darf das Vermögen anrühren, solange wir nicht in einer kompletten Dreierreihe antreten.

Das war eine so große Chance, daß ich meine Anwaltspraxis einfach fahrengelassen und mich auf die Suche nach weiteren Garridebs gemacht habe. In den Vereinigten Staaten gibt es keinen einzigen mehr. Ich habe das Land durchgekämmt, Sir, mit einem feinen Kamm, und nie ist ein Garrideb darin hängengeblieben. Dann versuchte ich es in der Alten Welt. Und tatsächlich – der Name stand im Londoner Telefonbuch. Vor zwei Tagen habe ich den Mann aufgesucht und ihm die ganze Geschichte auseinandergesetzt. Aber er ist, wie ich auch, unverheiratet und hat nur ein paar weibliche, aber keine männlichen Verwandten. Im Testament ist jedoch ausdrücklich von drei erwachsenen Männern die Rede. Sie sehen also, bei uns ist immer noch eine Stelle frei; wenn Sie uns helfen können, sie zu besetzen, sind wir sehr gern bereit, Ihnen ein angemessenes Honorar zu zahlen.«

»Na, Watson«, sagte Holmes lächelnd, »ich habe Ihnen ja gesagt, daß es eine ziemlich wunderliche Geschichte ist, nicht wahr? Ich hätte allerdings angenommen, Sir, daß die für Sie einfachste Methode darin bestünde, in den Seufzerspalten der Zeitungen ein Inserat aufzugeben.«

»Das habe ich längst getan, Mr. Holmes. Es kamen keine Antworten.«

»Meine Güte! Tja, es ist in der Tat ein höchst merkwürdiges kleines Problem. Ich werde mich in aller Ruhe ein wenig damit befassen. Sonderbar übrigens, daß Sie aus Topeka kommen. Ich hatte dort früher einmal einen Briefpartner – inzwischen ist er allerdings verstorben –, nämlich den alten Dr. Lysander Starr, der 1890 Bürgermeister war.«

»Der gute alte Dr. Starr!« sagte unser Besucher. »Sein Name steht noch immer in Ehren. Schön, Mr. Holmes; vermutlich bleibt uns nichts anderes übrig, als uns wieder bei Ihnen zu melden und Sie über unsere Fortschritte auf dem laufenden zu halten. Ich schätze, in ein oder zwei Tagen werden Sie wieder von uns hören.« Mit diesem Versprechen verbeugte sich unser Amerikaner und ging von hinnen.

Holmes hatte sich seine Pfeife angezündet und saß eine Weile seltsam lächelnd da.

»Nun?« fragte ich schließlich.

»Ich bin erstaunt, Watson – einfach erstaunt!«

»Worüber denn?«

Holmes nahm die Pfeife aus dem Mund.

»Ich habe mich erstaunt gefragt, Watson, warum in aller Welt uns dieser Mann ein solches Lügenmärchen auftischt. Fast hätte ich ihn direkt gefragt – mitunter ist ja ein Frontalangriff die beste Politik –; aber dann hielt ich es doch für besser, ihn im Glauben zu lassen, daß er uns an der Nase herumgeführt habe. Da kommt ein Mann mit einer am Ellbogen abgewetzten englischen Jacke und mit Hosen, die am Knie ausgebeult sind, weil er sie seit einem Jahr trägt; dennoch ist er laut diesem Schreiben und laut seinem eigenen Bericht ein Amerikaner aus der Provinz, der erst vor kurzem in London eingetroffen ist. In den Seufzerspalten stand kein Inserat. Sie wissen ja, daß ich mir dort nichts entgehen lasse. Sie sind meine Lieblingszuflucht beim Aufstöbern eines schrägen Vogels, und einen Fasan wie diesen hätte ich bestimmt nicht übersehen. Ich habe auch nie einen Dr. Lysander Starr aus Topeka gekannt. Wo immer man den Burschen antippt, erweist er sich als falsch. Daß er Amerikaner ist, stimmt vermutlich; aber sein Akzent hat sich durch den jahrelangen Aufenthalt in London abgeschliffen. Was für ein Spiel treibt er also, und welches Motiv steckt hinter dieser absurden Suche nach Garridebs? Die Sache verdient unsere Aufmerksamkeit; denn falls der Mann ein Schurke ist, dann zweifellos ein vielseitiger und raffinierter. Zunächst müssen wir allerdings herausfinden, ob unser zweiter Briefschreiber ebenfalls ein Schwindler ist. Rufen Sie ihn doch einfach mal an, Watson.«

Das tat ich und vernahm eine dünne, zitternde Stimme am anderen Ende der Leitung.

»Ja, ja, hier spricht Mr. Nathan Garrideb. Ist Mr. Holmes da? Ich würde sehr gern einmal mit Mr. Holmes sprechen.«

Mein Freund nahm den Apparat zur Hand, und ich hörte den üblichen lückenhaften Dialog mit an.

»Ja, er war eben hier. Wenn ich es recht verstehe, kennen Sie ihn gar nicht ... Wie lange? ... Erst seit zwei Tagen! ... Ja, ja, natürlich, die Aussicht ist schon höchst verlockend.

Sind Sie heute abend zu Hause? Ihr Namensvetter wird doch wohl nicht auch da sein? ... Sehr schön, dann kommen wir; ich würde nämlich lieber ohne ihn mit Ihnen plaudern ... Dr. Watson wird mich begleiten ... Ich habe Ihrem Brief entnommen, daß Sie nicht oft ausgehen ... Gut, dann sind wir also um sechs bei Ihnen. Sie brauchen ja dem amerikanischen Anwalt nichts davon zu erwähnen ... Sehr schön. Good bye!«

Die Dämmerung eines lieblichen Frühlingsabends war hereingebrochen, und selbst die Little Ryder Street, eine der kleineren Abzweigungen von der Edgware Road und nur einen Steinwurf vom alten Tyburn Tree unseligen Angedenkens entfernt, wirkte in den schrägen Strahlen der untergehenden Sonne wie vergoldet und sah wunderhübsch aus. Das Haus, zu dem wir unsere Schritte lenkten, war ein großes, altmodisches Gebäude aus der frühen georgianischen Epoche mit einer flachen Backsteinfassade, die nur von zwei tiefliegenden Erkerfenstern im Erdgeschoß unterbrochen wurde. Just in diesem Erdgeschoß wohnte unser Klient, und die niedrigen Fenster erwiesen sich in der Tat als Stirnseite des riesigen Zimmers, in dem er sich von früh bis spät aufhielt. Holmes deutete im Vorübergehen auf das schmale Messingschild; es trug den sonderbaren Namen.

»Das hängt schon ein paar Jährchen, Watson«, bemerkte er und zeigte auf seine angelaufene Oberfläche. »*Sein* richtiger Name ist es jedenfalls, und das ist ja immerhin schon etwas.«

Das Haus hatte eine Gemeinschaftstreppe, und im Flur befand sich eine Anzahl aufgemalter Namenszüge; einige wiesen auf Büros hin, andere auf Privaträume. Das Ganze war freilich keine Ansammlung vornehmer Wohnungen, sondern eher ein Domizil für unbeweibte Bohemiens. Unser Klient öffnete uns selbst und entschuldigte dies damit, daß die dafür verantwortliche Frau um vier Uhr gegangen sei. Mr. Nathan Garrideb erwies sich als ein sehr hochgewachsener, klappriger Mann mit rundem Rücken; er war hager und kahlköpfig und zählte etwas über sechzig Jahre. Sein Gesicht war leichenblaß, und er hatte die schlaffe verwelkte Haut eines Menschen, dem sportliche Betätigung fremd ist. Große runde Brillengläser und ein schmaler abstehender Ziegenbart verliehen ihm, verbunden mit seiner gebückten Haltung, einen Ausdruck spähender Neugierde. Gleichwohl wirkte er durchaus liebenswürdig, wenn auch etwas exzentrisch.

Das Zimmer war ebenso wunderlich wie sein Bewohner. Es ähnelte einem kleinen Museum und war sowohl breit als auch tief. Allenthalben standen Schränke und Regale, gefüllt mit geologischen Fundstücken und anatomischen Präparaten. Vitrinen mit Schmetterlingen und Faltern flankierten die Tür. Auf einem Tisch in der Mitte lagen Bruchstücke aller Art herum, und dazwischen ragte der lange Messingtubus eines gewaltigen Mikroskops starr empor. Bei meinem Rundblick war ich erstaunt über die Universalität der Interessen dieses Mannes. Hier stand eine Vitrine mit alten Münzen, dort ein Regal mit Gerätschaften aus Stein. Hinter dem Tisch in der Mitte befand sich ein geräumiger Schrank mit fossilen Knochen. Obenauf lag eine Reihe von Gipsschädeln, unter denen Namen wie »Neanderthal«, »Heidelberg«, »Cromagnon« in Druckschrift zu lesen waren. Offensichtlich erstreckte sich die Gelehrtheit des Mannes auf viele Gebiete. Als er nun vor uns stand, hielt er in der rechten Hand einen Lappen aus Sämischleder, mit dem er eine Münze polierte.

»Syrakusisch – aus der Blütezeit«, erklärte er, wobei er sie in die Höhe hielt. »Gegen Ende zeigten sich freilich beträchtliche Degenerationserscheinungen. Aber in ihrer Blütezeit nehmen sie meiner Ansicht nach den obersten Rang ein – auch wenn manche die Alexandria-Schule bevorzugen. Hier wäre ein Stuhl für Sie, Mr. Holmes. Lassen Sie mich bitte noch diese Knochen wegräumen. Und Sie, Sir – ah, ja, Dr. Watson –, wenn Sie die Güte hätten, die japanische Vase zur Seite zu stellen. Sie sehen mich von all den Kleinigkeiten umgeben, die mir das Leben interessant machen. Mein Arzt hält mir zwar immer Vorträge, weil ich nie ausgehe; aber warum sollte ich ausgehen, wo ich doch so viel besitze, was mich hier festhält? Ich kann Ihnen versichern, daß es mich gut und gern drei

Monate kosten würde, auch nur ein einziges dieser Regale hinreichend zu katalogisieren.«

Holmes sah sich neugierig um.

»Aber wollen Sie damit etwa sagen, daß Sie *niemals* ausgehen?« fragte er.

»Hin und wieder fahre ich zu Sotheby oder Christie. Ansonsten verlasse ich meine Wohnung nur sehr selten. Ich bin nicht allzu kräftig gebaut, und meine Forschungen nehmen mich voll und ganz in Anspruch. Doch Sie können sich wohl vorstellen, Mr. Holmes, wie unheimlich – zwar freudig, aber unheimlich – mein Schrecken war, als ich von diesem beispiellosen Glück erfahren habe. Es bedarf ja nur eines einzigen weiteren Garrideb, um die Sache zum Abschluß zu bringen; und einer wird sich doch wohl noch finden lassen. Ich hatte einen Bruder; doch der ist verstorben, und weibliche Verwandte scheiden aus. Aber es muß mit Sicherheit noch andere auf der Welt geben. Ich habe einmal gehört, daß Sie sich mit außergewöhnlichen Fällen befassen; daher habe ich Sie benachrichtigt. Natürlich hat dieser amerikanische Gentleman völlig recht, und ich hätte ihn erst um Rat fragen sollen; aber ich habe in bester Absicht gehandelt.«

»Ich glaube, Sie haben in der Tat sehr klug gehandelt«, sagte Holmes. »Aber sind Sie denn wirklich so erpicht auf einen Landbesitz in Amerika?«

»Natürlich nicht, Sir. Nichts könnte mich dazu verleiten, meine Sammlung im Stich zu lassen. Dieser Gentleman hat mir jedoch versichert, daß er meinen Anteil auslösen wird, sobald unser Anspruch rechtsgültig ist. Die genannte Summe beläuft sich auf fünf Millionen Dollar. Gegenwärtig befindet sich auf dem Markt ein Dutzend Stücke, die einige Lücken in meiner Sammlung schließen würden und die ich nicht erwerben kann, weil mir ein paar hundert Pfund fehlen. Stellen Sie sich einmal vor, was ich mit fünf Millionen Dollar alles anfangen könnte. Schließlich besitze ich den Grundstock für eine Nationalsammlung. Ich werde der Hans Sloane meines Zeitalters sein.«

Seine Augen leuchteten hinter den großen Brillengläsern. Ganz offensichtlich würde Mr. Nathan Garrideb keine Mühe scheuen, einen Namensvetter zu finden.

»Ich bin lediglich gekommen, um Ihre Bekanntschaft zu machen, und es besteht kein Grund, sich von mir bei Ihren Studien stören zu lassen«, sagte Holmes. »Ich ziehe es vor, mit Leuten, mit denen ich beruflich zu tun habe, persönlichen Kontakt aufzunehmen. Da wären noch einige wenige Fragen, die ich Ihnen stellen müßte; Ihr überaus klarer Bericht steckt in meiner Tasche, und die Lücken habe ich ausgefüllt, als dieser Amerikaner bei mir vorsprach. Wenn ich es recht verstehe, haben Sie bis zu dieser Woche von seiner Existenz noch gar nichts gewußt?«

»So ist es. Er hat mich letzten Dienstag aufgesucht.«

»Hat er Sie von unserem heutigen Gespräch unterrichtet?«

»Ja, er kam gleich danach zu mir zurück. Zunächst war er sehr ärgerlich.«

»Weshalb sollte er denn ärgerlich sein?«

»Anscheinend fühlte er sich etwas in seiner Ehre gekränkt. Aber beim Abschied war er wieder ganz fröhlich.«

»Hat er irgendwelche Vorschläge gemacht, wie es nun weitergehen soll?«

»Nein, Sir.«

»Hat er einmal Geld von Ihnen erhalten oder Sie darum gebeten?«

»Nein, Sir, nie!«

»Sie können keinen bestimmten Zweck erkennen, den er möglicherweise verfolgt?«

»Nein, nur den von ihm erklärten.«

»Haben Sie ihn von unserer telefonischen Verabredung unterrichtet?«

»Ja, Sir.«

Holmes saß nachdenklich da. Ich stellte fest, daß er verwirrt war.

»Befinden sich in Ihrer Sammlung irgendwelche Stücke von hohem Wert?«

»Nein, Sir. Ich bin nicht reich. Die Sammlung ist zwar ansehnlich, aber nicht sehr wertvoll.«

»Sie haben keine Angst vor Einbrechern?«

»Nicht im geringsten.«

»Wie lange wohnen Sie denn schon hier?«

»Fast fünf Jahre.«

Holmes' Kreuzverhör wurde von einem gebieterischen Klopfen an der Tür unterbrochen. Kaum hatte unser Klient sie geöffnet, als auch schon der amerikanische Anwalt aufgeregt hereinstürzte.

»Na also!« rief er, eine Zeitung über dem Kopf schwenkend. »Ich hab mir gedacht, daß ich Sie noch rechtzeitig erwische. Mr. Garrideb, meinen Glückwunsch! Sie sind ein reicher Mann, Sir. Unsere Angelegenheit hat sich zum Glück erledigt, und alles steht bestens. Was Sie betrifft, Mr. Holmes, so können wir nur versichern, daß es uns leid tut, Ihnen unnütze Mühe bereitet zu haben.«

Er überreichte die Zeitung unserem Klienten, der dastand und auf eine angestrichene Annonce starrte. Holmes und ich lehnten uns über seine Schulter und lasen sie mit. Sie lautete folgendermaßen:

HOWARD GARRIDEB

Konstrukteur von Landwirtschaftsmaschinen

Garbenbinder, Mähdrescher und Gartenpflüge,
Drillmaschinen, Eggen, Karren, Bockwagen
und Geräte aller Art.
Beratung und Kostenvoranschläge bei der Anlage
artesischer Brunnen.
Anfragen bei: Grosvenor Buildings, Aston.

»Großartig!« stieß unser Gastgeber keuchend hervor. »Damit hätten wir unseren dritten Mann.«

»Ich hatte Nachforschungen in Birmingham angestellt«, sagte der Amerikaner; »mein dortiger Agent hat mir diese Annonce aus einer Lokalzeitung zugeschickt. Wir müssen uns sputen und die Sache zum Abschluß bringen. Ich habe diesem Mann bereits geschrieben und ihm mitgeteilt, daß Sie ihn morgen nachmittag um vier Uhr in seinem Büro aufsuchen werden.«

»Sie wollen, daß *ich* zu ihm gehe?«

»Was sagen denn Sie dazu, Mr. Holmes? Finden Sie nicht auch, daß es das klügste wäre? Ich bin doch nur ein herumziehender Amerikaner mit einer wunderlichen Geschichte. Wie könnte er mir glauben, was ich ihm erzähle? Sie aber sind ein Brite mit soliden Referenzen; Ihren Worten muß er Beachtung schenken. Ich würde Sie ja begleiten, wenn Sie Wert darauf legen; aber morgen steht mir ein sehr arbeitsreicher Tag bevor. Falls Sie irgendwelche Schwierigkeiten haben, könnte ich immer noch nachkommen.«

»Nun ja, ich habe seit Jahren keine solche Reise mehr unternommen.«

»Das ist doch ein Klacks, Mr. Garrideb. Ich habe Ihre Zugverbindungen bereits zusammengestellt. Sie fahren um zwölf ab und wären kurz nach zwei dort. Somit können Sie noch am gleichen Abend wieder zurück sein. Sie brauchen nichts weiter zu tun, als diesen Mann aufzusuchen, ihm die Sache auseinanderzusetzen und sich einen beglaubigten Nachweis seiner Identität zu verschaffen. Lieber Himmel!« fügte er aufgebracht hinzu, »wenn man bedenkt, daß ich die ganze Strecke vom Zentrum Amerikas bis hierher zurückgelegt habe, dann ist es doch wirklich nicht zuviel verlangt, daß Sie mal hundert Meilen fahren, um diese Geschichte zum Abschluß zu bringen.«

»Genau«, sagte Holmes. »Ich glaube, dieser Gentleman hat vollkommen recht.«

Mr. Nathan Garrideb zuckte betrübt mit den Achseln. »Na schön, wenn Sie darauf bestehen, dann fahre ich eben«, sagte er. »Es fällt mir ja ohnehin schwer, Ihnen etwas abzuschlagen, nachdem Sie diese herrliche Hoffnung in mein Leben gebracht haben.«

»Dann wäre die Sache also abgemacht«, sagte Holmes. »Sie lassen mir ja zweifellos so bald wie möglich eine Nachricht zukommen.«

»Ich werde mich darum kümmern«, sagte der Amerikaner. »So«, fügte er mit einem Blick auf seine Uhr hinzu, »jetzt muß ich aber weiter. Ich komme morgen vorbei, Mr. Nathan, und bringe Sie zum Zug nach Birmingham. Begleiten Sie mich noch ein Stück, Mr. Holmes? Na denn, good bye; morgen abend haben wir vermutlich gute Neuigkeiten für Sie.«

Ich bemerkte, daß sich das Gesicht meines Freundes aufhellte, als der Amerikaner das Zimmer verließ; der Ausdruck nachdenklicher Verwunderung war verschwunden.

»Ich würde mir sehr gerne einen Überblick über Ihre Sammlung verschaffen, Mr. Garrideb«, sagte er. »In meinem Beruf erweisen sich entlegene Kenntnisse aus allen Gebieten immer wieder als nützlich, und diese Ihre Wohnung ist ja eine wahre Fundgrube dafür.«

Unser Klient strahlte vor Freude, und seine Augen leuchteten hinter den großen Brillengläsern.

»Ich habe schon immer gehört, Sir, daß Sie ein hochintelligenter Mann sind«, sagte er. »Ich könnte Sie jetzt gleich etwas herumführen – haben Sie Zeit?«

»Leider nein. Allerdings sind diese Stücke ja so gut etikettiert und klassifiziert, daß sie Ihrer persönlichen Erläuterung kaum noch bedürfen. Aber wenn ich morgen hereinschauen dürfte; hätten Sie etwas dagegen, daß ich mir dann einen kleinen Überblick verschaffe?«

»Ganz und gar nicht. Sie sind sogar höchst willkommen. Die Wohnung wird dann natürlich abgeschlossen sein; aber Mrs. Saunders hält sich bis vier Uhr im Souterrain auf und könnte Sie mit ihrem Schlüssel hineinlassen.«

»Schön, ich bin nämlich morgen nachmittag zufällig frei. Sagen Sie also bitte Mrs. Saunders Bescheid, damit alles seine Richtigkeit hat. Nebenbei bemerkt, wer ist denn Ihr Hausverwalter?«

Die plötzliche Frage verblüffte unseren Klienten.

»Holloway und Steele, in der Edgware Road. Aber warum fragen Sie?«

»Ich bin selbst ein bißchen Archäologe, wenn es sich um Häuser dreht«, sagte Holmes lachend. »Ich war nämlich am Überlegen, ob dieses hier noch aus der Zeit von Queen Anne oder schon aus der georgianischen Epoche stammt.«

»Es ist zweifellos georgianisch.«

»Wirklich? Ich hätte es für etwas älter gehalten. Wie auch immer, das läßt sich ja leicht ermitteln. Nun denn, good bye, Mr. Garrideb; ich wünsche Ihnen viel Erfolg bei Ihrer Reise nach Birmingham.«

Die Hausverwaltung befand sich ganz in der Nähe, war aber, wie wir feststellten, an diesem Tag geschlossen; daher begaben wir uns zurück zur Baker Street. Holmes kam erst nach dem Abendessen wieder auf die Angelegenheit zu sprechen.

»Unser kleines Problem entwirrt sich allmählich«, sagte er. »Ohne Zweifel hat sich Ihnen die Lösung längst abgezeichnet.«

»Die Sache ist mir von A bis Z unverständlich.«

»Das A ist doch sonnenklar, und das Z wird sich uns morgen wohl auch noch erschließen. Ist Ihnen an dieser Annonce denn nichts Merkwürdiges aufgefallen?«

»Ich habe bemerkt, daß das Wort ›Pflug‹ falsch geschrieben war.«

»Oh, das ist Ihnen also aufgefallen, ja? Na bitte, Watson, Sie werden von Tag zu Tag besser. Ja, das war zwar schlechtes Englisch, aber gutes Amerikanisch. Der Drucker hat den Text so gesetzt, wie er ihn erhalten hat. Dann die Bockwagen. Das ist ebenfalls Amerikanisch. Und artesische Brunnen sind drüben gebräuchlicher als bei uns. Das war eine typisch amerikanische Annonce, die aber so aussehen soll, als stamme sie von einer englischen Firma. Was schließen Sie daraus?«

»Ich kann nur vermuten, daß dieser amerikanische Anwalt sie selbst aufgegeben hat. Warum er das getan hat, ist mir allerdings unverständlich.«

»Nun, dafür gäbe es schon die eine oder andere Erklärung. Jedenfalls wollte er dieses gute alte Fossil hinauf nach Birmingham befördern. Soviel ist völlig klar. Ich war nahe daran, dem Alten zu sagen, daß er sich offensichtlich für nichts und wieder nichts auf die Reise begibt; aber dann erschien es mir doch vorteilhafter, ihn fahren zu lassen und damit die Bühne freizumachen. Der morgige Tag, Watson – ja, der morgige Tag wird für sich selbst sprechen.«

Holmes war früh aus den Federn und verließ beizeiten das Haus. Als er zum Mittagessen zurückkehrte, stellte ich fest, daß sein Gesicht sehr ernst war.

»Die Sache ist bedenklicher, als ich erwartet hatte, Watson«, sagte er. »Ich muß es Ihnen ganz offen sagen – obwohl ich mir darüber im klaren bin, daß Ihnen das nur einen zusätzlichen Anreiz bietet, sich kopfüber in die Gefahr zu stürzen. Ich sollte meinen Watson ja inzwischen kennen. Aber es *ist* gefährlich, und das sollten Sie wissen.«

»Nun ja, es wäre nicht das erste Mal, daß wir gemeinsam eine Gefahr bestehen, Holmes. Und ich hoffe, es ist auch nicht das letzte Mal. Was ist denn diesmal so besonders gefährlich daran?«

»Wir haben es mit einem überaus harten Brocken zu tun. Ich habe Mr. John Garrideb, Rechtsanwalt, nämlich inzwischen identifiziert. Er ist niemand anders als ›Killer‹ Evans, ein Mann mit dem finsteren Ruf eines Mörders.«

»Ich fürchte, ich bin noch genauso schlau wie zuvor.«

»Ah, es gehört ja auch nicht zu Ihrem Beruf, eine handliche Ausgabe des Newgate Calendar im Gedächtnis herumzutragen. Ich war eben im Yard und habe Freund Lestrade aufgesucht. Den Leuten dort mag es zwar gelegentlich an Phantasie und Intuition fehlen; aber in puncto Gründlichkeit und Methodik sind sie in der Welt führend. Mir schwante bereits, daß wir in ihrem Archiv unserem amerikanischen Freund auf die Spur kommen könnten. Und tatsächlich, sein feistes Antlitz lächelte mir aus dem Verbrecheralbum entgegen. James Winter, alias Morecroft, alias Killer Evans lautete der Eintrag darunter.« Holmes zog einen Umschlag aus der Tasche. »Ich habe mir aus seiner Akte auf die Schnelle ein paar Einzelheiten abgeschrieben. Alter: Vierundvierzig. Geboren in Chicago. Hat nachgewiesenermaßen in den Staaten drei Männer erschossen. Entging dank politischem Einfluß einer Zuchthausstrafe. Kam 1893 nach London. Schoß im Januar 1895 in einem Nachtclub in der Waterloo Road beim Kartenspiel einen Mann nieder. Der Mann starb; aber man wies nach, daß er den Händel vom Zaun gebrochen hatte. Der Tote wurde identifiziert als Rodger Prescott, ein in Chicago berüchtigter Urkundenfälscher und Falschmünzer. Killer Evans 1901 wieder auf freiem Fuß. Steht seitdem unter polizeilicher Überwachung; führt aber, soweit bekannt, inzwischen einen anständigen Lebenswandel. Sehr gefährlicher Mann, trägt gewöhnlich Waffen auf sich und ist stets bereit, davon Gebrauch zu machen. Das wäre unser Vogel, Watson – alles andere als ein lahmer Vogel, wie Sie zugeben müssen.«

»Aber was führt er denn im Schilde?«

»Nun ja, das beginnt sich allmählich abzuzeichnen. Ich war inzwischen bei der Hausverwaltung. Unser Klient lebt, genau wie er uns erzählt hat, seit fünf Jahren in dieser Wohnung. Davor stand sie ein Jahr lang leer. Der vorangehende Mieter war ein Privatier namens Waldron. Im Büro der Hausverwaltung konnte man sich an Waldrons Erscheinung noch gut erinnern. Er sei damals plötzlich verschwunden und habe nichts mehr von sich hören lassen. Er sei hochgewachsen gewesen, mit einem Bart und sehr dunklen Gesichtszügen. Nun, Prescott – der Bursche, den Killer Evans erschossen hat – war laut Scotland Yard ein hochgewachsener, dunkelhäutiger Mann mit Bart. Als Arbeitshypothese, glaube ich, dürfen wir annehmen, daß Prescott, der amerikanische Verbrecher, früher einmal eben jenes Zimmer bewohnte, das unser unschuldiger Freund heute für sein Museum verwendet. Damit hätten wir also endlich ein Verbindungsglied in der Kette gefunden.«

»Und das nächste Glied?«

»Tja, das müssen wir jetzt suchen.«

Er zog einen Revolver aus der Schublade und reichte ihn mir.

»Ich habe meinen alten Liebling schon eingesteckt. Wir müssen uns wappnen für den Fall, daß unser Freund aus dem Wilden Westen versucht, seinem Spitznamen gerecht zu werden. Ich gebe Ihnen ein Stündchen für eine Siesta, Watson; danach ist es wohl Zeit für unser Ryder-Street-Abenteuer.«

Es war genau vier Uhr, als wir die seltsame Wohnung von Nathan Garrideb erreichten. Mrs. Saunders, die Beschließerin, war eben im Begriff, das Haus zu verlassen; sie trug jedoch keine Bedenken, uns einzulassen, da die Tür mit einem Schnappschloß versehen war und Holmes versprach, vor unserem Weggang nach dem Rechten zu sehen. Kurz danach schloß sich die Haustür, Mrs. Evans Haube schwebte am Erkerfenster vorbei, und wir wußten, daß wir im unteren Stockwerk des Hauses alleine waren. Holmes unterzog die Räumlichkeit einer raschen Überprüfung. In einer dunklen Ecke befand sich ein Schrank, der ein wenig von der Wand abstand. Just hinter diesem verkrochen wir uns schließlich, dieweil Holmes mir flüsternd sein Vorhaben unterbreitete.

»Er wollte unseren liebenswürdigen Freund aus seiner Wohnung schaffen – soviel ist völlig klar; und da der Sammler niemals auszugehen pflegt, bedurfte es einiger Vorarbeit, um diese Absicht in die Tat umzusetzen. Dieses ganze Garrideb-Märchen diente offensichtlich nur diesem einen Zweck. Ich muß zugeben, Watson, das Ganze entbehrt nicht einer gewissen teuflischen Raffinesse – auch wenn ihm der seltsame Name des Mieters eine Möglichkeit eröffnete, wie er sie sich besser wohl kaum erhoffen konnte. Jedenfalls hat er seinen Plan mit bemerkenswerter Gerissenheit ausgeheckt.«

»Aber worauf will er denn hinaus?«

»Tja, um das herauszufinden, sind wir hier. Die Sache hat,

soweit ich die Situation überblicken kann, mit unserem Klienten nicht das geringste zu tun. Sie hängt irgendwie mit dem von Evans ermordeten Mann zusammen – dem Mann, der vermutlich einmal sein Bundesgenosse in Sachen Verbrechen war. In diesem Raum gibt es irgendein schuldbeladenes Geheimnis. So jedenfalls lese ich es. Zunächst dachte ich, unser Freund besitzt in seiner Sammlung vielleicht ein Stück, das wertvoller ist, als er glaubt – ein Stück, das die Aufmerksamkeit eines großen Verbrechers verdient. Doch die Tatsache, daß Rodger Prescott unseligen Angedenkens einmal diese Räumlichkeiten bewohnt hat, deutet auf einen tieferen Grund. Tja, Watson; wir können nur noch unsere Seelen in Geduld fassen und abwarten, was die Stunde bringen mag.«

Und diese Stunde schlug recht bald. Wir kauerten uns noch dichter in den Schatten, als wir hörten, wie sich die Haustür öffnete und wieder schloß. Dann ertönte das scharfe, metallische Knacken eines Schlüssels, und der Amerikaner stand im Zimmer. Er machte leise die Tür hinter sich zu und blickte aufmerksam in die Runde, um sich zu vergewissern, ob die Luft rein sei. Dann legte er seinen Mantel ab und schritt energisch auf den Tisch in der Mitte zu – wie jemand, der genau weiß, was er zu tun hat und wie er es zu tun hat. Er schob ihn beiseite, riß den viereckigen Teppich, auf dem der Tisch gestanden hatte, vom Boden und rollte ihn vollständig zurück; dann kniete er nieder, zog ein Brecheisen aus der Innentasche und machte sich eifrig am Fußboden zu schaffen. Bald darauf vernahmen wir das Geräusch schleifender Bretter, und einen Augenblick später hatte sich in den Dielen eine quadratische Öffnung gebildet. Killer Evans entfachte ein Streichholz, zündete einen Kerzenstumpf an und verschwand aus unserem Blickfeld.

Damit war zweifellos der Moment für uns gekommen. Zum Zeichen dafür berührte Holmes mein Handgelenk, dann stahlen wir uns gemeinsam hinüber zu der geöffneten Falltür. So sachte wir uns auch bewegten, der alte Fußboden muß unter unsern Füßen geknarrt haben, denn plötzlich tauchte der Kopf unseres Amerikaners, unruhig in die Runde spähend, aus der Öffnung auf. Der Blick verblüffter Wut, mit dem er uns zuerst ansah, milderte sich nach und nach zu einem ziemlich verschämten Grinsen, als er bemerkte, daß auf seinen Kopf zwei Revolver gerichtet waren.

»Sieh mal an!« sagte er kaltschnäuzig, als er nach oben kletterte. »Ich schätze, Sie waren eine Nummer zu groß für mich, Mr. Holmes. Haben mein Spielchen offenbar durchschaut und mich von Anfang an zum Narren gehalten. Ich muß zugeben, Sir, Sie haben mich geschlagen und . . .«

Im Nu hatte er aus seiner Brusttasche eine Pistole hervorgezaubert und zwei Schüsse abgefeuert. Ich spürte plötzlich ein heißes Brennen, als würde ein rotglühendes Eisen gegen meinen Oberschenkel gepreßt. Es krachte laut, als Holmes' Revolver auf den Schädel des Mannes niedersauste. Wie im Traum sah ich ihn mit blutüberströmtem Gesicht ausgestreckt auf dem Fußboden liegen, während Holmes ihn nach Waffen durchsuchte. Dann legten sich die sehnigen Arme meines Freundes um mich, und er geleitete mich zu einem Stuhl.

»Sie sind doch nicht verletzt, Watson? Um Gottes willen, sagen Sie, daß Sie nicht verletzt sind!«

Es war eine Wunde wert – es war viele Wunden wert –, die tiefe Treue und Zuneigung zu erfahren, die hinter dieser kalten Maske lagen. Seine klaren, scharfen Augen trübten sich einen Moment, und die festen Lippen zitterten. Dieses eine und einzige Mal ward ich inne, daß es auch ein großes Herz gab und nicht nur ein großes Hirn. All die Jahre meiner bescheidenen, aber treuen Dienste gipfelten im Augenblick dieser Enthüllung.

»Das ist nicht der Rede wert, Holmes. Es ist bloß ein Kratzer.«

Er hatte inzwischen meine Hose mit seinem Taschenmesser aufgeschlitzt.

»Sie haben recht«, rief er, mit einem ungeheuren Seufzer der Erleichterung. »Es ist tatsächlich nur eine Schramme.« Seine

Miene wurde hart wie Stein, als er einen Blick auf unseren Gefangenen warf, der sich eben benommen aufrichtete. »Beim Himmel, Sie haben ebenfalls Glück gehabt. Wenn Sie Watson umgebracht hätten, wären Sie nicht mehr lebend aus diesem Zimmer herausgekommen. Alsdann, Sir, was haben Sie zu Ihrer Verteidigung vorzubringen?«

Nichts hatte er vorzubringen. Er lag nur da und starrte finster vor sich hin. Ich stützte mich auf Holmes' Arm, und wir schauten gemeinsam in den kleinen Keller hinab, den die geheime Falltür offengelegt hatte. Noch immer erleuchtete ihn die Kerze, die Evans mit hinuntergenommen hatte. Unser Blick fiel auf eine rostige Maschinerie, große Papierrollen, ein Durcheinander von Flaschen und eine Anzahl säuberlich geschichteter Bündel, die ordentlich auf einem schmalen Tisch gestapelt waren.

»Eine Druckerpresse – die Ausrüstung eines Falschmünzers«, sagte Holmes.

»Ja, Sir«, sagte unser Gefangener; er kam langsam und schwankend wieder auf die Beine, um sich dann auf einen Stuhl sinken zu lassen. »Der größte Falschmünzer, den London je erlebt hat. Das ist Prescotts Maschine, und die Bündel auf dem Tisch enthalten zweitausend von Prescotts Banknoten; jede einzelne davon ist einen Hunderter wert und so gut, daß man überall damit durchkommt. Bedienen Sie sich, Gentlemen. Betrachten Sie es als Geschäft und lassen Sie mich laufen.«

Holmes lachte.

»So etwas gehört nicht zu unseren Gepflogenheiten, Mr. Evans. Hierzulande gibt es für Sie ohnehin keinen Schlupfwinkel mehr. Sie haben doch diesen Prescott erschossen, nicht wahr?«

»Ja, Sir; fünf Jahre habe ich dafür bekommen, obwohl er die Pistole zuerst gezogen hat. Fünf Jahre – wo ich doch eigentlich eine Medaille von der Größe eines Suppentellers verdient hätte. Keine Menschenseele kann nämlich einen ›Prescott‹ von einer ›Bank of England‹ unterscheiden, und wenn ich ihn nicht erledigt hätte, wäre London von seinen Banknoten überflutet worden. Ich war der einzige Mensch, der wußte, wo er sie fabriziert. Wundert es Sie da noch, daß ich an dieses Versteck herankommen wollte? Und wundert es Sie, daß ich alles versuchen mußte, um diesen verrückten Trottel von Käfersammler abzuschieben – diesen Kerl mit dem komischen Namen, der sich ausgerechnet auf dem Versteckdeckel breitmachen mußte und nie seine Wohnung verlassen hat? Vielleicht wäre es schlauer gewesen, ihn aus dem Weg zu räumen. Das wäre ein Kinderspiel gewesen; aber ich bin nun mal ein weichherziger Junge, der nicht einfach drauflosschießt, wenn der andere nicht auch eine Waffe hat. Jetzt sagen Sie doch mal, Mr. Holmes, was habe ich eigentlich Unrechtes getan? Ich habe weder diese Anlage hier benutzt noch diesem alten Knochen ein Leid zugefügt. Womit wollen Sie mich denn drankriegen?«

»Lediglich mit einem Mordversuch, soweit ich es überblikken kann«, sagte Holmes. »Aber dafür sind wir nicht zuständig. Damit befaßt sich erst die nächste Instanz. Wir hatten es momentan nur auf Ihre reizende Person abgesehen. Rufen Sie bitte den Yard an, Watson. Die Nachricht wird dort nicht ganz unerwartet kommen.«

Das also waren die Fakten im Zusammenhang mit Killer Evans und seiner bemerkenswerten Erfindung der drei Garridebs. Später erfuhren wir dann, daß unser armer alter Freund den Schock seiner zunichte gemachten Träume nie überwunden hat. Als sein Luftschloß zusammenbrach, begrub es ihn unter den Trümmern. Dem Vernehmen nach hielt er sich zuletzt in einer Pflegeanstalt in Brixton auf. Für den Yard war es ein freudiger Tag, als man die Prescott-Ausrüstung entdeckte, denn man wußte zwar, daß sie existierte, war aber nach dem Tod des Fälschers nicht in der Lage, ihr Versteck ausfindig zu machen. Evans hatte den Beamten in der Tat einen großen Dienst erwiesen und etlichen der würdigen Herren vom C. I. D. wieder zu einem besseren Schlaf verholfen; als öffentliche Gefahr stellt der Falschmünzer nämlich eine Klasse für sich dar.

Sie hätten dem Verbrecher jene Suppenteller-Medaille, von der er gesprochen hatte, wohl gerne bewilligt; doch ein Richter, der Evans' Verdienste nicht zu würdigen wußte, vertrat einen weniger günstigen Standpunkt, und der Killer kehrte in jenes Schattenreich zurück, aus dem er erst kurz zuvor aufgetaucht war.

DIE THOR-BRÜCKE

Irgendwo in den Gewölben der Bank von Cox & Co. am Charing Cross liegt ein reisemüder und verbeulter blecherner Depeschenbehälter, auf dessen Deckel mein Name geschrieben steht: John H. Watson, M. D., ehemaliger Angehöriger der indischen Armee. Dieser Behälter ist vollgestopft mit Papieren, die fast nur aus Aufzeichnungen von Fällen bestehen zur Veranschaulichung der merkwürdigen Probleme, die Mr. Sherlock Holmes zu verschiedenen Zeiten zu untersuchen hatte. Einige davon (und mitnichten die uninteressantesten) waren komplette Fehlschläge; und als solche haben sie wohl kaum Anspruch darauf, erzählt zu werden, da keine abschließende Erklärung vorliegt. Den Forscher mag ein ungelöstes Problem interessieren, doch den Gelegenheitsleser wird es gewiß nur verdrießen. Unter diesen unvollendeten Geschichten befindet sich die von Mr. James Phillimore, der in sein Haus zurückging, um seinen Regenschirm zu holen – und dann nie wieder gesehen ward. Nicht minder bemerkenswert ist die des Kutters *Alicia*, der eines Frühlingsmorgens in eine kleine Nebelbank segelte, von wo er nicht mehr auftauchte; weder vom Kutter noch von seiner Besatzung hat man je wieder etwas gehört. Ein dritter beachtenswerter Fall wäre der von Isadora Persano, dem bekannten Journalisten und Duellanten, den man vollkommen irrsinnig auffand: Vor ihm lag eine Streichholzschachtel, die einen ungewöhnlichen Wurm beherbergte, welcher der Wissenschaft angeblich unbekannt ist. Abgesehen von diesen unaufgeklärten Fällen gibt es noch einige, die interne Familienangelegenheiten betreffen – und zwar dergestalt, daß allein schon der Gedanke an ihre Drucklegung in manchen erlauchten Kreisen Bestürzung auslösen würde. Ich brauche wohl nicht zu betonen, daß ein solcher Vertrauensbruch undenkbar ist und daß nun, da mein Freund Zeit hat, seine Energie daran zu wenden, diese Aufzeichnungen ausgesondert und vernichtet werden. Freilich bleibt dann immer noch ein beachtlicher Rest von mehr oder minder interessanten Fällen übrig, die ich längst herausgegeben hätte, wäre ich nicht in Sorge gewesen, das Publikum zu überfüttern – was dem guten Ruf des Mannes, den ich über alles verehre, gewiß entgegengewirkt hätte. An einigen nahm ich selbst teil und kann als Augenzeuge sprechen; wohingegen ich bei den übrigen entweder nicht dabei war oder nur eine so kleine Rolle spielte, daß sie gleichsam von einer dritten Person erzählt werden müßten. Der folgende Bericht stützt sich allerdings auf meine eigenen Erlebnisse.

An einem stürmischen Oktobermorgen beobachtete ich beim Ankleiden, wie die letzten Blätter der einsamen Platane, die den Hof hinter unserem Haus ziert, davongewirbelt wurden. Dann ging ich hinab, um zu frühstücken – in der Erwartung, meinen Gefährten in niedergeschlagener Stimmung anzutreffen; denn wie alle großen Künstler ließ er sich leicht durch seine Umgebung beeindrucken. Doch im Gegenteil: Ich stellte fest, daß er seine Mahlzeit fast schon beendet hatte und besonders glänzender und vergnügter Laune war, der sich freilich jene etwas unheimliche Fröhlichkeit beimischte, die für seine lichteren Momente charakteristisch war.

»Sie haben einen Fall, Holmes?« bemerkte ich.

»Die Gabe des Deduzierens ist zweifellos ansteckend, Watson«, erwiderte er. »Das hat Ihnen ermöglicht, hinter mein Geheimnis zu kommen. Ja, ich habe einen Fall. Nach einem Monat der Trivialitäten und des Stillstands drehen sich die Räder wieder einmal.«

»Darf ich daran teilnehmen?«

»Da gibt es nicht viel teilzunehmen; aber das können wir besprechen, sobald Sie die beiden hartgekochten Eier vertilgt haben, mit denen unsere neue Köchin uns beglückt hat. Die Beschaffenheit dieser Eier mag durchaus mit dem Exemplar des *Family Herald* zusammenhängen, das ich gestern auf dem

Flurtisch bemerkt habe. Selbst eine so triviale Sache wie das Kochen eines Eis erfordert nämlich eine gewisse Aufmerksamkeit für das Verstreichen der Zeit und verträgt sich infolgedessen nicht mit dem Liebesroman in jenem vorzüglichen Magazin.«

Eine Viertelstunde später war der Tisch abgeräumt, und wir saßen einander gegenüber. Er hatte einen Brief aus der Tasche gezogen.

»Sie haben doch schon von Neil Gibson, dem Goldkönig, gehört?« sagte er.

»Sie meinen den amerikanischen Senator?«

»Nun ja, er war früher einmal Senator in einem der Weststaaten; aber besser bekannt ist er als der größte Goldminenmagnat der Welt.«

»Ja, ich habe von ihm gehört. Er lebt doch schon eine ganze Weile in England. Sein Name ist sehr bekannt.«

»Ganz recht; er hat vor ungefähr fünf Jahren ein beträchtliches Anwesen in Hampshire gekauft. Möglicherweise ist Ihnen auch schon etwas über den tragischen Tod seiner Frau zu Ohren gekommen?«

»Natürlich. Jetzt erinnere ich mich. Deswegen ist der Name ja bekannt. Mit den Einzelheiten bin ich allerdings nicht vertraut.«

Holmes wies mit der Hand auf einige Zeitungen auf einem Stuhl. »Ich hatte keine Ahnung, daß ich es einmal mit diesem Fall zu tun haben würde; sonst hätte ich meine Ausschnitte längst bei der Hand«, sagte er. »Tatsache ist, daß der Fall, bei aller Sensationsmacherei, keinerlei besondere Probleme aufzuwerfen schien. Die interessante Persönlichkeit der Angeklagten vermag die Klarheit der Beweislage nicht zu beeinträchtigen. Diese Ansicht vertrat man seitens der Leichenschau-Kommission und auch bei der polizeigerichtlichen Verhandlung. Inzwischen wurde der Fall dem Schwurgericht in Winchester überantwortet. Ich fürchte, das Ganze ist ein undankbares Geschäft. Ich kann Tatsachen aufdecken, Watson, aber ich kann sie nicht ändern. Wenn nicht irgendwelche völlig neuen und unerwarteten Fakten ans Licht kommen, sehe ich nicht, worauf mein Klient noch hoffen könnte.«

»Ihr Klient?«

»Ach so, ich vergesse ja ganz, daß ich Ihnen noch gar nichts davon erzählt habe. Ich nehme schon Ihre verwirrende Gewohnheit an, Watson, eine Geschichte von hinten aufzuzäumen. Am besten, Sie lesen zunächst einmal das hier.«

Der Brief, den er mir reichte, war in einer kühnen, gebieterischen Handschrift geschrieben und lautete wie folgt:

CLARIDGE'S HOTEL, *3. Oktober*

LIEBER MR. SHERLOCK HOLMES, –

ich kann nicht tatenlos mit ansehen, wie die beste Frau, die Gott je geschaffen hat, in den Tod geht. Erklären kann ich die Geschichte nicht – ich bringe nicht einmal den Versuch zu einer Erklärung zustande; aber ich weiß ohne jeden Zweifel, daß Miss Dunbar unschuldig ist. Die Umstände sind Ihnen bekannt – wer kennt sie nicht? Es wird ja längst im ganzen Land darüber geklatscht. Und nicht eine einzige Stimme hat sich je für sie erhoben. Die verdammte Ungerechtigkeit von alledem macht mich verrückt. Diese Frau besitzt ein Herz, das ihr nicht mal erlauben würde, eine Fliege zu töten. Also, ich komme morgen um elf; dann werde ich ja sehen, ob Sie in diesem Dunkel einen Lichtstrahl entdecken können. Vielleicht habe ich einen Anhaltspunkt und weiß gar nichts davon. Jedenfalls steht Ihnen alles, was ich weiß, besitze und bin, zur Verfügung – wenn Sie sie nur retten können. Sollten Sie je im Leben Ihre Fähigkeiten unter Beweis stellen, dann jetzt, bei diesem Fall.

Hochachtungsvoll,
J. NEIL GIBSON.

»Nun sind Sie im Bilde«, sagte Sherlock Holmes; er klopfte die Asche aus seiner Nach-Frühstückspfeife und stopfte sie gemächlich wieder. »Das ist der Gentleman, den ich erwarte. Was die Geschichte selbst betrifft, so werden Sie wohl kaum Zeit haben, all diese Zeitungen hier zu bewältigen; daher muß ich Ihnen mit einer Kurzfassung der Geschehnisse aufwarten, damit Sie einen sinnvollen Einblick in die Vorgänge haben. Dieser Mann stellt die größte Finanzmacht der Welt dar und ist, wie ich höre, von überaus brutalem und furchterregendem Wesen. Er war verheiratet, und von seiner Frau – dem Opfer dieser Tragödie – weiß ich nur, daß sie ihre Blütezeit schon hinter sich hatte; was sich um so unglücklicher traf, als die Gouvernante, die die Erziehung der beiden jungen Kinder beaufsichtigte, sehr attraktiv ist. Das also sind die drei beteiligten Personen; den Schauplatz stellt ein prachtvolles altes Manor House dar, Zentrum eines historischen englischen Landsitzes. Nun zur Tragödie selbst. Die Ehefrau wurde fast eine halbe Meile vom Haus entfernt spät nachts in den Parkanlagen aufgefunden; sie hatte ein Abendkleid an und trug um die Schultern einen Schal; in ihrem Kopf steckte eine Revolverkugel. Man fand allerdings keine Waffe in ihrer Nähe, und in bezug auf den Mord gab es am Tatort keinerlei Anhaltspunkte. Keine Waffe in ihrer Nähe, Watson – merken Sie sich das! Anscheinend wurde das Verbrechen spät abends verübt; ein Wildhüter hat die Leiche gegen elf Uhr entdeckt; dann wurde sie von der Polizei und einem Arzt untersucht, bevor man sie ins Haus hinaufschaffte. Ist das allzu kurz gefaßt, oder können Sie der Geschichte noch klar folgen?«

»Es ist alles sehr klar. Aber weshalb wird die Gouvernante verdächtigt?«

»Tja, in erster Linie existiert da ein sehr unzweideutiges Beweisstück: Ein Revolver wurde gefunden, aus dem man eine Patrone abgefeuert hatte und dessen Kaliber mit dem der tödlichen Kugel übereinstimmt, und zwar auf dem Boden ihres Kleiderschrankes.« Seine Augen wurden starr, und er wiederholte gedehnt: »Auf – dem – Boden – ihres – Kleiderschrankes.« Dann versank er in Schweigen, und ich bemerkte, daß sich soeben ein Gedankengang in Bewegung gesetzt hatte; es wäre töricht gewesen, ihn dabei zu unterbrechen. Mit einem plötzlichen Ruck tauchte er auf und war wieder frisch und lebendig. »Ja, Watson, er wurde gefunden. Ganz schön belastend, wie? So dachten jedenfalls die beiden Jurys. Außerdem hatte die Tote einen Brief bei sich, der eine Verabredung just am Tatort anzeigte; er war unterzeichnet von der Gouvernante. Wie finden Sie das? Schließlich wäre da noch das Motiv. Senator Gibson ist eine attraktive Persönlichkeit. Wenn seine Frau stirbt – wer hat dann größere Aussicht auf ihre Nachfolge als die junge Lady? Ihr Brotherr hatte ihr, nach allem, was man so hört, bereits aufs nachdrücklichste den Hof gemacht. Liebe, ein Vermögen, Macht – all das hing vom Leben einer Frau in mittleren Jahren ab. Garstig, Watson – äußerst garstig!«

»Ja, allerdings, Holmes.«

»Überdies konnte sie kein Alibi vorweisen. Im Gegenteil, sie mußte zugeben, daß sie sich unten, in der Nähe der Thor-Brücke – das war der Schauplatz der Tragödie –, aufgehalten hat, und zwar um die besagte Stunde. Sie konnte es auch gar nicht ableugnen; ein Dorfbewohner hatte sie nämlich im Vorbeigehen dort gesehen.«

»Da ist ja wohl wirklich nichts mehr zu machen.«

»Und dennoch, Watson – dennoch! Diese Brücke – eine eingespannte breite Bogenbrücke aus Stein mit Balustraden – führt über die schmalste Stelle eines langen, tiefen, schilfumgürteten Gewässers. Es wird Thor-See genannt. Die Tote lag am Brückenaufgang. Das also wären die hauptsächlichen Fakten. Aber hier ist unser Klient ja schon, wenn ich mich nicht irre; er kommt allerdings viel zu früh.«

Billy hatte die Tür geöffnet, doch der von ihm angekündigte Name entsprach nicht dem, den wir erwartet hatten. Mr. Marlow Bates kannten wir beide nicht. Er war ein dünnes, nervöses, zerbrechliches Männchen mit angsterfüllten Augen und ruckartigen, zögernden Bewegungen – ein Mann, der sich nach meiner Diagnose am Rande eines totalen Nervenzusammenbruchs befand.

»Sie sind wohl etwas aufgeregt, Mr. Bates«, sagte Holmes. »Nehmen Sie doch bitte Platz. Ich fürchte, ich habe nur wenig Zeit für Sie; um elf bin ich nämlich verabredet.«

»Ich weiß«, keuchte unser Besucher; er stieß kurze Sätze hervor – als sei er außer Atem. »Mr. Gibson ist schon im Anmarsch. Mr. Gibson ist mein Dienstherr. Ich bin sein Gutsverwalter. Mr. Holmes, er ist ein Schurke – ein teuflischer Schurke.«

»Starke Worte, Mr. Bates.«

»Ich muß es grell darstellen, Mr. Holmes, weil die Zeit so begrenzt ist. Er darf mich unter gar keinen Umständen hier antreffen. Jetzt müßte er eigentlich bald da sein. Aber so, wie die Dinge lagen, konnte ich nicht früher kommen. Sein Sekretär, Mr. Ferguson, hat mir erst heute früh von seiner Verabredung mit Ihnen erzählt.«

»Und Sie sind also sein Verwalter?«

»Ich habe ihm bereits gekündigt. In ein paar Wochen werde ich das Joch seiner verfluchten Sklaverei abgeschüttelt haben. Ein hartherziger Mann, Mr. Holmes; hartherzig gegen alle, die um ihn sind. Diese wohltätigen Werke in der Öffentlichkeit dienen doch nur als Deckmantel, um seine privaten Schandtaten zu verhüllen. Und sein Hauptopfer war seine Frau. Er war brutal zu ihr – ja, Sir, brutal! Wie sie zu Tode gekommen ist, weiß ich nicht; aber fest steht, daß er ihr das Leben zur Qual gemacht hat. Sie war ein Geschöpf der Tropen – gebürtige Brasilianerin, wie Sie zweifellos wissen.«

»Nein; das war mir entgangen.«

»Tropisch von Geburt und tropisch vom Naturell. Ein Kind der Sonne und der Leidenschaft. Sie hat ihn geliebt, wie nur solche Frauen lieben können; aber als ihre körperlichen Reize verblüht waren – sie sollen einmal beträchtlich gewesen sein –, band ihn nichts mehr an sie. Wir mochten sie alle gern, und sie tat uns leid. Ihn haben wir gehaßt für die Art, wie er seine Frau behandelt hat. Aber er ist schlau und gerissen. Das ist alles, was ich Ihnen zu sagen habe. Nehmen Sie nichts bei ihm für bare Münze. Da steckt mehr dahinter. Jetzt gehe ich wieder. Nein, nein, halten Sie mich nicht auf! Er muß bald da sein.«

Mit einem angstvollen Blick auf die Uhr rannte unser seltsamer Besucher geradewegs zur Tür und verschwand.

»Sieh mal einer an!« sagte Holmes nach einer Schweigepause. »Mr. Gibson scheint ja über einen netten ergebenen Hofstaat zu verfügen. Aber die Warnung ist recht nützlich; jetzt bleibt uns nur noch abzuwarten, bis der Herr persönlich in Erscheinung tritt.«

Pünktlich auf die Minute vernahmen wir auf der Treppe schwere Schritte; dann wurde der berühmte Millionär ins Zimmer geleitet. Als ich ihn mir ansah, verstand ich nicht nur die Angst und Abneigung des Verwalters, sondern auch die Verwünschungen, mit denen ihn so viele berufliche Rivalen überhäuft hatten. Wäre ich Bildhauer und hätte den Wunsch, das Ideal des erfolgreichen Geschäftsmannes darzustellen, des Mannes von eisernen Nerven und dickem Fell, dann würde ich mir Mr. Neil Gibson als Modell nehmen. Seine hochgewachsene, hagere und kantige Gestalt erweckte den Eindruck von Hunger und Habgier. Ein verkehrter Abraham Lincoln mit niederen statt hohen Zielen – das würde vielleicht eine Vorstellung von diesem Mann vermitteln. Sein Gesicht wirkte wie in Granit gemeißelt; es war starr, kantig, unbarmherzig und von tiefen Linien durchfurcht – den Narben so mancher Krise. Kalte graue Augen blickten verschlagen unter buschigen Brauen hervor und musterten uns einen nach dem anderen. Als Holmes meinen Namen erwähnte, verneigte er sich flüchtig; dann zog er mit einer herrisch besitzergreifenden Gebärde einen Stuhl zu meinem Gefährten heran und nahm Platz, wobei seine knochigen Knie beinahe mit Holmes in Berührung kamen.

»Ich möchte gleich vorausschicken, Mr. Holmes«, begann er, »daß Geld in diesem Fall für mich gar keine Rolle spielt. Sie können es anzünden, wenn das dazu beiträgt, Ihnen den Weg zur Wahrheit zu erleuchten. Diese Frau ist unschuldig und muß freigesprochen werden, und es ist Ihre Aufgabe, das zu bewerkstelligen. Nennen Sie mir Ihren Preis!«

»Ich habe meine festen Tarife«, sagte Holmes kalt. »Und daran wird nichts geändert – es sei denn, ich verzichte ganz aufs Honorar.«

»Na schön, wenn Ihnen die Dollars nichts bedeuten, dann denken Sie doch mal an die Reputation. Wenn Sie die Sache deichseln, wird jede Zeitung in England und Amerika für Sie die Reklametrommel rühren. Sie werden *der* Gesprächsstoff zweier Kontinente sein.«

»Besten Dank, Mr. Gibson; ich glaube nicht, daß ich Reklame nötig habe. Es überrascht Sie vielleicht zu hören, daß ich lieber anonym arbeite und daß mich nur das Problem als solches reizt. Aber wir vergeuden Zeit. Lassen Sie uns zu den Fakten kommen.«

»Ich denke, die hauptsächlichen finden Sie alle in den Presseberichten. Ich weiß nicht, ob ich noch etwas hinzufügen kann, was für Sie hilfreich wäre. Aber falls es irgendwas gibt, was Sie eventuell näher beleuchten wollen – bitte, deswegen bin ich ja hier.«

»Nun ja, da wäre nur ein einziger Punkt.«

»Und welcher?«

»Worin genau bestanden die Beziehungen zwischen Ihnen und Miss Dunbar?«

Der Goldkönig schrak heftig zusammen und erhob sich halb vom Stuhl. Dann verfiel er wieder in seine undurchdringliche Gelassenheit.

»Ich nehme an, Sie haben das Recht – und womöglich auch die Pflicht –, eine solche Frage zu stellen, Mr. Holmes?«

»Einigen wir uns darauf, daß diese Annahme zutrifft«, sagte Holmes.

»Dann darf ich Ihnen versichern, daß unsere Beziehungen ausschließlich und stets von solcher Art waren, wie sie ein Dienstherr zu einer jungen Lady hat, mit der er niemals Umgang pflegte und die er immer nur dann zu Gesicht bekommen hat, wenn sie in Gesellschaft seiner Kinder war.«

Holmes erhob sich vom Stuhl.

»Ich bin ein ziemlich beschäftigter Mann, Mr. Gibson«, sagte er, »und ich habe weder Zeit für noch Geschmack an sinnlosen Gesprächen. Ich wünsche Ihnen einen guten Morgen.«

Unser Besucher hatte sich ebenfalls erhoben, und seine große hagere Gestalt überragte Holmes. Unter den buschigen Brauen funkelte es zornig, und in die bleichen Wangen schoß ein Hauch von Farbe.

»Was zum Teufel meinen Sie damit, Mr. Holmes? Wollen Sie etwa meinen Fall abweisen?«

»Nun ja, Mr. Gibson, zumindest weise ich Sie mal ab. Ich glaubte, mich deutlich ausgedrückt zu haben.«

»Deutlich genug, aber was steckt dahinter? Wollen Sie den Preis in die Höhe treiben, oder haben Sie Angst, die Sache anzupacken, oder was? Ich habe ein Recht auf eine klare Antwort.«

»Tja, das kann schon sein«, sagte Holmes. »Ich will Ihnen eine geben. Zunächst einmal ist dieser Fall wahrhaftig schon kompliziert genug, auch ohne das zusätzliche Hindernis einer Falschinformation.«

»Das soll wohl heißen, daß ich lüge.«

»Je nun, ich habe gerade versucht, es so taktvoll wie möglich auszudrücken; wenn Sie jedoch auf dem Wort bestehen, will ich Ihnen nicht widersprechen.«

Ich fuhr hoch, denn der Gesichtsausdruck des Millionärs war vor Erregung satanisch, und er hatte die große knotige Faust erhoben. Holmes lächelte matt und streckte die Hand nach seiner Pfeife aus.

»Nicht so laut, Mr. Gibson. Ich finde, nach dem Frühstück bringt einen schon die kleinste Auseinandersetzung aus dem Gleichgewicht. Ich schlage vor, Sie machen einen Spaziergang in der Morgenluft und denken in aller Ruhe ein bißchen nach; das wird Ihnen außerordentlich gut tun.«

Der Goldkönig riß sich zusammen und bezwang seine Wut. Ich konnte nicht umhin, ihn zu bewundern; denn dank einer überragenden Selbstbeherrschung hatte sich sein heftig auflodernder Zorn binnen einer Minute in kalte und geringschätzige Gelassenheit verwandelt.

»Na schön, wie Sie wollen. Ich schätze, Sie wissen, wie Sie Ihr Geschäft betreiben müssen. Ich kann Sie nicht zwingen, sich mit dem Fall zu befassen. Sie haben sich heute morgen allerdings keinen Gefallen getan, Mr. Holmes; ich habe nämlich schon stärkere Männer als Sie kleingekriegt. Noch nie ist mir einer in die Quere gekommen, ohne dabei den kürzeren zu ziehen.«

»Das haben schon viele gesagt, und doch bin ich noch hier«, erwiderte Holmes lächelnd. »Nun denn, guten Morgen, Mr. Gibson. Sie müssen noch eine ganze Menge lernen.«

Unser Besucher zog geräuschvoll von hinnen; Holmes rauchte jedoch in unerschütterlicher Ruhe weiter und starrte verträumten Blickes zur Zimmerdecke.

»Nun, was meinen Sie, Watson?« fragte er schließlich.

»Naja, Holmes, wenn ich in Erwägung ziehe, daß dieser Mann sich gewiß jedes Hindernis aus dem Weg zu räumen pflegt und daß seine Frau wohl ein solches Hindernis darstellte und zudem Gegenstand seines Mißfallens war, wie dieser Bates uns so deutlich gesagt hat, dann muß ich zugeben, daß es mir so vorkommt ...«

»Ganz recht. Mir ebenfalls.«

»Aber wie waren denn nun seine Beziehungen zu der Gouvernante, und wie sind Sie dahintergekommen?«

»Bluff, Watson, Bluff! Als ich den leidenschaftlichen, unkonventionellen und nicht gerade geschäftsmäßigen Ton seines Briefes mit seinem beherrschten Auftreten verglich, war ziemlich klar, daß dem eine tiefe Empfindung zugrundelag, die sich eher auf die Angeklagte als auf das Opfer konzentrierte. Wenn wir zur Wahrheit gelangen wollen, müssen wir die genauen Beziehungen zwischen diesen drei Personen ergründen. Sie haben meinen Frontalangriff auf ihn ja mitbekommen und gesehen, mit welcher Unerschütterlichkeit er ihn aufnahm. Also habe ich ihn geblufft, indem ich ihm den Eindruck vermittelte, ich sei vollkommen im Bilde – während ich in Wirklichkeit nur einen sehr starken Verdacht hegte.«

»Ob er wohl wieder zurückkommt?«

»Ganz bestimmt. Er *muß* zurückkommen. So, wie die Sache jetzt steht, kann er sie nicht auf sich beruhen lassen. Ha! Klingelt es da nicht schon? Jawohl, das sind seine Schritte. Na also, Mr. Gibson; gerade sagte ich zu Dr. Watson, daß Sie bereits ein wenig überfällig sind.«

Der Goldkönig hatte wieder das Zimmer betreten, in gemäßigterer Stimmung denn bei seinem Abgang. Sein ärgerlicher Blick verriet zwar noch immer verletzten Stolz; doch sein gesunder Menschenverstand hatte ihm wohl klargemacht, daß er nachgeben mußte, wenn er sein Ziel erreichen wollte.

»Ich habe mir die Geschichte noch mal durch den Kopf gehen lassen, Mr. Holmes, und habe das Gefühl, daß es voreilig war, Ihre Bemerkungen krummzunehmen. Sie haben ein Recht darauf, den Tatsachen auf den Grund zu gehen, ganz gleich, worum es sich handelt, und ich muß Sie für Ihre Gründlichkeit nur um so höher schätzen. Aber ich kann Ihnen versichern, daß die Beziehungen zwischen Miss Dunbar und mir wirklich nichts mit diesem Fall zu tun haben.«

»Das zu entscheiden, liegt doch eigentlich bei mir, oder?«

»Ja, ich schätze, Sie haben recht. Sie kommen mir vor wie ein Arzt, der alle Symptome wissen will, bevor er seine Diagnose stellt.«

»Genau. So könnte man es ausdrücken. Und nur ein Patient, der seinen Arzt absichtlich hinters Licht führen will, würde die Tatsachen seines Falles verschweigen.«

»Mag sein; aber Sie müssen doch zugeben, Mr. Holmes, daß die meisten Männer ein bißchen zurückscheuen würden, wenn man sie auf den Kopf zu fragt, in welcher Beziehung sie zu einer bestimmten Frau stehen – vorausgesetzt, es sind dabei ernsthafte Gefühle im Spiel. Ich schätze, die meisten Menschen haben in irgendeinem Winkel ihres Herzens ein kleines privates Reservat, in das sie nur ungern jemand eindringen lassen. Und Sie platzen da nun so auf einmal hinein. Aber der Zweck entschuldigt Sie; schließlich geht es um den Versuch, sie zu retten. Alsdann, der Zaun liegt am Boden, das Reservat steht offen, und Sie können nach Belieben darin forschen. Was wollen Sie wissen?«

»Die Wahrheit.«

Der Goldkönig hielt einen Moment inne – als ordne er seine Gedanken. Sein grimmiges, tief zerfurchtes Gesicht war inzwischen noch trauriger und ernster geworden.

»Dazu bedarf es nicht sehr vieler Worte, Mr. Holmes«, sagte er schließlich. »Einiges ist allerdings sowohl peinlich als auch schwer zu erklären; deshalb will ich nicht tiefer eindringen als nötig. Ich habe meine Frau als Goldsucher in Brasilien kennengelernt. Maria Pinto war die Tochter eines Regierungsbeamten in Manáus und außerdem sehr schön. Ich war damals noch jung und ungestüm; aber selbst heute, wo ich mit kühlerem Blut und kritischerem Auge zurückblicke, muß ich feststellen, daß sie von einer außergewöhnlichen und wundervollen Schönheit war. Dazu kam ein tiefgründendes, reiches Innenleben, sie war leidenschaftlich, rückhaltlos, tropisch, sprunghaft – ganz anders als die amerikanischen Frauen, die ich bis dahin gekannt hatte. Also kurz und gut, ich liebte sie und habe sie geheiratet. Erst als der romantische Zauber verflogen war – und er hielt jahrelang an –, merkte ich, daß wir nichts, aber auch gar nichts gemeinsam hatten. Meine Liebe schwand dahin. Wenn die ihrige ebenfalls nachgelassen hätte, wäre alles einfacher gewesen. Aber Frauen haben bekanntlich erstaunliche Eigenarten. Ich konnte anstellen, was ich wollte – nichts brachte sie von mir ab. Wenn ich mal grob zu ihr war – vielleicht sogar brutal, wie schon behauptet wurde –, dann deshalb, weil ich wußte, daß für uns beide alles leichter wäre, wenn es mir gelänge, ihre Liebe abzutöten, oder wenn diese Liebe sich in Haß verwandelte. Aber ihre Gefühle blieben dieselben. Sie hat mich hier in den englischen Wäldern genauso angebetet wie vor zwanzig Jahren an den Ufern des Amazonas. Ich konnte anstellen, was ich wollte – sie hing an mir wie eh und je.

Dann kam Miss Grace Dunbar. Sie hatte auf unsere Annonce geantwortet und wurde die Gouvernante unserer beiden

Kinder. Vielleicht haben Sie ihr Bild schon in den Zeitungen gesehen. Alle Welt hat ja bereits verkündet, daß auch sie eine sehr schöne Frau ist. Nun, ich erhebe keinen Anspruch darauf, moralischer als meine Mitmenschen zu sein; ich muß zugeben, daß ich mit einer solchen Frau nicht unter demselben Dach und in täglichem Kontakt leben konnte, ohne leidenschaftliche Empfindungen für sie zu hegen. Wollen Sie mir deswegen einen Vorwurf machen, Mr. Holmes?«

»Nicht wegen Ihrer Empfindungen. Ich würde Ihnen nur dann einen Vorwurf machen, wenn Sie sie gezeigt hätten, da ja diese junge Lady gewissermaßen unter Ihrem Schutz stand.«

»Naja, mag sein«, sagte der Millionär; der Tadel hatte jedoch einen Moment lang wieder den alten Zorn in seinen Augen aufflackern lassen. »Ich will mich nicht besser machen, als ich bin. Ich schätze, ich bin ein Mann, der sein ganzes Leben lang nach dem gegriffen hat, was er sich wünschte; und noch nie habe ich mir irgend etwas mehr gewünscht, als von dieser Frau geliebt zu werden und sie zu besitzen. Und das habe ich ihr auch gesagt.«

»Aha, also doch!«

Holmes konnte sehr furchterregend dreinschauen, wenn ihn etwas aufregte.

»Ich habe ihr gesagt, daß ich sie heiraten würde, wenn ich könnte; aber das stände nicht in meiner Macht. Und ich habe gesagt, daß Geld keine Rolle spielt und daß ich alles mir Mögliche tun will, um sie glücklich und zufrieden zu machen.«

»Sehr großzügig, in der Tat«, sagte Holmes mit spöttischem Lächeln.

»Hören Sie, Mr. Holmes. Ich bin zu Ihnen gekommen, weil ich Beweise brauche, nicht Moralpredigten. Ich lege keinen Wert auf Ihre Kritik.«

»Ich befasse mich ausschließlich der jungen Lady zuliebe mit Ihrem Fall«, sagte Holmes streng. »Kein einziger Anklagepunkt, den man gegen sie vorbringt, dürfte wohl schlimmer sein als das, was Sie soeben zugegeben haben: Daß Sie nämlich ein wehrloses Mädchen, das unter Ihrem Dach gelebt hat, zu ruinieren versuchten. Einigen von euch Reichen muß man noch beibringen, daß sich nicht die ganze Welt dazu bestechen läßt, eure Untaten stillschweigend zu übergehen.«

Zu meiner Überraschung nahm der Goldkönig diesen Vorwurf mit Gleichmut hin.

»Heute sehe ich es ja auch so. Gott sei Dank haben meine Pläne nicht so funktioniert, wie ich es mir vorgestellt hatte. Sie wollte nämlich nichts davon wissen und sofort das Haus verlassen.«

»Warum hat sie es nicht getan?«

»Naja, zunächst einmal gab es andere, die von ihr abhängig waren, und es wäre ihr nicht leichtgefallen, auf ihren Lebensunterhalt zu verzichten und sie dadurch alle im Stich zu lassen. Erst als ich geschworen hatte, sie nie wieder zu belästigen, erklärte sie sich bereit zu bleiben. Aber es gab noch einen weiteren Grund. Sie kannte ihren Einfluß auf mich – und wußte, daß er stärker war als jeder andere auf der Welt. Sie wollte ihn dazu benutzen, Gutes zu tun.«

»Wie das?«

»Je nun, sie hatte ein wenig Einblick in meine Geschäfte. Es handelt sich um weitreichende Geschäfte, Mr. Holmes – und sie reichen weit über die Vorstellungskraft eines Normalmenschen hinaus. Ich spiele Schicksal – im Guten und öfter noch im Bösen. Das betrifft nicht nur einzelne Menschen. Das betrifft Gemeinden, Städte – ja, sogar Nationen. Geschäftemachen ist ein unerbittliches Spiel, und Schwächlinge werden dabei an die Wand gedrückt. Ich habe dieses Spiel auf Teufel komm raus betrieben. Ich habe nie gejammert und mich auch nie darum gekümmert, wenn mein Gegenüber gejammert hat. Aber sie sah die Dinge anders. Und ich schätze, sie hatte recht. Sie glaubte und behauptete nämlich, daß ein Vermögen, das größer ist, als was ein einzelner überhaupt braucht, sich nicht auf zehntausend ruinierte Menschen gründen darf, die mittellos auf der Strecke bleiben. So jedenfalls sah sie die Dinge, und ich schätze, für sie gab es jenseits der Dollars noch etwas Dauerhafteres. Als sie gemerkt hat, daß ich ihre Worte beachtete, glaubte sie, mein Handeln beeinflussen zu können und damit der Welt einen Dienst zu erweisen. Deswegen ist sie geblieben – und dann passierte diese Geschichte.«

»Könnten Sie darauf vielleicht ein Licht werfen?«

Der Goldkönig hielt eine Minute oder länger inne; er saß in tiefen Gedanken verloren da und hielt den Kopf in die Hände gesenkt.

»Es sieht sehr düster für sie aus. Das will ich gar nicht leugnen. Frauen führen ein Innenleben und tun manchmal Dinge, die ein Mann nicht begreift. Zuerst war ich so durcheinander und perplex, daß ich beinahe geglaubt hätte, daß sie sich zu einer Tat hat hinreißen lassen, die ihrem Wesen total zuwiderlief. Aber dann ist mir eine andere Erklärung eingefallen. Ich gebe sie Ihnen, Mr. Holmes – ganz gleich, ob sie was taugt. Meine Frau war ohne Zweifel furchtbar eifersüchtig. Eifersucht auf Seelisches kann ja genauso rasend sein wie Eifersucht auf Körperliches; und obwohl meine Frau für letztere – was sie vermutlich auch wußte – gar keinen Grund hatte, hat sie doch gemerkt, daß dieses englische Mädchen auf mein Denken und Handeln einen Einfluß ausübte, den sie selbst niemals besessen hatte. Es war zwar ein Einfluß zum Guten; aber das machte die Sache nicht besser. Sie war verrückt vor Haß – die Hitze des Amazonas lag ihr ja immer im Blut. Es wäre also durchaus möglich, daß sie Miss Dunbar umbringen, oder sagen wir: mit einem Revolver bedrohen wollte, um ihr solche Angst einzujagen, daß sie uns verläßt. Und dabei kam es vielleicht zu einem Handgemenge; der Revolver ging los, und der Schuß traf die Frau, die ihn in der Hand hielt.«

»Diese Möglichkeit habe ich auch schon erwogen«, sagte Holmes. »Sie stellt in der Tat die einzige einleuchtende Alternative zu einem vorsätzlichen Mord dar.«

»Aber sie streitet sie vollkommen ab.«

»Je nun, das will noch nichts besagen, oder? Es wäre doch denkbar, daß eine Frau in einer so scheußlichen Lage nach

Hause eilt und in ihrer Verwirrung dabei den Revolver in der Hand behält. Dann wirft sie ihn unter ihre Kleider, ohne recht zu wissen, was sie tut; und nachdem man ihn entdeckt hat, versucht sie sich herauszulügen, indem sie alles abstreitet – jede Erklärung würde sich nämlich als unhaltbar erweisen. Was spräche gegen diese Hypothese?«

»Miss Dunbar selbst.«

»Nun ja, vielleicht.«

Holmes warf einen Blick auf seine Uhr. »Ich bin sicher, wir bekommen heute morgen noch die nötige Besuchsgenehmigung; dann könnten wir mit dem Abendzug in Winchester eintreffen. Habe ich die junge Lady erst einmal kennengelernt, werde ich Ihnen höchstwahrscheinlich von größerem Nutzen sein; ich kann Ihnen allerdings nicht versprechen, daß meine Schlußfolgerungen notwendigerweise so ausfallen, wie Sie sich das wünschen.«

Das Einholen der behördlichen Genehmigung verursachte eine kleine Verzögerung; und statt noch am nämlichen Tag in Winchester einzutreffen, fuhren wir nach Thor Place, Mr. Neil Gibsons Anwesen in Hampshire. Er selbst begleitete uns nicht; wir besaßen jedoch die Adresse von Sergeant Coventry von der Ortspolizei, der die Sache als erster untersucht hatte. Er war ein hochgewachsener, dünner, leichenblasser Mann von verschwiegenem und geheimnistuerischem Gebaren, welches den Eindruck vermittelte, er wisse und ahne sehr viel mehr, als er zu sagen wagte. Überdies hatte er die Angewohnheit, seine Stimme unversehens zu einem Flüstern zu senken – als sei ihm etwas ungeheuer Wichtiges eingefallen; die Mitteilung pflegte dann allerdings ausgesprochen banal zu sein. Von diesen Manierismen abgesehen, entpuppte er sich jedoch bald als anständiger, rechtschaffener Bursche, der nicht zu stolz war zuzugeben, daß er mit seiner Weisheit am Ende und für jede Hilfe dankbar war.

»Sie sind mir jedenfalls lieber als Scotland Yard, Mr. Holmes«, sagte er. »Wenn man nämlich den Yard zu einem Fall hinzuzieht, dann traut keiner mehr dem Ortspolizisten einen

Erfolg zu; und wenn er was falsch macht, ist er womöglich noch der Dumme. Na, Sie spielen ja fair, wie ich gehört habe.«

»Ich brauche dabei überhaupt nicht in Erscheinung zu treten«, sagte Holmes, zur offensichtlichen Erleichterung unseres melancholischen Bekannten. »Falls ich die Sache aufklären sollte, lege ich keinen Wert auf die Erwähnung meines Namens.«

»Also das ist wirklich sehr nett von Ihnen. Und Ihrem Freund, Dr. Watson, kann man bekanntlich vertrauen. So, Mr. Holmes, wo wir schon auf dem Weg zum Tatort sind, würde ich Ihnen gern eine Frage stellen. Außer Ihnen darf sie allerdings keine Menschenseele zu hören bekommen.« Er sah sich um, als wage er kaum, die Worte über die Lippen zu bringen. »Meinen Sie nicht, daß die Fakten vielleicht auch gegen Mr. Neil Gibson selbst sprechen?«

»Das habe ich auch schon in Betracht gezogen.«

»Sie kennen Miss Dunbar noch nicht. Sie ist eine ganz tolle Frau, in jeder Beziehung. Es wäre doch gut möglich, daß er seine Ehefrau aus dem Weg schaffen wollte. Und diese Amerikaner sind ja mit dem Revolver schneller bei der Hand als unsereiner. Wissen Sie, es war nämlich *sein* Revolver.«

»Ist das klar erwiesen?«

»Ja, Sir. Er gehört zu einem Paar aus seinem Besitz.«

»Zu einem Paar? Wo ist denn der andere?«

»Naja, der Gentleman besitzt alle möglichen Feuerwaffen. Den Revolver, der genau dazu paßt, haben wir nicht gefunden – aber das Etui ist für zwei gedacht.«

»Wenn er zu einem Paar gehört, müßte sich sein Gegenstück doch eigentlich finden lassen.«

»Tja, falls Sie Lust haben, sich einen Überblick zu verschaffen – wir haben alle Waffen im Haus zurechtgelegt.«

»Vielleicht später. Ich denke, wir gehen jetzt mal zusammen hinunter und sehen uns den Schauplatz der Tragödie an.«

Diese Unterhaltung hatte im kleinen Vorderzimmer von Sergeant Coventrys bescheidenem Häuschen stattgefunden, das als Polizeistation diente. Nach etwa einer halben Meile Weges durch windgepeitschtes Heideland, das von welkendem Farn golden und bronzen schimmerte, gelangten wir an eine Seitenpforte, die uns den Zugang zum Gelände des Thor-Place-Anwesens öffnete. Ein Pfad führte uns durch den Fasanenpark, und von einer Lichtung aus erblickten wir schließlich das weitläufige Fachwerkhaus; halb Tudor und halb georgianisch, so stand es auf dem Kamm des Hügels. Neben uns dehnte sich ein längliches, schilfreiches Gewässer aus, das sich in der Mitte, wo der Hauptfahrweg über eine Steinbrücke führte, verengte, um dann aber beiderseits zu kleinen Seen anzuschwellen. Unser Führer blieb am Aufgang dieser Brücke stehen und deutete auf den Boden.

»Hier hat Mrs. Gibsons Leiche gelegen. Ich hab die Stelle an dem Stein da markiert.«

»Sie waren also am Tatort, bevor sie entfernt wurde?«

»Ja; man hat sofort nach mir geschickt.«

»Wer?«

»Mr. Gibson selbst. Als Alarm gegeben wurde und er mit den übrigen aus dem Haus stürmte, hat er darauf bestanden, daß nichts von der Stelle bewegt wird, ehe die Polizei da ist.«

»Das war vernünftig. Dem Zeitungsbericht habe ich entnommen, daß der Schuß aus nächster Nähe abgefeuert wurde.«

»Ja, Sir, aus allernächster Nähe.«

»In der Umgebung der rechten Schläfe?«

»Direkt dahinter, Sir.«

»Wie lag die Leiche da?«

»Auf dem Rücken, Sir. Keine Anzeichen eines Kampfes. Keine Spuren. Keine Waffe. Die kurze Nachricht von Miss Dunbar hielt sie krampfhaft in der linken Hand fest.«

»Krampfhaft, sagen Sie?«

»Ja, Sir; wir haben ihre Finger fast nicht auseinander bekommen.«

»Das ist von großer Bedeutung. Es schließt nämlich den Gedanken aus, daß irgend jemand die Nachricht nach Eintritt des Todes dort plaziert hat, um eine falsche Spur zu hinterlassen. Meine Güte! Die Nachricht war, wenn ich mich recht entsinne, wirklich sehr kurz. ›Ich bin um neun Uhr an der Thor-Brücke. – G. Dunbar.‹ Hat sie nicht so gelautet?«

»Ja, Sir.«

»Hat Miss Dunbar zugegeben, daß sie sie geschrieben hat?«

»Ja, Sir.«

»Und wie lautete ihre Erklärung?«

»Sie hat sich ihre Verteidigung für das Schwurgericht vorbehalten. Sie wollte keine Aussage machen.«

»Das ist in der Tat ein höchst interessantes Problem. Die Sache mit dem Brief ist doch sehr undurchsichtig, nicht wahr?«

»Naja, Sir«, sagte unser Führer, »mir schien es die einzige wirklich klare Sache in dem ganzen Fall zu sein, wenn ich mir die kühne Bemerkung erlauben darf.«

Holmes schüttelte den Kopf.

»Angenommen, der Brief ist echt und wurde wirklich geschrieben, dann hat ihn der Empfänger bestimmt schon eine ganze Weile zuvor erhalten – sagen wir: ein oder zwei Stunden. Wieso hielt ihn diese Lady aber dann immer noch fest in der linken Hand? Warum sollte sie ihn so sorgsam bei sich tragen? Bei der Unterredung brauchte sie doch wohl nicht auf ihn zurückzugreifen. Scheint das nicht bemerkenswert?«

»Tja, Sir; so, wie Sie es darstellen – vielleicht schon.«

»Ich glaube, ich sollte mich mal ein paar Minuten hinsetzen und die Sache in aller Ruhe überdenken.« Er ließ sich auf dem steinernen Brückengeländer nieder, und ich bemerkte, wie seine scharfen grauen Augen in alle Richtungen forschende Blicke warfen. Plötzlich sprang er auf, rannte zum Geländer auf der anderen Seite, zog rasch die Lupe hervor und begann das Mauerwerk zu untersuchen.

»Das ist aber seltsam«, sagte er.

»Ja, Sir; das abgebrochene Stück an der Kante haben wir auch schon bemerkt. Vermutlich hat das jemand im Vorbeigehen getan.«

Das Mauerwerk war grau; an dieser einen Stelle zeigte sich jedoch ein weißer Fleck, nicht größer als ein Sixpence. Bei genauerer Überprüfung konnte man erkennen, daß hier etwas abgeplatzt war – wie von einem heftigen Schlag.

»Dazu bedarf es schon ziemlicher Gewalt«, sagte Holmes nachdenklich. Er hieb mehrmals mit seinem Stock auf das Geländer, ohne eine Spur zu hinterlassen. »Ja, das war wohl ein kräftiger Schlag. Und überdies an einer merkwürdigen Stelle. Er erfolgte nicht von oben, sondern von unten; wie Sie sehen, fehlt das Stück nämlich an der *unteren* Simskante.«

»Aber die Stelle ist doch mindestens fünfzehn Fuß von der Leiche weg.«

»Ja, das ist sie. Möglicherweise hat sie auch gar nichts mit der Sache zu tun; aber bemerkenswert ist dieser Punkt dennoch. So, ich glaube, mehr gibt es hier für uns nicht zu holen. Sie sagen, es waren keine Fußspuren vorhanden?«

»Der Boden ist steinhart, Sir. Es waren überhaupt keine Spuren vorhanden.«

»Dann können wir gehen. Wir wollen zunächst zum Haus hinauf und uns einen Überblick über die von Ihnen erwähnten Waffen verschaffen. Danach fahren wir weiter nach Winchester; bevor wir unsere Untersuchungen fortsetzen, möchte ich nämlich noch Miss Dunbar kennenlernen.«

Mr. Neil Gibson war noch nicht aus der Stadt zurück; doch im Haus begegnete uns der neurotische Mr. Bates, der uns morgens besucht hatte. Mit finsterem Behagen führte er uns die stattliche Reihe von Feuerwaffen der verschiedensten Form und Größe vor, die sein Dienstherr im Laufe seines abenteuerlichen Lebens gesammelt hatte.

»Mr. Gibson hat Feinde; und niemand, der ihn und seine Methoden kennt, wird sich darüber wundern«, sagte er. »Nachts liegt ein geladener Revolver in der Schublade neben seinem Bett. Er ist ein Mann der Gewalt, Sir; manchmal haben wir alle Angst vor ihm. Ich bin sicher, daß die arme verstorbene Lady oft in Furcht und Schrecken gelebt hat.«

»Haben Sie denn einmal mit eigenen Augen gesehen, daß er sie körperlich mißhandelt hat?«

»Nein, das nicht gerade. Aber ich habe Worte mit angehört, die fast genauso schlimm waren – Worte von kalter, schneidender Verachtung –, sogar vor dem Personal.«

»Unser Millionär scheint im Privatleben nicht eben zu glänzen«, bemerkte Holmes, als wir uns auf dem Weg zum Bahnhof befanden. »Tja, Watson, jetzt haben wir eine hübsche Menge Fakten beisammen, darunter ein paar neue; und doch bin ich von meiner Lösung wohl noch ein ganzes Stückchen entfernt. Ausgerechnet von Mr. Bates, der seine Abneigung gegenüber seinem Brotherrn so deutlich zur Schau stellt, mußte ich erfahren, daß sich Mr. Gibson zum Zeitpunkt des Alarms nachweislich in seiner Bibliothek aufgehalten hat. Das Abendessen war um halb neun vorüber, und bis dahin lief alles seinen gewohnten Gang. Der Alarm erfolgte zwar erst ziemlich spät am Abend; aber die Tragödie hat sich zweifellos um die im Brief genannte Stunde herum abgespielt. Es gibt keinerlei Beweise dafür, daß Mr. Gibson nach seiner Rückkehr aus der Stadt, also nach fünf Uhr, noch einmal außer Haus war. Andererseits hat Miss Dunbar, soviel ich weiß, zugegeben, sich mit Mrs. Gibson an der Brücke verabredet zu haben. Darüber hinaus wollte sie keine Aussage machen, da ihr Anwalt ihr geraten hatte, sich die Verteidigung vorzubehalten. Wir müssen dieser jungen Lady einige überaus wichtige Fragen stellen, und das läßt mir keine Ruhe, bis ich sie gesehen habe. Ich muß gestehen, daß der Fall wohl äußerst düster für sie aussähe – wäre da nicht noch eine Kleinigkeit.«

»Und welche, Holmes?«

»Daß man den Revolver in ihrem Kleiderschrank gefunden hat.«

»Du lieber Himmel, Holmes!« rief ich, »gerade das scheint doch das belastendste Indiz zu sein!«

»Keineswegs, Watson. Schon beim ersten oberflächlichen Studium des Falles kam mir dieser Umstand äußerst merkwürdig vor. Und nun, da ich mich näher damit befasse, gründet sich meine einzige Hoffnung darauf. Wir müssen auf Folgerichtigkeit achten. Wo sie fehlt, müssen wir ein Täuschungsmanöver vermuten.«

»Ich kann Ihnen kaum folgen.«

»Je nun, Watson; versetzen Sie sich doch mal einen Moment lang in die Rolle einer Frau, die im Begriff ist, sich ihrer Rivalin auf kaltblütige und vorbedachte Weise zu entledigen. Sie haben die Tat also geplant. Dann schreiben Sie einen Brief. Das Opfer kommt. Sie haben Ihre Waffe dabei und begehen das Verbrechen. Es verläuft perfekt und nach allen Regeln der Kunst. Wollen Sie mir etwa weismachen, daß Sie nach Verübung eines so schlau ausgeheckten Verbrechens Ihre kriminelle Reputation wieder ruinieren würden, indem Sie nicht nur versäumen, Ihre Waffe in das angrenzende und sie für immer verschluckende Schilfbett zu schleudern, sondern sie sogar sorgsam mit nach Hause schleppen und ausgerechnet in Ihren Kleiderschrank legen, also dorthin, wo man zuerst nach ihr suchen würde? Nicht einmal Ihre besten Freunde würden Sie als raffinierten Pläneschmied bezeichnen, Watson; und doch könnte ich mir nicht vorstellen, daß Sie so unbeholfen wären.«

»In der Aufregung des Augenblicks . . .«

»Nein, nein, Watson; diese Möglichkeit lasse ich nicht gelten. Wo ein Verbrechen kühl vorausgeplant ist, da sind auch die Mittel und Wege zu seiner Vertuschung kühl vorausgeplant. Ich bin daher gewiß, daß wir es mit einem schweren Mißverständnis zu tun haben.«

»Aber da gäbe es noch so viel zu erklären.«

»Na schön, dann fangen wir doch gleich damit an. Sobald wir unseren Standpunkt einmal geändert haben, entpuppt sich genau das, was zuvor so belastend war, als Schlüssel zur Wahrheit. Da wäre zum Beispiel dieser Revolver. Miss Dunbar behauptet, ihn nie gesehen zu haben. Gemäß unserer neuen Theorie spricht sie damit die Wahrheit. Also hat ihn ein anderer in ihren Kleiderschrank gelegt. Und wer? Jemand, der sie in Verdacht bringen wollte. Ist dieser Jemand womöglich der eigentliche Verbrecher? Sie sehen, wie sich unseren Nachforschungen plötzlich ein höchst fruchtbares Betätigungsfeld eröffnet.«

Da die Formalitäten noch immer nicht erledigt waren, mußten wir die Nacht in Winchester verbringen; am nächsten Morgen erhielten wir jedoch die Erlaubnis, in Begleitung von Mr. Joyce Cummings, dem aufstrebenden, mit der Verteidigung betrauten Anwalt, die junge Lady in ihrer Zelle aufzusuchen. Nach allem, was uns bisher zu Ohren gekommen war, hatte ich zwar damit gerechnet, eine schöne Frau zu Gesicht zu bekommen; jedoch der Eindruck, den Miss Dunbar auf mich machte, wird mir für immer unvergeßlich bleiben. Es war kein Wunder, daß selbst der gebieterische Millionär etwas an ihr gefunden hatte, was seine eigene Macht übertraf – etwas, was ihn zu beherrschen und leiten vermochte. Angesichts dieser energischen, scharfgeschnittenen und dennoch zarten Züge spürte man überdies, daß ihr, auch wenn sie zu einer impulsiven Tat imstande sein sollte, ein angeborener Seelenadel eignete, der sie ihren Einfluß stets für das Gute einsetzen ließ. Sie war brünett, hochgewachsen, von edler Gestalt und achtunggebietendem Auftreten; doch in ihren dunklen Augen lag der flehende, hilflose Ausdruck der gejagten Kreatur, die das Netz um sich spürt, aber keinen Fluchtweg aus den Maschen zu entdecken vermag. Aber nun, da sie sich der Anwesenheit und Unterstützung meines berühmten Freundes bewußt war, huschte ein Hauch von Farbe über ihre bleichen Wangen, und in dem Blick, den sie uns zuwandte, begann ein Hoffnungsstrahl aufzuglimmen.

»Vielleicht hat Ihnen Mr. Neil Gibson bereits erzählt, was sich abgespielt hat zwischen ihm und mir?« fragte sie mit leiser, erregter Stimme.

»Ja«, antwortete Holmes; »Sie brauchen auf diesen Teil der Geschichte nicht einzugehen, wenn es Sie quält. Nachdem ich Sie nun gesehen habe, bin ich bereit, Mr. Gibsons Darstellung zu akzeptieren – sowohl was Ihren Einfluß als auch die Unschuld Ihrer Beziehungen zu ihm betrifft. Aber warum haben Sie denn dem Gericht nicht die ganze Situation dargelegt?«

»Ich konnte einfach nicht glauben, daß man eine solche Anklage aufrechterhalten würde. Ich dachte, wenn wir noch abwarteten, müßte sich die ganze Sache von selbst aufklären – auch ohne daß wir gezwungen wären, auf peinliche Details aus dem Privatleben der Familie einzugehen. Aber wie ich höre, ist der Fall weit davon entfernt, sich aufzuklären, und nur noch bedenklicher geworden.«

»Meine liebe junge Lady«, rief Holmes ernst, »machen Sie sich bitte keine Illusionen. Mr. Cummings hier wird Ihnen bestätigen, daß wir im Augenblick nicht einen einzigen Trumpf in der Hand haben und jede erdenkliche Anstrengung unternehmen müssen, wenn wir die Partie gewinnen wollen. Ich würde Sie grausam in die Irre führen, wenn ich so täte, als schwebten Sie nicht in sehr großer Gefahr. Helfen Sie mir deshalb, so gut Sie können, die Wahrheit zu finden.«

»Ich werde Ihnen nichts verschweigen.«

»Dann sagen Sie uns bitte aufrichtig, in welcher Beziehung Sie zu Mr. Gibsons Frau standen.«

»Sie hat mich gehaßt, Mr. Holmes. Sie hat mich mit der ganzen Glut ihrer tropischen Natur gehaßt. Sie war eine Frau, die keine Halbheiten ertrug, und das Maß der Liebe zu ihrem Mann entsprach dem Maß ihres Hasses gegen mich. Wahrscheinlich hat sie das Verhältnis zwischen ihm und mir mißverstanden. Ich will ihr bestimmt nicht unrecht tun; aber ihre Liebe war so leidenschaftlich im körperlichen Sinn, daß sie das geistige, ja spirituelle Band, das ihren Mann mit mir verknüpfte, wohl gar nicht begreifen konnte. Für sie war es unvorstellbar, daß mich nur eines unter seinem Dach gehalten hat: der Wunsch, ihn so zu beeinflussen, daß er seine Macht für gute Zwecke einsetzt. Inzwischen sehe ich ein, daß ich einen Fehler gemacht habe. Nichts gab mir das Recht, an einem Ort zu bleiben, wo ich nur Unfrieden stiftete; aber selbst wenn ich das Haus verlassen hätte – der Unfrieden wäre bestimmt geblieben.«

»Nun gut, Miss Dunbar«, sagte Holmes; »erzählen Sie uns jetzt bitte genau, was an jenem Abend geschehen ist.«

»Ich will Ihnen die Wahrheit sagen, soweit sie mir bekannt ist, Mr. Holmes; aber ich bin nicht in der Lage, irgend etwas zu beweisen, und da wären einige Punkte – überaus wichtige Punkte –, die ich nicht erklären kann und für die ich mir auch keine Erklärung vorstellen kann.«

»Wenn Sie nur zu den Tatsachen finden; dann finden andere vielleicht auch die Erklärung.«

»Dann fange ich mit der Tatsache an, daß ich an jenem Abend bei der Thor-Brücke war. Morgens bekam ich von Mrs. Gibson einen Brief. Er lag auf dem Tisch im Unterrichtszimmer; wahrscheinlich hat sie ihn selbst dort hingelegt. In diesem Brief flehte sie mich an, nach dem Abendessen zu ihr an die Brücke zu kommen; sie behauptete, sie habe mir etwas Wichtiges mitzuteilen, und bat mich, meine Antwort auf der Sonnenuhr im Garten zu hinterlegen, da sie niemanden über unser Treffen ins Vertrauen ziehen wolle. Ich sah zwar keinen Grund für solche Heimlichkeiten, tat aber, was sie verlangte, und nahm die Verabredung an. Außerdem bat sie mich, ihren Brief zu vernichten; ich habe ihn dann im Unterrichtszimmer im Kamin verbrannt. Sie hatte sehr große Angst vor ihrem Mann, der sie ziemlich grob behandelte – was ich ihm oft vorgeworfen habe; ich konnte mir also nur vorstellen, daß sie ihn nichts von unserem Treffen wissen lassen wollte und deswegen so heimlich tat.«

»Gleichwohl hat sie Ihren Antwortbrief sehr sorgfältig aufbewahrt.«

»Ja. Ich war ganz überrascht zu hören, daß sie ihn in der Hand hielt, als sie starb.«

»Schön, und was passierte dann?«

»Ich ging wie versprochen hin. Als ich zur Brücke kam, erwartete sie mich bereits. Bis zu diesem Moment war mir nie richtig bewußt gewesen, wie sehr dieses arme Geschöpf mich gehaßt hat. Sie benahm sich wie eine Wahnsinnige – ja, ich glaube, sie *war* wahnsinnig, auf raffinierte Weise wahnsinnig;

sie besaß, wie viele Geistesgestörte, die ausgeprägte Gabe, andere zu täuschen. Wie hätte sie mir sonst jeden Tag so gleichgültig gegenübertreten können, wo doch ihr Herz von einem so rasenden Haß gegen mich erfüllt war? Ich will nicht wiederholen, was sie gesagt hat. Sie ergoß ihre ganze wilde Wut in hitzige und furchtbare Worte. Ich habe gar keine Antwort gegeben – ich war einfach nicht fähig dazu. Ihr Anblick war entsetzlich. Ich habe mir die Hände an die Ohren gehalten und bin davongestürmt. Während ich weglief, stand sie immer noch am Brückenaufgang und schrie mir ihre Verwünschungen nach.«

»Stand sie an der Stelle, wo man sie später gefunden hat?«

»Ein paar Yards davon weg.«

»Angenommen, sie kam, kurz nachdem Sie sie allein ließen, zu Tode –: Trotzdem haben Sie keinen Schuß gehört?«

»Nein, ich habe nichts gehört. Aber ich war ja auch so aufgewühlt, Mr. Holmes; dieser furchtbare Ausbruch hat mich derartig entsetzt, daß ich mich beeilt habe, in mein friedliches Zimmer zurückzukommen; ich war außerstande, noch irgend etwas von den Ereignissen wahrzunehmen.«

»Sie sagen, Sie sind in Ihr Zimmer zurückgekehrt. Haben Sie es vor dem nächsten Morgen noch einmal verlassen?«

»Ja; als man uns alarmierte, daß das arme Geschöpf tot sei, bin ich mit den anderen hinausgerannt.«

»Haben Sie dabei auch Mr. Gibson gesehen?«

»Ja; er kam gerade von der Brücke zurück. Er hatte den Arzt und die Polizei holen lassen.«

»Kam er Ihnen besonders verstört vor?«

»Mr. Gibson ist ein sehr starker Mann mit großer Selbstbeherrschung. Ich glaube, er würde sich seine Gefühle niemals anmerken lassen. Aber da ich ihn so gut kenne, konnte ich ihm ansehen, daß er zutiefst betroffen war.«

»Dann kommen wir jetzt zum entscheidenden Punkt. Dieser Revolver, den man in Ihrem Zimmer gefunden hat: Haben Sie ihn zuvor schon einmal gesehen?«

»Noch nie, das schwöre ich.«

»Wann wurde er gefunden?«

»Am nächsten Morgen, als die Polizei ihre Ermittlungen anstellte.«

»Und er befand sich unter Ihren Kleidern?«

»Ja; auf dem Boden meines Kleiderschrankes, unter meinen Kostümen.«

»Sie haben keine Vermutung, wie lange er dort schon gelegen hatte?«

»Am Morgen zuvor war er noch nicht da.«

»Woher wissen Sie das?«

»Weil ich den Kleiderschrank aufgeräumt habe.«

»Das ist von entscheidender Bedeutung. Demnach kam also jemand in Ihr Zimmer und hat den Revolver dort hineingelegt, um Sie zu belasten.«

»So muß es gewesen sein.«

»Und wann?«

»Es kann nur zur Essenszeit passiert sein, oder während ich mit den Kindern im Unterrichtszimmer war.«

»Wo Sie sich auch aufhielten, als Sie den Brief bekamen?«

»Ja; von da an den ganzen Morgen über.«

»Danke, Miss Dunbar. Gibt es sonst noch irgend etwas, was mir bei der Untersuchung von Nutzen sein könnte?«

»Mir fällt sonst nichts mehr ein.«

»Das Mauerwerk der Brücke weist eine Spur von Gewaltanwendung auf – ein ganz frisch abgeplatztes Stückchen direkt gegenüber der Leiche. Hätten Sie dafür möglicherweise eine Erklärung?«

»Das ist bestimmt ein reiner Zufall.«

»Eigenartig, Miss Dunbar, sehr eigenartig. Warum sollte sich dieser Zufall ausgerechnet zum Zeitpunkt der Tragödie und an der gleichen Stelle ereignen?«

»Aber was könnte denn die Ursache dafür gewesen sein? So etwas kommt doch wohl nur durch große Gewalt zustande.«

Holmes gab keine Antwort. Sein blasses, wachsames Gesicht hatte plötzlich einen gespannten, entrückten Ausdruck angenommen, was, wie ich mittlerweile wußte, eine Begleiterscheinung der höchsten Manifestationen seines Genies war. Seine geistige Anspannung war so augenfällig, daß keiner von uns zu sprechen wagte; Anwalt, Gefangene und ich saßen da und beobachteten ihn in konzentriertem und gebanntem Schweigen. Plötzlich fuhr er hoch; er zitterte vor nervöser Energie und heftigem Tatendrang.

»Los, Watson, kommen Sie!« rief er.

»Was ist denn, Mr. Holmes?«

»Schon gut, meine liebe Lady. Sie hören von mir, Mr. Cummings. So mir der Gott der Gerechtigkeit beisteht, liefere ich Ihnen einen Fall, der in England Furore machen wird. Bis spätestens morgen bekommen Sie Nachricht, Miss Dunbar; seien Sie derweilen versichert, daß die Wolken sich bald auflösen und daß ich jeden Grund habe zu hoffen, daß das Licht der Wahrheit durchzubrechen beginnt.«

Es war keine weite Reise von Winchester nach Thor Place, doch in meiner Ungeduld kam mir die Fahrt recht lang vor. Holmes dagegen erschien sie offensichtlich endlos; seine nervöse Rastlosigkeit ließ ihn nicht stillsitzen, er schritt im Wagen auf und ab oder trommelte mit den langen, feinnervigen Fingern auf der Polsterung seiner Armlehnen herum. Als wir uns jedoch unserem Bestimmungsort näherten, setzte er sich plötzlich mir gegenüber – wir hatten ein Erster-Klasse-Abteil für uns alleine –, legte seine Hände auf meine Knie und sah mir mit jenem eigenartig verschmitzten Blick, der für seine koboldhaften Anwandlungen so charakteristisch war, in die Augen.

»Watson«, sagte er, »ich kann mich schwach daran erinnern, daß Sie diese unsere Exkursionen im allgemeinen bewaffnet antreten.«

Daß ich das tat, geschah durchaus zu seinem Vorteil; denn wenn sein Geist erst einmal von einem Problem in Anspruch genommen war, machte er sich wenig Gedanken um seine Sicherheit, so daß sich mein Revolver schon mehr denn einmal als guter Freund in der Not erwiesen hatte. Ich erinnerte ihn an diese Tatsache.

»Ja, ja, ich bin in solchen Dingen ein bißchen zerstreut. Aber haben Sie Ihren Revolver nun bei sich?«

Ich brachte ihn aus der Hüfttasche zum Vorschein – eine kurze, handliche, aber sehr nützliche kleine Waffe. Holmes löste die Welle, schüttelte die Patronen heraus und unterzog den Revolver einer sorgfältigen Untersuchung.

»Er ist schwer – bemerkenswert schwer«, sagte er.

»Ja, es ist ein solides Stück Arbeit.«

Er grübelte eine Minute darüber nach.

»Wissen Sie, Watson«, sagte er, »ich glaube, Ihr Revolver wird bald in sehr inniger Beziehung zu dem Rätsel stehen, das wir gerade untersuchen.«

»Mein lieber Holmes, Sie machen wohl Scherze.«

»Nein, Watson, ich meine es völlig ernst. Uns steht nämlich ein Versuch bevor. Wenn er gelingt, wird alles klar sein. Und dieser Versuch hängt vom Verhalten dieser kleinen Waffe ab. Eine Patrone bleibt draußen. Jetzt stecken wir die übrigen fünf wieder hinein und arretieren die Welle. So! Das macht ihn schwerer, und dadurch läßt sich die Geschichte besser rekonstruieren.«

Ich hatte keinen Schimmer davon, was er im Schilde führte; er steckte mir auch kein Licht auf, sondern saß gedankenversunken da, bis wir an dem kleinen Hampshire-Bahnhof anhielten. Wir sicherten uns eine klapprige Kutsche, und nach einer Viertelstunde befanden wir uns am Haus unseres vertrauten Freundes, des Sergeants.

»Schon eine Spur, Mr. Holmes? Worum geht's?«

»Das hängt alles davon ab, wie sich Dr. Watsons Revolver verhält«, sagte mein Freund. »Hier ist er. Sagen Sie, Officer, können Sie mir eine zehn Yard lange Schnur besorgen?«

Im Dorfladen fand sich ein Knäuel dicken Bindfadens.

»Ich glaube, das wäre alles, was wir brauchen«, sagte Holmes. »So, wenn es Ihnen recht ist, brechen wir nun zur voraussichtlich letzten Station unserer Reise auf.«

Die untergehende Sonne verwandelte das wellige Hampshire-Heideland in ein wunderschönes herbstliches Panorama.

Der Sergeant zottelte stockend neben uns her – unter vielen kritischen und ungläubigen Blicken, die seine tiefen Zweifel an der Zurechnungsfähigkeit meines Gefährten verrieten. Als wir uns dem Tatort näherten, bemerkte ich, daß mein Freund hinter all seiner gewohnten Gelassenheit tatsächlich zutiefst erregt war.

»Ja«, sagte er, wie zur Antwort auf meine Beobachtung, »Sie haben schon erlebt, daß ich mein Ziel auch einmal verfehlt habe, Watson. Ich habe zwar einen Instinkt für solche Dinge, doch hat der mir auch schon ein Schnippchen geschlagen. Ich war meiner Sache so gut wie sicher, als mir in der Zelle in Winchester die Erklärung zum ersten Mal durch den Kopf schoß. Aber der Nachteil eines aktiven Geistes besteht eben darin, daß man immerzu Alternativen ausheckt, die einen von der Fährte abbringen können. Und dennoch – dennoch . . . Tja, Watson, wir müssen es einfach versuchen.«

Im Weitergehen hatte er ein Ende der Schnur fest mit dem Revolvergriff verbunden. Wir waren inzwischen am Schauplatz der Tragödie angelangt. Unter der Anleitung des Polizisten markierte er sehr sorgfältig die Stelle, wo die Leiche ausgestreckt gelegen hatte. Dann durchstöberte er das Heide- und Farnkraut, bis er einen ansehnlichen Stein gefunden hatte. Diesen befestigte er am anderen Ende seines Bindfadens und hängte ihn über das Brückengeländer, so daß er frei über dem Wasser schwebte. Daraufhin postierte er sich, etwas von der Brückenkante entfernt und meinen Revolver in der Hand, auf die Unglücksstelle; die Schnur zwischen der Waffe und dem schweren Stein war nun straff gespannt.

»Jetzt gilt's!« rief er.

Bei diesen Worten hob er den Revolver an den Kopf; dann ließ er ihn los. Im Nu war die Waffe vom Gewicht des Steines fortgerissen, mit hellem Krachen gegen das Geländer geprallt und über die Brüstung hinweg im Wasser verschwunden. Kaum war sie fort, als Holmes auch schon neben dem Mauerwerk kniete und ein freudiger Aufschrei verkündete, daß das von ihm Erwartete eingetroffen war.

»Hat es jemals eine exaktere Demonstration gegeben?« rief er. »Sehen Sie nur, Watson, Ihr Revolver hat das Problem gelöst!« Bei diesen Worten deutete er auf ein zweites abgeplatztes Stück an der Unterkante der Steinbalustrade, das in Größe und Form mit dem ersten genau übereinstimmte.

»Wir bleiben heute nacht im Gasthof«, fuhr er fort, als er aufstand und sich dem verblüfften Polizisten zuwandte. »Sie werden sich zweifellos einen Haken beschaffen können; dann dürfte es Ihnen ein Leichtes sein, den Revolver meines Freundes zu bergen. Daneben werden Sie freilich auch Revolver, Schnur und Gewicht finden, mit deren Hilfe diese rachsüchtige Frau versucht hat, ihr Verbrechen zu vertuschen und einem unschuldigen Opfer einen Mord in die Schuhe zu schieben. Geben Sie Mr. Gibson bitte Bescheid, daß ich ihn morgen früh zu sprechen wünsche; dann können wir Schritte zu Miss Dunbars Rehabilitation unternehmen.«

Spät an jenem Abend, da wir noch pfeiferauchend im Dorfgasthof beisammensaßen, gab Holmes mir eine kurze Übersicht über die vergangenen Ereignisse.

»Ich fürchte, Watson«, sagte er, »Sie werden den Ruf, den ich mir mittlerweile vielleicht erworben habe, nicht verbessern, wenn Sie das ›Rätsel der Thor-Brücke‹ in Ihre Annalen aufnehmen. Mein Geist war träge; es fehlte ihm an jener Mischung aus Imagination und Wirklichkeitssinn, die die Grundlage meiner Kunst bildet. Ich muß eingestehen, daß das abgeplatzte Stückchen Mauerwerk Hinweis genug gewesen wäre, um einem die richtige Lösung geradezu aufzudrängen, und daß ich mir vorwerfen muß, nicht eher darauf gekommen zu sein.

Man muß allerdings einräumen, daß die Gedankengänge dieser Unglücklichen abgründig und raffiniert waren, so daß es nicht ganz einfach war, ihre Absichten zu entwirren. Ich glaube nicht, daß wir bei unseren Abenteuern je auf ein ungewöhnlicheres Beispiel für die Auswirkungen pervertierter Liebe gestoßen sind. Ob Miss Dunbar nun in körperlichem oder nur in geistigem Sinne ihre Rivalin war – beides scheint in ihren Augen gleicherweise unverzeihlich gewesen zu sein. All jene Grobheiten und unfreundlichen Worte, mit denen ihr Mann ihre gar zu überschwengliche Zuneigung zurückzuweisen versuchte, hat sie ohne Zweifel dieser unschuldigen Lady zur Last gelegt. Ihr erster Entschluß war, ihrem eigenen Leben ein Ende zu machen. Ihr zweiter, es auf eine Weise zu tun, die ihr Opfer in ein Schicksal verwickeln würde, das weit schlimmer ist, als es ein plötzlicher Tod je sein könnte.

Wir können die verschiedenen Schritte ziemlich genau verfolgen; sie zeugen von einer bemerkenswerten Raffiniertheit. Überaus schlau entlockte sie Miss Dunbar einen Brief, der den Anschein erwecken sollte, als habe diese den Tatort selbst bestimmt. In ihrer Angst, alles könnte herauskommen, hat sie die Sache freilich ein bißchen übertrieben, indem sie den Brief bis zuletzt in der Hand hielt. Schon das allein hätte meinen Argwohn früher erregen müssen.

Dann nahm sie einen der Revolver ihres Mannes – im Haus gibt es ja, wie Sie gesehen haben, ein ganzes Arsenal – und behielt ihn für ihre eigenen Zwecke. Sein Gegenstück versteckte sie an jenem Morgen in Miss Dunbars Kleiderschrank, nachdem sie eine Patrone abgefeuert hatte – was sich in den Wäldern leicht und ohne Aufsehen bewerkstelligen ließ. Dann ging sie zur Brücke hinunter, wo sie diese überaus sinnreiche Methode zur Beseitigung ihrer Waffe ausgeheckt hatte. Als Miss Dunbar erschien, verwendete sie ihre letzten Atemzüge dazu, ihren Haß auszuschütten; danach, als jene außer Hörweite war, führte sie ihr schreckliches Vorhaben aus. Jedes Glied befindet sich nun an seinem Platz, und die Kette ist komplett. Die Zeitungen werden vermutlich fragen, warum man nicht zuerst den See abgesucht hat; aber hinterher läßt sich leicht klug reden. Einen ausgedehnten schilfreichen See abzusuchen, ist ja keineswegs einfach – es sei denn, man hat eine klare Vorstellung davon, was man sucht und wo man es sucht. Nun denn, Watson, wir haben einer bemerkenswerten Frau geholfen und außerdem einem mächtigen Mann. Sollten sich ihre Kräfte künftig vereinen – was wohl nicht ganz unwahrscheinlich ist –, so wird die Finanzwelt feststellen, daß Mr. Neil Gibson inzwischen etwas gelernt hat – und zwar im Schulzimmer des Kummers, allwo uns die irdischen Lektionen erteilt werden.«

DER MANN MIT DEM GEDUCKTEN GANG

Mr. Sherlock Holmes war schon immer der Ansicht, daß ich die einzigartigen Fakten im Zusammenhang mit Professor Presbury veröffentlichen sollte – und sei es nur, um ein für allemal die häßlichen Gerüchte zu zerstreuen, die vor etwa zwanzig Jahren die Universität in Aufregung versetzten und von deren Widerhall die ganze Gelehrtenwelt Londons erfüllt war. Bisher standen dem jedoch gewisse Hindernisse im Wege, und die wahre Geschichte dieses merkwürdigen Falles blieb in jenem Blechbehälter begraben, der so viele Aufzeichnungen der Abenteuer meines Freundes beherbergt. Aber nun erhielten wir endlich doch noch die Erlaubnis, die Fakten von einem der allerletzten Fälle, die Holmes behandelte, ehe er sich aus der Praxis zurückzog, öffentlich darzulegen. Eine gewisse Zurückhaltung und Diskretion muß freilich auch heute noch gewahrt werden, wenn man die Sache dem Publikum vorlegt.

An einem Sonntagabend, Anfang September 1903, erhielt ich eine von Holmes' lakonischen Botschaften: »Kommen Sie sofort, wenn es Ihnen paßt – wenn nicht, kommen Sie trotzdem. – S. H.« Die Beziehungen zwischen uns waren damals recht eigenartig. Er hatte seine Gewohnheiten, strikte und feste Gewohnheiten, und zu einer davon war ich geworden. Ich gehörte zum Alltagskram – wie die Geige, der Shagtabak, die alte schwarze Pfeife, die Indexbände und anderes, vielleicht weniger Entschuldbares. Wenn ein Fall vollen körperlichen Einsatz verlangte und Holmes einen Gefährten brauchte, auf dessen Nervenstärke er sich verlassen konnte, war meine Rolle klar. Doch darüber hinaus hatte ich noch weitere Verwendungszwecke. Ich war ein Wetzstein für seinen Geist. Ich stimulierte ihn. Er dachte gerne laut in meiner Gegenwart. Zwar konnte man seine Bemerkungen kaum als an mich gerichtet bezeichnen – viele von ihnen hätten ebensogut seiner Bettstatt gelten können –, aber da es nun mal zur Gewohnheit geworden war, hatte es sich in mancher Hinsicht als hilfreich erwiesen, daß ich alles registrierte und mit Einwürfen bedachte. Wenn ihn eine gewisse Langsamkeit meiner Denkvorgänge auch irritierte, so hatte dies nur zur Folge, daß seine Eingebungen und Ideen um so lebhafter und rascher aufflammten und blitzten. So also sah meine bescheidene Rolle in unserem Bündnis aus.

Als ich in der Baker Street eintraf, fand ich ihn in seinem Sessel kauernd vor: die Knie hochgezogen, die Pfeife im Mund und die Stirn vom Nachdenken zerfurcht. Offensichtlich steckte er mitten in einem quälenden Problem. Mit einer Handbewegung wies er auf meinen alten Lehnstuhl; doch ansonsten ließ er eine halbe Stunde lang durch nichts erkennen, daß er sich meiner Anwesenheit bewußt war. Dann schien er jählings aus seinen Träumereien aufzufahren und hieß mich mit seinem gewohnten seltsamen Lächeln in meinem ehemaligen Zuhause willkommen.

»Sie entschuldigen eine gewisse Geistesabwesenheit, mein lieber Watson«, sagte er. »In den letzten vierundzwanzig Stunden wurden mir einige sonderbare Fakten unterbreitet, die mich nun wiederum zu einigen Betrachtungen allgemeineren Charakters veranlaßt haben. Ich erwäge ernsthaft, eine kleine Monographie über den Nutzen von Hunden bei der Arbeit des Detektivs zu schreiben.«

»Aber Holmes, dieses Gebiet ist doch längst erforscht«, sagte ich. »Bluthunde – Spürhunde . . .«

»Nein, nein, Watson; dieser Aspekt der Sache liegt ja auf der Hand. Aber es gibt einen anderen, der viel subtiler ist. Sie erinnern sich vielleicht, daß ich in dem Fall, den Sie in Ihrer reißerischen Art an den *Blutbuchen* aufgehängt hatten, mein Augenmerk auf die Veranlagung des Kindes richtete und daraus die verbrecherischen Neigungen des so überaus selbstgefälligen und respektierlichen Vaters deduzieren konnte.«

»Ja, ich entsinne mich gut.«

»Entsprechend sieht mein Gedankengang in bezug auf Hunde aus. Hunde spiegeln das Familienleben wider. Hat man in einer trübsinnigen Familie je einen verspielten Hund erlebt? Oder einen traurigen in einer glücklichen? Knurrige Leute haben knurrige Hunde, gefährliche Leute haben gefährliche. Und Stimmungsschwankungen der Tiere spiegeln gewöhnlich Stimmungsschwankungen ihrer Besitzer wider.«

Ich schüttelte den Kopf. »Also wirklich, Holmes, das ist ein bißchen weit hergeholt«, sagte ich.

Er hatte seine Pfeife frisch gestopft und wieder Platz genommen, ohne meinen Kommentar zu beachten.

»Die praktische Nutzanwendung dessen, was ich eben gesagt habe, steht in sehr engem Zusammenhang mit dem Problem, das ich zur Zeit untersuche. Verstehen Sie, es ist wie ein wirres Wollknäuel, und ich bin noch auf der Suche nach einem losen Ende. Ein solches liegt möglicherweise in der Frage: Weshalb hat Professor Presburys treuer Wolfshund das Bestreben, seinen Herrn zu beißen?«

Ich sank ziemlich enttäuscht in meinen Stuhl zurück. Hatte Holmes mich wegen einer derartig trivialen Frage von meiner Arbeit weggerufen? Er warf mir einen raschen Blick zu.

»Immer noch derselbe alte Watson!« sagte er. »Sie werden wohl nie begreifen, daß die schwerwiegendsten Probleme von den geringfügigsten Kleinigkeiten abhängen können. Ist es denn nicht schon mal merkwürdig, daß ein gesetzter, älterer Philosoph – Sie haben doch von Presbury, dem berühmten Physiologen aus Camford, zweifellos schon gehört? –, daß also ein solcher Mann, dessen Wolfshund ihm bislang ein treu ergebener Freund war, nun schon zweimal von seinem Tier angegriffen wurde? Wie erklären Sie sich das?«

»Der Hund ist krank.«

»Nun ja, das müßte man in Erwägung ziehen. Aber andere Personen greift er nicht an, und auch seinen Herrn belästigt er offenbar nur bei ganz bestimmten Gelegenheiten. Sonderbar, Watson – sehr sonderbar. Der junge Mr. Bennett kommt aber viel zu früh, falls das sein Klingeln sein sollte. Ich hatte eigentlich gehofft, vor seiner Ankunft noch etwas länger mit Ihnen plaudern zu können.«

Wir vernahmen rasche Schritte auf der Treppe, heftiges Klopfen an der Tür, und einen Moment später stand der neue Klient vor uns. Er war ein hochgewachsener, hübscher junger Mann um die Dreißig, gut und elegant gekleidet; doch irgend etwas an seinem Benehmen gemahnte eher an die Schüchternheit eines Studenten denn an das Selbstvertrauen eines Mannes von Welt. Er schüttelte Holmes die Hand; dann sah er ziemlich überrascht zu mir.

»Diese Angelegenheit ist äußerst delikat, Mr. Holmes«, sagte er. »Denken Sie doch an die Beziehung, in der ich zu Professor Presbury stehe, sowohl privat als auch öffentlich. Also eigentlich kann ich es kaum verantworten, mich vor irgendeiner dritten Person zu äußern.«

»Keine Angst, Mr. Bennett. Dr. Watson ist geradezu die Seele der Diskretion, und ich kann Ihnen versichern, daß ich bei dieser Sache höchstwahrscheinlich einen Assistenten benötige.«

»Wie Sie wollen, Mr. Holmes. Aber Sie werden meine Vorbehalte gewiß verstehen.«

»Für diese Vorbehalte werden Sie volles Verständnis haben, Watson, wenn ich Ihnen verrate, daß dieser Gentleman, Mr. Trevor Bennett, von Beruf Assistent des großen Wissenschaftlers ist, in seinem Haus lebt und mit seiner einzigen Tochter verlobt ist. Es muß uns klar sein, daß der Professor allen Anspruch auf seine Loyalität und Ergebenheit hat. Doch beides bezeigt man vielleicht am besten damit, daß man die nötigen Schritte zur Aufklärung dieses seltsamen Rätsels unternimmt.«

»Hoffentlich, Mr. Holmes. Das ist nämlich mein einziges Ziel. Kennt Dr. Watson die Situation?«

»Ich hatte noch keine Zeit, sie ihm zu erläutern.«

»Dann wäre es vielleicht besser, ich ginge sie noch einmal durch, bevor ich Sie gleich mit einigen neuen Entwicklungen vertraut mache.«

»Das möchte ich selbst übernehmen«, sagte Holmes, »um zu

zeigen, daß ich die Ereignisse in der richtigen Reihenfolge parat habe. Der Professor, Watson, ist ein Mann von europäischem Ruf. Er hat immer das Leben eines Akademikers geführt. Noch nie gab es auch nur den leisesten Skandal. Er ist Witwer und hat eine Tochter, Edith. Soviel ich weiß, ist er von sehr männlichem und festem, man könnte fast sagen: kämpferischem Charakter. So verhielt es sich jedenfalls bis vor ganz wenigen Monaten.

Dann gab es in seinem Leben einen Bruch. Er ist schon einundsechzig Jahre alt; gleichwohl verlobte er sich mit der Tochter von Professor Morphy, einem Kollegen, der den Lehrstuhl für Vergleichende Anatomie innehat. Allerdings hat er ihr, wie ich höre, nicht mit der Bedachtsamkeit eines älteren Mannes, sondern eher mit der leidenschaftlichen Raserei eines Jünglings den Hof gemacht; niemand hätte seine Anbetung glühender bezeigen können. Die Lady, Alice Morphy, ist freilich ein vollkommen makelloses Mädchen, sowohl geistig als auch körperlich, so daß die Vernarrtheit des Professors durchaus gerechtfertigt ist. Trotzdem fand er damit bei seiner Familie keineswegs vollen Beifall.«

»Wir hielten das Ganze für ziemlich übertrieben«, sagte unser Besucher.

»Genau. Übertrieben und ein bißchen hitzig und unnatürlich. Aber Professor Presbury ist reich, und von seiten des Vaters gab es keine Einwände. Die Tochter hatte allerdings andere Pläne; um ihre Hand hielten bereits mehrere Bewerber an, die in materieller Hinsicht zwar weniger zu bieten hatten, aber zumindest dem Alter nach eher zu ihr paßten. Doch das Mädchen schien den Professor trotz seines exzentrischen Verhaltens gern zu haben. Lediglich das Alter stand im Weg.

Um diese Zeit herum umwölkte plötzlich ein kleines Geheimnis den gewohnten Alltag des Professors. Er tat etwas, was er zuvor noch nie getan hatte. Er ging von zu Hause fort, ohne zu hinterlassen, wohin. Vierzehn Tage blieb er weg, und als er von der Reise zurückkehrte, wirkte er ziemlich erschöpft. Er gab auch nicht andeutungsweise zu verstehen, wo er sich aufgehalten hatte – obwohl er normalerweise der offenste und ehrlichste Mensch ist. Zufällig erhielt jedoch unser Klient hier, Mr. Bennett, einen Brief von einem Kommilitonen aus Prag, worin dieser ihm schrieb, er habe zu seiner Freude Professor Presbury dort gesehen; es sei ihm allerdings nicht möglich gewesen, mit ihm zu sprechen. Erst dadurch erfuhr seine Familie, wo er gesteckt hatte.

Nun kommt der springende Punkt. Von da an ging mit dem Professor nämlich eine merkwürdige Veränderung vor. Er wurde heimlichtuerisch und verschlagen. Seine Umgebung hatte immerzu das Gefühl, daß er nicht mehr der alte war, sondern unter einem Schatten lebte, der seine höheren Eigenschaften verdunkelte. Sein Intellekt blieb davon allerdings unberührt. Seine Vorlesungen waren so brillant wie eh und je. Aber etwas war neu, etwas Unheimliches und Ungewohntes. Seine Tochter, die sehr an ihm hängt, versuchte immer wieder, die altgewohnten Beziehungen wiederherzustellen und die Maske zu durchdringen, die ihr Vater aufgesetzt zu haben schien. Auch Sie, Sir, haben, wenn ich es recht verstehe, diesen Versuch unternommen – doch es war alles umsonst. Und nun, Mr. Bennett, erzählen Sie bitte selbst den Vorfall mit den Briefen.«

»Sie müssen wissen, Dr. Watson, daß der Professor keine Geheimnisse vor mir hatte. Selbst wenn ich sein Sohn oder sein jüngerer Bruder wäre, hätte ich kein vollständigeres Vertrauen genießen können. Als sein Sekretär bekam ich jedes Papier in die Hand, das ihn erreichte, und ich öffnete und sortierte seine Post. Kurz nach seiner Rückkehr hat sich das alles geändert. Er sagte mir, daß er gewisse Briefe aus London erhalten werde, die unterhalb der Briefmarke mit einem Kreuz gekennzeichnet seien. Diese sollten beiseite gelegt werden; sie seien nur für ihn persönlich bestimmt. Und in der Tat sind mehrere davon durch meine Hände gegangen; sie trugen den E.C.-Stempel, und die Handschrift hatte etwas Ungebildetes. Wenn er sie überhaupt beantwortet hat, gingen seine Antworten jedenfalls nicht durch meine Hände; sie waren auch nicht im Postkorb, wo unsere Korrespondenz bereitgelegt wird.«

»Das Kästchen«, sagte Holmes.

»Ah, ja, das Kästchen. Der Professor brachte von seiner Reise einen kleinen hölzernen Behälter mit. Er ist der einzige Anhaltspunkt dafür, daß er sich auf dem Kontinent aufgehalten hat; es handelt sich nämlich um eine dieser kuriosen Schnitzarbeiten, wie man sie aus Deutschland kennt. Diesen Behälter also stellte er in seinen Instrumentenschrank. Als ich eines Tages nach einer Kanüle suchte, nahm ich das Kästchen in die Hand. Zu meiner Überraschung wurde er sehr zornig und schalt mich mit überaus wüsten Worten wegen meiner Neugierde. Es war das erste Mal, daß so etwas geschah, und ich war zutiefst verletzt. Ich versuchte ihm zu erklären, daß ich das Kästchen rein zufällig angefaßt hätte; aber ich merkte dann den ganzen Abend über, daß er mich mit scharfen Blicken bedachte und daß der Vorfall innerlich an ihm nagte.« Mr. Bennett zog ein kleines Notizbuch hervor. »Das war am 2. Juli«, sagte er.

»Sie sind wirklich ein vortrefflicher Zeuge«, sagte Holmes. »Vielleicht kann ich einige dieser Daten, die Sie notiert haben, noch brauchen.«

»Mein großer Lehrer hat mir unter anderem auch Methodik beigebracht. Seit ich in seinem Verhalten etwas Abnormes festgestellt habe, halte ich es für meine Pflicht, seinen Fall zu studieren. Folglich habe ich hier eingetragen, daß Roy am gleichen Tag, also am 2. Juli, den Professor angegriffen hat, als dieser aus seinem Arbeitszimmer in die Halle kam. Am 11. Juli ereignete sich wieder eine derartige Szene, und dann habe ich noch eine weitere am 20. Juli notiert. Danach mußten wir Roy zu den Ställen verbannen. Er war sonst ein braves, anhängliches Tier – aber ich fürchte, ich langweile Sie.«

Mr. Bennett sprach in vorwurfsvollem Ton, denn ganz offensichtlich hörte Holmes längst nicht mehr zu. Sein Gesicht war starr, und er blickte abwesend zur Zimmerdecke. Nur mit Mühe kam er wieder zu sich.

»Eigenartig! Höchst eigenartig!« murmelte er. »Diese Details waren mir neu, Mr. Bennett. Ich glaube, die Ausgangslage haben wir nun eingehend genug betrachtet, oder? Sie sprachen doch noch von einigen neuen Entwicklungen.«

Das freundliche, offene Gesicht unseres Besuchers umwölkte sich; es wurde von irgendeiner schlimmen Erinnerung verdüstert. »Das Folgende hat sich vorgestern nacht ereignet«, sagte er. »Als ich ungefähr um zwei Uhr morgens wachlag, vernahm ich vom Flur her ein dumpfes undeutliches Geräusch. Ich öffnete die Tür und spähte vorsichtig hinaus. Vielleicht sollte ich noch vorausschicken, daß das Schlafzimmer des Professors am Ende des Flurs liegt . . .«

»Das Datum war der . . .?« fragte Holmes.

Unser Besucher war über eine so belanglose Unterbrechung sichtlich verärgert.

»Ich sagte doch eben, Sir, daß es sich vorgestern nacht ereignet hat – also am 4. September.«

Holmes nickte und lächelte.

»Bitte fahren Sie fort«, sagte er.

»Sein Schlafzimmer liegt am Ende des Flurs; um zur Treppe zu kommen, müßte er also an meiner Tür vorbei. Es war ein wirklich schauderhaftes Erlebnis, Mr. Holmes. Ich glaube, ich habe so starke Nerven wie irgendeiner; aber das, was ich da gesehen habe, hat mich geschüttelt. Der Flur war dunkel, abgesehen von einem Lichtfleck in der Mitte, den das eine Fenster warf. Ich konnte erkennen, daß etwas den Flur entlangkam, etwas Dunkles und Geducktes. Dann tauchte es plötzlich ins Licht, und ich sah, daß *er* es war. Er kroch, Mr. Holmes – er kroch! Allerdings nicht richtig auf Händen und Knien, sondern eher auf Händen und Füßen, wobei sein Kopf zwischen den hochgezogenen Schultern nach vorn gesunken war. Dennoch schien er sich mit Leichtigkeit zu bewegen. Ich war von dem Anblick völlig gelähmt; erst als er meine Tür erreicht hatte, war ich imstande, vorzutreten und ihn zu fragen, ob ich ihm behilflich sein könne. Seine Reaktion war außergewöhnlich. Er fuhr hoch, zischte mir ein gräßliches Wort entgegen und hastete an mir vorbei, die Treppe hinunter. Ich habe dann ungefähr eine

Stunde gewartet; aber er kam nicht wieder. Es muß schon hell gewesen sein, als er in sein Zimmer zurückkehrte.«

»Nun, Watson, wie lautet Ihr Befund?« fragte Holmes mit dem Air des Pathologen, der einen raren Fall vorführt.

»Vielleicht Hexenschuß. Ich habe schon erlebt, daß jemand durch einen schweren Anfall zu ebendieser Art der Fortbewegung genötigt war, und es gibt nichts, was sich schlimmer auswirkt auf das Gemüt.«

»Gut, Watson! Sie sorgen immer dafür, daß wir mit beiden Beinen fest auf der Erde bleiben. Aber den Hexenschuß können wir wohl kaum gelten lassen, da der Professor ja in der Lage war, sich im Nu aufzurichten.«

»Seine Gesundheit war noch nie besser«, sagte Bennett. »Ja, er ist sogar kräftiger, als ich ihn seit Jahren erlebt habe. Das wären nun also die Fakten, Mr. Holmes. Bei einem solchen Fall können wir ja nicht die Polizei konsultieren; andererseits sind wir mit unserem Latein völlig am Ende und haben irgendwie das unheimliche Gefühl, daß wir auf eine Katastrophe zutreiben. Edith – Miss Presbury – findet auch, daß wir nicht länger untätig zusehen dürfen.«

»Der Fall ist zweifellos sehr merkwürdig und anregend. Was meinen denn Sie dazu, Watson?«

»Als Mediziner würde ich sagen«, bemerkte ich, »daß es sich allem Anschein nach um einen Fall für den Nervenarzt handelt. Die zerebralen Prozesse des alten Herrn wurden durch die Liebesaffäre gestört. Er unternahm eine Auslandsreise, in der Hoffnung, sich von dieser Leidenschaft zu befreien. Seine Briefe und das Kästchen hängen womöglich mit anderen Privatangelegenheiten zusammen – einem Darlehen vielleicht, oder Aktien, die sich in dem Behälter befinden.«

»Und der Wolfshund mißbilligt ohne Zweifel diese Geldgeschäfte. Nein, nein, Watson; da steckt mehr dahinter. Nun, ich kann nur vorschlagen ...«

Was Sherlock Holmes vorschlagen wollte, wird man nie erfahren, denn in diesem Augenblick öffnete sich die Tür, und eine junge Lady wurde hereingeleitet. Bei ihrem Erscheinen fuhr Mr. Bennett mit einem Aufschrei hoch und eilte auf sie zu, bis sich ihrer beider ausgestreckte Hände begegneten.

»Edith, Liebste! Es ist doch hoffentlich nichts passiert?«

»Ich mußte dir einfach nachfahren. Oh, Jack, ich hatte so entsetzliche Angst! Es ist furchtbar, dort alleine zu sein.«

»Mr. Holmes, das ist die erwähnte junge Lady. Das ist meine Verlobte.«

»Zu diesem Schluß sind wir so nach und nach auch gekommen, nicht wahr, Watson?« antwortete Holmes lächelnd. »Ich nehme an, Miss Presbury, daß sich in unserem Fall etwas Neues ergeben hat und daß Sie uns davon in Kenntnis setzen wollen.«

Unsere neue Besucherin, ein aufgewecktes, hübsches Mädchen vom herkömmlichen englischen Typ, erwiderte Holmes' Lächeln, als sie neben Mr. Bennett Platz nahm.

»Als ich Mr. Bennett nicht mehr in seinem Hotel antraf, habe ich mir gedacht, daß ich ihn wahrscheinlich bei Ihnen finde. Er hatte mir natürlich gesagt, daß er Sie konsultieren wolle. Ach, Mr. Holmes, können Sie denn nichts für meinen armen Vater tun?«

»Es bestehen gewisse Hoffnungen, Miss Presbury; aber der Fall liegt noch etwas im Dunkeln. Möglicherweise wirft das, was Sie uns mitzuteilen haben, ein neues Licht darauf.«

»Es geschah gestern nacht, Mr. Holmes. Er war schon den ganzen Tag über sehr merkwürdig gewesen. Ich bin sicher, er erinnert sich manchmal gar nicht an das, was er tut. Er lebt dann wie in einem seltsamen Traum. Gestern war so ein Tag. Das war nicht mein Vater, mit dem ich immer zusammengelebt habe. Seine Außenhülle war noch vorhanden; aber in Wirklichkeit war das nicht mehr er selbst.«

»Erzählen Sie mir, was geschehen ist.«

»Ich wurde nachts vom rasenden Gebell des Hundes aufgeweckt. Der arme Roy, er liegt jetzt bei den Ställen an der Kette. Ich darf noch erwähnen, daß ich immer bei verschlossener Tür schlafe; Jack – Mr. Bennett – wird Ihnen bestätigen, daß wir alle das Gefühl haben, in Gefahr zu schweben. Mein

Zimmer liegt im zweiten Stock. Zufällig war an meinem Fenster das Rouleau oben, und der Mond schien hell. Als ich so dalag, meine Augen auf dieses leuchtende Viereck geheftet, und dabei dem rasenden Hundegebell lauschte, bemerkte ich zu meinem höchsten Erstaunen das Gesicht meines Vaters, der zu mir hereinblickte. Mr. Holmes, ich bin vor Schreck und Entsetzen fast gestorben. Er preßte das Gesicht gegen die Scheibe und schien eine Hand hochzuheben, als wolle er das Fenster aufdrücken. Wenn es sich geöffnet hätte – ich glaube, ich wäre verrückt geworden. Das war keine Halluzination, Mr. Holmes. Wenn Sie das glauben, täuschen Sie sich. Jedenfalls bin ich ungefähr zwanzig Sekunden wie gelähmt dagelegen und habe das Gesicht im Auge behalten. Dann ist es verschwunden; aber ich war einfach nicht in der Lage, aus dem Bett zu springen und ihm nachzuschauen. Fröstelnd und zitternd bin ich bis zum Morgen liegengeblieben. Beim Frühstück war er dann schroff und grimmig, machte jedoch keine Anspielung auf das nächtliche Abenteuer. Ich auch nicht; aber ich gab vor, in die Stadt zu müssen – und so bin ich nun hier.«

Holmes schien von Miss Presburys Bericht vollkommen verblüfft zu sein.

»Meine liebe junge Lady, Sie sagen, Ihr Zimmer liegt im zweiten Stock. Gibt es im Garten eine lange Leiter?«

»Nein, Mr. Holmes, das ist ja das Erstaunliche. Es gibt keinerlei Möglichkeit, ans Fenster zu gelangen – trotzdem war er da.«

»Das Datum wäre also der 5. September«, sagte Holmes. »Das macht die Sache zweifellos noch komplizierter.«

Nun war es an der jungen Lady, verblüfft dreinzuschauen.

»Jetzt haben Sie schon zum zweiten Mal das Datum erwähnt, Mr. Holmes«, sagte Bennett. »Ist es denn möglich, daß das mit dem Fall irgend etwas zu tun hat?«

»Ja, das ist sogar sehr gut möglich; aber ich habe im Augenblick mein Material noch nicht ganz beisammen.«

»Sie denken vermutlich an den Zusammenhang zwischen einer Geisteskrankheit und den Mondphasen?«

»Nein, bestimmt nicht. Meine Gedanken gehen in eine ganz andere Richtung. Vielleicht könnten Sie mir zur Überprüfung der Daten Ihr Notizbuch dalassen? Ich glaube, Watson, nun ist völlig klar, wie wir vorgehen müssen. Diese junge Lady hat uns mitgeteilt – und ich habe zu ihrem Wahrnehmungsvermögen das größte Vertrauen –, daß sich ihr Vater nur wenig oder gar nicht an das erinnert, was zu bestimmten Zeitpunkten geschehen ist. Wir werden ihm daher einen Besuch abstatten – und zwar so, als ob er uns zu einem solchen Zeitpunkt eine Zusammenkunft gewährt hätte. Er wird die Sache seinem mangelhaften Gedächtnis zuschreiben. Wir eröffnen also unsere Kampagne, indem wir ihn einmal ganz aus der Nähe in Augenschein nehmen.«

»Ausgezeichnet«, sagte Mr. Bennett. »Aber ich warne Sie; der Professor ist manchmal reizbar und unbeherrscht.«

Holmes lächelte. »Es gibt Gründe, warum wir sofort kommen sollten – sehr zwingende Gründe, falls sich meine Theorien als stichhaltig erweisen. Morgen, Mr. Bennett, werden wir uns mit Sicherheit in Camford einfinden. Es gibt dort, wenn ich mich recht entsinne, einen Gasthof namens ›Chequers‹, wo der Portwein über dem Mittelmaß und das Linnen über jeden Tadel erhaben zu sein pflegt. Doch ich glaube, Watson, das Schicksal dürfte die nächsten paar Tage auch weniger angenehme Stätten für uns bereithalten.«

Am Montag morgen befanden wir uns auf dem Weg zu der berühmten Universitätsstadt – für Holmes, der sich von nichts und niemandem loszureißen hatte, ein müheloses Unterfangen; für mich jedoch eines, das fiebrige Planerei und Hetze mit sich brachte, da ich damals eine recht gut gehende Praxis hatte. Holmes kam erst wieder auf den Fall zu sprechen, nachdem wir bereits unsere Koffer in dem von ihm erwähnten alten Gasthaus abgestellt hatten.

»Ich glaube, Watson, wir können den Professor gerade noch vor dem Lunch erwischen. Er hat um elf Vorlesung und wird in der Mittagspause wohl zu Hause sein.«

»Und womit wollen wir unseren Besuch rechtfertigen?«

Holmes warf einen Blick in sein Notizbuch.

»Am 26. August trat einer dieser Erregungszustände auf. Wir können davon ausgehen, daß sein Bewußtsein dabei ein bißchen getrübt ist. Wenn wir also behaupten, wir seien aufgrund einer Verabredung gekommen, wird er wohl kaum wagen, uns zu widersprechen. Besitzen Sie die nötige Unverfrorenheit, das durchzustehen?«

»Wir wollen es versuchen.«

»Hervorragend, Watson! Eine Mischung aus Bienenfleiß und *Excelsior*. ›Wir wollen es versuchen‹ –: der rechte Wahlspruch für unsere Firma. Ein freundlicher Eingeborener wird uns bestimmt den Weg zeigen.«

Ein ebensolcher kutschierte uns mit einem schmucken Einspänner in rascher Fahrt an einer Reihe von alten Universitätsgebäuden vorbei, bog schließlich in eine von Bäumen eingefaßte Auffahrt ein und hielt am Eingang eines reizenden Hauses, das von Rasen umsäumt und mit purpurnen Glyzinien bedeckt war. Allem Anschein nach umgab sich Professor Presbury nicht nur mit Komfort, sondern auch mit Luxus. Gleich als wir vorfuhren, tauchte am Vorderfenster ein grauhaariger Kopf auf, und wir gewahrten ein Paar stechender Augen, die uns unter zottigen Brauen forschend durch eine große Hornbrille beobachteten. Einen Augenblick später befanden wir uns in seinem Allerheiligsten, und der geheimnisvolle Wissenschaftler, dessen Eskapaden uns aus London hierher geführt hatten, stand persönlich vor uns. Nichts deutete allerdings auf Exzentrik, weder in seinem Benehmen noch in seinem Äußeren, denn er war ein stattlicher Mann mit vollen Gesichtszügen, ernst, hochgewachsen und mit einem Gehrock angetan; seinem Auftreten eignete jene Würde, deren man als Dozent bedarf. Die Augen stellten sein auffallendstes Merkmal dar: Sie blickten scharf, wachsam und so listig, daß sie fast schon verschlagen wirkten.

Er betrachtete unsere Visitenkarten. »Nehmen Sie bitte Platz, Gentlemen. Was kann ich für Sie tun?«

Mr. Holmes lächelte liebenswürdig.

»Genau diese Frage wollte ich eben an Sie stellen, Professor.«

»An mich, Sir!«

»Möglicherweise liegt da ein Irrtum vor. Ich habe durch einen Dritten erfahren, daß Professor Presbury aus Camford meine Dienste benötigt.«

»Ach, tatsächlich!« Mir war, als ob es in den durchdringenden grauen Augen tückisch auffunkelte. »Das haben Sie also erfahren, ja? Darf ich mich nach dem Namen Ihres Informanten erkundigen?«

»Tut mir leid, Professor, aber die Angelegenheit ist ziemlich vertraulich. Es handelt sich wohl doch um einen harmlosen Irrtum. Mir bleibt nur noch, Ihnen mein Bedauern darüber auszudrücken.«

»Keine Ursache. Allerdings würde ich auf diese Angelegenheit gern etwas näher eingehen. Sie interessiert mich. Haben Sie irgend etwas Schriftliches, einen Brief oder ein Telegramm, womit Sie Ihre Behauptung belegen können?«

»Nein.«

»Ich nehme doch an, Sie versteigen sich nicht zu der Behauptung, ich selbst hätte Sie herbestellt?«

»Ich möchte lieber keine Fragen beantworten«, sagte Holmes.

»Nein, natürlich nicht«, sagte der Professor schroff. »Wie auch immer, diese Frage läßt sich sehr leicht ohne Ihre Mithilfe beantworten.«

Er ging durchs Zimmer zur Klingel. Auf das Läuten hin erschien Mr. Bennett, unser Freund aus London.

»Kommen Sie herein, Mr. Bennett. Diese beiden Gentlemen sind aus London gekommen, in der Annahme, sie seien herbestellt worden. Sie erledigen meine gesamte Korrespondenz. Ist Ihnen bekannt, ob einer Person namens Holmes irgendeine Nachricht zuging?«

»Nein, Sir«, antwortete Bennett errötend.

»Damit wäre die Frage wohl erledigt«, sagte der Professor; er starrte meinen Gefährten zornig an. »Nun, Sir« – er lehnte sich, beide Hände auf den Tisch gestützt, nach vorne –, »mir scheint, Ihre Position ist sehr fragwürdig.«

Holmes zuckte mit den Achseln.

»Ich kann nur wiederholen, daß es mir leid tut, Sie unnötig gestört zu haben.«

»Das ist wohl kaum ausreichend, Mr. Holmes!« rief der Alte mit hoher kreischender Stimme und überaus feindseliger Miene. Während er sprach, stellte er sich zwischen uns und die Tür und drohte uns in wilder Erregung mit beiden Händen. »So leicht kommen Sie mir nicht davon.« Sein Gesicht war verzerrt; in seiner besinnungslosen Wut fletschte er die Zähne und gab schnatternde Laute von sich. Ich bin überzeugt, daß wir uns den Weg aus dem Zimmer hätten erkämpfen müssen, wäre Mr. Bennett nicht dazwischengetreten.

»Mein lieber Professor«, rief er, »bedenken Sie doch Ihre Position! Denken Sie an den Skandal an der Universität! Mr. Holmes ist ein bekannter Mann. Sie dürfen ihn auf keinen Fall so unhöflich behandeln.«

Widerwillig machte unser Gastgeber – wenn ich ihn denn so nennen darf – den Weg zur Tür frei. Wir waren froh, uns wieder außerhalb des Hauses und in der Stille der von Bäumen umsäumten Auffahrt zu befinden. Holmes schien die Episode höchlich amüsiert zu haben.

»Die Nerven unseres gelehrten Freundes sind ein wenig in Unordnung«, sagte er. »Unser Eindringen war vielleicht doch etwas plump; gleichwohl hat es uns den erwünschten persönlichen Kontakt eingebracht. Aber, lieber Himmel, Watson, er ist uns doch tatsächlich auf den Fersen. Der Wüterich verfolgt uns immer noch.«

Hinter uns ertönte das Geräusch eiliger Schritte; zu meiner Erleichterung war es jedoch nicht der furchterregende Professor, sondern sein Assistent, der in der Kurve der Auffahrt erschien. Keuchend kam er auf uns zu.

»Es tut mir so leid, Mr. Holmes. Ich wollte Sie um Entschuldigung bitten.«

»Mein lieber Sir, dazu besteht keine Notwendigkeit. Das gehört durchaus zu meinem beruflichen Alltag.«

»So gefährlich habe ich ihn noch nie erlebt. Er wird immer unheimlicher. Vielleicht verstehen Sie jetzt, warum seine Tochter und ich beunruhigt sind. Sein Verstand ist allerdings vollkommen klar.«

»Nur zu klar!« sagte Holmes. »Und darin hab ich mich verrechnet. Offensichtlich ist sein Gedächtnis zuverlässiger, als ich gedacht hatte. Nebenbei bemerkt, können wir, bevor wir gehen, noch das Fenster von Miss Presburys Zimmer sehen?«

Mr. Bennett schob sich durch einige Büsche; dann lag die Seitenansicht des Hauses vor uns.

»Das dort ist es. Das zweite von links.«

»Meine Güte, da kommt man wohl wirklich kaum hinauf. Andererseits ist Ihnen gewiß nicht entgangen, daß sich darunter eine Kletterpflanze und darüber ein Wasserrohr befindet; das bietet den Füßen schon einigen Halt.«

»Also ich brächte es nicht fertig, da hinaufzuklettern«, sagte Mr. Bennett.

»Das glaube ich Ihnen gern. Für einen normalen Menschen wäre das auch mit Sicherheit ein gefährliches Unternehmen.«

»Ich wollte Ihnen noch etwas anderes sagen, Mr. Holmes. Ich habe nämlich die Londoner Adresse, an die der Professor immer schreibt. Heute morgen scheint er es wieder getan zu haben; da habe ich sie von seinem Löschblatt abgeschrieben. Kein sehr nobles Verhalten für einen Sekretär in einer Vertrauensstellung; aber was bleibt mir anderes übrig?«

Holmes warf einen Blick auf den Zettel und steckte ihn ein.

»Dorak – ein merkwürdiger Name. Slawisch, nehme ich an. Nun gut, das ist ein wichtiges Glied in der Kette. Wir fahren heute nachmittag nach London zurück, Mr. Bennett. Ich sehe keinen Sinn darin, noch länger hierzubleiben. Wir können den Professor nicht festnehmen, weil er nichts verbrochen hat; wir können ihn auch nicht unter Aufsicht stellen, denn eine geistige Störung ist nicht nachweisbar. Bis jetzt läßt sich also gar nichts machen.«

»Was in aller Welt können wir denn dann noch tun?«

»Haben Sie ein bißchen Geduld, Mr. Bennett. Die Dinge werden sich rasch weiterentwickeln. Wenn ich mich nicht irre, kommt es am nächsten Dienstag erneut zu einer Krise. An dem Tag sind wir selbstredend wieder hier. Vorerst ist die allgemeine Lage allerdings nicht eben erfreulich, das läßt sich nicht leugnen; und wenn Miss Presbury ihren Aufenthalt verlängern kann . . .«

»Das geht ohne weiteres.«

»Dann soll sie in London bleiben, bis wir ihr zusichern können, daß die Gefahr völlig vorüber ist. Unterdessen lassen Sie ihn gewähren und kommen ihm nicht in die Quere. Solange er bei guter Laune ist, kann nichts passieren.«

»Dort ist er!« flüsterte Bennett erschrocken. Als wir durch die Zweige spähten, sahen wir die hochgewachsene, aufrechte Gestalt aus dem Eingang der Halle treten und sich umschauen. Er stand nach vorne gebeugt da und ließ die Arme baumeln, wobei er den Kopf hin und her drehte. Der Sekretär winkte uns noch einmal kurz zu und entschlüpfte zwischen die Bäume; bald darauf beobachteten wir, wie er sich seinem Brotherrn wieder anschloß und wie die beiden in offenbar angeregtem, wenn nicht gar aufgeregtem Gespräch zusammen das Haus betraten.

»Ich nehme an, der alte Gentleman hat sich auf den Vorfall inzwischen seinen Reim gemacht«, sagte Holmes, als wir wieder hotelwärts marschierten. »Das wenige, das ich von ihm gesehen habe, hat mir nämlich den Eindruck vermittelt, als verfüge er über einen besonders klaren und logischen Verstand. Etwas explosiv freilich; aber schließlich hat er von seinem Standpunkt aus gesehen auch einigen Grund zu explodieren, wenn Detektive auf seine Spur angesetzt sind und er seine Familie verdächtigen muß, dies veranlaßt zu haben. Ich glaube fast, Freund Bennett sieht ungemütlichen Zeiten entgegen.«

Holmes machte unterwegs am Postamt halt und gab ein Telegramm auf. Abends erreichte uns die Antwort, und er warf sie mir zu. »War in der Commercial Road bei Dorak. Verbindliches Wesen, Böhme, ältlich. Besitzt großen Gemischtwarenladen. – Mercer.«

»Mercer kam erst nach Ihrer Zeit«, sagte Holmes. »Er ist mein Mädchen für alles und erledigt Routinearbeiten. Es war wichtig, etwas über diesen Mann zu erfahren, mit dem unser Professor eine derart geheime Korrespondenz unterhält. Seine Nationalität stellt eine Verbindung zu dem Besuch in Prag her.«

»Gott sei Dank lassen sich überhaupt noch Verbindungen herstellen«, sagte ich. »Mir scheint im Moment, wir stehen einer langen Reihe von unerklärlichen Ereignissen gegenüber, die nichts miteinander zu tun haben. Welcher Zusammenhang könnte denn beispielsweise zwischen einem wütenden Wolfshund und einer Reise nach Böhmen bestehen, oder in welcher Beziehung steht beides zu einem Mann, der nachts durch einen Flur kriecht? Und was Ihre Daten betrifft – der Punkt verwirrt mich am allermeisten.«

Holmes lächelte und rieb sich die Hände. Wir saßen, wie ich noch erwähnen möchte, in dem alten Aufenthaltsraum des bejahrten Gasthofes; auf dem Tisch zwischen uns stand eine Flasche jenes berühmten Tropfens, den Holmes erwähnt hatte.

»Nun, dann wollen wir mit den Daten beginnen«, sagte er, indem er die Fingerspitzen aneinanderlegte und sich gerierte, als doziere er vor einer Klasse. »Das Notizbuch dieses vortrefflichen jungen Mannes weist aus, daß es am 2. Juli zu einer Störung kam; von da an scheinen sich diese Störungen in neuntägigen Intervallen wiederholt zu haben – und zwar, soweit ich mich entsinne, mit nur einer einzigen Ausnahme. Der letzte Ausbruch erfolgte demnach am Freitag, dem 3. September; er fällt ebenso in diese Serie wie der ihm vorausgegangene am 26. August. Das Ganze ist bestimmt kein Zufall.«

Dem mußte ich beipflichten.

»Wir wollen daraufhin einmal die vorläufige Theorie aufstellen, daß der Professor alle neun Tage irgendeine starke Droge zu sich nimmt, die eine zwar vorübergehende, aber hochgiftige Wirkung hat. Sein von Natur aus ungestümes Wesen wird durch sie noch intensiviert. Mit dieser Droge kam er zum ersten Mal in Berührung, als er sich in Prag aufhielt; inzwischen besorgt er sie sich mit Hilfe eines böhmischen Zwischenhändlers in London. Das alles hängt miteinander zusammen, Watson!«

»Aber der Hund, das Gesicht am Fenster, der geduckte Mann im Flur?«

»Nun, nun; wir stehen ja erst am Anfang. Vor nächsten Dienstag erwarte ich eigentlich keine neuen Entwicklungen. In der Zwischenzeit bleibt uns nichts anderes übrig, als die Verbindung mit Freund Bennett aufrechtzuerhalten und die Annehmlichkeiten dieser reizenden Stadt zu genießen.«

Am nächsten Morgen kam Mr. Bennett auf einen Sprung vorbei, um über den neuesten Stand der Dinge zu berichten. Wie Holmes vorausgesehen hatte, waren für ihn nicht gerade leichte Zeiten angebrochen. Ohne ihm direkt vorzuwerfen, für unsere Anwesenheit verantwortlich zu sein, habe der Professor sehr grobe und gemeine Worte gebraucht und sich offenbar schwer gekränkt gefühlt. Heute morgen sei er jedoch wieder ganz der alte und habe im überfüllten Hörsaal seine gewohnt brillante Vorlesung gehalten. »Von seinen seltsamen Anfällen abgesehen«, sagte Bennett, »besitzt er eigentlich mehr Energie und Vitalität denn je; und auch sein Verstand war noch nie klarer. Trotzdem ist er nicht er selbst – das ist nicht mehr der Mann, wie wir ihn kennen.«

»Ich denke, Sie haben nun mindestens eine Woche lang nichts mehr zu befürchten«, antwortete Holmes. »Ich bin ein beschäftigter Mann, und Dr. Watson muß sich um seine Patienten kümmern. Wenn es Ihnen recht ist, treffen wir uns hier am nächsten Dienstag zur gleichen Uhrzeit; es sollte mich nicht überraschen, wenn sich vor unserem nächsten Abschied Ihre Probleme, wenn auch vielleicht nicht beheben, so doch zumindest erklären lassen. In der Zwischenzeit halten Sie uns bitte über die Ereignisse auf dem laufenden.«

Die nächsten paar Tage bekam ich meinen Freund nicht zu Gesicht; am Abend des darauffolgenden Montags erhielt ich jedoch eine kurze Nachricht, worin er mich bat, ihn anderntags am Zug zu treffen. Wie er mir dann auf der Fahrt nach Camford berichtete, stand alles gut; nichts habe in der Zwischenzeit des Professors Hausfrieden gestört, und sein Verhalten sei vollkommen normal. Dies entsprach auch dem Rapport, den uns Mr. Bennett erstattete, als er uns am nämlichen Abend in unserem alten Quartier im ›Chequers‹ aufsuchte. »Er hat heute Nachricht von seinem Londoner Briefpartner erhalten. Ein Brief und ein Päckchen sind gekommen; beide hatten das Kreuz unterhalb der Marke – als Hinweis für mich, sie nicht anzurühren. Sonst hat sich bis jetzt nichts getan.«

»Das dürfte schon mehr als genug sein«, sagte Holmes grimmig. »Alsdann, Mr. Bennett; ich glaube, heute nacht kommen wir zu einem Abschluß. Wenn meine Deduktionen korrekt sind, dürften wir Gelegenheit haben, eine Entscheidung herbeizuführen. Zu diesem Zweck ist es allerdings notwendig, den Professor im Auge zu behalten. Ich würde daher vorschlagen, daß Sie wach bleiben und sich auf die Lauer legen. Sollten Sie ihn an Ihrer Tür vorbeikommen hören, dann halten Sie ihn bitte nicht auf, sondern folgen ihm so vorsichtig wie möglich nach. Dr. Watson und ich werden ganz in der Nähe sein. Übrigens, wo befindet sich der Schlüssel zu dem Kästchen, das Sie erwähnt haben?«

»An seiner Uhrkette.«

»Ich glaube, wir müssen unsere Nachforschungen in diese Richtung verlagern. Schlimmstenfalls ließe sich das Schloß wohl nicht allzu schwer knacken. Gibt es im Haus sonst noch einen kräftigen Mann?«

»Da wäre noch der Kutscher, Macphail.«

»Wo schläft er?«

»Über den Ställen.«

»Möglicherweise brauchen wir ihn. Schön, ehe wir nicht wissen, wie sich die Dinge entwickeln, können wir nichts mehr tun. Good bye – ich nehme an, wir sehen uns vor morgen früh wieder.«

Kurz vor Mitternacht bezogen wir Posten zwischen einigen Büschen, unmittelbar gegenüber dem Hauseingang des Professors. Die Nacht war schön, aber kalt; wir waren froh, unsere Mäntel anzuhaben. Eine Brise wehte, und am Himmel eilten Wolken dahin, von Zeit zu Zeit den Halbmond verdunkelnd. Die Nachtwache wäre recht trostlos gewesen, hätte uns nicht die Erwartung und Aufregung darüber hinweggeholfen sowie die Zuversicht meines Gefährten, daß wir mutmaßlich am Ende dieser seltsamen Folge von Ereignissen angelangt seien, die unsere Aufmerksamkeit in Bann gehalten hatten.

»Wenn der Neun-Tage-Zyklus Gültigkeit hat, dann erleben wir den Professor heute nacht von seiner schlimmsten Seite«, sagte Holmes. »Die Tatsache, daß diese eigenartigen Symptome erstmals nach seinem Besuch in Prag auftraten, daß er mit einem böhmischen Händler in London, der vermutlich jemanden in Prag vertritt, eine geheime Korrespondenz unterhält und daß er ausgerechnet heute von ihm ein Päckchen erhalten hat –: das alles deutet in eine einzige Richtung. Was er zu sich nimmt und warum er es nimmt, entzieht sich noch unserer Kenntnis; aber daß es irgendwie aus Prag herrührt, ist wohl ziemlich klar. Die Einnahme erfolgt nach ganz bestimmten Vorschriften, die dieses Neun-Tage-System regulieren; das war der erste Punkt, der meine Aufmerksamkeit erregte. Aber auch seine Symptome sind höchst bemerkenswert. Haben Sie einmal auf die Knöchel seiner Finger geachtet?«

Ich mußte zugeben, dies versäumt zu haben.

»Dick und hornig, wie ich es noch nie gesehen habe. Schauen Sie sich immer zuerst die Hände an, Watson. Danach die Manschetten, die Knie-Partie der Hosen und die Stiefel. Ja, sehr seltsame Knöchel; sie lassen sich nur durch die Art der Fortbewegung erklären, wie Bennet sie be. . .« Holmes hielt inne und schlug sich plötzlich mit der Hand an die Stirn. »Oh, Watson, Watson, was war ich doch für ein Narr! Es scheint unglaublich; und dennoch muß es die Wahrheit sein. Alles weist in eine einzige Richtung. Wie konnte ich nur diese Gedankenverbindung mißachten! Diese Knöchel – wie konnte ich nur diese Knöchel übersehen! Und der Hund! Und das Efeu! Es wird wahrhaftig Zeit, daß ich mich auf den kleinen Bauernhof meiner Träume zurückziehe. Aufgepaßt, Watson! Da ist er! Gleich haben wir Gelegenheit, alles mit eigenen Augen zu sehen.«

Die Eingangstür hatte sich langsam geöffnet, und vor dem lampenerleuchteten Hintergrund erkannten wir die hochgewachsene Gestalt von Professor Presbury. Er trug seinen Schlafrock. Als seine Silhouette im Türrahmen erschien, stand er zwar aufrecht, doch etwas nach vorne gebeugt, wobei er die Arme baumeln ließ – genau so, wie wir ihn zuletzt gesehen hatten.

Nun trat er auf den Weg hinaus, und eine sonderbare Veränderung ging mit ihm vor. Er ließ sich in eine kauernde Haltung sinken; dann bewegte er sich auf Händen und Füßen dahin – hie und da machte er einen Luftsprung, als ob er vor Energie und Vitalität geradezu überschäumte. Er bewegte sich an der Vorderseite des Hauses entlang und dann um die Ecke. Als er verschwunden war, schlüpfte Bennett durch den Halleneingang und folgte ihm leise nach.

»Los, Watson, kommen Sie!« rief Holmes; wir stahlen uns so sachte wie möglich durch die Büsche, bis wir eine Stelle erreicht hatten, von wo wir die andere Hausseite überblicken konnten, die ins Licht des Halbmondes getaucht war. Der Professor kauerte deutlich sichtbar am Fuß der efeubewachsenen Mauer. Während wir ihn beobachteten, begann er plötzlich mit unglaublicher Behendigkeit daran hochzuklettern. Sicheren Fußes und festen Griffes hüpfte er von Zweig zu Zweig; offensichtlich kletterte er aus schierer Freude an seiner Kraft und ohne ein bestimmtes Ziel im Auge. Mit dem ihn umflatternden Schlafrock wirkte er wie eine riesige, an der Wand seines Hauses klebende Fledermaus – wie ein großer eckiger dunkler Fleck auf der mondhellen Mauer. Alsbald wurde er jedoch dieses Zeitvertreibs müde; er ließ sich von Zweig zu Zweig hinabgleiten, verfiel dann in die alte kauernde Haltung und bewegte sich in Richtung der Ställe mit dem gleichen seltsamen geduckten Hüpfen wie zuvor. Der Wolfshund war inzwischen draußen; er bellte wie rasend und, als er plötzlich seinen Herrn erblickte, aufgeregter denn je. Er zerrte an seiner Kette und zitterte vor Erregung und Wut. Der Professor kauerte sich in aller Ruhe knapp außer Reichweite des Hundes nieder und begann ihn auf jede erdenkliche Weise zu provozieren. Mehrmals nahm er vom Weg eine Handvoll Kiesel auf und warf sie dem Hund ins Gesicht; dann stachelte er ihn mit einem Stock, den er aufgelesen hatte, fuchtelte mit den Händen nur wenige Inch vor dem schnappenden Maul herum und versuchte auf jede Art die Wut des Tieres zu steigern, das inzwischen völlig außer Rand und Band war. Bei all unseren Abenteuern habe ich wohl noch nie etwas so Seltsames gesehen wie diese ungerührte und nach wie vor würdevolle Gestalt, die da wie ein Frosch am Boden hockte und den wütenden Hund, der vor ihr tobte und raste, durch allerhand raffinierte und wohlkalkulierte Grausamkeiten zu noch wilderer Schaustellung seiner Wut aufreizte.

Und dann geschah es im Nu! Zwar riß nicht die Kette, aber das Halsband rutschte v[illegible] es war eigentlich für den dicken Nacken eines Neufundländers bestimmt. Wir vernahmen das Klirren herabfallenden Metalls, und im nächsten Augenblick wälzten sich Hund und Mann zusammen auf der Erde – der eine vor Wut belfernd, der andere vor Entsetzen schreiend in sonderbar schrillem Falsett. Das Leben des Professors hing an einem seidenen Faden. Das rasende Tier hielt ihn bei der Kehle gepackt, und die Fänge hatten sich bereits tief eingegraben; er war bewußtlos, noch ehe wir herbeieilen konnten, um die beiden auseinanderzuzerren. Das hätte sich für uns womöglich als gefährliches Unterfangen erwiesen; doch Bennetts Stimme und seine Anwesenheit brachten den großen Wolfshund augenblicklich zur Räson. Der Lärm hatte inzwischen den schläfrigen und verblüfften Kutscher aus seinem Zimmer über den Ställen gelockt. »Das wundert mich nicht«, sagte er kopfschüttelnd. »Ich hab ihn schon mal bei ihm gesehen. Ich hab gewußt, daß der Hund ihn früher oder später erwischt.«

Der Hund wurde eingesperrt; dann trugen wir den Professor gemeinsam in sein Zimmer hinauf, wo Bennett (der eine medizinische Ausbildung besaß) mir half, die zerrissene Kehle zu verbinden. Die scharfen Zähne hatten sich gefährlich nah an der Halsschlagader eingegraben, und es blutete bedenklich. Doch nach einer halben Stunde war die Gefahr vorüber. Ich hatte dem Patienten eine Morphium-Injektion verabreicht, und er war in tiefen Schlaf gesunken. Erst dann konnten wir uns wieder miteinander befassen und die Lage bedenken.

»Ich glaube, ein Spezialist sollte sich ihn mal ansehen«, sagte ich.

»Um Gottes willen, nein!« rief Bennett. »Im Moment beschränkt sich der Skandal noch auf unser Haus. Und da ist er sicher aufgehoben. Wenn er aus diesen Mauern hinausdringt, wird er sich nicht mehr aufhalten lassen. Denken Sie doch an die Position des Professors an der Universität, an seine europäische Reputation, an die Gefühle seiner Tochter!«

»Sie haben recht«, sagte Holmes. »Ich glaube, wir können die Sache durchaus für uns behalten; und da wir nun freie Hand haben, können wir auch verhindern, daß sie sich wiederholt. Den Schlüssel von der Uhrkette bitte, Mr. Bennett. Macphail soll auf den Patienten aufpassen und uns benachrichtigen, falls eine Veränderung eintritt. Wir wollen mal sehen, was sich in dem mysteriösen Kästchen des Professors verbirgt.«

Viel war es nicht, aber ausreichend –: eine leere Phiole; eine zweite, noch fast voll; eine Injektionsspritze; mehrere Briefe in einer krakeligen, fremdländischen Handschrift. Die Marken auf den Umschlägen ließen erkennen, daß es die Briefe waren, die den gewohnten Arbeitsablauf des Sekretärs in Unordnung gebracht hatten; jeder trug den Stempel der Commercial Road und die Unterschrift »A. Dorak«. Allerdings handelte es sich lediglich um Lieferscheine, aus denen hervorging, daß eine neue Flasche an Professor Presbury unterwegs sei, oder um Quittungen über erhaltene Geldbeträge. Dann fand sich jedoch noch ein weiterer Umschlag, der eine gebildetere Handschrift aufwies und eine österreichische Marke mit dem Poststempel von Prag trug. »Da hätten wir ja unser Material!« rief Holmes, als er das beigelegte Schreiben herausriß.

> VEREHRTER HERR KOLLEGE, (lautete es.) Seit Ihrem geschätzten Besuch habe ich viel über Ihre Angelegenheit nachgedacht. In Ihrem Fall liegen zwar einige besondere Gründe für die Behandlung vor; dennoch würde ich dringend zur Vorsicht mahnen, da meine bisherigen Resultate erkennen ließen, daß die Sache mit gewissen Gefahren verbunden ist.
>
> Möglicherweise wäre das Serum eines Anthropoiden geeigneter gewesen. Ich habe, wie bereits erläutert, einen schwarzgesichtigen Langur verwendet, weil gerade ein Exemplar zur Verfügung stand. Der Langur bewegt sich natürlich auf allen vieren und ist ein Kletterer, während ein Anthropoide aufrecht geht und in jeder Hinsicht verwandter ist.
>
> Ich bitte Sie, jede erdenkliche Vorsichtsmaßregel zu treffen, um eine vorzeitige Enthüllung des Verfahrens zu vermeiden. Ich habe in England noch einen weiteren Kunden, und Dorak ist mein Agent für beide.
>
> Um wöchentliche Berichterstattung wird gebeten.
>
> Mit vorzüglicher Hochachtung, Ihr
>
> H. LÖWENSTEIN

Löwenstein! Der Name rief mir einen Zeitungsausschnitt ins Gedächtnis. Dort war von einem obskuren Wissenschaftler die Rede, der sich bemühte, mit Hilfe eines unbekannten Verfahrens das Geheimnis der Verjüngung und das Elixier des Lebens zu entdecken. Löwenstein aus Prag! Löwenstein mit dem kraftspendenden Wunderserum, der von seinen Zunftkollegen ausgestoßen wurde, weil er sich weigerte, die Zusammensetzung preiszugeben. Mit ein paar Worten berichtete ich, was ich davon noch wußte. Bennett hatte ein zoologisches Handbuch vom Regal genommen. »›Langur‹«, las er vor, »›der große schwarzgesichtige Affe von den Hängen des Himalaja, der größte und menschenähnlichste der Kletteraffen.‹ Dann folgen noch viele Details. Tja, dank Ihnen, Mr. Holmes, haben wir nun ganz offensichtlich die Quelle des Übels ausfindig gemacht.«

»Die eigentliche Quelle«, sagte Holmes, »liegt natürlich in dieser unzeitigen Liebesaffäre, die unserem ungestümen Professor die Idee eingab, er könne das Ziel seiner Wünsche nur erreichen, indem er sich in einen jungen Mann verwandle. Wenn man versucht, sich über die Natur zu erheben, sinkt man mit Sicherheit unter sie herab. Auch der höchste Typus des Menschen wird wieder zum Tier, sobald er abkommt vom geraden Weg des Schicksals.« Eine kurze Zeit lang saß er nachdenklich da, hielt die Phiole in der Hand und betrachtete die Flüssigkeit darin. »Wenn ich diesem Mann erst einmal geschrieben habe, daß er sich meines Erachtens auf kriminelle Weise schuldig macht mit den Giften, die er in Umlauf setzt, wird es wohl keinen Ärger mehr geben. Doch das Problem wird wiederkehren. Andere werden ein besseres Verfahren finden. Es geht hier um eine Gefahr – eine sehr reale Gefahr für die Menschheit. Stellen Sie sich vor, Watson, die Materialisten, die Sinnlichen, die Mondänen würden allesamt ihr wertloses Leben verlängern. Die Spiritualisten würden sich dem Ruf nach Höherem nicht verweigern. Es käme zum Überleben der wenigst Tauglichen. Was für eine Jauchegrube würde da aus unserer armen Welt!« Plötzlich verschwand der Träumer wieder, und Holmes, der Mann der Tat, sprang auf. »Ich glaube, mehr gibt es nicht zu sagen, Mr. Bennett. Die verschiedenen Vorfälle fügen sich nun mühelos von selbst ins Schema. Der Hund hat die Veränderung natürlich weitaus schneller bemerkt als Sie. Dafür dürfte schon sein Geruchssinn gesorgt haben. Es war der Affe, nicht der Professor, den Roy angegriffen hat – ebenso wie es der Affe war, der Roy aufreizte.

Klettern machte dem Geschöpf Vergnügen, und dieser Zeitvertreib führte ihn vermutlich rein zufällig ans Fenster der jungen Lady. Zur Stadt geht ein Frühzug, Watson; aber ich glaube, bevor wir den nehmen, haben wir gerade noch Zeit für eine Tasse Tee im ›Chequers‹.«

DIE LÖWENMÄHNE

Ein Problem, das gewiß ebenso abstrus und ungewöhnlich war wie nur irgendeines, mit dem ich während meiner langen beruflichen Laufbahn konfrontiert wurde, sollte mich höchst eigenartiger Weise erst erreichen (und mir sozusagen direkt vor die Haustür geliefert werden), als ich mich bereits zur Ruhe gesetzt hatte. Die Geschichte ereignete sich nach meinem Rückzug in mein kleines Haus in Sussex; ich hatte mich vollständig jenem besänftigenden Leben in der Natur hingegeben, nach dem ich mich während der langen Jahre in der Tristesse Londons so oft gesehnt hatte. In diesem Abschnitt meines Lebens war der gute Watson schon fast aus meinem Gesichtskreis entschwunden. Eine gelegentliche Wochenend-Visite stellte das äußerste dar, was ich von ihm noch zu sehen bekam. So muß ich mich denn als mein eigener Chronist betätigen. Ach, wäre er doch nur bei mir gewesen! Was hätte er nicht alles aus einem so wundersamen Vorkommnis und meinem schließlichen Triumph wider jede Schwierigkeit machen können! So aber bin ich wohl oder übel gezwungen, meine Geschichte mit der mir eigenen Schlichtheit zu erzählen; ich werde also mit eigenen Worten jeden Schritt auf der beschwerlichen Straße vorführen, die vor mir lag, als ich das Rätsel der Löwenmähne zu ergründen versuchte.

Mein Landhaus liegt am Südhang der Downs; es bietet eine großartige Aussicht auf den Kanal. Der Küstenstrich besteht hier ausschließlich aus Kreidekliffen, die sich nur über einen einzigen, langen, gewundenen Pfad, der überdies abschüssig und glitschig ist, bewältigen lassen. Am Fuß dieses Pfades erstreckt sich ein hundert Yard breiter Kiesel- und Geröllstrand, selbst wenn die Flut am höchsten steht. Hier und da finden sich allerdings Einbuchtungen und Vertiefungen; sie geben vortreffliche Schwimmbecken ab, die sich mit jeder Flut frisch auffüllen. Dieser herrliche Strand dehnt sich nach beiden Richtungen meilenweit aus – abgesehen von einer einzigen Stelle, wo die kleine Bucht des Dorfes Fulworth die Linie unterbricht.

Mein Haus liegt einsam. Ich, meine alte Haushälterin und meine Bienen haben das Grundstück ganz für uns allein. Eine halbe Meile entfernt befindet sich allerdings das bekannte Privatinstitut von Harold Stackhurst, *The Gables*, ein ziemlich großes Anwesen, das ein paar Dutzend junger Burschen, die sich auf verschiedene Berufe vorbereiten, sowie einen Stab von mehreren Lehrern beherbergt. Stackhurst selbst war seinerzeit ein wohlbekannter College-Ruderer und ein ausgezeichneter, in allen Fächern beschlagener Gelehrter. Seit dem Tag, da ich an die Küste gezogen war, hatten wir uns angefreundet, und er war der einzige Mensch, mit dem ich so gut auskam, daß wir einander abends ohne vorherige Einladung besuchen konnten.

Gegen Ende Juli 1907 hatten wir schweren Sturm; der Wind blies kanaleinwärts, türmte die Wellen bis an den Fuß der Kliffe und ließ beim Gezeitenwechsel eine Lagune zurück. An dem Morgen, von dem ich spreche, hatte sich der Wind gelegt, und die ganze Natur war reingewaschen und erfrischt. An einem so wundervollen Tag zu arbeiten war unmöglich, und ich bummelte schon vor dem Frühstück hinaus, um die exquisite Luft zu genießen. Ich spazierte über den Kliffpfad, der zu dem steilen Abstieg zum Strand führte. Als ich so dahinschlenderte, vernahm ich hinter mir einen Ruf; er kam von Harold Stackhurst, der mir fröhlich grüßend zuwinkte.

»Was für ein Morgen, Mr. Holmes! Ich dachte mir schon, daß ich Sie draußen treffen würde.«

»Sie gehen schwimmen, wie ich sehe.«

»Und Sie sind wieder bei Ihren alten Tricks«, lachte er und klopfte dabei auf seine prall gefüllte Tasche. »Ja. McPherson ist schon in aller Frühe los, und ich nehme an, daß ich ihn da unten finde.«

Fitzroy McPherson war der Physiklehrer, ein prächtiger aufrechter junger Bursche, dessen Aktivität allerdings durchein Herzleiden (im Gefolge eines rheumatischen Fiebers) beeinträchtigt wurde. Gleichwohl war er ein geborener Athlet und tat sich in jeder Sportart hervor, die ihn nicht allzu sehr anstrengte. Sommers wie winters ging er schwimmen; und da ich selbst gerne schwimme, hatte ich mich ihm schon des öfteren angeschlossen.

In diesem Moment erblickten wir ihn. Sein Kopf tauchte über dem Kliffrand auf – dort, wo der Pfad endet. Dann erschien seine ganze Gestalt auf der Kuppe, schwankend wie ein Betrunkener. Im nächsten Augenblick streckte er die Hände empor und fiel mit einem furchtbaren Schrei vornüber. Stackhurst und ich stürmten herbei – es waren vielleicht fünfzig Yards – und drehten ihn auf den Rücken. Offensichtlich lag er im Sterben. Diese glasigen hohlen Augen und entsetzlich fahlen Wangen konnten nichts anderes bedeuten. Einen Moment lang glomm in seinem Gesicht noch ein Lebensfunke auf, und er brachte zwei oder drei Worte hervor, die wie eine dringende Warnung klangen. Sie waren undeutlich und verworren; aus den letzten jedoch, die mit einem gellenden Schrei von seinen Lippen brachen, vermeinte ich »die Löwenmähne« herauszuhören. Es war vollkommen abwegig und unbegreiflich; dennoch vermochte ich die Laute in keine andere Bedeutung umzubiegen. Dann richtete der Mann sich halb auf, warf die Arme in die Luft und fiel vornüber auf die Seite. Er war tot.

Mein Gefährte war vom jähen Grauen dieses Ereignisses wie gelähmt; ich hingegen befand mich – wie man sich wohl vorstellen kann – mit allen Sinnen in Alarmbereitschaft. Und deren bedurfte es auch, denn es stellte sich rasch heraus, daß wir es mit einem außergewöhnlichen Fall zu tun hatten. Der Mann trug lediglich seinen Burberry-Mantel, Hosen und ein Paar Segeltuchschuhe mit offenen Schnürsenkeln. Als er vornüberfiel, rutschte der Burberry, den er nur übergeworfen hatte, von den Schultern und entblößte dabei den Rumpf. Wir starrten ihn verblüfft an, denn der Rücken war mit dunkelroten Linien bedeckt, als hätte man den Mann mit einer dünnen Drahtpeitsche aufs fürchterlichste geschlagen. Der Gegenstand, mit dem man ihn derartig gezüchtigt hatte, war augenscheinlich elastisch, denn die langen, entzündeten Striemen bogen sich um Schultern und Rippen. Am Kinn tropfte Blut herab; im Paroxysmus des Todeskampfes hatte er sich die Unterlippe durchgebissen. Seine abgehetzten und verzerrten Züge verrieten, wie entsetzlich dieser Todeskampf gewesen war.

Ich kniete noch neben dem Leichnam, und Stackhurst stand daneben, als ein Schatten über uns fiel und wir Ian Murdoch neben uns erblickten. Murdoch war der Mathematiklehrer des Instituts, ein hochgewachsener, dunkelhaariger, dünner Mann – so wortkarg und unnahbar, daß niemand als mit ihm befreundet galt. Er schien in irgendeiner fernen, abstrakten Region von irrationalen Größen und Kegelschnitten zu leben; mit dem gemeinen Alltag verband ihn offenbar nur wenig. Die Schüler betrachteten ihn als Sonderling und hätten ihn wohl auch zur Zielscheibe ihres Spottes gemacht; aber der Mann hatte einen Schuß fremdes exotisches Blut in den Adern, was sich nicht nur in den kohlschwarzen Augen und der dunklen Gesichtsfarbe, sondern auch in gelegentlichen Temperamentsausbrüchen verriet, die man nur als wild bezeichnen konnte. Als ihm einmal ein kleiner, McPherson gehörender Hund lästig gefallen war, hatte er das Tier gepackt und durch die Fensterscheibe geschleudert – eine Tat, für die ihn Stackhurst zweifellos entlassen hätte, wäre Murdoch nicht so ein hervorragender Lehrer gewesen. Dies also war der eigenartige, komplexe Mann, der nun neben uns auftauchte. Was sich seinen Augen bot, schien ihn aufrichtig zu erschüttern – auch wenn der Zwischenfall mit dem Hund wohl nicht gerade von großer Sympathie zwischen dem Toten und ihm zeugte.

»Armer Kerl! Armer Kerl! Was kann ich tun? Wie kann ich helfen?«

»Waren Sie bei ihm? Können Sie uns sagen, was geschehen ist?«

»Nein, nein; ich war heute morgen spät dran und bin noch

gar nicht am Strand gewesen. Ich komme direkt von *The Gables*. Was kann ich nur tun?«

»Sie können auf dem schnellsten Weg zur Polizeistation in Fulworth laufen und den Vorfall melden.«

Wortlos rannte Murdoch in höchster Eile davon; und auch ich brach auf, um mich des vorliegenden Falles anzunehmen, dieweil Stackhurst, wie betäubt von dieser Tragödie, bei der Leiche zurückblieb. Zuerst mußte ich natürlich feststellen, wer sich am Strand aufhielt. Vom höchsten Punkt des Pfades konnte ich seinen gesamten Verlauf überblicken; er lag vollkommen verlassen da – nur in weiter Ferne ließen sich dunkel zwei oder drei Gestalten erkennen, die sich in Richtung des Dorfes Fulworth bewegten. Nachdem ich mich hiervon überzeugt hatte, ging ich langsam den Pfad hinunter. Die Kreide war mit Lehm oder weichem Mergel vermengt, und hie und da entdeckte ich immer wieder dieselbe Fußspur, sowohl auf- als auch absteigend. Über diesen Weg war also heute früh sonst noch niemand zum Strand gegangen. An einer Stelle bemerkte ich den Abdruck einer geöffneten Hand, die Finger bergauf weisend. Dies konnte nur bedeuten, daß der arme McPherson beim Aufstieg zu Fall gekommen war. Gerundete Vertiefungen ließen überdies darauf schließen, daß er mehr denn einmal auf die Knie gesunken war. Am Fuß des Pfades befand sich die recht große Lagune, die die zurückweichende Flut zurückgelassen hatte. McPherson mußte sich neben ihr ausgezogen haben, denn sein Handtuch lag noch auf einem Stein. Es war zusammengefaltet und trocken – er war also allem Anschein nach überhaupt nicht ins Wasser gegangen. Als ich den groben Kies absuchte, stieß ich ein- oder zweimal auf kleine Sandflecken, wo der Abdruck seines Segeltuchschuhs sowie seines blanken Fußes zu erkennen war. Letztere Tatsache bewies, daß er alle Anstalten getroffen hatte zu baden – wiewohl das Handtuch darauf deutete, daß er es in Wirklichkeit unterlassen hatte.

Und hier zeichnete sich das Problem in aller Deutlichkeit ab – es nahm sich so sonderbar aus wie nur irgendeines, mit dem ich bislang konfrontiert worden war. Der Mann hatte sich nicht länger als höchstens eine Viertelstunde am Strand aufgehalten. Stackhurst war ihm von *The Gables* aus gefolgt, daher konnte an dieser Tatsache kein Zweifel bestehen. Er hatte baden wollen und sich bereits ausgezogen, wie die Spuren der blanken Füße aufzeigten. Dann war er plötzlich wieder in seine Kleider geschlüpft – sie hingen ja alle nur unordentlich und lose an ihm – und hatte sich auf den Rückweg gemacht: ohne zu baden, oder zumindest ohne sich abzutrocknen. Und der Grund für seinen Sinneswandel lag darin, daß man ihn auf brutale, unmenschliche Weise ausgepeitscht und gepeinigt hatte, bis er sich in seiner Qual die Lippe durchbiß; dann ließ man ihn allein, und er besaß gerade noch Kraft genug, um wegzukriechen und zu sterben. Wer hatte diese barbarische Tat verübt? Am Fuß der Kliffe gab es zwar kleine Grotten und Höhlen; doch die niedrig stehende Sonne schien direkt hinein – dort fand sich also kein Platz für ein Versteck. Dann gab es da noch diese fernen Gestalten am Strand. Sie waren allerdings wohl doch zu weit weg, um mit dem Verbrechen etwas zu tun zu haben. Überdies lag zwischen McPherson und ihnen noch die breite Lagune, in der er hatte baden wollen; ihr Wasser reichte bis an die Felsen. Auf dem Meer trieben in nicht sehr großer Entfernung zwei oder drei Fischerboote. Ihre Besitzer konnte man bei passender Gelegenheit befragen. Es boten sich also mehrere Wege für eine Untersuchung; aber keiner führte zu einem völlig klaren Ziel.

Als ich schließlich zu der Leiche zurückkehrte, hatte sich bereits eine kleine Gruppe von Spaziergängern um sie versammelt. Stackhurst war natürlich noch da, und eben war auch Ian Murdoch eingetroffen mit Anderson, dem Dorfpolizisten, einem dicken Mann mit ingwerfarbenem Schnäuzer. Er gehörte dem behäbigen, soliden Sussex-Typ an – einem Typ, der hinter einem schwerfälligen, schweigsamen Äußeren eine Menge gesunden Menschenverstand verbirgt. Er hörte sich alles an, was wir sagten, machte dazu Notizen und zog mich schließlich beiseite.

»Ich hätt ganz gern Ihren Rat, Mr. Holmes. Das ist doch ein ziemlicher Brocken für mich; und wenn ich was falsch mache, dann krieg ich aus Lewes was zu hören.«

Ich riet ihm, seinen unmittelbaren Vorgesetzten und einen Arzt holen zu lassen; überdies solle er darauf achten, daß bis zu ihrem Eintreffen nichts von der Stelle bewegt werde und so wenig frische Fußspuren wie möglich entstünden. In der Zwischenzeit untersuchte ich die Taschen des Toten. Ich fand sein Taschentuch, ein großes Messer und eine kleine Brieftasche. Aus dieser lugte ein Zettel heraus, den ich entfaltete und dem Polizisten reichte. Auf diesem Zettel standen in einer weiblichen Handschrift die Worte gekritzelt: »Ich werde da sein, du kannst dich darauf verlassen. – Maudie.« Es las sich wie eine Liebesbotschaft, eine Verabredung zu einem Stelldichein – wann und wo, blieb allerdings offen. Der Polizist legte den Zettel in die Brieftasche zurück und steckte sie mit den anderen Sachen wieder in die Taschen des Burberry-Mantels. Dann ging ich, da sich nichts weiteres aufdrängte, nach Hause zurück, um zu frühstücken; zuvor regte ich freilich noch an, den Fuß des Kliffs einer sorgfältigen Untersuchung zu unterziehen.

Nach ein oder zwei Stunden kam Stackhurst vorbei, um zu melden, daß man den Leichnam nach *The Gables* geschafft habe, wo die Leichenschau abgehalten würde. Er brachte einige wichtige und entscheidende Neuheiten mit. Wie von mir erwartet, hatte man in den kleinen Höhlen unter dem Kliff nichts gefunden; er hatte jedoch die Papiere in McPhersons Schreibtisch durchgesehen und dabei mehrere Briefe entdeckt, die eine vertrauliche Korrespondenz mit einer gewissen Miss Maud Bellamy aus Fulworth offenbarten. Die Identität der Person, die den Zettel geschrieben hatte, stand also fest.

»Die Polizei hat die Briefe«, erklärte er. »Deshalb konnte ich sie nicht mitbringen. Aber es besteht kein Zweifel, daß es sich um eine ernsthafte Liebesaffäre gehandelt hat. Ich sehe allerdings keinen Grund, sie mit diesem schrecklichen Ereignis in Verbindung zu bringen – abgesehen davon natürlich, daß die Lady mit ihm verabredet war.«

»Aber doch wohl kaum an einem Badeteich, den Sie alle zu benutzen pflegen«, bemerkte ich.

»Es ist auch reiner Zufall«, sagte er, »daß McPherson nicht von einigen Schülern begleitet wurde.«

»*War* es denn reiner Zufall?«

Stackhurst runzelte nachdenklich die Stirn.

»Ian Murdoch hat sie zurückgehalten«, sagte er; »er bestand darauf, vor dem Frühstück noch eine algebraische Beweisführung durchzunehmen. Armer Kerl, das Ganze hat ihn schrecklich mitgenommen.«

»Aber ich dachte, die beiden seien gar nicht befreundet gewesen?«

»Früher einmal waren sie das auch nicht. Aber seit einem Jahr oder noch länger stand er McPherson näher als irgend jemandem sonst. Murdoch hat ja von Natur aus nicht gerade ein gewinnendes Wesen.«

»Das habe ich schon gehört. Ich meine mich zu erinnern, daß Sie mir einmal von einem Streit wegen einem Hund erzählten, den er mißhandelt hat.«

»Der ist vollkommen beigelegt.«

»Die Geschichte hat aber vielleicht doch gewisse Rachegefühle hinterlassen.«

»Nein, nein; ich bin sicher, sie waren echte Freunde.«

»Nun gut, dann müssen wir jetzt die Sache mit dem Mädchen untersuchen. Kennen Sie sie?«

»Jeder kennt sie. Sie ist *die* Schönheit unserer Gegend – eine echte Schönheit, Holmes, die überall Aufsehen erregen würde. Ich wußte zwar, daß McPherson von ihr angetan war; aber ich hatte keine Ahnung, daß die Geschichte schon so weit gediehen war, wie es diese Briefe allem Anschein nach kundtun.«

»Und wer ist sie?«

»Sie ist die Tochter vom alten Tom Bellamy, dem in Fulworth alle Boote und Badehäuschen gehören. Er hat als Fischer angefangen; inzwischen ist er ein ziemlich vermögender Mann. Er und sein Sohn William betreiben das Geschäft.«

»Sollen wir mal nach Fulworth gehen und mit ihnen sprechen?«

»Unter welchem Vorwand denn?«

»Oh, ein Vorwand läßt sich leicht finden. Schließlich hat sich dieser arme Bursche nicht selbst so grausam mißhandelt. Irgendeine menschliche Hand muß die Peitsche ja geführt haben – wenn es denn wirklich eine Peitsche war, die ihm die Verletzungen beigebracht hat. In dieser einsamen Gegend war sein Bekanntenkreis sicher begrenzt. Wir wollen ihn einmal nach allen Richtungen abschreiten; dabei werden wir zweifellos auf das Motiv stoßen, das uns dann seinerseits zum Täter führen dürfte.«

Es wäre ein angenehmer Spaziergang über die nach Thymian duftenden Downs geworden, hätte uns nicht die Tragödie, deren Zeuge wir gewesen, das Gemüt vergiftet. Das Dorf Fulworth liegt in einer Talsenke und krümmt sich im Halbkreis um die Bucht. Auf den Anhöhen hinter dem altmodischen Weiler hatte man einige moderne Häuser gebaut. Und zu einem davon geleitete mich Stackhurst.

»Das ist *The Haven*, wie Bellamy es genannt hat. Das dort mit dem Eckturm und dem Schieferdach. Nicht schlecht für jemand, der mit nichts angefangen hat, als ... Beim Jupiter, sehen Sie nur!«

Das Gartentor von *The Haven* hatte sich geöffnet, und ein Mann war herausgetreten. Die hochgewachsene, eckige, zerzauste Gestalt war unverwechselbar: Es war Ian Murdoch, der Mathematiker. Einen Augenblick später standen wir ihm auf der Straße gegenüber.

»Hallo!« sagte Stackhurst. Der Mann nickte, bedachte uns mit einem kurzen Seitenblick aus seinen seltsamen dunklen Augen und wäre an uns vorbeigegangen, hätte ihn sein Vorgesetzter nicht aufgehalten.

»Was haben Sie denn hier gemacht?« fragte er.

Murdochs Gesicht wurde rot vor Zorn. »Ich bin zwar Ihr

Untergebener, Sir, aber nur unter Ihrem Dach. Ich wüßte nicht, daß ich Ihnen über mein privates Tun und Lassen irgendwelche Rechenschaft schulde.«

Stackhursts Nerven waren nach allem, was er inzwischen durchgemacht hatte, zum Zerreißen gespannt. Normalerweise hätte er vermutlich Geduld bewahrt. Nun aber verlor er völlig die Fassung.

»Unter den gegebenen Umständen ist Ihre Antwort eine glatte Unverschämtheit, Mr. Murdoch.«

»Ihre Frage dürfte wohl unter die gleiche Rubrik fallen.«

»Das ist nicht das erste, aber bestimmt das letzte Mal, daß ich Ihr aufsässiges Verhalten durchgehen lasse. Würden Sie also die Freundlichkeit haben, so rasch wie möglich neue Vorkehrungen für Ihre Zukunft zu treffen.«

»Das hatte ich ohnehin vor. Ich habe heute die einzige Person verloren, die *The Gables* zu einem bewohnbaren Ort machte.«

Damit ging er mit langen Schritten seines Weges, dieweil Stackhurst stehenblieb und ihm wütend nachstarrte.

»Ist das nicht ein unmöglicher, unerträglicher Mensch?« rief er.

Der einzige Gedanke, der sich mir dabei zwingend aufdrängte, war der, daß Mr. Ian Murdoch damit gleich die erste Gelegenheit ergriff, sich einen Fluchtweg vom Tatort zu öffnen. Vage und nebelhaft begann sich mir ein Verdacht abzuzeichnen. Vielleicht würde der Besuch bei den Bellamys ein weiteres Licht auf die Angelegenheit werfen. Stackhurst riß sich zusammen, und wir schritten auf das Haus zu.

Mr. Bellamy erwies sich als ein Mann mittleren Alters mit einem flammend roten Bart. Er schien in sehr ärgerlicher Stimmung zu sein, und sein Gesicht glühte bald ebenso wie sein Haar.

»Nein, Sir, ich lege keinen Wert auf Einzelheiten. Mein Sohn hier« – er wies auf einen wuchtigen jungen Mann mit grobem, mürrischem Gesicht in der Ecke des Wohnzimmers – »ist mit mir einer Meinung, daß sich Mr. McPherson auf freche Weise an Maud rangemacht hat. Ja, Sir, das Wort ›Heirat‹ wurde kein einziges Mal erwähnt; und trotzdem gab's Briefe und Rendezvous und noch 'ne ganze Menge mehr Dinge, die keiner von uns gutheißen konnte. Sie hat keine Mutter, und wir sind ihre einzigen Beschützer. Wir sind entschlossen ...«

Aber die Worte wurden ihm vom Mund genommen durch das Erscheinen der Lady selbst. Es ließ sich nicht leugnen: Sie hätte jeder Gesellschaft der Welt zur Zierde gereicht. Wer hätte gedacht, daß eine so rare Blume aus solchen Wurzeln und in solcher Atmosphäre wüchse? Frauen vermochten mich nur selten anzuziehen, denn mein Gehirn behielt stets die Oberhand über mein Herz; doch ihr vollkommen ebenmäßiges, klar geschnittenes Antlitz mit all der sanften Frische der Downlands in seiner zarten Tönung konnte ich nicht betrachten, ohne mir vorzustellen, daß wohl kein junger Mann ihren Pfad unversehrt würde kreuzen können. So sah die junge Frau aus, die eben die Tür geöffnet hatte und nun mit großen Augen und ernstem Gesicht vor Harold Stackhurst stand.

»Ich weiß schon, daß Fitzroy tot ist«, sagte sie. »Sie brauchen sich nicht zu scheuen, mir die Einzelheiten zu erzählen.«

»Dieser andere Gentleman von Ihnen hat uns die Neuigkeit gebracht«, erklärte der Vater.

»Ich sehe nicht ein, warum meine Schwester in die Geschichte mit hineingezogen werden soll«, brummte der jüngere Mann.

Seine Schwester warf ihm einen scharfen, wilden Blick zu. »Das ist meine Angelegenheit, William. Sei bitte so nett, und laß mich damit auf meine Art fertigwerden. Nach allem, was ich höre, wurde ein Verbrechen verübt. Wenn ich helfen kann, herauszufinden, wer es war, ist dies das mindeste, was ich tun kann, wo er tot ist.«

Mit gefaßter Konzentration hörte sie sich einen kurzen Bericht meines Gefährten an, was zeigte, daß sie nicht nur große Schönheit, sondern auch einen festen Charakter besaß. Maud

Bellamy wird mir immer als höchst vollkommene und bemerkenswerte Frau im Gedächtnis bleiben. Offenbar kannte sie mich bereits vom Sehen, denn zum Schluß wandte sie sich an mich.

»Bringen Sie sie vor Gericht, Mr. Holmes. Sie können mit meiner Zustimmung und Hilfe rechnen – ganz gleich, wer sie sein mögen.« Mir war, als bedachte sie bei diesen Worten Vater und Bruder mit einem trotzigen Blick.

»Danke«, sagte ich. »Ich weiß den Instinkt einer Frau in solchen Dingen zu schätzen. Sie haben das Wort ›sie‹ benutzt. Sie glauben, daß mehr als einer darin verwickelt ist?«

»Ich habe Mr. McPherson gut genug gekannt, um zu wissen, daß er ein mutiger und kräftiger Mann war. Ein einzelner hätte es niemals geschafft, ihn derartig zu mißhandeln.«

»Dürfte ich Sie einmal alleine sprechen?«

»Ich verbiete dir, Maud, dich in die Sache einzumischen«, rief der Vater wütend.

Sie sah mich hilflos an. »Was soll ich tun?«

»Bald wird alle Welt die Tatsachen kennen; es ist also nichts dabei, sie hier zu besprechen«, sagte ich. »Unter vier Augen wäre es mir zwar lieber, aber wenn Ihr Vater es nicht erlaubt, müssen wir uns eben alle gemeinsam beratschlagen.« Dann erwähnte ich den Zettel, den man in der Tasche des Toten gefunden hatte. »Er wird bei der gerichtlichen Untersuchung mit Sicherheit zur Sprache kommen. Darf ich fragen, ob Sie darauf ein wenig Licht werfen können?«

»Ich sehe keinen Grund, daraus noch ein Geheimnis zu machen«, antwortete sie. »Wir waren verlobt und wollten heiraten; wir haben es nur geheimgehalten, weil Fitzroys Onkel, der sehr alt ist und angeblich im Sterben liegt, ihn wahrscheinlich enterbt hätte, wenn er gegen seinen Wunsch geheiratet hätte. Das war der einzige Grund.«

»Uns hättest du's aber erzählen können«, brummte Mr. Bellamy.

»Das hätte ich auch, Vater, wenn du nicht immer so gegen ihn gewesen wärst.«

»Ich hab nun mal was dagegen, daß mein Mädel mit Männern anbändelt, die nicht standesgemäß sind.«

»Dein Vorurteil gegen ihn hat uns daran gehindert, es dir zu erzählen. Und was diese Verabredung betrifft« – sie suchte in ihrem Kleid und brachte einen zerknüllten Zettel zum Vorschein –, »sie war die Antwort auf das hier.«

»LIEBSTE«, lautete die Botschaft, »Am Dienstag gleich nach Sonnenuntergang am alten Platz am Strand. Das ist die einzige Stunde, zu der ich mich losmachen kann. – F. M.«

»Dienstag wäre heute, und ich hatte vor, ihn heute abend zu treffen.«

Ich drehte das Blatt um. »Das ist nicht mit der Post gekommen. Wie haben Sie es denn erhalten?«

»Diese Frage möchte ich lieber nicht beantworten. Sie hat mit der Sache, die Sie untersuchen, nämlich nichts zu tun. Aber alles, was mit der Sache zusammenhängt, will ich ganz offen beantworten.«

Sie stand zu ihrem Wort. Es ergab sich jedoch nichts, was für unsere Nachforschungen von Nutzen gewesen wäre. Sie hatte keinen Grund zu der Annahme, daß ihr Verlobter irgendeinen heimlichen Feind hatte; aber sie gab zu, mehrere glühende Verehrer gehabt zu haben.

»Darf ich fragen, ob Mr. Ian Murdoch zu ihnen zählte?«

Sie errötete und schien verwirrt.

»Es gab eine Zeit, wo es mir so vorkam. Aber das änderte sich alles, als er von den Beziehungen zwischen Fitzroy und mir erfuhr.«

Abermals schien der Schatten um diesen Mann deutlichere Gestalt anzunehmen. Man mußte sein Vorleben überprüfen und heimlich seine Wohnung durchsuchen. Stackhurst willigte ein, denn auch in ihm stieg allmählich ein Verdacht auf. Wir kehrten von unserem Besuch in *The Haven* zurück – in der Zuversicht, *ein* loses Ende dieses verworrenen Knäuels bereits in den Händen zu halten.

Eine Woche verstrich. Die gerichtliche Untersuchung hatte kein Licht auf die Angelegenheit geworfen und war bis zur Auffindung weiteren Beweismaterials vertagt worden. Stackhurst hatte über seinen Untergebenen diskrete Nachforschungen angestellt und dessen Wohnung oberflächlich durchsucht; aber ohne Ergebnis. Ich persönlich hatte das Ganze nochmals unter die Lupe genommen im eigentlichen wie im übertragenen Sinne, ohne jedoch zu neuen Schlußfolgerungen zu gelangen. Nirgendwo sonst in meinen Chroniken wird der Leser einen Fall finden, der mich so vollständig an die Grenzen meiner Fähigkeiten führte. Nicht einmal meine Phantasie war imstande, sich von der Lösung des Rätsels einen Begriff zu machen. Und dann ereignete sich der Zwischenfall mit dem Hund.

Meine alte Haushälterin war die erste, die davon erfuhr – und zwar kraft jener seltsamen drahtlosen Verbindung, mit deren Hilfe solche Leute die neuesten Nachrichten der Gegend in Erfahrung bringen.

»Traurige Geschichte, Sir, das mit Mr. McPhersons Hund«, sagte sie eines Abends.

Derlei Unterhaltungen fördere ich sonst nicht; die Worte erregten jedoch meine Aufmerksamkeit.

»Was ist denn mit Mr. McPhersons Hund?«

»Tot, Sir. Gestorben aus Kummer um sein Herrchen.«

»Wer hat Ihnen das erzählt?«

»Ach, Sir, davon spricht doch jeder. Der Hund hat sich furchtbar gegrämt und eine Woche lang nichts mehr gefressen. Heute haben ihn dann zwei von den Gentlemen von *The Gables* tot aufgefunden – drunten am Strand, Sir, an genau derselben Stelle, wo auch sein Herrchen zu Tode gekommen ist.«

»An genau derselben Stelle.« Die Worte prägten sich mir deutlich ein. Eine dunkle Ahnung, daß dies ungemein wichtig sei, stieg in mir auf. Daß das Tier gestorben war, entsprach der schönen, treuen Natur der Hunde. Aber »an genau derselben Stelle«! Warum sollte ihm dieser einsame Strand zum Verhängnis werden? War es denn möglich, daß auch er das Opfer einer rachsüchtigen Fehde war? War das möglich . . .? Ja, die Ahnung war dunkel; doch irgend etwas nahm in meinem Geist bereits Gestalt an. In wenigen Minuten befand ich mich auf dem Weg nach *The Gables*, wo ich Stackhurst in seinem Arbeitszimmer antraf. Auf meine Bitte hin ließ er Sudbury und Blount holen – die beiden Schüler, die den Hund gefunden hatten.

»Ja, er hat genau am Rand der Lagune gelegen«, sagte einer von ihnen. »Er muß der Spur seines toten Herrn gefolgt sein.«

Das treue kleine Tier, ein Airedale Terrier, lag draußen im Flur auf der Fußmatte. Der Körper war steif und starr, die Augen traten hervor, und die Gliedmaßen waren verkrümmt. Alles wies auf Todesqualen hin.

Von *The Gables* aus begab ich mich zum Badeteich. Die Sonne war bereits gesunken, und der Schatten des großen Kliffs lag schwarz über dem Wasser, das matt schimmerte wie eine Bleiplatte. Die Stätte lag verlassen da, und es gab keinerlei Lebenszeichen, außer den beiden Seevögeln, die über mir kreisten und schrien. Im schwindenden Licht konnte ich die Spuren des kleinen Hundes im Sand nur undeutlich ausmachen; sie verliefen genau um den Stein, auf dem das Handtuch seines Herrn gelegen hatte. Lange Zeit stand ich in tiefem Nachsinnen da, dieweil die Schatten um mich immer dunkler wurden. Mein Kopf war voll von Gedanken, die einander jagten. Jeder weiß wohl, was es heißt, sich in einem Albtraum zu befinden, wo man spürt, daß es etwas Allentscheidendes gibt, nach dem man sucht und wovon man weiß, daß es vorhanden ist, das sich aber immer knapp außerhalb der Reichweite befindet. Genau so erging es mir an jenem Abend, da ich alleine an jener Stätte des Todes stand. Schließlich wandte ich mich um und wanderte langsam heimwärts.

Ich hatte eben das obere Ende des Pfades erreicht, als es mir einfiel. Blitzartig erinnerte ich mich an das, was ich so begierig und vergeblich zu begreifen versucht hatte. Es dürfte bekannt sein (oder Watson hätte umsonst geschrieben), daß ich über eine große Fülle entlegener Kenntnisse verfüge – ohne wissenschaftliches System zwar, doch für die Erfordernisse meiner

Arbeit sehr nützlich. Mein Gehirn gleicht einer überfüllten Rumpelkammer, in der allerlei Pakete verstaut sind – so viele, daß ich mir eigentlich nur vage vorzustellen vermag, was es dort alles gibt. Was ich allerdings wußte, war, daß es da etwas gab, das für den Fall von Belang war. Zwar noch verschwommen, aber zumindest wußte ich, wie ich mir darüber Klarheit verschaffen konnte. Es war monströs und unglaublich; dennoch war es immerhin eine Möglichkeit. Ich würde sie gründlich erwägen.

In meinem Häuschen gibt es eine große, mit Büchern vollgestopfte Mansarde. Dorthinein stürzte ich und stöberte eine Stunde lang herum. Schließlich erhob ich mich wieder mit einem schokoladen- und silberfarbenen Band. Begierig schlug ich das Kapitel auf, an das ich mich dunkel erinnerte. Ja, es handelte sich zweifellos um eine weit hergeholte und unwahrscheinliche Hypothese; gleichwohl durfte ich nicht ruhen, ehe ich mich davon überzeugt hatte, ob sie auch stimme. Ich legte mich erst spät schlafen, in ungeduldiger Erwartung der Arbeit des nächsten Tages.

Diese Arbeit erfuhr jedoch eine ärgerliche Verzögerung. Ich hatte kaum meinen Morgentee hinuntergeschluckt und wollte eben zum Strand aufbrechen, als mich Inspektor Bardle von der Sussex Constabulary besuchte – ein gesetzter, derber, ochsenartiger Mann mit nachdenklichen Augen, die mich nun sehr besorgt anblickten.

»Ich kenne Ihre enorme Erfahrung, Sir«, sagte er. »Mein Besuch ist natürlich ganz inoffiziell und sollte unter uns bleiben. Aber dieser McPherson-Fall macht mir ganz schön zu schaffen. Die Frage ist, soll eine Festnahme erfolgen oder nicht?«

»Sie meinen Mr. Ian Murdoch?«

»Ja, Sir. Wenn man's richtig bedenkt, kommt eigentlich sonst niemand in Betracht. Das ist der Vorteil von dieser Abgeschiedenheit hier. Wir können die Geschichte auf ein sehr kleines Gebiet einengen. Wenn er es nicht getan hat – wer dann?«

»Was haben Sie denn gegen ihn in der Hand?«

Er hatte in derselben Richtung wie ich gesucht: Murdochs Charakter und das Geheimnis, das den Mann zu umgeben schien. Seine wilden Wutausbrüche, wie bei dem Zwischenfall mit dem Hund. Die Tatsache, daß er mit McPherson früher einmal Streit hatte und daß einiger Grund zu der Annahme bestand, daß er ihm seine Aufmerksamkeiten gegenüber Miss Bellamy übelnahm. Der Inspektor zählte all meine Verdachtsmomente auf, brachte jedoch keine neuen bei – außer daß Murdoch offenbar alle Anstalten zu seiner Abreise treffe.

»Wie steh ich denn da, wenn ich ihn entwischen lasse – bei all diesem Material gegen ihn?« Der stämmige, phlegmatische Mann war in arger Verwirrung.

»Beachten Sie«, sagte ich, »doch einmal alle wesentlichen Lücken in Ihrem Fall. Für den Morgen des Verbrechens kann er mit Sicherheit ein Alibi vorweisen. Er war bis zum letzten Moment bei seinen Schülern und traf wenige Minuten nach McPhersons Erscheinen, von hinten kommend, bei uns ein. Bedenken Sie außerdem, daß er es unmöglich alleine geschafft hätte, einen Mann, der genauso stark war wie er, derartig zu mißhandeln. Schließlich wäre da noch die Frage nach dem Gegenstand, mit dem diese Verletzungen beigebracht wurden.«

»Was könnte es denn gewesen sein – außer einer Peitsche oder irgendeiner elastischen Geißel?«

»Haben Sie schon die Striemen untersucht?« fragte ich.

»Ich hab sie mir angesehen. Der Arzt ebenfalls.«

»Und ich habe sie sehr sorgfältig mit einer Lupe untersucht. Sie weisen gewisse Besonderheiten auf.«

»Welche denn, Mr. Holmes?«

Ich ging zu meinem Schreibtisch und holte eine vergrößerte Photographie hervor. »Das ist *meine* Methode in solchen Fällen«, erklärte ich.

»Sie machen Ihre Sache aber gründlich, Mr. Holmes.«

»Ich wäre wohl kaum der, der ich bin, wenn ich das nicht täte. Betrachten wir uns jetzt einmal diese Strieme, die sich um die rechte Schulter zieht. Fällt Ihnen daran nichts Besonderes auf?«

»Das könnt ich nicht behaupten.«

»Es ist doch deutlich zu erkennen, daß sie in ihrer Intensität nicht gleichmäßig ist. Da ist ein Tupfen extravasierten Blutes, und dort wieder einer. Die andere Strieme hier unten weist ganz ähnliche Merkmale auf. Was kann das bedeuten?«

»Ich habe keine Ahnung. Sie?«

»Vielleicht. Vielleicht auch nicht. Bald werde ich mehr darüber sagen können. Jede genaue Angabe darüber, was diese Striemen verursacht hat, wird uns ein großes Stück in Richtung Täter führen.«

»Es ist natürlich eine absurde Idee«, sagte der Inspektor, »aber wenn man ihm ein rotglühendes Drahtnetz auf den Rükken gelegt hätte, dann würden diese stärker hervortretenden Male die Punkte darstellen, wo sich die Maschen gekreuzt haben.«

»Ein überaus sinnreicher Vergleich. Oder wie wäre es mit einer sehr dicken neunschwänzigen Katze mit kleinen harten Knoten daran?«

»Kreuzdonner, Mr. Holmes, ich glaube, jetzt haben Sie's getroffen.«

»Vielleicht gibt es aber auch eine ganz andere Ursache dafür, Mr. Bardle. Für eine Festnahme jedenfalls sind Ihre Beweise bei weitem zu schwach. Übrigens hätten wir ja noch diese letzten Worte – ›Löwenmähne‹.«

»Ich hab mich schon gefragt, ob Ian ...«

»Ja, das habe ich auch bereits in Erwägung gezogen. Wenn das zweite Wort irgendwie nach ›Murdoch‹ geklungen hätte – aber das hat es nicht. Er stieß es fast schreiend hervor. Ich bin sicher, daß es ›Mähne‹ lautete.«

»Haben Sie keine Alternative, Mr. Holmes?«

»Vielleicht. Doch darüber möchte ich erst sprechen, wenn mir solideres Material vorliegt.«

»Und wann wird das sein?«

»In einer Stunde – womöglich noch früher.«

Der Inspektor rieb sich das Kinn und sah mich zweifelnd an.

»Ich wollte, ich könnte sehen, was da in Ihrem Kopf herumgeht, Mr. Holmes. Vielleicht diese Fischerboote?«

»Nein, nein; die waren zu weit draußen.«

»Tja, dann womöglich Bellamy und dieser dicke Sohn von ihm? Die waren ja nicht gerade vernarrt in Mr. McPherson. Haben *die* ihn vielleicht so zugerichtet?«

»Nicht doch; Sie holen nichts aus mir heraus, ehe ich dazu bereit bin«, sagte ich lächelnd. »So, Inspektor, wir haben wohl beide noch zu tun. Wenn Sie sich vielleicht heute mittag wieder hier mit mir treffen wollen . . .?«

So weit waren wir eben gediehen, als sich jener entsetzliche Zwischenfall ereignete, der sich als Anfang vom Ende erwies.

Meine Haustür flog auf, im Flur polterten Schritte, und herein taumelte Ian Murdoch. Bleich, aufgelöst, seine Kleider in wilder Unordnung, krallte er sich mit den knochigen Händen ans Mobiliar, um sich aufrecht zu halten. »Brandy! Brandy!« keuchte er; dann fiel er stöhnend aufs Sofa.

Er war nicht allein. Hinter ihm kam Stackhurst, ohne Hut und japsend, fast ebenso derangiert wie sein Begleiter.

»Ja, ja, Brandy!« rief er. »Der Mann liegt in den letzten Zügen. Ich konnte ihn gerade noch hierherschaffen. Er ist unterwegs zweimal ohnmächtig geworden.«

Ein halbes Glas unverdünnten Branntweins bewirkte eine erstaunliche Veränderung. Murdoch stemmte sich auf einem Arm hoch und schleuderte seine Jacke von den Schultern. »Um Gottes willen! Öl, Opium, Morphium!« rief er. »Irgendwas, um diese höllischen Qualen zu lindern!«

Bei dem Anblick entrang sich dem Inspektor und mir ein Aufschrei. Kreuz und quer über die nackte Schulter des Mannes verlief ein seltsames netzartiges Muster aus roten, entzündeten Linien – es glich den Todesmalen von Fitzroy McPherson.

Die Schmerzen waren offenbar grauenhaft und nicht nur örtlich, denn der Atem des Leidenden setzte eine Weile aus, und sein Gesicht färbte sich schwarz; dann fuhr er sich laut stöhnend mit der Hand ans Herz, während ihm Schweißperlen von der Stirn tropften. Jeden Moment konnte er sterben. Immer mehr Brandy schütteten wir ihm in die Kehle, und jede frische Dosis brachte ihn wieder ins Leben zurück. In Salatöl getränkte Wattebäusche schienen dic Schmerzen der seltsamen Wunde zu lindern. Schließlich fiel sein Kopf schwer aufs Polster. Die erschöpfte Natur hatte Zuflucht zu ihrem letzten Kraftspeicher genommen: Es war halb Schlaf und halb Ohnmacht; doch zumindest brachte es Erlösung von der Qual.

Ihm Fragen zu stellen, war unmöglich gewesen; doch als wir uns seines gebesserten Zustandes versichert hatten, wandte sich Stackhurst mir zu.

»Mein Gott!« rief er. »Was ist das, Holmes? Was ist das?«

»Wo haben Sie ihn gefunden?«

»Unten am Strand. Genau dort, wo den armen McPherson der Tod ereilte. Wenn das Herz dieses Mannes so schwach wie das von McPherson wäre, dann läge er jetzt nicht hier. Als ich ihn hinaufschaffte, habe ich mehr als einmal geglaubt, er sei hinüber. Nach *The Gables* war es zu weit, deswegen bin ich zu Ihnen gekommen.«

»Haben Sie ihn am Strand gesehen?«

»Ich ging gerade auf dem Kliff spazieren, als ich seinen Schrei hörte. Er hielt sich am Ufer auf und taumelte herum wie ein Betrunkener. Da bin ich runtergerannt, habe ihm ein paar Kleider übergeworfen und ihn hinaufgeschafft. Um Himmels willen, Holmes, setzen Sie all Ihre Fähigkeiten ein und scheuen Sie keine Mühe, den Ort von diesem Fluch zu befreien; das Leben wird hier unerträglich. Können Sie, mit Ihrem weltweiten Ruf, denn nichts für uns tun?«

»Doch, ich glaube schon, Stackhurst. Kommen Sie nun bitte mit! Und Sie auch, Inspektor! Mal sehen, ob es uns nicht gelingt, Ihnen diesen Mörder auszuliefern.«

Wir überließen den Bewußtlosen der Obhut meiner Haushälterin; dann gingen wir alle drei zu der tödlichen Lagune hinunter. Auf dem Kies lagen Handtücher und Kleidungsstücke, die der Verwundete zurückgelassen hatte, an einem Haufen. Langsam schritt ich um das Ufer herum, meine Gefährten folgten mir im Gänsemarsch. Der Teich war größtenteils ziemlich seicht; nur unter dem Kliff, wo der Strand etwas ausgespült war, erreichte er eine Tiefe von vier oder fünf Fuß. Diese Stelle würde ein Schwimmer natürlich aufsuchen, denn dort hatte sich ein schönes, durchsichtiges, grünes Bassin gebildet, so klar wie Kristall. Darüber, am Fuß des Kliffs, lag eine Reihe von Felsbrocken; und an diesen schritt ich, vorneweg gehend, entlang, wobei ich aufmerksam in das Wasser unter mir spähte. Ich hatte eben seine tiefste und ruhigste Stelle erreicht, als meine Augen das Gesuchte erblickten und ich einen triumphierenden Schrei ausstieß.

»Cyanea!« rief ich. »Cyanea! Sehen Sie nur, die Löwenmähne!«

Das seltsame Ding, auf das ich deutete, wirkte in der Tat wie ein Gewirr von Haaren, die man aus der Mähne eines Löwen gerissen hatte. Es lag auf einem Felsvorsprung, etwa drei Fuß unter dem Wasserspiegel – eine sonderbar wabernde, vibrierende, haarige Kreatur, mit silbernen Streifen zwischen ihren gelben Flechten. Sie pulsierte, indem sie sich langsam und schwerfällig ausdehnte und wieder zusammenzog.

»Das Ding hat genug Unheil angerichtet. Seine Zeit ist um!« rief ich. »Helfen Sie mir, Stackhurst! Wir wollen den Mörder für immer unschädlich machen.«

Genau über dem Vorsprung lag ein großer Felsbrocken; wir schoben ihn vorwärts, bis er mit einem gewaltigen Platsch ins Wasser fiel. Als das Wellengekräusel verebbt war, sahen wir, daß er auf dem Vorsprung darunter gelandet war. Ein flatterndes Ende gelber Membrane zeigte an, daß wir unser Opfer getroffen hatten. Dicker, öliger Schleim quoll unter dem Stein hervor; er trieb langsam an die Oberfläche und färbte dabei ringsum das Wasser.

»Also, das haut mich um!« rief der Inspektor. »Was war denn das, Mr. Holmes? Ich bin hier geboren und aufgewachsen, aber sowas hab ich noch nie gesehen. Das gehört bestimmt nicht nach Sussex.«

»Ein Glück für Sussex«, bemerkte ich. »Wahrscheinlich hat es der Südweststurm herangeschwemmt. Aber nun kommen Sie bitte beide zu mir nach Hause zurück; dann will ich Ihnen vom schrecklichen Erlebnis eines Menschen berichten, der guten Grund hatte, sich an seine Begegnung mit dieser Gefahr der Meere zu erinnern.«

Als wir in meinem Arbeitszimmer eintrafen, war Murdoch soweit wieder hergestellt, daß er sich aufrichten konnte. Er war noch benommen; dann und wann schüttelten ihn krampfartige Schmerzen. Stockend erklärte er, daß er keine Ahnung habe, was mit ihm geschehen sei, außer daß ihn plötzlich fürchterliche Stiche durchzuckt hätten und daß es seine ganze Kraft in Anspruch genommen habe, das Ufer zu erreichen.

»Hier ist ein Buch«, sagte ich, indem ich den kleinen Band zur Hand nahm, »das erstmals Licht in die Sache gebracht hat; sonst wäre sie womöglich für immer dunkel geblieben. Es handelt sich um *Out of Doors* von dem berühmten Forscher J. G. Wood. Auch ihn hätte die Berührung mit dieser abscheulichen Kreatur ums Haar das Leben gekostet; er wußte also sehr genau, worüber er schrieb. Der vollständige Name der Übeltäterin lautet *Cyanea Capillata*, und sie kann so lebensgefährlich sein wie der Biß der Kobra – und weit schlimmere Qualen verursachen als dieser. Lassen Sie mich kurz diesen Auszug vorlesen.

›Wenn der Badende eine lose rundliche Masse lohfarbener Membrane und Fäden bemerkt – was so ähnlich aussieht wie große Büschel aus einer Löwenmähne, vermischt mit Silberpapier –, dann sollte er auf der Hut sein, denn dabei handelt es sich um die furchtbar stechende *Cyanea Capillata*.‹ Ließe sich unsere unheilvolle Bekannte noch deutlicher beschreiben?

Dann schildert er seine Begegnung mit einer, als er an der Küste von Kent einmal schwimmen ging. Er stellte fest, daß die Kreatur nahezu unsichtbare Fädchen aussendet, bis zu einer Entfernung von fünfzig Fuß, und daß jeder, der sich innerhalb der Peripherie des tödlichen Zentrums aufhält, in Lebensgefahr schwebt. Selbst von weitem noch hätte sich die Berührung für Wood beinahe verhängnisvoll ausgewirkt. ›Die zahlreichen Fäden verursachten auf der Haut dünne scharlachrote Linien, die sich bei näherer Betrachtung in winzige Tupfen oder Pusteln auflösten; jeder Tupfen barg eine rotglühende Nadel, die sich ihren Weg durch die Nerven bahnte.‹

Der örtliche Schmerz war, wie er erklärt, noch der harmloseste Teil dieser exquisiten Folter. ›Stiche jagten durch die Brust; sie ließen mich zu Boden gehen, als hätte mich eine Kugel getroffen. Der Puls setzte aus, und dann machte das Herz sechs oder sieben Sprünge, als ob es sich gewaltsam einen Weg durch den Brustkasten bahnen wollte.‹

Es hätte ihn beinahe umgebracht – obwohl er der Gefahr nur im unruhigen Meer ausgesetzt war und nicht im unbewegten Wasser einer begrenzten Badebucht. Er schreibt, daß er sich hinterher fast nicht wiedererkannte – so weiß, runzlig und eingeschrumpft war sein Gesicht. Er schüttete Brandy hinunter, eine ganze Flasche, und das hat ihm anscheinend das Leben gerettet. Hier haben Sie das Buch, Inspektor. Ich überlasse es Ihnen; Sie können sich darauf verlassen, daß es eine vollständige Erklärung der Tragödie des armen McPherson enthält.«

»Und so ganz nebenbei noch mich entlastet«, bemerkte Murdoch mit einem schiefen Lächeln. »Ich kann Ihnen keinen Vorwurf machen, Inspektor – und auch Ihnen nicht, Mr. Holmes; Ihr Verdacht war ganz natürlich. Meine Festnahme stand ja wohl unmittelbar bevor, und ich glaube, ich habe mich nur dadurch von diesem Verdacht gereinigt, daß ich das Schicksal meines armen Freundes teilte.«

»Nein, Mr. Murdoch. Ich war der Sache nämlich bereits auf der Spur; und wäre ich so früh draußen gewesen, wie ich vorhatte, dann hätte ich Sie vermutlich vor diesem fürchterlichen Erlebnis bewahren können.«

»Aber woher wußten Sie denn Bescheid, Mr. Holmes?«

»Ich bin ein allesverschlingender Leser mit einem seltsam guten Gedächtnis für Nebensächlichkeiten. Der Begriff ›Löwenmähne‹ spukte mir im Kopf herum. Ich wußte, er war mir irgendwo in einem unvermuteten Zusammenhang schon einmal begegnet. Sie haben ja inzwischen gesehen, daß er dieses Wesen zutreffend beschreibt. Ich hege keinen Zweifel daran, daß McPherson es auf dem Wasser treiben sah und daß er in diesem Begriff die einzige Möglichkeit erblickte, uns auf die Kreatur, die ihm den Tod gebracht hatte, hinzuweisen.«

»Wenigstens bin ich damit entlastet«, sagte Murdoch, indem er sich langsam erhob. »Ein paar erklärende Worte möchte ich allerdings noch dazu sagen; ich kenne nämlich die Richtung, in der sich Ihre Nachforschungen bewegten. Es stimmt zwar, daß ich diese Lady geliebt habe; aber von dem Tag an, als sie sich für meinen Freund McPherson entschied, hatte ich nur noch den Wunsch, ihr zu ihrem Glück zu verhelfen. Ich war gerne bereit zu verzichten und mich als Vermittler der beiden zu betätigen. Oft habe ich ihre Botschaften befördert; und eben weil sie mich ins Vertrauen gezogen hatten und weil mir die Lady so teuer war, bin ich zu ihr geeilt, um ihr vom Tod meines Freundes zu berichten, denn ich fürchtete, daß mir jemand zuvorkommen könnte, der dies auf raschere und herzlosere Weise besorgt. Sie wollte Ihnen nichts von unseren Beziehungen erzählen, Sir – aus Angst, daß Sie sie mißbilligen könnten und ich dann der Leidtragende wäre. Aber wenn Sie erlauben, möchte ich jetzt versuchen, mich auf den Rückweg nach *The Gables* zu machen; mein Bett wird mir nämlich hochwillkommen sein.«

Stackhurst streckte die Hand aus. »Unsere Nerven waren wohl ziemlich überreizt«, sagte er. »Vergeben Sie mir, was geschehen ist, Murdoch. Künftig werden wir einander wohl besser verstehen.« Freundschaftlich untergehakt gingen sie zusammen hinaus. Der Inspektor blieb noch und starrte mich mit seinen Ochsenaugen schweigend an.

»Sowas, Sie haben's tatsächlich geschafft!« rief er schließlich. »Ich hab ja schon von Ihnen gelesen; aber ich hab die Geschichten nie geglaubt. Es ist einfach wunderbar!«

Ich sah mich genötigt, den Kopf zu schütteln. Derlei Lob anzunehmen hieße sich unter sein eigenes Niveau zu begeben.

»Ich war langsam am Anfang – sträflich langsam. Hätte man die Leiche im Wasser gefunden, wäre mir wohl kein Fehler unterlaufen. Aber das Handtuch hat mich in die Irre geführt. Der arme Kerl hatte nicht einmal mehr daran gedacht, sich abzutrocknen; daher mußte ich annehmen, daß er überhaupt nicht im Wasser war. Wie hätte ich da noch darauf kommen sollen, daß ihn ein Wasserwesen angegriffen hat? Hierin lag also mein ganzer Irrtum. Tja, Inspektor; ich habe mir ja schon oft erlaubt, euch Gentlemen von der Polizei ein wenig aufzuziehen; ums Haar hätte *Cyanea Capillata* nun Scotland Yard gerächt!«

DIE VERSCHLEIERTE MIETERIN

Wenn man bedenkt, daß Mr. Sherlock Holmes seinen Beruf dreiundzwanzig Jahre lang ausübte und daß ich siebzehn davon mit ihm zusammenarbeiten durfte, in deren Verlauf ich seine Taten aufzeichnete, dann wird klar, daß mir inzwischen eine Unmenge von Material zur Verfügung steht. Das Problem lag nie darin, einen Stoff zu finden, sondern aus der Menge des Vorhandenen auszuwählen. Da gibt es zum einen die lange Reihe der Jahrbücher (sie füllen ein Regal) und zum anderen die mit Dokumenten vollgestopften Depeschenbehälter – eine perfekte Fundgrube nicht nur für den Verbrechensforscher, sondern auch für denjenigen, der die gesellschaftlichen und politischen Skandale der spätviktorianischen Ära studiert. Was diese letzteren betrifft, so möchte ich anmerken, daß die angstvollen Briefschreiber, die darum bitten, ihre Familienehre oder das Ansehen ihrer Vorfahren nicht anzutasten, nichts zu befürchten haben. Die Diskretion und das ausgeprägte Berufsethos, die meinen Freund stets ausgezeichnet haben, walten auch noch in der Auswahl dieser Memoiren; ich werde also niemandes Vertrauen mißbrauchen. Aufs schärfste jedoch verurteile ich die jüngst unternommenen Versuche, an diese Papiere heranzukommen und sie zu vernichten. Die Quelle dieser Freveltaten ist bekannt, und Mr. Holmes hat mich zu der Ankündigung bevollmächtigt, daß im Falle einer Wiederholung die Geschichte um den Politiker, den Leuchtturm und den abgerichteten Kormoran in aller Ausführlichkeit dem Publikum vorgelegt wird. Zumindest *ein* Leser wird diesen Hinweis zu deuten wissen.

Es wäre nicht vernünftig anzunehmen, daß jeder dieser Fälle Holmes Gelegenheit gab, jene sonderbaren Gaben des Instinkts und der Beobachtung vorzuführen, die ich in diesen Memoiren darzustellen versuchte. Manchmal mußte er die Frucht mit viel Mühe pflücken; ein andermal fiel sie ihm leicht in den Schoß. Die schrecklichsten menschlichen Tragödien spielten sich jedoch oft in den Fällen ab, die ihm die geringsten Möglichkeiten zu persönlichem Eingreifen boten, und einen davon möchte ich nun darlegen. Ich habe Namen und Ort bei der Niederschrift ein wenig geändert; doch ansonsten entspricht der Bericht den Tatsachen.

Eines Vormittags – es war im Spätjahr 1896 – erhielt ich von Holmes eine eilige Nachricht mit der Bitte um meinen Beistand. Als ich bei ihm eintraf, saß er in rauchgeschwängerter Atmosphäre auf einem Stuhl; vor ihm, auf dessen Gegenstück, saß eine ältere, mütterlich wirkende Frau vom Typ der drallen Haushälterin.

»Das ist Mrs. Merrilow aus South Brixton«, sagte mein Freund mit einer Handbewegung. »Mrs. Merrilow hat nichts gegen Tabak – falls Sie Ihren abscheulichen Angewohnheiten frönen wollen. Mrs. Merrilow hat eine interessante Geschichte zu erzählen, woraus sich etwas entwickeln könnte, bei dem Ihre Anwesenheit von Nutzen wäre.«

»Alles, was ich tun kann . . .«

»Sie werden verstehen, Mrs. Merrilow, daß ich lieber einen Zeugen dabei habe, wenn ich zu Mrs. Ronder komme. Das sollten Sie ihr vor unserer Ankunft noch begreiflich machen.«

»Du lieber Himmel, Mr. Holmes«, sagte unsere Besucherin; »sie ist so versessen darauf, Sie zu sehen, daß Sie die ganze Gemeinde als Gefolgschaft mitbringen könnten!«

»Dann kommen wir am frühen Nachmittag. Wir wollen zusehen, daß wir unsere Fakten beisammenhaben, bevor wir aufbrechen. Gehen wir sie doch noch einmal durch – das wird Dr. Watson helfen, die Situation zu begreifen. Sie sagen also, daß Mrs. Ronder seit sieben Jahren Ihre Mieterin ist und daß Sie ihr Gesicht erst einmal gesehen haben.«

»Gott weiß, ich wollt, ich hätt es nie gesehen!« sagte Mrs. Merrilow.

»Es war, wenn ich es recht verstehe, schrecklich verstümmelt.«

»Ach, Mr. Holmes, man kann es eigentlich gar nicht mehr als Gesicht bezeichnen, so schlimm hat es ausgeschaut. Unser Milchmann hat sie mal ganz kurz gesehen, wie sie aus dem oberen Fenster geguckt hat, und da ist ihm die Kanne runtergefallen und die ganze Milch im Vorgarten verlaufen. So ein Gesicht ist das. Als ich sie gesehen hab – wir sind uns mal ganz unverhofft begegnet – hat sie's schnell zugedeckt und gesagt: ›So, Mrs. Merrilow, nun wissen Sie endlich, warum ich nie meinen Schleier hochnehme.‹«

»Wissen Sie irgend etwas über ihre Vergangenheit?«

»Gar nichts.«

»Brachte sie Referenzen mit, als sie zu Ihnen kam?«

»Nein, Sir, aber Bargeld, und davon eine ganze Menge. Die Miete für ein Vierteljahr im voraus, glatt auf den Tisch des Hauses, und ohne langes Feilschen über die Bedingungen. Heutzutage kann es sich eine arme Frau wie ich nicht leisten, so eine Chance auszuschlagen.«

»Hat sie gesagt, warum sie sich gerade für Ihr Haus entschieden hat?«

»Meins steht ein gutes Stück von der Straße weg und ist stiller als die meisten anderen. Außerdem nehm ich nur eine Person auf, und ich selbst hab keine Familie. Wahrscheinlich hat sie vorher andere geprüft und festgestellt, daß ihr meins am besten paßt. Sie will zurückgezogen leben können und ist bereit, dafür zu zahlen.«

»Sie sagen, sie hat Ihnen von Anfang an nie ihr Gesicht gezeigt, außer bei dieser einen zufälligen Gelegenheit. Hm, das ist eine sehr bemerkenswerte Geschichte, höchst bemerkenswert; ich wundere mich nicht, daß Sie sie untersucht haben wollen.«

»Ich doch nicht, Mr. Holmes. Ich bin doch ganz zufrieden, solange ich meine Miete bekomme. Sie können sich keinen ruhigeren Mieter vorstellen – und auch keinen, der weniger Ärger macht.«

»Und inwiefern hat sich daran etwas geändert?«

»Ihre Gesundheit, Mr. Holmes. Die Frau scheint dahinzusiechen. Irgendwas Furchtbares lastet ihr auf der Seele.

›Mord!‹ ruft sie. ›Mord!‹ Und einmal hab ich sie ›Du grausame Bestie! Du Ungeheuer!‹ schreien hören. Es war nachts, und es hat ganz schön durchs Haus gehallt und mir eine Gänsehaut eingejagt. Deshalb bin ich am Morgen zu ihr gegangen. ›Mrs. Ronder‹, sag ich, ›wenn Ihnen was Schlimmes auf der Seele liegt – da wär doch der Pfarrer‹, sag ich, ›und da wär die Polizei. Eins von beiden kann Ihnen bestimmt helfen.‹ ›Um Gottes willen, nicht die Polizei!‹ sagt sie. ›Und der Pfarrer kann Vergangenes auch nicht mehr ändern. Trotzdem‹, sagt sie, ›würde es mich erleichtern, wenn jemand die Wahrheit erfährt, bevor ich sterbe.‹ ›Naja‹, sag ich, ›wenn Sie's nicht amtlich haben wollen, gibt's da ja noch diesen Detektiv, von dem man immer wieder liest‹ – Verzeihung, Mr. Holmes. Und sie, sie ist darauf regelrecht angesprungen. ›Das ist genau der Richtige‹, sagt sie. ›Komisch, daß ich nicht schon früher daran gedacht habe. Bringen Sie ihn her, Mrs. Merrilow; und wenn er nicht kommen will, dann sagen Sie ihm, ich bin die Frau von Ronder mit der Raubtier-Schau. Sagen Sie ihm das, und erwähnen Sie den Namen Abbas Parva.‹ Hier hat sie's aufgeschrieben, Abbas Parva. ›Das wird ihn herbringen, wenn er der Mann ist, für den ich ihn halte.‹«

»Und das wird es auch«, bemerkte Holmes. »Sehr gut, Mrs. Merrilow. Ich würde jetzt gerne noch ein wenig mit Dr. Watson plaudern. Das wird sich wohl bis zur Mittagszeit hinziehen. Gegen drei Uhr dürfen Sie uns dann in Ihrem Haus in Brixton erwarten.«

Kaum war unsere Besucherin aus dem Zimmer gewatschelt – kein anderes Verb könnte Mrs. Merrilows Art der Fortbewegung beschreiben –, als Sherlock Holmes sich mit wilder Energie auf den Stapel Kollektaneen-Bücher in der Ecke warf. Ein paar Minuten lang ertönte konstantes Blättergeraschel; dann stieß er mit zufriedenem Grunzen auf das Gesuchte. Er war so aufgeregt, daß er sich nicht erhob, sondern auf dem Fußboden sitzen blieb – wie ein seltsamer Buddha, mit gekreuzten Beinen, die gewaltigen Bände um sich verstreut; einer lag aufgeschlagen auf seinen Knien.

»Der Fall hat mir seinerzeit ziemlich zu schaffen gemacht. Was meine Randnotizen hier bestätigen. Ich muß gestehen, daß ich aus der Sache nicht schlau geworden bin. Trotzdem bin ich überzeugt, daß sich der Coroner geirrt hat. Erinnern Sie sich denn nicht an die Abbas-Parva-Tragödie?«

»Nein, Holmes.«

»Dabei waren Sie damals noch mit mir zusammen. Doch ist auch mein Eindruck davon sehr oberflächlich; es gab nämlich nichts, woran man sich halten konnte; außerdem hatte keiner der Beteiligten meine Dienste in Anspruch genommen. Vielleicht hätten Sie Lust, die Unterlagen zu lesen?«

»Könnten Sie mir nicht ein paar Stichworte geben?«

»Nichts leichter als das. Vermutlich fällt Ihnen die Sache wieder ein, wenn ich davon rede. Ronder war damals durchaus ein Begriff. Er war der Rivale von Wombwell und von Sanger und einer der größten Zirkusartisten seiner Zeit. Es macht jedoch den Anschein, daß er sich aufs Trinken verlegte und daß sowohl er als auch seine Schau zur Zeit der großen Tragödie bereits auf dem absteigenden Ast waren. Als sich dieser grausige Vorfall ereignete, hatten die Zirkuswagen für die Nacht in Abbas Parva haltgemacht, einem kleinen Dorf in Berkshire. Sie waren auf der Landstraße unterwegs nach Wimbledon und schlugen lediglich ihr Lager auf; eine Vorstellung gaben sie nicht, da der Ort so klein ist, daß sie sich nicht gelohnt hätte.

Zu ihren Schaustücken zählte ein sehr schöner nordafrikanischer Löwe. Sein Name lautete *Sahara King*, und sowohl Ronder als auch seine Frau pflegten Vorstellungen in seinem Käfig zu geben. Sehen Sie, hier ist eine Photographie, der Sie entnehmen können, daß Ronder ein riesiger Eber von einem Mann und seine Frau eine überaus glanzvolle Erscheinung war. Bei der gerichtlichen Untersuchung wurde zu Protokoll gegeben, daß einiges auf die Gefährlichkeit des Löwen hingewiesen habe; aber wie üblich erzeugte Vertrautheit Geringschätzung – man nahm von dieser Tatsache keine Notiz.

Der Löwe wurde gewöhnlich nachts gefüttert – entweder

von Ronder oder von seiner Frau. Manchmal ging einer, manchmal gingen beide; sie erlaubten es jedoch keinem anderen, denn sie glaubten, das Tier würde sie, solange sie ihm das Futter brächten, als seine Wohltäter ansehen und niemals angreifen. In dieser einen Nacht vor sieben Jahren gingen beide, und da ereignete sich ein überaus entsetzlicher Vorfall, dessen Einzelheiten nie geklärt wurden.

Wie es scheint, wurde gegen Mitternacht das ganze Lager vom Brüllen des Tieres und von den Schreien der Frau wachgerüttelt. Die verschiedenen Wärter und Arbeiter stürzten aus ihren Zelten; sie trugen Laternen, und in deren Licht offenbarte sich ihnen ein grauenhafter Anblick. Etwa zehn Yards vom geöffneten Käfig entfernt lag Ronder mit zermalmtem Hinterkopf; über seine Schädeldecke zogen sich tiefe Krallenspuren. In der Nähe der Käfigtür lag Mrs. Ronder auf dem Rücken – über ihr kauerte und fauchte das Tier. Es hatte ihr derartig das Gesicht zerfetzt, daß niemand glaubte, sie könne überleben. Angeführt von Leonardo, dem Starken Mann, und Griggs, dem Clown, trieben mehrere Zirkusleute das Tier mit Stangen weg, worauf es zurück in den Käfig sprang und sofort eingeschlossen wurde. Wie es sich befreien konnte, war ein Rätsel. Man nahm an, daß das Paar den Käfig betreten wollte und daß das Tier, als die Tür entriegelt war, hinaussprang und über die beiden herfiel. Ansonsten ergaben sich bei der Beweisaufnahme keine Einzelheiten von Belang – außer daß die Frau im Delirium ihrer Qualen andauernd ›Feigling! Feigling!‹ schrie, als man sie zu ihrem Wohnwagen zurücktrug. Erst nach sechs Monaten war sie imstande, ihre Aussage zu machen; es kam zu einer ordnungsgemäßen Untersuchung, bei der das Gericht das naheliegende Urteil ›Unfall mit Todesfolge‹ verkündete.«

»Welche Alternative wäre denn sonst noch denkbar?« fragte ich.

»Ihre Frage ist durchaus berechtigt. Gleichwohl gab es da ein oder zwei Punkte, die dem jungen Edmunds von der Berkshire Constabulary Kopfzerbrechen machten. Ein patenter

Bursche, das! Er wurde später nach Allahabad versetzt. Durch ihn kam ich mit dem Fall in Berührung; er schaute nämlich bei mir herein und rauchte ein oder zwei Pfeifchen darüber.«

»Ein dünner, flachshaariger Mann?«

»Genau. Ich wußte ja, daß Sie die Fährte gleich aufnehmen würden.«

»Aber was hat ihm denn Kopfzerbrechen gemacht?«

»Nun ja, was uns beiden Kopfzerbrechen gemacht hat. Es war so verteufelt schwierig, die Geschichte zu rekonstruieren. Betrachten Sie das Ganze doch einmal vom Gesichtspunkt des Löwen aus. Er ist frei. Was tut er? Er macht ein halbes Dutzend Sprünge nach vorne, was ihn zu Ronder führt. Ronder dreht sich um, um zu fliehen – die Krallenspuren befanden sich ja an seinem Hinterkopf –, aber der Löwe schlägt ihn zu Boden. Hierauf läuft das Tier – anstatt weiterzuspringen und zu fliehen – zurück zu der Frau, die in der Nähe des Käfigs steht, wirft sie um und zerfleischt ihr das Gesicht. Nun wiederum scheinen diese ihre Schreie darauf hinzuweisen, daß ihr Mann sie irgendwie im Stich gelassen hat. Aber was hätte der arme Teufel noch tun können, um ihr zu helfen? Sie sehen die Schwierigkeit?«

»Durchaus.«

»Und dann wäre da noch etwas. Jetzt, da ich die Sache überdenke, fällt es mir wieder ein. Es wurde ausgesagt, daß zur gleichen Zeit, als der Löwe brüllte und die Frau schrie, ein Mann in laute Entsetzensrufe ausbrach.«

»Zweifellos dieser Ronder.«

»Na, wenn sein Schädel zerschmettert war, dürfte von ihm vermutlich nichts mehr zu hören gewesen sein. Mindestens zwei Zeugen sprachen aber von den Schreien eines Mannes, die sich mit denen einer Frau vermengten.«

»Ich könnte mir vorstellen, daß über kurz oder lang das ganze Lager aufgeschrien hat. Und was die übrigen Punkte betrifft – für die hätte ich möglicherweise eine Erklärung.«

»Es würde mich freuen, sie in Erwägung zu ziehen.«

»Die beiden waren zehn Yards vom Käfig entfernt, als der

Löwe freikam. Der Mann drehte sich um und wurde zu Boden geworfen. Die Frau kam auf die Idee, zum Käfig zu laufen und hinter sich die Tür zu schließen, denn der Käfig stellte ihre einzige Zuflucht dar. Sie stürzte darauf zu; und gerade als sie ihn erreichte, jagte das Tier hinter ihr her und warf sie um. Sie war wütend auf ihren Mann, weil er durch seine Kehrtwendung das Tier zur Raserei gebracht hatte. Wenn sie ihm nämlich mutig entgegengetreten wären, dann hätten sie es vielleicht einschüchtern können. Deshalb hat sie ›Feigling!‹ gerufen.«

»Brillant, Watson! Ihr Diamant hat nur ein einziges Wölkchen.«

»Und welches, Holmes?«

»Wenn beide zehn Schritte vom Käfig entfernt waren, wie konnte sich dann das Tier befreien?«

»Wäre es nicht möglich, daß sie einen Feind hatten, der es hinausließ?«

»Und warum sollte es sie dann so wild angreifen, wo es doch sonst immer mit ihnen gespielt und Kunststückchen im Käfig vorgeführt hatte?«

»Vielleicht hat eben dieser Feind irgend etwas angestellt, um es wütend zu machen.«

Holmes schaute nachdenklich drein und verharrte ein paar Augenblicke in Schweigen.

»Tja, Watson, einiges spräche schon für Ihre Theorie. Ronder hatte viele Feinde. Edmunds erzählte mir, daß er sich furchtbar aufführte, wenn er betrunken war. Er war ein gewaltiger Leuteschinder, der jeden, der ihm in den Weg kam, wüst beschimpfte und zusammenzuschlagen drohte. Vermutlich handelte es sich bei jenen ›Ungeheuer‹-Schreien, die unsere Besucherin erwähnte, um nächtliche Reminiszenzen an den teuren Dahingegangenen. Wie dem auch sei – ehe wir nicht über alle Fakten verfügen, sind unsere Spekulationen fruchtlos. Auf der Anrichte steht noch kaltes Rebhuhn, Watson, und eine Flasche Montrachet. Wir wollen unsere Kräfte auffrischen, bevor wir sie wieder in Anspruch nehmen.«

Als unsere Droschke uns vor dem Haus von Mrs. Merrilow absetzte, blockierte die dralle Lady bereits die offene Tür ihres bescheidenen, aber abgelegenen Domizils. Ganz offensichtlich galt ihre Hauptsorge der Gefahr, einen wertvollen Mieter zu verlieren, und bevor sie uns nach oben geleitete, flehte sie uns an, nichts zu sagen und zu tun, was zu einem so unerwünschten Ende führen könnte. Nachdem wir sie dessen versichert hatten, folgten wir ihr die gerade, mit einem schäbigen Läufer ausgelegte Treppe hinauf und ließen uns in das Zimmer der geheimnisvollen Mieterin führen.

Der Raum war eng, muffig und schlecht gelüftet – wie wohl nicht anders zu erwarten, da seine Bewohnerin ihn selten verließ. Aus der Frau, die Tiere im Käfig gehalten hatte, schien durch eine Vergeltung des Schicksals nun selbst ein Tier im Käfig geworden zu sein. Sie saß jetzt in einem abgewetzten Sessel in der schattigen Ecke des Zimmers. Lange Jahre der Untätigkeit hatten die Konturen ihrer Figur etwas gröber werden lassen. Diese Figur mußte jedoch einmal herrlich gewesen sein, und sie war noch immer voll und üppig. Ihr Gesicht wurde von einem dichten dunklen Schleier verdeckt; er endete knapp über der Unterlippe und enthüllte einen perfekt geformten Mund und ein zart gerundetes Kinn. Ich konnte mir gut vorstellen, daß sie einmal eine sehr bemerkenswerte Frau gewesen war. Auch ihre Stimme klang wohlmoduliert und angenehm.

»Mein Name ist Ihnen also nicht unbekannt, Mr. Holmes«, sagte sie. »Ich dachte mir, daß er Sie herbringen würde.«

»So ist es, Madame – wenngleich mir nicht klar ist, woher Sie wissen, daß ich mich für Ihren Fall interessiere.«

»Ich habe es erfahren, als ich wieder genesen war und von Mr. Edmunds, dem Kriminalbeamten der Grafschaft, verhört wurde. Ich fürchte, ich habe ihn belogen. Vielleicht wäre es klüger gewesen, die Wahrheit zu sagen.«

»Es ist meistens klüger, die Wahrheit zu sagen. Aber warum haben Sie ihn belogen?«

»Weil das Schicksal eines anderen Menschen davon abhing.

Er war zwar eine ganz nichtswürdige Kreatur, aber seine Vernichtung wollte ich nicht auf dem Gewissen haben. Wir standen uns einmal so nah – so nah!«

»Aber inzwischen ist dieses Hindernis beseitigt?«

»Ja, Sir. Die betreffende Person ist tot.«

»Was hält Sie dann jetzt noch davon ab, der Polizei alles zu erzählen?«

»Es gibt noch eine weitere Person, auf die ich Rücksicht nehmen muß. Und diese Person bin ich selbst. Ich könnte den Skandal und das öffentliche Aufsehen, das ein polizeiliches Verhör mit sich brächte, nicht ertragen. Ich habe nicht mehr lange zu leben und möchte wenigstens in Ruhe sterben. Doch zuvor wollte ich noch einen urteilsfähigen Menschen finden, dem ich meine furchtbare Geschichte erzählen kann – so daß man alles begreifen wird, wenn ich einmal nicht mehr bin.«

»Sie schmeicheln mir, Madame. Doch ich bin auch ein Mensch mit Verantwortungsbewußtsein. Ich kann Ihnen also nicht versprechen, daß ich mich nach Ihrem Bericht nicht verpflichtet fühle, den Fall an die Polizei weiterzuleiten.«

»Das glaub ich nicht, Mr. Holmes. Dazu kenne ich Ihren Charakter und Ihre Methoden zu gut; ich verfolge Ihre Arbeit nämlich schon seit einigen Jahren. Das einzige Vergnügen, das mir das Schicksal gelassen hat, ist Lesen, und ich lasse mir nur wenig von dem entgehen, was in der Welt geschieht. Aber ganz gleich, welchen Gebrauch Sie von meiner Tragödie machen – ich will es darauf ankommen lassen. Es wird mich erleichtern, sie Ihnen zu erzählen.«

»Mein Freund und ich sind gerne bereit, sie anzuhören.«

Die Frau erhob sich und entnahm einer Schublade die Photographie eines Mannes. Augenscheinlich handelte es sich um einen Berufsakrobaten. Die Aufnahme zeigte einen Mann von prächtigem Körperbau; er hielt seine riesigen Arme über der geschwellten Brust verschränkt, und unter seinem mächtigen Schnauzbart lag ein Lächeln – das selbstzufriedene Lächeln des Eroberers von Frauenherzen.

»Das ist Leonardo«, sagte sie.

»Leonardo, der Starke Mann, der als Zeuge aussagte?«

»Genau der. Und das hier – das ist mein Mann.«

Ein grauenhaftes Gesicht präsentierte sich uns – ein menschlicher Eber, oder besser noch: ein menschliches Wildschwein, denn es war furchterregend bestialisch. Man konnte sich gut vorstellen, wie dieser abscheuliche Mund mahlte und schäumte vor Wut, und man konnte förmlich sehen, wie diese kleinen, boshaften Augen nichts als Tücke ausstrahlten, wenn sie in die Welt hinausblickten. Wüstling, Schläger, Bestie – all dies stand in diesem Gesicht mit der wuchtigen Kinnlade geschrieben.

»Diese beiden Bilder werden Ihnen helfen, Gentlemen, die Geschichte zu verstehen. Ich war ein armes Zirkusmädchen, das im Sägemehl aufgewachsen ist; noch ehe ich zehn war, bin ich schon durch den Reifen gesprungen. Als ich zur Frau wurde, begann dieser Mann mich zu lieben – wenn man solche Gier noch als Liebe bezeichnen kann –, und in einem gottverlassenen Augenblick wurde ich seine Frau. Von diesem Tag an lebte ich in der Hölle, und er war der Teufel, der mich quälte. Es gab in unserer Schau keinen, der nicht gewußt hätte, wie er mich behandelte. Er hat mich mit anderen betrogen. Wenn ich mich beklagte, hat er mich festgebunden und mit seiner Reitpeitsche geschlagen. Alle bedauerten mich, und alle verabscheuten ihn – aber was hätten sie tun sollen? Sie hatten samt und sonders Angst vor ihm. Schrecklich war er sowieso, doch wenn er betrunken war, wurde er geradezu mörderisch. Immer wieder hat man ihn wegen Körperverletzung und Tierquälerei belangt; aber er hatte viel Geld, und die Geldstrafen machten ihm nichts aus. Die besten Leute verließen uns alle, und mit der Schau begann es bergab zu gehen. Nur Leonardo und ich hielten sie noch in Gang – mit dem kleinen Jimmy Griggs, unserem Clown. Armer Teufel, er hatte nicht mehr viel zu lachen; aber er tat, was er konnte, um die Dinge zusammenzuhalten.

Dann trat Leonardo mehr und mehr in mein Leben. Sie sehen ja selbst, was für ein Mannsbild er war. Inzwischen weiß ich, was für ein armseliger Charakter sich hinter diesem herrlichen Körper verbarg – aber verglichen mit meinem Mann kam er mir wie der Erzengel Gabriel vor. Er hatte Mitleid mit mir und hat mir geholfen – bis sich unsere Vertrautheit schließlich in Liebe verwandelte, in tiefe, tiefe, leidenschaftliche Liebe – eine Liebe, wie ich sie mir immer erträumt, aber nie zu empfinden gehofft hatte. Mein Mann schöpfte zwar Verdacht; aber ich glaube, er war nicht nur ein Leuteschinder, sondern auch ein Feigling – vor Leonardo jedenfalls hatte er Angst. Er rächte sich auf seine Weise, indem er mich mehr denn je quälte. Eines Nachts führten meine Schreie Leonardo vor die Tür unseres Wohnwagens. In dieser Nacht wäre es beinahe zur Tragödie gekommen, und bald darauf war meinem Geliebten und mir klar, daß sie sich nicht mehr vermeiden ließ. Mein Mann verdiente es nicht, weiterzuleben. Also planten wir seinen Tod.

Leonardo war ein schlauer Ränkeschmied. Er hat die Sache geplant. Ich sage das nicht, um die Schuld auf *ihn* abzuwälzen; ich war nämlich bereit, ihn jeden Inch dieses Weges zu begleiten. Aber meine Phantasie hätte nie ausgereicht, um einen solchen Plan auszudenken. Wir, das heißt, Leonardo fertigte eine Keule an; an ihrem Bleikolben befestigte er fünf lange Stahlnägel, mit den Spitzen nach außen und mit der gleichen Spannweite wie eine Löwenpranke. Diese Keule sollte meinem Mann den Todesstreich versetzen und gleichzeitig den Beweis dafür liefern, daß der Löwe, den wir freilassen würden, die Tat verübt hatte.

In einer pechschwarzen Nacht gingen mein Mann und ich wie üblich hinaus, um das Tier zu füttern. Das rohe Fleisch trugen wir in einem Zinkeimer. Leonardo wartete schon an der Ecke des großen Wohnwagens, an dem wir auf dem Weg zum Käfig vorbei mußten. Er zögerte zu lange, und wir hatten ihn bereits hinter uns gelassen, ehe er zuschlagen konnte; aber dann folgte er uns auf Zehenspitzen nach, und ich hörte es krachen, als die Keule den Schädel meines Mannes zerschmetterte. Mein Herz hüpfte vor Freude über dieses Geräusch. Ich sprang vor und löste den Riegel, der die Tür zum Käfig des großen Löwen verschlossen hielt.

Und dann geschah das Entsetzliche. Sie haben vielleicht schon gehört, wie rasch diese Tiere Menschenblut wittern und wie sie dadurch in Erregung geraten. Irgendein sonderbarer Instinkt hat dem Tier sofort verraten, daß ein Mensch getötet worden war. Als ich das Gitter zurückschob, sprang der Löwe heraus und war im Nu über mir. Leonardo hätte mich retten können. Wenn er herbeigeeilt wäre und die Bestie mit seiner Keule geschlagen hätte, wäre es ihm vielleicht gelungen, sie einzuschüchtern. Aber der Mann hat die Nerven verloren. Ich hörte ihn vor Entsetzen schreien; dann sah ich, wie er sich umdrehte und floh. Im gleichen Augenblick gruben sich die Zähne des Löwen in mein Gesicht. Sein heißer, giftiger Atem hatte mich bereits vergiftet, und ich nahm den Schmerz kaum noch wahr. Mit den flachen Händen versuchte ich den großen dampfenden, blutverschmierten Rachen wegzustoßen. Ich schrie um Hilfe und merkte noch, daß das Lager in Aufruhr geriet; dann entsinne ich mich dunkel an eine Gruppe von Männern – Leonardo, Griggs und andere –, die mich unter den Pranken des Tieres hervorzerrten. Das war das letzte, woran ich mich erinnerte, Mr. Holmes – viele verdämmerte Monate lang. Als ich wieder zu mir kam und mich im Spiegel sah, habe ich den Löwen verflucht – ach, wie habe ich ihn verflucht! Nicht, weil er mir meine Schönheit entrissen, sondern weil er mir das Leben gelassen hatte. Ich hatte nur noch einen einzigen Wunsch, Mr. Holmes, und ich besaß genügend Geld, um ihn mir zu erfüllen. Ich wollte mich verhüllen, damit niemand mein armes Gesicht zu sehen bekam, und ich wollte an einem Ort wohnen, wo mich keiner meiner ehemaligen Bekannten finden würde. Das war alles, was mir zu tun noch übrigblieb – und das habe ich auch getan. Ein armes verwundetes Tier, das sich in seine Höhle verkrochen hat, um zu sterben – das ist das Ende von Eugenia Ronder.«

Nachdem die unglückliche Frau ihre Geschichte erzählt

hatte, saßen wir eine Weile schweigend da. Dann streckte Holmes seinen langen Arm aus und tätschelte ihr die Hand – mit einer so offenkundigen Sympathie, wie ich sie selten bei ihm beobachtet hatte.

»Arme Frau!« sagte er. »Arme Frau! Die Wege des Schicksals sind wirklich schwer zu verstehen. Wenn das Jenseits nicht irgendeine Entschädigung bereithält, dann ist die Welt ein grausamer Scherz. Aber was ist denn aus diesem Leonardo geworden?«

»Ich habe ihn nicht mehr gesehen und auch nie wieder von ihm gehört. Vielleicht war es unrecht von mir, gegen ihn so verbittert zu sein. Schließlich hätte er ebensogut eine von diesen mißgebildeten Kreaturen, mit denen wir durch die Lande zogen, lieben können wie dieses Wesen, das der Löwe zurückgelassen hatte. Aber die Liebe einer Frau ist nicht so leicht umzubringen. Er hatte mich unter den Pranken der Bestie liegen lassen, er hatte mich in meiner Not im Stich gelassen – dennoch brachte ich es nicht fertig, ihn dem Galgen auszuliefern. Was aus mir selbst werden würde, war mir einerlei. Was könnte denn noch schrecklicher sein als mein jetziges Dasein? Aber ich stand zwischen Leonardo und seinem Schicksal.«

»Und nun ist er tot?«

»Er ist letzten Monat beim Baden in der Nähe von Margate ertrunken. Ich habe von seinem Tod in der Zeitung gelesen.«

»Und was hat er mit dieser fünfkralligen Keule gemacht, dem ungewöhnlichsten und ingeniösesten Bestandteil Ihrer ganzen Geschichte?«

»Das kann ich Ihnen nicht sagen, Mr. Holmes. In der Nähe des Lagers gab es eine Kreidegrube mit einem tiefen grünen Tümpel. Vielleicht auf dem Grund dieses Tümpels . . .?«

»Schon gut, das ist jetzt nicht mehr von großer Bedeutung. Der Fall ist abgeschlossen.«

»Ja«, sagte die Frau, »der Fall ist abgeschlossen.«

Wir hatten uns erhoben, um zu gehen; doch irgend etwas in der Stimme der Frau erregte Holmes' Aufmerksamkeit. Er drehte sich rasch zu ihr um.

»Ihr Leben ist nicht Ihr Eigentum«, sagte er. »Sie dürfen nicht Hand daran legen.«

»Wem kann es denn noch nützen?«

»Wie können Sie so etwas sagen! Das Beispiel geduldigen Leidens ist die kostbarste aller Lehren für eine ungeduldige Welt.«

Die Antwort der Frau war furchtbar. Sie hob ihren Schleier und trat vor ins Licht.

»Würden Sie so etwas ertragen?« fragte sie.

Es war schauderhaft. Keine Worte können die Form eines Gesichtes beschreiben, wenn das Gesicht selbst nicht mehr vorhanden ist. Zwei lebhafte und schöne braune Augen, die traurig aus dieser grausigen Ruine hervorschauten, machten den Anblick nur noch entsetzlicher. Holmes hob mit einer Gebärde des Mitleids und des Protestes die Hand; dann verließen wir zusammen den Raum.

Als ich meinen Freund zwei Tage später besuchte, deutete er nicht ohne Stolz auf eine kleine blaue Flasche auf dem Kamin. Ich nahm sie zur Hand. Sie trug ein rotes Giftschildchen. Als ich sie öffnete, strömte mir angenehmer Mandelduft entgegen.

»Blausäure?« fragte ich.

»Ganz recht. Es kam mit der Post. ›Hier schicke ich Ihnen meine Versuchung. Ich will Ihren Rat befolgen.‹ So lautete die Botschaft. Ich denke, Watson, es dürfte uns nicht schwerfallen, den Namen der tapferen Frau zu erraten, die das Fläschchen geschickt hat.«

SHOSCOMBE OLD PLACE

Sherlock Holmes hatte sich lange über ein Mikroskop mit schwacher Vergrößerung gebeugt. Nun richtete er sich auf und sah mich triumphierend an.

»Das ist Leim, Watson«, sagte er. »Ohne jede Frage, das ist Leim. Schauen Sie sich diese verstreuten Objekte im Feld an!«

Ich beugte mich über das Okular und stellte meine Sehschärfe ein.

»Diese Haare sind Fasern von einem Tweedmantel. Die unregelmäßigen grauen Klumpen sind Staub. Links finden sich Epithelschuppen. Und diese braunen Kügelchen in der Mitte sind unzweifelhaft Leim.«

»Schön«, sagte ich lachend, »ich bin ja bereit, es Ihnen zu glauben. Hängt denn irgend etwas davon ab?«

»Es liefert einen sehr feinen Beweis«, antwortete er. »Sie erinnern sich vielleicht daran, daß man im St. Pancras-Fall neben dem toten Polizisten eine Mütze gefunden hat. Der Angeklagte bestreitet, daß sie ihm gehört. Er ist jedoch Hersteller von Bilderrahmen, hat also ständig mit Leim zu tun.«

»Haben Sie den Fall übernommen?«

»Nein; aber mein Freund Merivale vom Yard hat mich gebeten, ihn zu überprüfen. Seit ich damals diesen Falschmünzer mit Hilfe der Zink- und Kupfer-Feilspäne in seiner Manschettennaht zur Strecke brachte, hat man die Bedeutung des Mikroskops allmählich begriffen.« Er warf einen ungeduldigen Blick auf seine Uhr. »Ich erwarte eigentlich einen neuen Klienten; er ist überfällig. Übrigens, Watson, Sie verstehen doch etwas von Pferderennen?«

»Das muß ich wohl. Ich gebe fast meine halbe Verwundeten-Rente dafür aus.«

»Dann ernenne ich Sie zu meinem ›Praktischen Turf-Ratgeber‹. Wie steht es mit Sir Robert Norberton? Sagt Ihnen der Name etwas?«

»Ja, allerdings. Er lebt in Shoscombe Old Place. Ich kenne die Gegend gut; ich habe dort früher meine Sommerferien verbracht. Norberton wäre fast einmal in Ihre Interessensphäre geraten.«

»Wie denn das?«

»Er hat Sam Brewer, den bekannten Geldverleiher aus der Curzon Street, auf der Newmarket-Heath mit der Reitpeitsche zusammengeschlagen. Er hat den Mann beinahe umgebracht.«

»Ah, das hört sich interessant an. Gönnt er sich öfter solche Abwechslungen?«

»Nun ja, er gilt als gefährlicher Bursche. Er ist so ziemlich der tollkühnste Reiter Englands – vor ein paar Jahren war er Zweiter im Grand National. Er zählt zu jenen Männern, die ihre eigentliche Generation verpaßt haben. Er hätte ein Haudegen in den Tagen Georgs des Vierten sein sollen: Er ist Boxer, Athlet, waghalsiger Wetter auf dem Rennplatz, Liebhaber schöner Damen und steckt, soviel man hört, derartig tief in Schwulitäten, daß er wohl nie wieder herausfindet.«

»Ausgezeichnet, Watson! Eine knappe Skizze. Ich sehe den Mann förmlich vor mir. Könnten Sie mich jetzt noch ein wenig mit Shoscombe Old Place bekannt machen?«

»Es liegt im Zentrum von Shoscombe Park. Das berühmte Gestüt Shoscombe nebst Trainingsgelände befindet sich dort.«

»Und der Cheftrainer«, sagte Holmes, »ist John Mason. Sie brauchen ob meiner Kenntnis nicht überrascht dreinzuschauen, Watson; ich bin gerade dabei, diesen Brief von ihm zu entfalten. Aber erzählen Sie noch ein bißchen mehr über Shoscombe. Ich bin ja anscheinend auf eine reiche Ader gestoßen.«

»Es gibt dort die Shoscombe-Spaniels«, sagte ich. »Sie finden sie auf jeder Hundeschau. Die exklusivste Zucht in ganz England. Sie sind der besondere Stolz der Lady von Shoscombe Old Place.«

»Sir Robert Norbertons Frau, nehme ich an.«

»Sir Robert ist unverheiratet. In Anbetracht seiner Aussichten ist das wohl auch ganz gut so. Er lebt mit seiner verwitweten Schwester zusammen, Lady Beatrice Falder.«

»Sie meinen damit, sie lebt bei ihm?«

»Nein, nein. Das Gut gehörte ihrem verstorbenen Mann, Sir James. Norberton hat keinerlei Anspruch darauf. Es handelt sich lediglich um einen Nießbrauch auf Lebenszeit; danach fällt es an den Bruder ihres Gatten zurück. In der Zwischenzeit bezieht sie daraus jährlich ihre Einkünfte.«

»Und Bruder Robert gibt besagte Einkünfte vermutlich wieder aus?«

»Ja, so könnte man es sagen. Er ist ein Teufelsbraten und macht ihr das Leben offenbar ganz schön schwer. Andererseits habe ich gehört, daß sie sehr an ihm hängt. Aber was stimmt denn nicht in Shoscombe?«

»Ah, genau das möchte ich auch wissen. Und hier, glaube ich, kommt der Mann, der es uns verraten wird.«

Die Tür war aufgegangen, und der Hausbursche hatte einen hochgewachsenen, glattrasierten Mann hereingeleitet, dem jener entschlossene, strenge Gesichtsausdruck eignete, den man nur bei Leuten findet, die Pferde oder Knaben beaufsichtigen müssen. Mr. John Mason hatte von beiden eine ganze Menge unter seinem Zepter, und er machte durchaus den Eindruck, als sei er dieser Aufgabe gewachsen. Mit kühler Gelassenheit verbeugte er sich; dann setzte er sich auf den Stuhl, den Holmes ihm angewiesen hatte.

»Sie haben meinen Brief bekommen, Mr. Holmes?«

»Ja, aber es geht nichts daraus hervor.«

»Die Geschichte war mir zu heikel, um die Einzelheiten zu Papier zu bringen. Und zu kompliziert. Das geht nur direkt.«

»Bitte, wir stehen zu Ihrer Verfügung.«

»Zunächst einmal, Mr. Holmes: Ich glaube, mein Arbeitgeber, Sir Robert, ist verrückt geworden.«

Holmes hob die Augenbrauen. »Wir sind hier in der Baker

Street und nicht in der Harley Street«, sagte er. »Aber wie kommen Sie darauf?«

»Naja, Sir, wenn einer einmal was Komisches anstellt, oder auch zweimal, dann steckt ja vielleicht noch ein Sinn dahinter; aber wenn alles, was er tut, komisch ist, dann fängt man halt an, sich zu wundern. Ich glaube, Shoscombe Prince und das Derby haben ihm das Gehirn verwirrt.«

»Das ist ein dreijähriger Hengst, den Sie laufen lassen wollen?«

»Der beste in England, Mr. Holmes. Wenn das einer wissen muß, dann ich. Also, ich will Klartext mit Ihnen reden, weil ich weiß, daß Sie Gentlemen von Ehre sind und daß kein Wort aus diesem Zimmer hinausdringen wird. Sir Robert muß dieses Derby gewinnen. Er steckt bis über den Hals in Schulden, und das ist seine letzte Chance. Alles, was er noch flüssig machen oder leihen konnte, hat er auf das Pferd gesetzt – und das zu hübschen Quoten! Zur Zeit kriegt man über vierzig für ihn; aber als er angefangen hat, auf ihn zu wetten, stand er noch fast auf hundert.«

»Wie ist denn das möglich, wenn das Pferd so gut ist?«

»Die Öffentlichkeit weiß nicht, *wie* gut es ist. Sir Robert war zu schlau für die Rennspione. Er hat nämlich immer nur den Halbbruder von Prince draußen sehen lassen. Die beiden kann man nicht auseinanderhalten. Aber wenn's zum scharfen Galopp kommt, liegen über die Achtelmeile zwischen ihnen zwei Längen. Sir Robert denkt nur noch an das Pferd und das Rennen. Seine ganze Existenz hängt davon ab. Bis es soweit ist, kann er die Wucherer noch hinhalten. Wenn Prince ihn im Stich läßt, ist er erledigt.«

»Das scheint allerdings ein ziemlich verzweifeltes Hasardspiel zu sein – aber wo liegt denn nun die Verrücktheit darin?«

»Naja, zunächst einmal brauchen Sie ihn ja nur anzuschauen. Ich glaube nicht, daß er nachts noch schläft. Rund um die Uhr ist er drunten bei den Ställen. Er hat einen wilden Blick. Das alles war zuviel für seine Nerven. Und dann wäre da noch sein Benehmen gegenüber Lady Beatrice!«

»Ah! Was ist damit?«

»Bisher waren sie immer die besten Freunde. Beide hatten sie die gleichen Vorlieben, und sie hat die Pferde genauso gemocht wie er. Jeden Tag zur selben Stunde ist sie runtergefahren, um nach ihnen zu sehen – und den Prince hat sie über alles geliebt. Er hat immer schon die Ohren gespitzt, wenn er die Räder auf dem Kies gehört hat, und jeden Morgen ist er zum Wagen getrabt, um sich sein Stück Zucker zu holen. Aber das ist jetzt alles vorbei.«

»Inwiefern?«

»Tja, sie hat scheint's jedes Interesse an den Pferden verloren. Jetzt fährt sie schon seit einer Woche an den Ställen vorbei und sagt nicht einmal mehr guten Morgen!«

»Sie glauben, es hat Streit gegeben?«

»Ja, und zwar einen ganz erbitterten, wüsten und bösartigen. Warum sollte er sonst ihren Lieblingsspaniel weggeben, den sie geliebt hat, als wäre er ihr Kind? Er hat ihn vor ein paar Tagen zum alten Barnes gebracht, der drei Meilen weg in Crendall den ›Green Dragon‹ betreibt.«

»Das scheint in der Tat merkwürdig.«

»Natürlich, man konnte nicht erwarten, daß sie mit ihrem schwachen Herz und ihrer Wassersucht noch groß mit Sir Robert unter die Leute geht; aber er hat jeden Abend zwei Stunden bei ihr im Zimmer zugebracht. Das war ja auch das mindeste, was er tun konnte; sie war ihm nämlich immer ein sehr guter Freund. Aber auch das ist jetzt alles vorbei. Er läßt sich nicht mehr bei ihr blicken. Und sie nimmt sich die Sache zu Herzen. Sie brütet vor sich hin und ist mürrisch. Und sie trinkt, Mr. Holmes – sie trinkt wie ein Bürstenbinder.«

»Hat sie schon vor dieser Entfremdung getrunken?«

»Naja, sie hat schon mal ein Gläschen zu sich genommen; aber inzwischen kommt sie oft auf eine ganze Flasche am Abend. Das hat mir Stephens, der Butler, erzählt. Alles hat sich geändert, Mr. Holmes, und irgendwas ist verdammt faul daran. Und außerdem noch: Was treibt der Herr nachts an der Gruft bei der alten Kirche? Und wer ist der Mann, mit dem er sich dort trifft?«

Holmes rieb sich die Hände.

»Fahren Sie fort, Mr. Mason. Ihre Geschichte wird immer interessanter.«

»Der Butler hat ihn nämlich weggehen sehen. Um zwölf Uhr nachts, und es hat in Strömen gegossen. Deswegen war ich am nächsten Abend oben am Haus, und tatsächlich – der Herr ging schon wieder los. Stephens und ich sind hinter ihm her, aber das war eine ziemlich zittrige Angelegenheit; es wäre nämlich ganz schön unangenehm für uns geworden, wenn er uns bemerkt hätte. Er kann furchtbar mit den Fäusten auf einen losgehen, wenn er in Fahrt kommt, und läßt sich von niemandem beeindrucken. Deshalb haben wir uns gehütet, ihm zu nahe zu kommen, aber wir haben ihn trotzdem gut im Auge behalten. Er war auf dem Weg zu der Geistergruft, und dort hat schon ein Mann auf ihn gewartet.«

»Was für eine Geistergruft?«

»Naja, Sir, im Park steht eine alte verfallene Kapelle. Sie ist so alt, daß niemand genau sagen kann, wie lange sie schon steht. Und unter ihr befindet sich eine Gruft, die bei uns ziemlich verrufen ist. Schon tagsüber ist der Ort düster, dumpf und einsam; aber nachts brächten wohl nur wenig Leute in unserer Grafschaft den Mut auf, sich ihm zu nähern. Der Herr freilich hat keine Angst. Der hat sich noch nie im Leben vor irgend etwas gefürchtet. Aber was treibt er dort zur Nachtzeit?«

»Einen Augenblick!« sagte Holmes. »Sie sagen, es gibt dort noch einen weiteren Mann. Das ist doch bestimmt jemand von Ihrem Stallpersonal oder sonst irgend jemand aus dem Haus. Sie brauchen den Betreffenden doch nur ausfindig zu machen und zu befragen?«

»Es ist niemand, den ich kenne.«

»Woher wollen Sie das wissen?«

»Ich habe ihn gesehen, Mr. Holmes. Und zwar in dieser zweiten Nacht. Sir Robert ist wieder umgekehrt und ging an uns vorbei – an mir und an Stephens; wir haben im Gebüsch gezittert wie zwei Karnickel, denn in dieser Nacht hat ein bißchen der Mond geschienen. Aber den anderen haben wir noch hinten rummachen hören. Und vor dem hatten wir keine Angst. Als Sir Robert fort war, sind wir also raus und haben so getan, als ob wir gerade im Mondschein spazierengingen; und dabei sind wir so zufällig und unschuldig wie möglich direkt auf ihn zugeschritten. ›Hallo, Kamerad! Wer sind Sie denn?‹ sag ich. Ich schätze, er hat uns nicht kommen hören; er hat sich nämlich umgedreht, mit einem Gesicht, als hätte er den Teufel aus der Hölle fahren sehen. Dann hat er einen gellenden Schrei losgelassen – und fort ist er geflitzt, so schnell ihm das in der Dunkelheit möglich war. Der konnte vielleicht rennen, also, das muß man ihm lassen! Im Nu war er außer Sicht- und Hörweite; und wer oder was er war, haben wir nicht feststellen können.«

»Aber Sie haben ihn im Mondlicht deutlich gesehen?«

»Ja, auf sein gelbes Gesicht könnte ich einen Eid ablegen – ein ziemlich schäbiger Kerl, wenn Sie mich fragen. Was kann er nur mit Sir Robert gemein haben?«

Holmes saß eine Zeitlang gedankenverloren da.

»Wer leistet Lady Beatrice Falder Gesellschaft?« fragte er schließlich.

»Ihre Zofe, Carrie Evans. Sie ist schon fünf Jahre bei ihr.«

»Und ist ihr zweifellos ergeben?«

Mr. Mason rutschte unbehaglich hin und her.

»Ergeben ist sie schon«, antwortete er endlich. »Ich möchte nur nicht sagen, wem.«

»Aha!« sagte Holmes.

»Ich kann hier nicht aus der Schule plaudern.«

»Ich verstehe vollkommen, Mr. Mason. Die Situation ist ohnehin schon klar genug. Dr. Watsons Beschreibung von Sir Robert darf ich entnehmen, daß keine Frau vor ihm sicher ist. Meinen Sie nicht, daß hierin die Ursache für den Streit zwischen Bruder und Schwester liegen könnte?«

»Naja, der Skandal ist schon lange ziemlich offenkundig.«

»Aber vielleicht hat sie früher nichts davon bemerkt. Nehmen wir einmal an, daß sie ganz plötzlich dahintergekommen ist. Daraufhin will sie die Frau loswerden. Ihr Bruder läßt dies nicht zu. Die Kranke – mit ihrem schwachen Herzen und ihrem Unvermögen, sich noch groß zu bewegen – kann ihren Willen nicht durchsetzen. Sie bleibt weiterhin an die verhaßte Zofe gebunden. Die Lady weigert sich zu sprechen, schmollt und fängt an zu trinken. Sir Robert nimmt ihr in seinem Ärger ihren Lieblingsspaniel weg. Könnte dies nicht alles zusammenhängen?«

»Naja, vielleicht – bis zu einem gewissen Grad.«

»Genau! Bis zu einem gewissen Grade. Was hätte nämlich all dies mit den nächtlichen Visiten bei der alten Gruft zu tun? Die lassen sich unserem Entwurf wohl nicht einfügen.«

»Nein, Sir; und da gibt's noch etwas, was sich nicht einfügt. Warum will Sir Robert eine Leiche ausgraben?«

Holmes richtete sich jählings auf.

»Wir haben es erst gestern festgestellt – nachdem ich Ihnen schon geschrieben hatte. Gestern ist Sir Robert nach London gefahren, deswegen sind Stephens und ich in die Gruft runtergegangen. Es war dort alles in Ordnung, Sir – außer daß in einer Ecke ein paar Teile von einer menschlichen Leiche lagen.«

»Sie haben doch sicher die Polizei informiert?«

Unser Besucher lächelte grimmig.

»Tja, Sir, ich glaube, das wird die kaum interessieren. Es waren nämlich nur der Schädel und ein paar Knochen von einer Mumie. Das Ding kann gut und gern tausend Jahre alt sein. Aber früher hat das noch nicht dort gelegen. Das kann ich beschwören, und Stephens auch. Die Teile sind in eine Ecke geräumt und mit einem Brett zugedeckt worden, und diese Ecke war früher immer leer.«

»Was haben Sie damit gemacht?«

»Na, wir haben es einfach dort liegen lassen.«

»Das war vernünftig. Sie sagen, Sir Robert war gestern fort. Ist er inzwischen wieder da?«

»Wir erwarten ihn heute zurück.«

»Und wann hat Sir Robert den Hund seiner Schwester weggegeben?«

»Genau heute vor einer Woche. Das Tier hat draußen vor dem alten Brunnenhaus gejault, und Sir Robert hatte an dem Morgen wieder mal seinen Koller. Er hat ihn gepackt, und ich dachte schon, jetzt bringt er ihn um. Aber dann hat er ihn Sandy Bain, dem Jockey, gegeben und ihm gesagt, er soll den Hund zum alten Barnes im ›Green Dragon‹ bringen, er will ihn nicht mehr sehen.«

Holmes saß eine Zeitlang schweigend da und dachte nach. Er hatte sich die älteste und stinkigste seiner Pfeifen angezündet.

»Mir ist noch nicht klar, was ich in dieser Angelegenheit für Sie tun soll, Mr. Mason«, sagte er schließlich. »Könnten Sie nicht etwas konkreter werden?«

»Vielleicht macht das hier die Sache etwas konkreter, Mr. Holmes«, sagte unser Besucher.

Er entnahm seiner Tasche ein Stück Papier, faltete es sorgfältig auseinander und enthüllte ein verkohltes Stück Knochen.

Holmes untersuchte es interessiert.

»Wo haben Sie das her?«

»Im Keller, unter dem Zimmer von Lady Beatrice, gibt es einen Zentralheizungsofen. Er war eine Zeitlang nicht in Betrieb; aber Sir Robert hat sich über die Kälte beschwert und hat ihn wieder anmachen lassen. Harvey besorgt das – einer meiner Jungs. Und heute morgen nun kam er mit diesem Ding hier zu mir; er hat es aus der Asche rausragen sehen. Die Sache hat ihm gar nicht gefallen.«

»Mir gefällt sie auch nicht«, sagte Holmes. »Was halten Sie davon, Watson?«

Es war schwarz und verkohlt; doch hinsichtlich seiner anatomischen Zuordnung gab es keinerlei Zweifel.

»Es handelt sich um den Gelenkhöcker eines menschlichen Oberschenkels«, sagte ich.

»Ganz recht!« Holmes war inzwischen sehr ernst geworden. »Wann kümmert sich dieser Junge jeweils um den Ofen?«

»Er heizt jeden Abend ein; danach überläßt er ihn sich selbst.«

»Demnach könnte nachtsüber jeder an ihn heran?«

»Ja, Sir.«

»Kommt man von außen in den Heizungskeller?«

»Es gibt eine Außentür. Die andere führt über eine Treppe hinauf zu dem Korridor, wo das Zimmer von Lady Beatrice liegt.«

»Das sind tiefe Wasser, Mr. Mason; tief und ziemlich schmutzig. Sie sagen, Sir Robert war gestern nacht nicht zu Hause?«

»Nein, Sir.«

»Damit steht fest: Wer immer die Knochen verbrannt hat – *er* war es nicht.«

»Das stimmt, Sir.«

»Wie heißt noch dieser Gasthof, den Sie erwähnt haben?«

»Der ›Green Dragon‹.«

»Gibt es in dieser Gegend von Berkshire gute Fischgründe?«

Die Miene des rechtschaffenen Trainers verriet sehr deutlich, daß er überzeugt war, daß nun noch ein weiterer Verrückter in sein vielgeplagtes Leben getreten sei.

»Naja, Sir, soviel ich weiß, gibt's im Mühlenbach Forellen und im See beim Gutshaus Hechte.«

»Das läßt sich hören. Watson und ich sind nämlich berühmte Angler – nicht wahr, Watson? Sie erreichen uns fortan im ›Green Dragon‹. Vermutlich werden wir bereits heute abend eintreffen. Ich brauche wohl nicht zu erwähnen, daß Sie uns dort bitte nicht besuchen wollen, Mr. Mason; aber Sie können uns eine Nachricht zukommen lassen, und falls ich Sie brauche, weiß ich Sie mit Sicherheit zu finden. Sobald wir ein wenig tiefer in die Sache eingedrungen sind, sollen Sie meine wohlerwogene Ansicht dazu erfahren.«

So geschah es, daß Holmes und ich an einem strahlenden Maiabend alleine in einem Erster-Klasse-Abteil saßen – unterwegs zu der kleinen Bedarfshaltestelle von Shoscombe. Das Gepäcknetz über uns barg ein gewaltiges Durcheinander von Ruten, Rollen und Körben. Als wir unseren Bestimmungsort erreicht hatten, brachte uns eine kurze Fahrt zu einem altmodischen Gasthof, wo ein dem Angelsport zugetaner Wirt, Josiah Barnes, an unserem Plan, die Fische in der Umgebung auszurotten, begierigen Anteil nahm.

»Wie sieht's denn mit dem See beim Gutshaus aus? Besteht die Chance, dort einen Hecht zu fangen?« fragte Holmes.

Das Gesicht des Wirtes bewölkte sich.

»Das wird wohl nicht angehen, Sir. Da ham Sie eher die Chance, selber im Wasser zu liegen, bevor einer anbeißt.«

»Wieso das denn?«

»Wegen Sir Robert, Sir. Er ist schrecklich mißtrauisch wegen der Rennspione. Und wenn sich zwei Fremdlinge wie Sie so nah ans Trainingsgelände rantrauen, dann wird er hinter Ihnen her sein, so sicher wie das Amen in der Kirche. Der geht nämlich kein Risiko ein, Sir Robert bestimmt nicht.«

»Ich habe gehört, er hat ein Pferd für das Derby genannt.«

»Ja, und ein einwandfreier Dreijähriger ist das! Der trägt unser ganzes Geld mit ins Rennen, und das von Sir Robert obendrein. Übrigens« – er bedachte uns mit einem nachdenklichen Blick –, »Sie haben doch nichts mit Pferden im Sinn?«

»Aber nein. Wir sind nur zwei müde Londoner, die dringend ein bißchen gute Berkshire-Luft brauchen.«

»Na, da sind Sie hier richtig. Davon liegt bei uns eine ganze Menge herum. Aber denken Sie dran, was ich Ihnen über Sir Robert gesagt hab! Er gehört zu denen, die gleich zuschlagen und erst hinterher reden. Bleiben Sie weg vom Park.«

»Aber ja, Mr. Barnes. Ganz bestimmt. Nebenbei bemerkt, das ist ja ein wunderschöner Spaniel, der da draußen im Flur gewinselt hat.«

»Das will ich meinen! Der ist echte Shoscombe-Zucht. Es gibt keine bessere in England.«

»Ich bin ebenfalls Hundeliebhaber«, sagte Holmes. »Darf man fragen, was so ein preisgekrönter Hund denn kosten würde?«

»Mehr als ich bezahlen könnte, Sir. Den hier hat mir Sir Robert bringen lassen. Deswegen muß ich ihn auch an der Leine halten. Der wär im Nu ab in Richtung Gutshaus, wenn ich ihm seinen Willen ließe.«

»Allmählich bekommen wir ein paar Trümpfe in die Hand, Watson«, sagte Holmes, nachdem uns der Wirt alleine gelassen hatte. »Es ist zwar keine leichte Partie; aber in ein oder zwei Tagen sehen wir vermutlich schon weiter. Übrigens hält sich Sir Robert immer noch in London auf, wie ich höre. Also könnten wir heute abend vielleicht die geheiligte Domäne ohne Furcht vor Gewalttätigkeiten betreten. Es gibt noch ein paar Punkte, über die ich mir Gewißheit verschaffen möchte.«

»Haben Sie schon irgendeine Theorie, Holmes?«

»Nur die, Watson, daß vor ungefähr einer Woche etwas passiert ist, was einen tiefen Einschnitt in das Leben der Bewohner von Shoscombe Old Place bedeutet hat. Was mag dieses ›etwas‹ sein? Wir können darüber nur Mutmaßungen anstellen aufgrund seiner Auswirkungen. Und diese Auswirkungen scheinen sonderbar bunt gemischt. Das allerdings wird uns mit Sicherheit weiterhelfen, denn nur farb- und ereignislose Fälle sind hoffnungslos.

Betrachten wir doch einmal, was vorliegt. Der Bruder stattet der geliebten kranken Schwester keine Besuche mehr ab. Er gibt ihren Lieblingshund weg. Ihren Hund, Watson! Gibt Ihnen das nicht zu denken?«

»Bloß, daß der Bruder gemein ist.«

»Tja, vielleicht haben Sie recht. Andererseits – nun, da wäre noch eine Alternative. Doch setzen wir zunächst unsere Überprüfung der Sachlage fort, und zwar von dem Zeitpunkt an, da der Streit – wenn es denn einen gibt – begonnen hat. Die Lady bleibt also in ihrem Zimmer, ändert ihre Gewohnheiten, läßt sich nicht blicken – außer wenn sie mit ihrer Zofe ausfährt –, will nicht mehr bei den Ställen anhalten, um ihr

Lieblingspferd zu begrüßen, und verlegt sich offensichtlich aufs Trinken. Damit wäre der Fall doch hinreichend skizziert, nicht wahr?«

»Bis auf die Sache in der Gruft.«

»Die gehört zu einer anderen Gedankenkette. Es gibt nämlich zwei davon, und ich bitte Sie, die beiden nicht durcheinanderzubringen. Kette A – sie betrifft Lady Beatrice – hat irgendwie etwas Unheilvolles an sich, finden Sie nicht?«

»Ich weiß nichts damit anzufangen.«

»Na, dann nehmen wir uns einmal Kette B vor – sie betrifft Sir Robert. Er ist wahnsinnig scharf darauf, das Derby zu gewinnen. Er befindet sich in den Händen von Wucherern und kann jeden Moment gepfändet werden, wobei sich die Gläubiger den Rennstall schnappen würden. Er ist ein unerschrockener und zu allem bereiter Mann. Seine Einkünfte bezieht er von seiner Schwester. Deren Zofe ist sein gefügiges Werkzeug. Soweit scheinen wir uns noch auf leidlich sicherem Boden zu bewegen, nicht wahr?«

»Und die Gruft?«

»Ah ja, die Gruft! Nehmen wir einmal an – es ist bloß eine skandalöse Annahme, eine überlegungshalber aufgestellte Hypothese –, daß Sir Robert seine Schwester umgebracht hat.«

»Mein lieber Holmes, das ist ausgeschlossen.«

»Wahrscheinlich ja, Watson. Sir Robert stammt aus einer angesehenen Familie; doch gelegentlich findet sich unter den Adlern eben auch einmal ein Aasgeier. Lassen Sie uns die Sache einen Moment unter dieser Voraussetzung erörtern. Er kann also nicht außer Landes fliehen, ehe er zu Geld gekommen ist, und zu diesem Geld kommt er nur, wenn ihm dieser Coup mit Shoscombe Prince gelingt. Daher muß er seine Stellung hier halten. Zu diesem Zweck allerdings muß er sich der Leiche seines Opfers entledigen und gleichzeitig eine Ersatzperson finden, die die Rolle seiner Schwester übernimmt. Mit der Zofe als seiner Vertrauten ist das nicht unmöglich. Die Leiche der Frau kann man in die Gruft schaffen – einen Ort, der nur selten aufgesucht wird – und nachts heimlich im Ofen verbrennen, wobei lediglich das uns bereits bekannte Beweismaterial übrigbleibt. Was sagen Sie dazu, Watson?«

»Naja, solange man die zugrundeliegende monströse Voraussetzung zuläßt, ist es durchaus möglich.«

»Ich glaube, morgen stellen wir ein kleines Experiment an, Watson, um ein bißchen Licht in die Sache zu bringen. Unterdessen schlage ich vor, daß wir unseren Gastgeber – sofern wir unsere Rollen aufrechterhalten wollen – auf ein Glas von seinem Wein hereinbitten und ein wenig höhere Konversation über Aale und Weißfische treiben, denn das ist offenbar der direkteste Weg, um ihn in Stimmung zu bringen. Mag sein, daß wir im Verlauf dieser Unterhaltung zufällig noch etwas Brauchbares an örtlichem Klatsch erfahren.«

Am nächsten Morgen stellte Holmes fest, daß wir den Löffelköder für die Hechte vergessen hatten, was uns für diesen Tag vom Angeln entband. Gegen elf Uhr brachen wir zu einem Spaziergang auf, und mein Freund erhielt die Erlaubnis, den schwarzen Spaniel mitzunehmen.

»Hier ist das Gut«, sagte er, als wir an zwei hohe Parkgatter gelangten, die von einem Greif-Wappen überragt wurden. »Wie mir Mr. Barnes mitteilte, macht die Lady um die Mittagszeit eine Ausfahrt; und während die Gatter geöffnet werden, muß der Wagen seine Geschwindigkeit drosseln. Sobald er hindurchrollt und ehe er wieder an Fahrt gewinnt, brauche ich Sie, Watson: Sie müssen dann nämlich den Kutscher mit irgendeiner Frage aufhalten. Auf mich achten Sie dabei bitte nicht. Ich werde hinter dieser Stechpalme stehen und beobachten, was es zu beobachten gibt.«

Es war keine lange Wache. Binnen einer Viertelstunde sahen wir die große offene gelbe Kalesche, gezogen von zwei herrlichen, stolzen grauen Kutschpferden, die lange Auffahrt herabrollen. Holmes duckte sich mit dem Hund hinter seinen Strauch. Ich stand auf der Landstraße, unbeteiligt einen Spazierstock schwingend. Ein Pförtner eilte heraus, und das Tor schwang auf.

Der Wagen hatte seine Fahrt auf Schrittempo verlangsamt, und ich konnte mir seine Insassen genau betrachten. Links saß eine stark geschminkte junge Frau mit flachsfarbenem Haar und frechem Blick. Zu ihrer Rechten befand sich eine ältere Person mit gekrümmtem Rücken und einem Wirrwarr von Schals um Gesicht und Schultern, was darauf hinwies, daß es sich um die Kranke handelte. Als die Pferde die Chaussee erreichten, hob ich mit einer entschiedenen Gebärde die Hand; und als der Kutscher anhielt, fragte ich, ob Sir Robert zu Hause sei.

Im gleichen Augenblick trat Holmes vor und machte den Spaniel los. Mit freudigem Gebell stürmte der Hund auf den Wagen zu und sprang auf das Trittbrett. Doch gleich darauf verwandelte sich seine eifrige Begrüßung in rasende Wut, und er schnappte nach dem schwarzen Rock über ihm.

»Vorwärts! Fahren Sie weiter!« kreischte eine rauhe Stimme. Der Kutscher gab den Pferden die Peitsche, und wir standen wieder alleine auf der Landstraße.

»So, Watson, das hätten wir«, sagte Holmes, als er die Leine am Halsband des aufgeregten Spaniels befestigte. »Er dachte, es sei seine Herrin, und stellte fest, daß es ein Fremder war. Hunde machen keine Fehler.«

»Aber das war doch die Stimme eines Mannes!« rief ich.

»Ganz recht! Wir haben unserem Blatt soeben einen weiteren Trumpf hinzugefügt, Watson; gleichwohl müssen wir noch vorsichtig spielen.«

Mein Gefährte schien für diesen Tag keine weiteren Pläne mehr zu haben, und so machten wir doch noch von unserem Angelgerät im Mühlenbach Gebrauch – mit dem Ergebnis, daß es zum Abendessen ein Forellengericht gab. Erst nach dieser Mahlzeit zeigte Holmes sich wieder unternehmungslustig. Abermals befanden wir uns – wie schon am Vormittag – auf der Straße, die zum Parkgatter führte. Dort erwartete uns bereits eine hochgewachsene, dunkle Gestalt, die sich als unser Londoner Bekannter entpuppte: Mr. John Mason, der Trainer.

»Guten Abend, Gentlemen«, sagte er. »Ich habe Ihre Nachricht bekommen, Mr. Holmes. Sir Robert ist noch nicht zurück; aber soviel ich weiß, wird er heute abend erwartet.«

»Wie weit liegt diese Gruft vom Haus entfernt?« fragte Holmes.

»Eine gute Viertelmeile.«

»Ich glaube, dann brauchen wir uns überhaupt nicht um ihn zu kümmern.«

»Das kann ich mir nicht erlauben, Mr. Holmes. Sobald er ankommt, wird er mich nämlich gleich sehen und wissen wollen, was es Neues von Shoscombe Prince gibt.«

»Ich verstehe. In diesem Fall müssen wir ohne Sie weiterarbeiten, Mr. Mason. Vielleicht führen Sie uns noch zu der Gruft; danach können Sie uns allein lassen.«

Es war stockfinster, und kein Mond schien; Mason geleitete uns über die Wiesen, bis sich ein dunkler Klotz vor uns erhob: die alte Kapelle. Wir traten durch den zerfallenen Eingang, und unser Führer bahnte sich – über Haufen losen Mauerwerks stolpernd – einen Weg zu der Ecke des Gebäudes, wo eine steile Treppe hinunter zur Gruft führte. Dann riß er ein Streichholz an und beleuchtete die melancholische Stätte – sie war schauerlich und übelriechend; das alte zerbröckelnde Gemäuer bestand aus roh behauenen Steinen, und auf einer Seite stapelten sich Särge, teils aus Blei teils aus Stein; sie reichten bis zum Kreuzgewölbe hinauf, das sich in den Schatten über unseren Häuptern verlor. Holmes hatte inzwischen seine Laterne entzündet; sie fraß einen schmalen Tunnel hellen gelben Lichtes in das traurige Dunkel. Ihre Strahlen wurden von den Sargdekkeln reflektiert; viele davon waren mit Greif und Krone verziert – die alte Familie trug ihre Ehrenzeichen bis an die Pforte des Todes.

»Sie sprachen von einigen Knochen, Mr. Mason. Könnten Sie uns die noch zeigen, bevor Sie gehen?«

»Sie liegen hier in dieser Ecke.« Der Trainer schritt hinüber und blieb, als unser Licht auf die Stelle fiel, in sprachlosem Erstaunen stehen. »Sie sind fort«, sagte er.

»Das habe ich mir gedacht«, sagte Holmes kichernd. »Ich nehme an, ihre Asche befindet sich eben jetzt in jenem Ofen, der bereits einen Teil vernichtet hat.«

»Aber warum in aller Welt sollte jemand die Knochen von einem Menschen verbrennen wollen, der schon seit tausend Jahren tot ist?« fragte John Mason.

»Um das herauszufinden sind wir hier«, sagte Holmes. »Die Untersuchung kann allerdings eine Weile dauern, und wir wollen Sie nicht aufhalten. Ich denke, wir werden noch vor morgen früh zu unserer Lösung kommen.«

Als John Mason uns alleine gelassen hatte, machte sich Holmes an die Arbeit und unterzog die Gräber einer äußerst gründlichen Untersuchung. Ein sehr altes, offenbar angelsächsisches Grabmal in der Mitte bildete den Ausgangspunkt; dann ging es über eine lange Reihe normannischer Hugos und Odos weiter, bis wir zu den Gräbern von Sir William und Sir Denis Falder aus dem achtzehnten Jahrhundert gelangten. Erst nach über einer Stunde stieß Holmes auf einen Bleisarg, der hochkant vor dem Eingang zur Gruft stand. Ich vernahm seinen leisen Ausruf der Genugtuung und entnahm seinen hastigen, doch entschlossenen Bewegungen, daß er ein Ziel erreicht hatte. Eifrig untersuchte er mit der Lupe die Kanten des schweren Deckels. Dann zog er ein kurzes Brecheisen aus der Tasche, das er in einen Spalt trieb; schließlich hebelte er die gesamte Frontseite zurück, die lediglich an zwei Scharnieren befestigt zu sein schien. Knirschend, dann berstend gab der Deckel nach, doch kaum war er weggerutscht und hatte das Innere des Sargs teilweise enthüllt, als wir durch ein unvorhergesehenes Ereignis unterbrochen wurden.

Irgend jemand ging oben durch die Kapelle. Es war der feste, rasche Schritt eines Menschen, der mit einer bestimmten Absicht gekommen und dem der Boden, auf dem er ging, wohlvertraut war. Ein Licht flutete die Treppe hinab; und einen Augenblick später umrahmte der gotische Torbogen den Mann, der es trug. Er war eine furchteinflößende Erscheinung, von riesigem Wuchs und wildem Gebaren. Eine große

Stallaterne, die er vor sich hielt, beleuchtete ein energisches Gesicht mit mächtigem Schnauzbart und zornigen Augen, die in jeden Winkel der Gruft spähten und sich schließlich mit mörderischem Blick auf meinen Gefährten und mich hefteten.

»Wer zum Teufel sind Sie?« donnerte er. »Und was machen Sie auf meinem Grund und Boden?« Als Holmes keine Antwort gab, trat er ein paar Schritte vor und erhob einen schweren Stock, den er bei sich führte. »Können Sie nicht hören?« rief er. »Wer sind Sie? Was machen Sie hier?« Sein Knüttel zuckte hin und her.

Doch anstatt zurückzuweichen, ging Holmes auf den Mann zu.

»Auch ich habe eine Frage an Sie, Sir Robert«, sagte er in seinem strengsten Ton. »Wer ist das? Und was hat das hier zu suchen?«

Er drehte sich um und riß den Sargdeckel hinter sich weg. Im Laternenschein sah ich eine Leiche, die von Kopf bis Fuß in ein Laken gewickelt war. An einem Ende lugten grausige, hexenartige Züge hervor, die fast nur noch aus Nase und Kinn bestanden; trübe, glasige Augen starrten aus dem entfärbten und verrunzelten Gesicht.

Der Baronet war mit einem Schrei zurückgetaumelt und stützte sich auf einen steinernen Sarkophag.

»Woher haben Sie davon gewußt?« rief er. Und dann, wieder in seinen herausfordernden Ton verfallend: »Was geht Sie das überhaupt an?«

»Mein Name ist Sherlock Holmes«, sagte mein Gefährte. »Möglicherweise ist er Ihnen bekannt. Jedenfalls gibt es etwas, was mich so viel angeht wie jeden anderen guten Bürger: die Aufrechterhaltung des Gesetzes. Mir scheint, Sie haben sich für einiges zu verantworten.«

Sir Robert starrte einen Augenblick wütend vor sich hin; doch Holmes' ruhige Stimme und sein kühles, selbstsicheres Auftreten verfehlten nicht ihre Wirkung.

»Bei Gott, Mr. Holmes, es ist alles in Ordnung«, sagte er.

»Der Schein spricht gegen mich, das muß ich zugeben; aber ich konnte nicht anders handeln.«

»Es würde mich freuen, Ihnen beipflichten zu können; doch ich fürchte, Ihre Erklärungen müssen Sie der Polizei abgeben.«

Sir Robert zuckte mit den breiten Schultern.

»Na schön; was sein muß, muß sein. Kommen Sie mit ins Haus; dann können Sie sich über all das selbst ein Urteil bilden.«

Eine Viertelstunde später befanden wir uns in einem Raum, bei dem es sich (wie ich aus den hinter Glas befindlichen Reihen polierter Gewehrläufe schloß) um die Waffenkammer des alten Hauses handeln mußte. Der Raum war behaglich möbliert, und hier ließ uns Sir Robert ein paar Augenblicke allein. Als er zurückkehrte, hatte er zwei Begleiter bei sich: die bunt geschminkte junge Frau, die wir bereits in der Kutsche gesehen hatten, sowie einen kleinen rattengesichtigen Mann mit unangenehm verstohlenem Blick. Allem Anschein nach waren die beiden äußerst verwirrt – was zeigte, daß der Baronet noch keine Zeit gefunden hatte, ihnen zu erklären, welche Wendung die Ereignisse inzwischen genommen hatten.

»Das hier«, sagte Sir Robert mit einer Handbewegung, »sind Mr. und Mrs. Norlett. Mrs. Norlett ist unter ihrem Mädchennamen Evans seit einigen Jahren die vertraute Zofe meiner Schwester. Ich habe die beiden mitgebracht, weil ich es für das beste halte, Ihnen die Situation wahrheitsgetreu zu erklären – und diese zwei sind die einzigen Menschen auf Erden, die meine Aussage bestätigen können.«

»Muß das denn sein, Sir Robert? Haben Sie bedacht, was Sie da tun?« rief die Frau.

»Was mich betrifft – ich lehne jede Verantwortung vollkommen ab«, sagte der Ehemann.

Sir Robert bedachte ihn mit einem verächtlichen Blick. »Ich übernehme die Verantwortung ganz allein«, sagte er. »Alsdann, Mr. Holmes, hören Sie sich eine offene Darlegung des Sachverhalts an.

Offenbar haben Sie sich schon ziemlich eingehend mit meinen Angelegenheiten befaßt, sonst hätte ich Sie wohl nicht gefunden, wo ich Sie gefunden habe. Daher werden Sie höchstwahrscheinlich auch schon wissen, daß ich für das Derby einen Außenseiter genannt habe und daß alles von meinem Erfolg abhängt. Wenn ich gewinne, ist alles in Butter. Wenn ich verliere – also, daran wage ich gar nicht zu denken!«

»Die Situation ist mir bekannt«, sagte Holmes.

»Außerdem bin ich in jeder Hinsicht von meiner Schwester, Lady Beatrice, abhängig. Aber wie allgemein bekannt, erlischt der Nießbrauch des Gutes mit ihrem Tode. Und ich, ich befinde mich bis über den Hals in den Händen von Wucherern. Ich bin mir seit jeher darüber im klaren, daß meine Gläubiger wie ein Geierschwarm über mein Gut herfallen würden, wenn meine Schwester sterben sollte. Alles würden sie an sich reißen: meine Ställe, meine Pferde – alles. Tja, Mr. Holmes, genau vor einer Woche *ist* meine Schwester gestorben.«

»Und Sie haben es niemandem erzählt!«

»Was hätte ich denn tun sollen? Ich stand doch vor dem völligen Ruin. Konnte ich die Sache drei Wochen hinausschieben, würde alles gutgehen. Der Mann ihrer Zofe – dieser Herr hier – ist Schauspieler. Wir, das heißt, ich kam auf die Idee, daß er für diese kurze Zeitspanne die Rolle meiner Schwester übernehmen könnte. Es ging ja nur darum, sich täglich in der Kutsche zu zeigen, denn außer der Zofe durfte niemand ihr Zimmer betreten. Das Ganze ließ sich leicht bewerkstelligen. Meine Schwester starb übrigens an Wassersucht; daran hatte sie schon seit langem gelitten.«

»Das zu entscheiden, wird Sache eines Coroners sein.«

»Ihr Arzt könnte bestätigen, daß ihre Symptome bereits seit Monaten ein solches Ende befürchten ließen.«

»Nun gut, was haben Sie also getan?«

»Die Leiche durfte dort nicht bleiben. In der ersten Nacht haben Norlett und ich sie zum alten Brunnenhaus gebracht; es wird heute nicht mehr benutzt. Dabei wurden wir allerdings verfolgt von ihrem Lieblingsspaniel; er kläffte unaufhörlich an der Tür, daher mußte ich einen sichereren Ort ausfindig machen. Ich schaffte mir den Spaniel vom Hals; dann brachten wir den Leichnam in die Gruft. Daran war nichts Unwürdiges oder Unehrerbietiges, Mr. Holmes. Ich habe nicht das Gefühl, die Tote unrecht behandelt zu haben.«

»Ihr Verhalten erscheint mir unverzeihlich, Sir Robert.«

Der Baronet schüttelte unwillig den Kopf. »Sie haben leicht predigen«, sagte er. »Wenn Sie in meiner Lage wären, sähen Sie die Dinge vielleicht anders. Niemand kann tatenlos mit ansehen, wie all seine Hoffnungen und seine Pläne zerschlagen werden. Mir schien das keine unwürdige Ruhestätte zu sein, sie vorläufig in einem der Särge unterzubringen, in denen die Vorfahren ihres Mannes ruhen – und das noch in geweihter Erde. Wir öffneten einen dieser Särge, räumten ihn aus und stellten sie so, wie Sie sie gesehen haben, hinein. Was die herausgenommenen alten Gebeine betraf, die konnten wir natürlich nicht auf dem Boden der Gruft herumliegen lassen. Norlett und ich haben sie beseitigt; er ist nachts hinuntergegangen und hat sie im Zentralheizungsofen verbrannt. Da hätten Sie also meine Geschichte, Mr. Holmes; obwohl mir nicht klar ist, wie Sie mich dazu gebracht haben, sie Ihnen zu erzählen.«

Holmes saß eine Zeitlang gedankenverloren da.

»Ihre Geschichte hat einen einzigen Makel, Sir Robert«, sagte er schließlich. »Ihre Rennwetten – und damit Ihre Zukunftshoffnungen – bleiben doch auch dann noch gültig, wenn die Gläubiger Ihren Besitz pfänden.«

»Das Pferd ist Teil des Besitzes. Was kümmern die sich schon um meine Wetten? Wahrscheinlich würden sie den Hengst gar nicht laufen lassen. Mein Hauptgläubiger ist unglücklicherweise mein erbittertster Feind: Sam Brewer – ein erbärmlicher Lump, den ich einmal auf der Newmarket-Heath mit der Reitpeitsche verprügeln mußte. Glauben Sie etwa, der würde versuchen, mich zu retten?«

»Tja, Sir Robert«, sagte Holmes, indem er sich erhob, »diese Angelegenheit muß natürlich der Polizei überantwortet werden. Es war meine Pflicht, die Tatsachen ans Licht zu bringen, und dabei muß ich es belassen. Was die moralische Seite oder die Schicklichkeit Ihres Verhaltens angeht, so kommt es mir nicht zu, darüber eine Meinung zu äußern. Es ist schon fast Mitternacht, Watson, und ich glaube, wir machen uns wieder auf den Weg zu unserer bescheidenen Herberge.«

Heute ist allgemein bekannt, daß diese ungewöhnliche Episode einen glücklicheren Ausgang nahm, als Sir Roberts Aktionen es verdient hätten. Shoscombe Prince gewann das Derby, der risikofreudige Eigentümer strich achtzigtausend Pfund aus den Wetten ein, und die Gläubiger hielten still, bis das Rennen vorüber war; danach wurden sie voll ausbezahlt, und für Sir Robert blieb genügend übrig, um sich wieder eine angemessene Existenz aufzubauen. Sowohl Polizei als auch Coroner gelangten zu einer nachsichtigen Beurteilung der Tat; und abgesehen von einem milden Verweis für die verspätete Meldung des Hinscheidens der Lady ging der glückliche Besitzer unversehrt aus dieser seltsamen Begebenheit hervor, und nachdem er die Schatten hinter sich gelassen hat, verspricht seine Laufbahn in einem ehrenvollen Lebensabend zu enden.

DER FARBENHÄNDLER IM RUHESTAND

Sherlock Holmes befand sich an diesem Morgen in melancholischer und philosophischer Stimmung. Seine alerte, praktisch veranlagte Natur unterlag zuzeiten solchen Reaktionen.

»Haben Sie ihn gesehen?« fragte er.

»Sie meinen den alten Knaben, der eben hinausgegangen ist?«

»Genau.«

»Ja, ich bin ihm an der Tür begegnet.«

»Was halten Sie von ihm?«

»Eine jämmerliche, hoffnungslose, gebrochene Kreatur.«

»Ganz recht, Watson. Jämmerlich und hoffnungslos. Aber ist nicht das ganze Leben jämmerlich und hoffnungslos? Ist nicht die Geschichte dieses Mannes ein Mikrokosmos des Ganzen? Wir streben nach etwas. Wir greifen zu. Und was bleibt uns zuletzt in den Händen? Ein Schatten. Oder Schlimmeres noch als ein Schatten – Elend.«

»Ist er einer Ihrer Klienten?«

»Nun ja, ich glaube, so darf ich ihn nennen. Er wurde vom Yard an mich weitergeleitet. So wie Ärzte ihre unheilbar Kranken gelegentlich an Quacksalber überweisen mit der Begründung, sie selbst könnten nichts mehr ausrichten und daß, was immer geschehe, der Zustand des Patienten nicht schlimmer werden könne, als er ohnehin schon sei.«

»Worum geht es denn?«

Holmes nahm eine ziemlich schmutzige Visitenkarte vom Tisch. »Josiah Amberley. Er sagt, er sei Juniorpartner von Brickfall & Amberley gewesen, einer Firma, die Zubehör für bildende Künstler herstellt. Man findet ihre Namen zum Beispiel auf Farbkästen. Er machte ein kleines Vermögen, zog sich mit einundsechzig vom Geschäft zurück, kaufte in Lewisham ein Haus und setzte sich nach einem Leben pausenloser Plackerei zur Ruhe. Man sollte annehmen, seine Zukunft sei leidlich gesichert.«

»Ja, allerdings.«

Holmes überflog einige Notizen, die er auf die Rückseite eines Umschlags gekritzelt hatte.

»1896 in den Ruhestand getreten, Watson. Anfang 1897 heiratete er eine zwanzig Jahre jüngere Frau – eine gutaussehende Frau übrigens, falls die Photographie nicht schmeichelt. Wohlhabenheit, eine Gemahlin, Muße – eine gerade Straße schien vor ihm zu liegen. Und doch ist er, wie Sie gesehen haben, so gebrochen und armselig wie nur irgendeine Kreatur, die unter der Sonne kreucht.«

»Aber was ist denn geschehen?«

»Die alte Geschichte, Watson. Ein treuloser Freund und ein wankelmütiges Eheweib. Wie es scheint, hat Amberley ein großes Steckenpferd, und das ist Schach. Nicht weit von ihm in Lewisham wohnt ein junger Arzt, der ebenfalls Schach spielt. Ich habe seinen Namen als Dr. Ray Ernest notiert. Ernest kam häufig zu Besuch; und daß sich daraus eine enge Beziehung zwischen ihm und Mrs. Amberley ergab, war eine natürliche Folge, denn Sie müssen zugeben, daß unser unglücklicher Klient über nur wenig äußere Reize verfügt – ganz gleich, wie es um seine inneren Vorzüge bestellt sein mag. Das Pärchen hat sich letzte Woche abgesetzt – Reiseziel unbekannt. Und obendrein hat die treulose Gemahlin als persönliches Gepäck noch den Dokumentenbehälter des alten Mannes mitgehen lassen; ein Großteil seiner Ersparnisse befindet sich darin. Können wir die Lady ausfindig machen? Können wir das Geld retten? Ein alltägliches Problem, soweit es sich bis jetzt darstellt; für Josiah Amberley ist es jedoch lebenswichtig.«

»Und was werden Sie unternehmen?«

»Tja, die vordringliche Frage, mein lieber Watson, lautet eigentlich: Was werden *Sie* unternehmen? – falls Sie die Güte haben wollen, für mich einzuspringen. Wie Sie wissen, bin ich noch mit diesem Fall der beiden koptischen Patriarchen beschäftigt; er kommt vermutlich heute zur Entscheidung. Ich habe also wirklich keine Zeit, nach Lewisham hinauszufahren; gleichwohl ist eine Beweisaufnahme an Ort und Stelle besonders wertvoll. Der alte Knabe bestand hartnäckig darauf, daß ich zu ihm hinausfahre; aber ich habe ihm meine schwierige Situation erläutert. Er ist bereit, einen Stellvertreter zu empfangen.«

»Aber natürlich übernehme ich das«, antwortete ich. »Ich glaube zwar nicht, daß ich viel ausrichten kann, aber ich werde mein Bestes tun.« Und so geschah es, daß ich an einem Sommernachmittag nach Lewisham aufbrach; ich hätte mir nie träumen lassen, daß die Sache, auf die ich mich da einließ, binnen einer Woche in ganz England Gegenstand eifriger Debatten sein würde.

Es war spät an jenem Abend, als ich zur Baker Street zurückkehrte und über meine Mission Bericht erstattete. Holmes lag, die hagere Gestalt ausgestreckt, in seinem tiefen Sessel; aus seiner Pfeife kräuselten sich langsam Wölkchen beißenden Tabakrauches, dieweil seine Lider so träge über den Augen hingen, daß es fast so aussah, als schliefe er; doch bei jedem Innehalten und an jeder zweifelhaften Stelle meines Berichtes hoben sie sich halb, und zwei graue Augen, funkelnd und scharf wie Rapiere, durchbohrten mich mit ihrem forschenden Blick.

»Das Haus von Mr. Josiah Amberley heißt *The Haven*«, erklärte ich. »Ich glaube, das wird Sie interessieren, Holmes. Es wirkt wie ein heruntergekommener Patrizier, der sich aus Geldmangel in den niederen Schichten aufhält. Sie kennen ja dieses Viertel, die monotonen Backsteinzeilen, die ermüdenden Vorstadtchausseen. Genau mittendrin, eine kleine Insel ehrwürdiger Kultur und Behaglichkeit, liegt dieses alte Haus, umgeben von einer hohen sonnenverdorrten, flechtenbunten und moosbedeckten Mauer, einer Mauer von der Art ...«

»Schenken Sie sich die Poesie, Watson«, sagte Holmes streng. »Ich nehme zur Kenntnis, daß es sich um eine hohe Backsteinmauer handelt.«

»Genau. Wahrscheinlich hätte ich *The Haven* gar nicht gefunden, wenn ich nicht einen Mann gefragt hätte, der rauchend auf der Straße herumstand. Ich erwähne ihn nicht ohne Grund. Er war hochgewachsen, dunkelhaarig, hatte einen dicken Schnauzbart und wirkte ziemlich militärisch. Als Antwort auf meine Erkundigung nickte er mit dem Kopf und bedachte mich mit einem sonderbar fragenden Blick, an den ich mich etwas später wieder erinnern sollte.

Ich hatte kaum den Torweg betreten, als ich Mr. Amberley auch schon die Auffahrt herunterkommen sah. Heute früh hatte ich ihn ja nur ganz flüchtig zu Gesicht bekommen, und schon da machte er auf mich den Eindruck eines sonderbaren Menschen; aber als ich ihn nun im vollen Tageslicht erblickte, wirkte er sogar noch ungewöhnlicher.«

»Ich habe sein Äußeres natürlich eingehend studiert; trotzdem würde mich Ihr Eindruck interessieren«, sagte Holmes.

»Er kam mir vor wie ein von Sorgen buchstäblich gebeugter Mann. Sein Rücken ist gekrümmt, als ob er eine schwere Last trage. Dennoch ist er kein Schwächling, wie ich zunächst gedacht hatte; Schultern und Brustkasten sind nämlich gebaut wie die eines Riesen, obwohl seine Figur sich nach unten hin in ein Paar spindeldürrer Beine verjüngt.«

»Der linke Schuh mit Falten, der rechte glatt.«

»Das habe ich nicht bemerkt.«

»Das sieht Ihnen ähnlich. Mir ist sein künstliches Bein nicht entgangen. Aber fahren Sie fort.«

»Mir fielen die grauen Locken auf, die sich unter seinem alten Strohhut hervorschlängelten, und sein wilder, verbissener Gesichtsausdruck und die tief zerfurchten Züge.«

»Sehr gut, Watson. Und was hat er gesagt?«

»Er fing an, seine Leidensgeschichte hervorzusprudeln. Wir gingen zusammen die Auffahrt hinauf, und ich habe mich natürlich gründlich umgeschaut. Noch nie habe ich ein so schlecht gepflegtes Anwesen gesehen. Der Garten ist völlig heruntergekommen und machte auf mich den Eindruck wilder Verwahrlosung – keinem Kunstwillen gehorchten die Pflanzen, sondern dem Willen der Natur. Wie eine anständige Frau sowas zulassen konnte, ist mir schleierhaft. Auch das Haus befindet sich in einem äußerst schlampigen Zustand. Aber der arme Kerl scheint sich dessen bewußt zu sein und versucht offenbar, die Mängel zu beheben; in der Mitte der Eingangshalle stand nämlich ein großer Topf mit grüner Farbe, und er hielt noch einen dicken Pinsel in der linken Hand, mit dem er gerade das Gebälk gestrichen hatte.

Dann führte er mich in sein schmuddeliges Arbeitszimmer, und wir haben lange miteinander geplaudert. Natürlich war er enttäuscht, daß Sie nicht selbst gekommen sind. ›Ich habe auch kaum erwartet‹, sagte er, ›daß ein so berühmter Mann wie Mr. Sherlock Holmes einem so unmaßgeblichen Individuum wie mir seine volle Aufmerksamkeit schenkt – und schon gar nicht nach meinem schweren finanziellen Verlust.‹

Ich versicherte ihm, daß die finanzielle Frage keine Rolle spiele. ›Nein, natürlich nicht, er betreibt ja die Kunst um der Kunst willen‹, sagte er; ›aber gerade was die künstlerische Seite eines Verbrechens betrifft, gibt es hier einiges, was er hätte studieren können. Und die menschliche Natur, Dr. Watson – der elende Undank, der hinter alledem steckt! Wann habe ich ihr jemals eine Bitte abgeschlagen? Ist eine Frau schon jemals so verwöhnt worden? Und dieser junge Mann – er hätte ja mein eigener Sohn sein können. Ein und aus ist er bei mir gegangen. Und nun sehen Sie sich an, wie sie mich behandelt haben! Ach, Dr. Watson, wir leben in einer schrecklichen, schrecklichen Welt!‹

Eine Stunde oder länger lautete so der Refrain seines Liedes. Anscheinend hatte er von dem heimlichen Liebesverhältnis keine Ahnung gehabt. Sie lebten allein – abgesehen von einer Hausangestellten, die tagsüber kommt und abends um sechs wieder geht. An dem betreffenden Abend hatte der alte Amberley, um seiner Frau eine Freude zu machen, zwei Karten für den zweiten Rang im Theater am Haymarket besorgt. Sie habe jedoch im letzten Augenblick über Kopfschmerzen geklagt und wollte nicht mitkommen. Daraufhin sei er alleine gegangen. An dieser Tatsache scheint es keinen Zweifel zu geben, denn er zeigte mir die unbenutzte Eintrittskarte seiner Frau.«

»Das ist bemerkenswert – höchst bemerkenswert«, sagte Holmes, der sich immer mehr für den Fall zu interessieren schien. »Fahren Sie bitte fort, Watson. Ich finde Ihren Bericht überaus fesselnd. Haben Sie diese Eintrittskarte persönlich überprüft und sich dabei vielleicht gar die Platznummer gemerkt?«

»Zufälligerweise ja«, versetzte ich nicht ohne Stolz. »Sie entspricht nämlich ausgerechnet meiner ehemaligen Spindnummer in der Schule, einunddreißig; deswegen habe ich sie im Kopf behalten.«

»Ausgezeichnet, Watson! Demnach saß er entweder auf Platz dreißig oder zweiunddreißig.«

»Ganz recht«, antwortete ich etwas verwundert. »Und zwar in Reihe B.«

»Das ist äußerst befriedigend. Was hat er Ihnen sonst noch erzählt?«

»Er zeigte mir seine sogenannte ›Stahlkammer‹. Es handelt sich tatsächlich um eine Stahlkammer – wie bei einer Bank –, mit Eisentür und eisernen Fensterläden – einbruchsicher, wie er behauptete. Wie auch immer, die Frau scheint einen Zweitschlüssel zu besitzen, und die beiden haben Bargeld und Effekten im Wert von ungefähr siebentausend Pfund mitgehen lassen.«

»Effekten! Wie sollten sie die denn loswerden?«

»Er sagte, er habe der Polizei eine Liste davon gegeben – in der Hoffnung, daß sie sich dann nicht verkaufen lassen. Gegen Mitternacht sei er vom Theater zurückgekehrt und habe den Raum ausgeplündert vorgefunden: Tür und Fenster hätten offengestanden, und die Flüchtigen seien auf und davon gewesen. Sie haben weder Brief noch Nachricht hinterlassen; seither hat er nichts mehr von ihnen gehört. Er hat dann sofort die Polizei alarmiert.«

Holmes grübelte einige Minuten lang nach.

»Sie sagen, er sei gerade beim Anstreichen gewesen. Was hat er denn angestrichen?«

»Den Flur. Tür und Holzteile des Raumes, von dem ich gesprochen habe, waren bereits fertig.«

»Kommt Ihnen eine solche Beschäftigung unter den gegebenen Umständen nicht merkwürdig vor?«

»›Man muß sich mit irgend etwas beschäftigen, um sich vom Kummer abzulenken.‹ So lautete seine Erklärung dazu. Zweifellos etwas exzentrisch – aber er ist ja auch offenkundig ein Exzentriker. In meinem Beisein hat er eine Photographie seiner Frau zerfetzt – wie ein Rasender, in einer leidenschaftlichen Aufwallung. ›Ich will ihr verdammtes Gesicht nie wieder sehen‹, schrie er.«

»Sonst noch etwas, Watson?«

»Ja, und zwar etwas, was ich erstaunlicher fand als alles andere. Ich war zur Blackheath Station gefahren und eben in den Zug gestiegen, als ich im Augenblick, da er anfuhr, einen Mann ins Nachbarabteil huschen sah. Sie wissen, ich habe für Gesichter ein scharfes Auge, Holmes. Es handelte sich unzweifelhaft um den hochgewachsenen, dunkelhaarigen Mann, den ich auf der Straße angesprochen hatte. Ich sah ihn dann noch einmal an der London Bridge; danach habe ich ihn in der Menge aus den Augen verloren. Aber ich bin sicher, daß er mich verfolgt hat.«

»Ohne Zweifel! Ohne Zweifel!« sagte Holmes. »Ein hochgewachsener, dunkelhaariger Mann mit dickem Schnauzbart, sagen Sie – und mit einer graugetönten Sonnenbrille?«

»Holmes, Sie sind ein Hexenmeister. Davon habe ich doch gar nichts erwähnt! Er trug tatsächlich eine graugetönte Sonnenbrille.«

»Und eine Freimaurer-Krawattennadel?«

»Holmes!«

»Ein Kinderspiel, mein lieber Watson. Aber lassen Sie uns zum Praktischen kommen. Ich muß zugeben, daß dieser Fall, der mir so lächerlich einfach erschien, daß ich ihn kaum meiner Aufmerksamkeit wert fand, plötzlich ganz andere Züge annimmt. Sie haben bei Ihrer Mission zwar alles von Bedeutung außer acht gelassen; aber selbst das wenige, das sich Ihnen aufgedrängt hat, gibt Anlaß zu ernsthaftem Nachdenken.«

»Was habe ich denn außer acht gelassen?«

»Nun seien Sie nicht gleich gekränkt, mein lieber Freund. Sie wissen doch, ich meine das ganz und gar nicht persönlich. Niemand hätte es besser gemacht – mancher wahrscheinlich schlechter. Aber einige überaus wichtige Einzelheiten haben Sie offenkundig außer acht gelassen: Was halten die Nachbarn von diesem Amberley und seiner Frau? Das wäre zweifellos von Belang. Wie sieht es mit Dr. Ernest aus? Ist er tatsächlich ein solcher Schwerenöter? Bei Ihren natürlichen Vorzügen, Watson, wäre doch jede Lady Ihre Helferin und Komplizin. Wie steht es mit dem Mädchen vom Postamt, oder mit der Frau des Gemüsehändlers? Ich könnte mir vorstellen, daß Sie der jungen Lady im *Blue Anchor* luftige Nichtigkeiten zuflüstern und dafür handfeste Wahrheiten zurückbekommen. All dies haben Sie unterlassen.«

»Es läßt sich ja nachholen.«

»Ist bereits geschehen. In der Regel kann ich die für mich wesentlichen Auskünfte einholen, ohne mein Zimmer zu verlassen – dank dem Telephon und der Hilfe des Yard. In der Tat wird die Geschichte des Mannes durch meine Informationen bestätigt. In seiner Gemeinde steht er im Ruf, nicht nur ein gestrenger und pingeliger Ehemann, sondern auch ein Geizhals zu sein. Daß er in dieser seiner Stahlkammer eine große Summe Geldes gelagert hatte, steht fest. Ebenso, daß dieser junge Dr. Ernest, ein Junggeselle, mit Amberley Schach und mit dessen Frau den verliebten Narren spielte. All dies erscheint vollkommen klar, und man könnte meinen, es gäbe nichts mehr dazu zu sagen – und trotzdem! – Trotzdem!«

»Wo liegt denn die Schwierigkeit?«

»Vielleicht nur in meiner Phantasie. Nun ja, belassen wir es dabei, Watson. Wir wollen dieser ermüdenden Alltagswelt durch den Seitenausgang der Musik entfleuchen. Heute abend singt die Carina in der Albert Hall, und wir haben noch Zeit, uns umzuziehen und zu speisen, um uns dann dem Vergnügen zu widmen.«

Am nächsten Morgen war ich beizeiten aus den Federn; doch einige Toastkrümel und zwei leere Eierschalen verrieten mir, daß mein Gefährte noch früher aufgestanden war. Auf dem Tisch fand ich eine hingekritzelte Nachricht.

> Lieber Watson, –
> ich möchte noch ein oder zwei Punkte im Zusammenhang mit Mr. Josiah Amberley klären. Wenn ich das erledigt habe, können wir den Fall zu den Akten legen – oder auch nicht. Ich würde Sie nur bitten, gegen fünfzehn Uhr zur Stelle zu sein, denn ich halte es für möglich, daß ich Sie brauche.
>
> S. H.

Den ganzen Tag über bekam ich Holmes nicht zu Gesicht; zur genannten Stunde jedoch kehrte er zurück – ernst, gedankenverloren und unnahbar. Bei solchen Gelegenheiten tat man klüger daran, ihn in Ruhe zu lassen.

»War Amberley schon hier?«

»Nein.«

»Ah! Ich erwarte ihn nämlich.«

Er wurde nicht enttäuscht, denn bald darauf traf der alte Knabe ein – mit einem sehr besorgten und verwirrten Ausdruck auf seinem strengen Gesicht.

»Ich habe ein Telegramm bekommen, Mr. Holmes, und werde daraus nicht schlau.« Er überreichte es Holmes, und dieser las es laut vor.

> Kommen Sie unverzüglich. Kann Ihnen Informationen über Ihren kürzlichen Verlust geben. –
>
> Elman. Pfarramt.

»Aufgegeben um vierzehn Uhr zehn in Little Purlington«, sagte Holmes. »Little Purlington liegt in Essex, glaube ich, nicht weit von Frinton. Tja, da sollten Sie natürlich sofort aufbrechen. Das stammt offensichtlich vom Ortspfarrer, also einer vertrauenswürdigen Person. Wo ist mein Kirchen-Adreßbuch? Ja, hier hätten wir ihn: J. C. Elman, M. A., Pfarrei von Mossmoor und Little Purlington. Suchen Sie doch mal die Zugverbindung heraus, Watson.«

»Es gibt eine um siebzehn Uhr zwanzig ab Liverpool Street.«

»Ausgezeichnet. Am besten, Sie begleiten ihn, Watson. Möglicherweise braucht er Hilfe oder Rat. Offensichtlich sind wir bei dieser Sache an einem Wendepunkt angelangt.«

Unser Klient schien jedoch keineswegs erpicht darauf, aufzubrechen.

»Das ist doch vollkommen sinnlos, Mr. Holmes«, sagte er. »Was kann denn dieser Mann von den Ereignissen schon wissen? Es wäre reine Zeit- und Geldverschwendung.«

»Er hätte Ihnen wohl nicht telegraphiert, wenn er nicht irgend etwas wüßte. Sie sollten ihm sofort kabeln, daß Sie kommen.«

»Ich glaube nicht, daß ich fahren werde.«

Holmes setzte seine strengste Miene auf.

»Es würde den denkbar schlechtesten Eindruck sowohl auf mich als auch auf die Polizei machen, wenn Sie sich weigern sollten, einem so offenkundigen Anhaltspunkt nachzugehen. Wir könnten dann nämlich zu der Ansicht gelangen, daß Sie an dieser Untersuchung gar nicht ernstlich interessiert sind.«

Diese Unterstellung schien unseren Klienten zu erschrekken.

»Je nun, wenn Sie es so sehen, fahre ich natürlich«, sagte er. »Auf den ersten Blick kommt es mir jedenfalls absurd vor zu glauben, daß dieser Pfarrer irgendwas weiß; aber wenn Sie meinen . . .«

»Allerdings meine ich«, sagte Holmes mit Nachdruck; und somit wurden wir auf die Reise geschickt. Ehe wir hinausgingen, nahm Holmes mich beiseite und erteilte mir noch einen Rat – was zeigte, daß er die Angelegenheit für wichtig erachtete. »Sie müssen auf jeden Fall dafür sorgen, daß er auch wirklich fährt«, sagte er. »Sollte er sich davonmachen oder umkehren, suchen Sie das nächste Fernsprechamt auf und geben ein einziges Wort durch: ›Ausgebüchst‹. Ich werde hier Vorkehrungen treffen, daß diese Nachricht mir auch zukommt – ganz gleich, wo ich mich aufhalte.«

Little Purlington ist keine leicht zu erreichende Ortschaft, da sie an einer Nebenlinie liegt. Ich knüpfe keine angenehmen Erinnerungen an die Reise, denn es herrschte Hitze, der Zug fuhr langsam, und mein Begleiter war verdrießlich und schweigsam; er sprach so gut wie gar nichts – nur gelegentlich machte er eine hämische Bemerkung über die Fruchtlosigkeit unseres Unterfangens. Als wir schließlich den kleinen Bahnhof erreichten, stand uns noch eine zwei Meilen weite Fahrt bevor, ehe wir am Pfarramt eintrafen, wo uns ein dicker, würdevoller, ziemlich pompöser Geistlicher in seinem Arbeitszimmer empfing. Vor ihm lag unser Telegramm.

»Nun, Gentlemen«, fragte er, »was kann ich für Sie tun?«

»Wir sind auf Ihr Telegramm hin gekommen«, erklärte ich.

»Mein Telegramm! Ich habe kein Telegramm aufgegeben.«

»Ich meine das Telegramm, das Sie an Mr. Josiah Amberley geschickt haben – wegen seiner Frau und seines Geldes.«

»Wenn das ein Scherz sein soll, Sir, dann ist es ein sehr fragwürdiger«, sagte der Pfarrer ärgerlich. »Ich habe von dem erwähnten Gentleman noch nie gehört und auch niemandem ein Telegramm geschickt.«

Unser Klient und ich sahen einander verblüfft an.

»Vielleicht handelt es sich um ein Versehen«, sagte ich; »gibt es hier womöglich zwei Pfarrämter? Hier ist das Telegramm, mit der Unterschrift ›Elman‹ und dem Pfarramt als Absender.«

»Es gibt hier nur ein Pfarramt, Sir, und auch nur einen Pfarrer; dieses Telegramm ist ein skandalöser Schwindel, dessen Herkunft die Polizei mit Sicherheit ermitteln wird. Einstweilen sehe ich jedoch keinerlei Sinn darin, dieses Gespräch fortzusetzen.«

Damit befanden Mr. Amberley und ich uns wieder auf der Straße – in einem Ort, der mir wie das primitivste Dorf in ganz England vorkam. Wir begaben uns zum Telegraphenamt, aber es hatte bereits geschlossen. Der kleine Gasthof *Railway Arms* verfügte jedoch über ein Telephon, und mit dessen Hilfe nahm ich Verbindung mit Holmes auf, der unsere Verblüffung über das Resultat unserer Reise teilte.

»Äußerst eigenartig!« sagte die ferne Stimme. »Höchst bemerkenswert! Ich fürchte sehr, mein lieber Watson, heute abend fährt kein Zug mehr zurück. Ich habe Sie also unwissentlich zu den Schrecknissen eines ländlichen Gasthofes verdammt. Trotzdem, Ihnen bleibt ja immer noch die Natur, Watson – die Natur und Josiah Amberly; mit beiden können Sie nun enge Gemeinschaft pflegen.« Ich vernahm noch sein trockenes Kichern, als er wieder einhängte.

Es stellte sich bald heraus, daß mein Begleiter nicht zu Unrecht im Ruf eines Geizhalses stand. Er hatte bereits über die Reisekosten gemurrt und darauf bestanden, dritter Klasse zu fahren; nun erhob er lauthals Einwände gegen die Hotelrechnung. Am nächsten Morgen, als wir endlich in London eintrafen, ließ sich schwer entscheiden, wer von uns beiden bei schlechterer Laune war.

»Am besten, Sie schauen unterwegs in der Baker Street vorbei«, sagte ich. »Vielleicht hat Mr. Holmes ein paar neue Instruktionen.«

»Wenn sie nicht mehr wert sind als die letzten, dann nützen sie mir nicht viel«, sagte Amberley mit feindseligem Blick. Nichtsdestoweniger begleitete er mich. Ich hatte Holmes telegraphisch über die Stunde unserer Ankunft unterrichtet; wir fanden jedoch eine Nachricht vor, daß er in Lewisham sei und uns dort erwarte. Das war eine Überraschung; aber eine noch größere war, daß wir ihn im Wohnzimmer unseres Klienten nicht alleine antrafen. Neben ihm saß ein streng blickender, unbeteiligt wirkender Mann mit dunklen Haaren und graugetönter Brille; aus seiner Krawatte lugte eine dicke Freimaurer-Nadel hervor.

»Das ist mein Freund Mr. Barker«, sagte Holmes. »Auch er hat sich für Ihren Fall interessiert, Mr. Josiah Amberley, obwohl wir bislang voneinander unabhängig gearbeitet haben. Aber wir hätten Ihnen beide die gleiche Frage zu stellen!«

Mr. Amberley ließ sich schwer auf einen Stuhl fallen. Er witterte Gefahr. Das las ich in seinem starren Blick und seiner zuckenden Miene.

»Was denn für eine Frage, Mr. Holmes?«

»Nur diese: Was haben Sie mit den Leichen gemacht?«

Der Mann fuhr mit einem heiseren Schrei hoch und griff mit den knochigen Händen in die Luft. Sein Mund stand offen, und für den Augenblick wirkte er wie ein schrecklicher Raubvogel. Blitzartig konnten wir einen Blick auf den wahren Josiah Amberley erhaschen, einen mißgestalteten Dämon, dessen Seele ebenso entstellt war wie sein Körper. Als er in seinen Stuhl zurückfiel, fuhr er mit der Hand an die Lippen – als ob er einen Huster unterdrücken wolle. Holmes sprang ihm wie ein Tiger an die Kehle und drehte sein Gesicht zum Boden, worauf dem keuchenden Mund ein weißes Kügelchen entfiel.

»Keine Kurzschlüsse, Josiah Amberley. Alles muß in Würde und Ordnung geschehen. Wie sieht's aus, Barker?«

»An der Tür steht mein Wagen«, sagte unser wortkarger Gefährte.

»Zur Wache sind es nur ein paar hundert Yards. Wir gehen zusammen. Sie bleiben bitte hier, Watson. Ich bin in einer halben Stunde zurück.«

In dem mächtigen Leib des alten Farbenhändlers steckten die Kräfte eines Löwen; doch den beiden im Zupacken erfahrenen Männern war er nicht gewachsen. Sich windend und drehend wurde er zu dem wartenden Wagen gezerrt, und mich überließ man meiner einsamen Nachtwache in diesem Haus des Unheils. Holmes kehrte jedoch schon vor der genannten Zeit zurück – in Begleitung eines schneidigen jungen Polizeiinspektors.

»Ich habe es Barker überlassen, sich um die Formalitäten zu kümmern«, sagte Holmes. »Sie haben Barker noch nicht gekannt, Watson. Er ist mein erbitterter Rivale auf der Surrey-Seite. Als Sie einen hochgewachsenen, dunkelhaarigen Mann erwähnten, fiel es mir nicht schwer, das Bild zu vervollständigen. Er hat schon ein paar sauber gelöste Fälle vorzuweisen, nicht wahr, Inspektor?«

»Er hat sich in der Tat ein paarmal eingemischt«, antwortete der Inspektor zurückhaltend.

»Seine Methoden sind zweifellos irregulär – wie die meinen auch. Aber gerade deshalb sind sie manchmal nützlich. Sie zum Beispiel, mit Ihrem obligatorischen Hinweis, daß alles, was er sagt, gegen ihn verwendet werden kann, hätten es nie geschafft, den Schurken zu diesem Quasi-Geständnis zu verleiten.«

»Wahrscheinlich nicht. Aber wir kommen trotzdem zum Ziel, Mr. Holmes. Glauben Sie bloß nicht, wir hätten uns keine eigenen Ansichten zu diesem Fall gebildet und wären nicht imstande gewesen, unseren Mann zu schnappen! Sie dürfen uns nicht übelnehmen, daß wir sauer sind, wenn Sie sich mit Methoden, die wir nicht anwenden dürfen, dazwischendrängeln und uns damit unserer Verdienste berauben.«

»Einen solchen Raub wird es nicht geben, MacKinnon. Ich versichere Ihnen, daß ich mich von nun an aus dem Fall zurückziehe; und was Barker betrifft, so hat er bisher nur getan, was ich ihm aufgetragen habe.«

Der Inspektor schien außerordentlich erleichtert.

»Das ist sehr anständig von Ihnen, Mr. Holmes. Lob oder Tadel können *Ihnen* ja nur wenig bedeuten; aber für uns sieht die Sache ganz anders aus, wenn die Zeitungen erst mal anfangen, Fragen zu stellen.«

»Ganz recht. Und das werden sie mit Sicherheit tun; daher wäre es von Vorteil, Antworten parat zu haben. Was würden Sie denn zum Beispiel sagen, wenn der intelligente und zupackende Reporter Sie nach den Indizien fragt, auf die sich Ihr Verdacht gründete und anhand deren Sie sich schließlich Gewißheit über die wirklichen Fakten verschafften?«

Der Inspektor schaute verwirrt drein.

»Mir scheint, wir haben noch keine wirklichen Fakten in der Hand, Mr. Holmes. Sie sagen, der Gefangene habe im Beisein von drei Zeugen durch einen Selbstmordversuch praktisch zugegeben, daß er seine Frau und ihren Liebhaber ermordet hat. Was haben Sie denn sonst noch für Fakten?«

»Haben Sie schon eine Hausdurchsuchung angeordnet?«

»Es sind bereits drei Polizisten unterwegs.«

»Dann werden Sie ja das eindeutigste Faktum bald finden. Die Leichen können nicht weit sein. Nehmen Sie sich die Kellerräume und den Garten vor. Es dürfte nicht lange dauern, die in Frage kommenden Stellen ausfindig zu machen. Das Haus hier ist älter als seine Wasserrohre. Irgendwo muß es einen unbenutzten Brunnen geben. Dort sollten Sie Ihr Glück versuchen.«

»Aber woher haben Sie von dem Verbrechen gewußt, und wie wurde es begangen?«

»Ich will Ihnen zuerst vor Augen führen, wie es begangen wurde; danach sollen Sie die Erklärung bekommen, die ich Ihnen und vor allem meinem geduldigen Freund hier schulde – seine Hilfe war in jeder Beziehung unschätzbar. Doch zunächst möchte ich Ihnen einen Einblick in die Mentalität des Täters verschaffen. Sie ist sehr ungewöhnlich – so sehr, daß ich der Ansicht bin, man sollte ihn lieber nach Broadmoor bringen statt aufs Schafott. Ihm eignet nämlich in hohem Grade jene Denkungsart, die man eher mit dem Naturell des mittelalterlichen Italieners als mit dem des modernen Briten verbindet. Er war ein elender Geizkragen, der seine Frau mit seiner Knickerei dermaßen zermürbte, daß sie eine leichte Beute für jeden Abenteurer darstellte. Ein solcher betrat denn auch die Bühne, in Gestalt dieses schachspielenden Arztes. Amberley spielt ausgezeichnet Schach – ein Wesensmerkmal, Watson, jedes Ränkeschmieds. Wie alle Geizhälse war er eifersüchtig; und seine Eifersucht wurde zur rasenden Manie. Ob zu Recht oder zu Unrecht – er vermutete eine Intrige. Da beschloß er, sich zu rächen, und heckte seine Rache mit diabolischer Schlauheit aus. Kommen Sie mit!«

Holmes geleitete uns durch den Flur – mit einer Sicherheit, als wohne er seit jeher im Haus; dann blieb er an der geöffneten Tür der Stahlkammer stehen.

»Puh! Was für ein abscheulicher Farbgeruch!« rief der Inspektor.

»Das war unser erster Anhaltspunkt«, sagte Holmes. »Sie können sich dafür bei Dr. Watson und seiner Beobachtungsgabe bedanken; wiewohl er es versäumte, die Schlußfolgerung daraus zu ziehen. Mich brachte es auf die richtige Spur. Warum sollte dieser Mann sein Haus zu einem solchen Zeitpunkt mit strengen Düften erfüllen? Offensichtlich, um einen anderen Geruch, den er verheimlichen wollte, zu überdecken – einen weniger harmlosen Geruch, der Verdacht erregen würde. Hinzu kam der Gedanke an einen Raum, wie Sie ihn hier sehen: mit Eisentür und eisernen Fensterläden – ein hermetisch verschlossener Raum. Wenn Sie diese beiden Fakten zusammenfügen, wohin führen sie dann? Dies konnte ich nur feststellen, indem ich mir das Haus persönlich unter die Lupe nahm. Allerdings war ich bereits sicher, daß es sich um einen ernsten Fall handelte; ich hatte nämlich im Theater am Haymarket die Eintrittskarte überprüft – noch einer von Dr. Watsons Volltreffern – und festgestellt, daß in Reihe B des zweiten Ranges weder Platz dreißig noch zweiunddreißig an jenem Abend besetzt waren. Folglich war Amberley gar nicht im Theater gewesen, und sein Alibi fiel ins Wasser. Er hat einen bösen Schnitzer gemacht, als er meinem listigen Freund die Sitznummer seiner Frau zeigte. Nun erhob sich die Frage, wie ich es ermöglichen könnte, das Haus zu durchsuchen. Ich schickte in das entlegenste Dorf, das mir einfiel, einen Agenten und beorderte meinen Klienten dorthin – zu einem Zeitpunkt, der ihm die Rückkehr am gleichen Tag unmöglich machte. Zur Vermeidung etwelcher Mißgeschicke mußte Dr. Watson ihn begleiten. Den Namen des guten Pfarrers habe ich natürlich meinem Kirchen-Adreßbuch entnommen. Ist Ihnen soweit alles verständlich?«

»Meisterhaft«, sagte der Inspektor ehrfürchtig.

»Nachdem die Gefahr einer Störung ausgeschlossen war, machte ich mich daran, in das Haus einzubrechen. Die Einbrecherei war schon immer ein Gewerbe, auf das ich mich, wenn mir danach gewesen wäre, hätte verlegen können; ich zweifle kaum daran, daß ich es darin zum Meister gebracht hätte. Nun geben Sie acht, was ich entdeckt habe. Sie sehen doch das Gasrohr, das sich hier an der Fußleiste entlangzieht? Sehr gut. Es steigt parallel zur Wand nach oben, und dort in der Ecke befindet sich ein Hahn. Das Rohr führt in die Stahlkammer, wie Sie sehen, und mündet in dieser Stuckrose in der Deckenmitte, wo es von der Ornamentierung verdeckt wird. Diese Mündung ist ganz offen. Sobald man draußen am Hahn dreht, läßt man Gas in den Raum strömen. Wenn Tür und Läden dicht sind und man den Hahn voll aufdreht, gebe ich etwelchen Personen, die in der kleinen Kammer eingeschlossen sind, keine zwei Minuten wachen Bewußtseins mehr. Durch welchen teuflischen Kniff er sie hineingelockt hat, weiß ich nicht; aber nachdem sie sich erst einmal drin befanden, waren sie ihm ausgeliefert auf Gedeih und Verderb.«

Der Inspektor begutachtete interessiert das Rohr. »Einer unserer Beamten hat den Gasgeruch erwähnt«, sagte er, »aber da standen Fenster und Tür natürlich offen, und die Farbe – oder ein Teil davon – war schon aufgetragen. Amberley hatte, seiner Aussage zufolge, mit den Malerarbeiten bereits am Vortag begonnen. Aber was passierte als nächstes, Mr. Holmes?«

»Tja, dann ereignete sich ein ziemlich unerwarteter Zwischenfall. Der Morgen dämmerte bereits, und ich schlüpfte eben durchs Fenster der Speisekammer, als ich eine Hand am Kragen spürte und eine Stimme sagte: ›He, du Schuft, was hast du da drin zu suchen?‹ Als es mir gelang, den Kopf zu drehen, blickte ich in die getönten Brillengläser meines Freundes und Rivalen Mr. Barker. Dieses sonderbar zufällige Zusammentreffen machte uns beide lächeln. Anscheinend hatte ihn die Familie von Dr. Ray Ernest beauftragt, einige Nachforschungen anzustellen, und er war wohl ebenfalls zu dem Schluß gekommen, daß an der Sache etwas faul sei. Schon ein paar Tage lang hatte er das Haus beobachtet und Dr. Watson als eine der offensichtlich verdächtigen Personen registriert, die dort hineingegangen waren. Watson konnte er allerdings kaum festhalten; aber als er nun einen Mann aus dem Fenster der Speisekammer klettern sah, war es mit seiner Beherrschung vorbei. Ich habe ihm natürlich berichtet, wie die Dinge standen, und daraufhin haben wir den Fall gemeinsam weiterverfolgt.«

»Warum haben Sie es ihm berichtet und nicht uns?«

»Weil ich die Absicht hatte, diesen kleinen Test durchzuführen, der dann so vortrefflich gelang. Ich fürchte, Sie wären nicht so weit gegangen.«

Der Inspektor lächelte.

»Nein, vermutlich nicht. Ich habe Sie doch recht verstanden, Mr. Holmes: Sie geben mir Ihr Wort, daß Sie sich aus dem Fall völlig zurückziehen und uns alle Ihre Ergebnisse überlassen?«

»Aber ja, das pflege ich doch ohnehin immer zu tun.«

»Gut, dann danke ich Ihnen im Namen der Polizei. So wie Sie es dargestellt haben, scheint es ein klarer Fall zu sein, und wegen der Leichen wird es wohl auch keine großen Schwierigkeiten mehr geben.«

»Ich will Ihnen noch ein grausiges kleines Beweisstück zeigen«, sagte Holmes; »ich bin sicher, Amberley hat es nicht bemerkt. Resultate erzielt man, Inspektor, indem man sich immer wieder in die Situation des anderen versetzt und sich vorstellt, wie man an dessen Stelle handeln würde. Das erfordert zwar ein wenig Phantasie, aber es lohnt sich. Nun denn, nehmen wir einmal an, Sie wären in diesem kleinen Raum eingeschlossen, hätten keine zwei Minuten mehr zu leben, wollten aber mit dem Satan, der Sie von der anderen Seite der Tür aus vermutlich verhöhnt, noch abrechnen. Was würden Sie tun?«

»Eine Nachricht schreiben.«

»Genau. Sie würden mitteilen wollen, wie Sie gestorben sind. Es auf ein Blatt Papier zu schreiben, hätte keinen Zweck.

Das würde er entdecken. Aber auf die Wand – darauf könnte vielleicht einmal ein Blick verharren. Und nun sehen Sie mal her! Direkt über der Fußleiste wurde etwas mit purpurfarbenem Tintenstift hingekritzelt: ›Wir wur...‹ Das ist alles.«

»Was machen Sie daraus?«

»Nun, es befindet sich nur einen Fuß über dem Boden. Der arme Teufel lag dort bereits im Sterben, als er es geschrieben hat. Noch ehe er es zu Ende bringen konnte, verlor er die Besinnung.«

»Er wollte schreiben: ›Wir wurden ermordet.‹«

»So lese ich es auch. Wenn Sie also bei der Leiche einen Tintenstift finden ...«

»Wir werden darauf achten, darauf können Sie sich verlassen. Aber diese Effekten? Ein Raub hat offensichtlich gar nie stattgefunden. Und doch *besaß* er diese Wertpapiere. Wir haben das nachgeprüft.«

»Sie können sich darauf verlassen, daß er sie an einem sicheren Ort versteckt hat. Wäre die Sache mit dem durchgebrannten Paar erst einmal in die Geschichte eingegangen, dann wäre er plötzlich mit den Papieren aufgetaucht und hätte verkündet, daß das schuldige Pärchen sich erbarmt und das Diebesgut zurückgeschickt habe oder daß es den beiden unterwegs abhanden gekommen sei.«

»Sie scheinen tatsächlich jede Schwierigkeit berücksichtigt zu haben«, sagte der Inspektor. »Natürlich, *uns* mußte er wohl hinzuziehen; aber warum er auch noch zu Ihnen gegangen ist, verstehe ich nicht.«

»Reine Wichtigtuerei!« antwortete Holmes. »Er kam sich so schlau vor und war seiner Sache so sicher, daß er sich einbildete, niemand könne ihm etwas anhaben. Jedem mißtrauischen Nachbarn konnte er sagen: ›Sehen Sie doch, welche Schritte ich unternommen habe. Ich habe nicht nur die Polizei, sondern sogar Sherlock Holmes konsultiert.«

Der Inspektor lachte.

»Das ›sogar‹ müssen wir Ihnen wohl durchgehen lassen,

Mr. Holmes«, sagte er; »das war nämlich das meisterlichste Stück Arbeit, an das ich mich erinnern kann.«

Ein paar Tage später warf mir mein Freund eine Ausgabe des zweiwöchentlich erscheinenden *North Surrey Observer* zu. Unter einer Reihe flammender Schlagzeilen, die mit »Der Horror von *The Haven*« begannen und mit »Brillante Ermittlungen der Polizei« endeten, befand sich eine vollgepackte Kolumne, die den ersten zusammenhängenden Bericht über die Affäre gab. Der letzte Absatz ist typisch für den ganzen Artikel. Er lautete wie folgt:

> Der bemerkenswerte Scharfsinn, mit dem Inspektor MacKinnon aus dem Farbgeruch herleitete, daß ein anderer Geruch, zum Beispiel der nach Gas, überdeckt werden sollte; die kühne Folgerung, daß die Stahlkammer auch die Todeskammer sein könnte; sowie die anschließende Durchsuchung des Grundstücks, die zur Entdeckung der Leichen führte (in einem unbenutzten Brunnen, der geschickt durch eine Hundehütte getarnt war) – all dies sollte in der Kriminalgeschichte als bleibendes Beispiel für die Intelligenz unserer Polizeidetektive weiterleben.

»Was soll's, MacKinnon ist ein guter Kerl«, sagte Holmes mit nachsichtigem Lächeln. »Sie können die Sache in unser Archiv ablegen, Watson. Eines Tages mag dann die wahre Geschichte erzählt werden.«

Editorische Notiz

Die vorliegende Neuübersetzung folgt den englischen Standardnachdrukken der Originalausgabe von 1927, *The Case-Book of Sherlock Holmes.* Erscheinungsort & -datum der einzelnen Erzählungen werden in den Anmerkungen gesondert aufgeführt. Die Übersetzung ist vollständig und wortgetreu; kleinere Abweichungen ergaben sich nur in Fällen, wo für bestimmte Begriffe keine deutsche Entsprechung vorliegt: So wurde z. B. aus dem von Holmes so fingerfertig benutzten *Crockford* ein »Kirchen-Adreßbuch« oder aus den diversen *Hansoms, Broughams* etc. zumeist ein schlichter »Wagen« – sofern die Beschaffenheit des Gefährts für den Textzusammenhang belanglos ist. Unübersetzt übernommen habe ich Begriffe wie *Coroner, Hall* etc., Hausnamen wie *The Gables, The Haven,* Institutionen (z. B. *Berkshire Constabulary*) und dergleichen mehr. All dies findet sich (gesetzt es dient dem Textverständnis) in den Anmerkungen erläutert. – Das Tempus der wörtlichen Rede wurde den Gepflogenheiten im Deutschen behutsam angeglichen.

Anmerkungen

Vorwort

Seite 7
Eine Studie in Scharlachrot, Zürich: Haffmans 1984; *Ein Skandal in Böhmen,* enthalten in *Die Abenteuer des Sherlock Holmes,* Zürich: Haffmans 1984; *Die Memoiren des Sherlock Holmes,* Zürich: Haffmans 1985; *Die Rückkehr des Sherlock Holmes,* Zürich: Haffmans 1985.

Seite 8
»Regierungszeit Edwards« – Edward VII., König von England (1901–1910).
»Ich verübte die Tat« – siehe *Das letzte Problem* in *Die Memoiren des Sherlock Holmes.*
»Coroner« – (von lat. *corona,* Krone); ein ursprünglich den König vertretender Beamter, der die Aufgabe hat, bei Todesfällen, deren Ursache nicht einwandfrei geklärt ist, Ermittlungen anzustellen und das ggf. daraus entstehende Verfahren (kraft Entscheid einer Jury) der nächsthöheren Instanz zu überantworten.

»vorschnelles Handeln wegzuerklären« – Diese Erklärungen finden sich in *Das leere Haus (Die Rückkehr des Sherlock Holmes).*
»unterschiedlichen Literaturzweigen ... seriöseren literarischen Arbeiten ... ein bißchen im Wege ...« – Nun, heute sehen wir das ein bißchen anders: Diese unterschiedlichen Zweiglein sind längst verdorrt und bis auf ein paar historische Romane und die Professor-Challenger-Geschichten mit Recht vergessen; dieweil Sherlock Holmes noch immer in schönster Blüte steht.

Der illustre Klient

The Illustrious Client. ›Collier's‹ (USA), November 1924; ›The Strand Magazine‹, Februar–März 1925.

Seite 13
»Professor Moriarty ... Colonel Sebastian Moran« – Zu ersterem findet sich Weiteres-Genaueres in *Die Memoiren des Sherlock Holmes*, S. 273 ff. sowie in *Das Tal der Angst* (Zürich: Haffmans 1986), S. 10 ff. Letzterer spielt eine große Rolle in *Die Rückkehr des Sherlock Holmes*, S. 7 ff.; außerdem erfährt man in *Das Tal der Angst*, daß er als Stabchef von Professor Moriarty jährlich £ 6000,– verdient – »mehr als der Premierminister«.
»Splügenpaß« – Da dieser an der Grenze Schweiz–Italien liegt, ist nicht klar, warum über den »Unfall« in Prag befunden wurde.

Seite 15
»Khyberpaß« – Paß zwischen der ehemaligen brit. Provinz Pandschab und Afghanistan. Er war eine der drei Stellen, an denen die Engländer am 21. November 1878 die Grenze überschritten: der zweite Afghanistan-Krieg (1878–1881) begann.

Seite 17
»Charlie Peace« – Charles Peace, geb. 1832 in Sheffield, war Einbrecher, Mörder, Hochstapler, Schauspieler, Erfinder (u. a. einer Vorrichtung zur Hebung gesunkener Schiffe) – und pflegte seine Gemahlin zu verprügeln. 1879 wurde er wegen Mordes zum Tode verurteilt.
»Wainwright« – Thomas Griffiths Wainwright (1794–1852) war nicht nur Dichter, Maler, Kunstkritiker, Kunstsammler und Prosaschriftsteller, sondern auch ein Betrüger und Giftmischer. So vergiftete er etwa ein Mädchen, weil dessen zu dick geratene Fesseln seinen Schönheitssinn verletzten. Die Figur des Varney in Bulwer Lyttons *Lucretia* ist ihm nachgebildet; Dickens wurde durch ihn zu der Skizze *Hunted Down* angeregt; und Oscar Wilde widmete ihm einen Essay: *Pen, Pencil and Poison, A Study in Green.*

Seite 18
»Parkhurst« – Gefängnis auf der Isle of Wight.
»Lebensstrom des Strand« – *The Strand* = große Straße im Westen Londons, verläuft parallel zur Themse.

Seite 34
»Hung-wu-... Yung-lo-Zeit« – Hung Wu, eigtl. Chu Yüan-Chang (1328–1398), Sohn eines Bauern, lebte als Bettelmönch, ehe er 1368 die Ming-Dynastie begründete. – Yung-lo (1360–1424), Sohn des Vorigen, bestieg 1408 den Kaiserthron. Er machte Peking zur Hauptstadt Chinas.
»Tang-ying« – laut der *Encyclopaedia Sherlockiana* der berühmte Leiter der kaiserlichen Porzellan-Brennereien Chinas im 18. Jahrhundert. Blütezeit 1736–1749.
»Sung- und Yüan-Dynastien« – Im 9. und 10. Jahrhundert herrschte im Reich der Mitte Uneinigkeit in religiösen Fragen; hinzu kamen Hofränke, derentwegen sich einzelne Gouverneure seit 906 vom Kaiser unabhängig machten, so daß über fünfzig Jahre lang 5 Dynastien nebeneinander bestanden. Erst ein energischer General, der 961 den Namen T'ai Tsu und den Kaisertitel annahm, stellte die Einheit wieder her und begründete die Sung-Dynastie, die sich drei Jahrhunderte (961–1280) hielt. Das Emporkommen der Mongolen machte dieser Herrschaft ein Ende. Der Enkel Dschingis-Khans, Kublai Khan, unterwarf sich ganz China, Korea, die Mongolei, die Mandschurei, Tibet, Tongking sowie Teile von Awa und begründete die Yüan-Dynastie; sie bestand 88 Jahre (1280–1368).
»echtes Eierschalenporzellan« – ursprünglich in China & Japan, inzwischen auch in Europa fabriziertes, sehr dünnes weißes und rotes Porzellan. Wurde in China bis zur Dünne von Bambuspapier verfertigt.
»Ming-Dynastie« – Chu Yüan-Chang machte sich 1356 zum Herrn von Nanking, von wo aus er das »Banner der Empörung« von Stadt zu Stadt sandte, so daß von allen Seiten bewaffnete Scharen gegen das von Mongolen besetzte Peking marschierten. Nach Eroberung der Stadt bestieg Chu Yüan-Chang den Kaiserthron und begründete die Ming-Dynastie (1368–1644). Ming-Keramik von dunkelblauer Farbe gab es nie.

Seite 35
»Christie oder Sotheby« – Berühmte Auktionshäuser in London.

Seite 36
»T'ang-Exemplar« – Die T'ang-Dynastie (T'ang = König) wurde 620 von T'ai Tsung (600–649) begründet und dauerte bis 907.

Seite 38
»Kaiser Shomu ... Shōsōin bei Nara« – Im Shōsōin (= ›Hauptspeicher‹)

von Nara, der Hauptstadt der japanischen Provinz Yamato, befinden sich Haushaltgegenstände des Kaisers Shomu (724–748), die seine Gattin Kamyo 756 dem Daibutsu (›Großer Buddha‹) stiftete.
»Nördliche Wei-Dynastie und ihren Platz in der Geschichte der Töpferkunst« – Im Norden Chinas von T'u-Pa Tao (?–452) begründete Dynastie, die bis 588 dauerte; in dieser Epoche erlebte die Töpferkunst einen Stilwandel: Verwendung fand nunmehr ein mehr gerundetes und höheres Relief.

Seite 41
»Der Sünden Sold« – Holmes zitiert den Römerbrief (6.23) des Apostels Paulus herbei.

Seite 43
»Brougham« – vierrädrige Kutsche; benannt nach dem englischen Staatsmann Henry B. (1779–1868).
»polizeigerichtliche Verhör« – Das »Polizeigericht« *(police-court)* ist ein städtisches oder Bezirksgericht, das kleinere Straftaten berät oder ggf. an das Schwurgericht *(assizes)* weiterleitet.

Der erbleichte Soldat

The Blanched Soldier. ›Liberty Magazine‹ (USA), Oktober 1926; ›The Strand Magazine‹, November 1926.

Seite 45
»Beendigung des Burenkrieges« – Im Sommer 1899 verschärfte sich zwischen der britischen Regierung und der Südafrikanischen Republik der Zwist über die politischen Rechte der ›Uitlanders‹ immer mehr (hinzu kamen ganz handfeste Interessen der Briten an den Goldlagern bei Johannesburg). England forderte, daß die Republik die Oberhoheit der britischen Krone anerkenne – die Buren verlangten, daß die Briten ihre Truppen von den Grenzen Transvaals abziehen und alle seit dem 1. Juni 1899 in Südafrika angelangten Streitkräfte zurückziehen sollten. England bezeichnete diese Forderung als undiskutabel; damit war der Krieg erklärt. Am 12. Okt. 1899 rückten die Buren in Natal ein. Nach anfänglichen Erfolgen der Buren brachen die Briten jedoch deren Widerstand, was 1902 zum Frieden von Vereeniging führte; die Südafrikanische Republik verlor ihre Selbständigkeit. – Doyle ging übrigens 1900 freiwillig nach Südafrika und arbeitete als Arzt in einem Militärlazarett. Nach seiner Rückkehr nach England veröffentlichte er die von Patriotismus strotzende Schrift *The Great Boer War.*

Seite 46
»Imperial Yeomanry« – Freiwillige, berittene Truppe, die (laut Meyers Konversationslexikon, 1907) 1903 aus 35 000 Mann bestand. Wer ein eigenes Pferd mitbrachte, erhielt eine Entschädigung von fünf Pfund Sterling. Alljährlich fand eine 14tägige Lagerübung für einen Tagessold von 5½ Shilling statt.

Seite 47
»Träger des Krimkrieg-Viktoria-Kreuzes« – im Original »the Crimean V.C.«: ein von Königin Viktoria (1819–1901) gestifteter Orden für die Helden des Krimkriegs (1853–1856).

Seite 49
»elisabethanisches Fachwerk« – Elisabeth I., Königin von England (1558–1603).

Seite 59
»den mein Freund Watson als ›Die Abtei-Schule‹ geschildert hat« – nachzulesen in *Die Rückkehr des Sherlock Holmes*, S. 125 ff. – Offensichtlich hat Holmes die verwendeten Decknamen durcheinandergebracht: Verwickelt in den Fall war nicht der Herzog von Greyminster, wohl aber der sogenannte Herzog von Holdernesse.

Seite 67
»Lord Roberts« – Frederick Sleigh Roberts (1832–1914), brit. Feldmarschall und Oberbefehlshaber der brit. Streitkräfte in Südafrika.

Der Mazarin-Stein

The Mazarin-Stone. ›The Strand Magazine‹, 1921.

Seite 72
»Hunderttausend-Pfund-Diebstahl« – Um den heutigen DM-Wert eines damaligen Pfund-Betrages zu ermitteln, darf man, laut Gisbert Haefs, die jeweilige Ziffer getrost mit dem Faktor 100, wenn nicht 150 multiplizieren. Mehr dazu in den Anmerkungen zu *Die Abenteuer des Sherlock Holmes*, S. 358 f.

Seite 73
»So etwas haben wir schon früher einmal verwendet« – und zwar in *Das leere Haus* in *Die Rückkehr des Sherlock Holmes*, S. 7 ff.

Seite 75
»Minories« – Straße in London; benannt nach den »Sorores Minores«, den Minoriten-Schwestern des Franziskaner-Ordens, die sich 1293 unmittelbar vor den Stadtmauern Londons niederließen.

Seite 77
»C.I.D.« – »The Criminal Investigation Department of Scotland Yard« = Kriminalpolizei.

Seite 82
»Commissionaire« – Mitglied des 1859 gegründeten *Corps of Commissionaires*, einer Organisation, die ehemalige Soldaten mit gutem Leumund als zuverlässige Kuriere, Begleitschutz oder Aufseher vermittelte.
»der Karokönig« – engl. *King of Diamonds*, wörtlich *König der Diamanten.*
»dann werde ich aufgrund erhaltener Entschädigung von einer Anzeige absehen.« – im Original »I'll compound a felony.« Diese in der deutschen Rechtsprechung nicht mögliche Verfahrensweise gilt auch in Großbritannien nur bedingt. Sie ist gegeben, wenn die beraubte Partei mit dem ihr bekannten Dieb vereinbart, gegen Erstattung der Diebsbeute auf eine Anzeige zu verzichten.

Seite 84
»Hoffmannsche Barkarole« – Aus dem 2. Akt der Oper »Hoffmanns Erzählungen« von Jacques Offenbach (1819–1880). Wie im *Musik-Raben* (Zürich: Haffmans 1986) zu erfahren ist, war das die Lieblingsmelodie des Vaters von Arno Schmidt.

Die Drei Giebel

The Three Gables. ›Liberty Magazine‹ (USA), September 1926; ›The Strand Magazine‹, Oktober 1926.

Seite 94
»Harrow« – eine Stadt in Middlesex, heute ein Vorort von London. Nördlich davon liegt das ländlichere Harrow Weald. (Siehe auch die Karte S. 252/3 im *Sherlock Holmes Handbuch,* Zürich: Haffmans 1988.)
»weil mir Ihr Geruch mißfällt« – Man fragt sich, was wohl in Dr. Watson gefahren ist. Sherlock Holmes ein Rassist? Da stimmt doch was nicht. Der Sherlockist D. Martin Dakin geht sogar so weit, die Autorschaft der Geschichte anzuzweifeln. Und in der Tat mutet die Sache höchst seltsam an, zumal Conan Doyle nicht nur mit einem Buch, *The Crime of the Congo* (1909), sondern auch mit Vorträgen, offenen Briefen und Zeitungsartikeln vehement gegen die Ausbeutung und Unterdrückung der Schwarzen in Belgisch Kongo gekämpft hatte.

Seite 100
»Postbank« – *The Post Office Savings Bank* wurde 1861 von der englischen Post begründet, um in den unteren Schichten das Sparen zu fördern.

Seite 102
»›Milano‹. ›Luzern‹« – Gepäck aus Rom nach London wurde über die Gotthardroute verschickt.

Seite 109
»Pernambuco« – Küstenstaat in NO-Brasilien; Hauptstadt: Recife.
»belle dame sans merci« – Es ist nicht ganz geklärt, ob Holmes dies Attribut dem Gedichttitel von Alain Chartier (um 1385 bis zwischen 1430 und 1446) oder von John Keats (1795–1821) entnahm.

Seite 114
»wegen erhaltener Entschädigung auf eine Anzeige verzichten« – siehe Anmerkung zu S. 82.

Der Vampir von Sussex

The Sussex Vampire. ›Hearst's International Magazine‹ (USA), Januar 1924; ›The Strand Magazine‹, Januar 1924.

Seite 116
»Verhängnisvolle Reise der *Gloria Scott*« – beschrieben in *Die Memoiren des Sherlock Holmes*, S. 87 ff.
»Krustenechse oder Gila« – Das Gilatier aus der Familie der Krustenechsen lebt in trockenen Gegenden der südwestlichen USA und in Mexiko. Der Biß des bis zu 60 cm langen Tieres vermag selbst Menschen zu töten.

Seite 117
»Lamberley« – zu finden auf der Karte S. 250/1 im *Sherlock Holmes Handbuch*.

Seite 121
»Three-Quarter« – Dreiviertelspieler; weiteres zum Rugby in den Anmerkungen zu *Der verschollene Three-Quarter* in *Die Rückkehr des Sherlock Holmes*, S. 391 ff.
»gegnerischen Back« – Watson kann hier sowohl einen »Three-Quarter Back« (s. o.) als auch einen »Full Back« (Schlußmann) meinen.

Seite 126
»Tudor-Schornsteinen« – Der Tudorstil, benannt nach dem englischen Königshaus der Tudors (1483–1603), bezeichnet in der engl. Baukunst die letzte Periode des gotischen Stils.
»Horsham-Platten« – In der Nähe von Horsham wurde eine besonders harte Sorte Sandstein gebrochen, die sich auch in dünne Platten spalten ließ, die zum Bauen verwendet wurden.
»ein Wappen mit einem Käse und einem Mann« – Der ursprüngliche Erbauer hieß *Cheeseman* = *Käsemann*.

Seite 134
»eine Königin, die eine Wunde aussaugte« – Holmes bezieht sich auf Eleanor, die Gemahlin Edwards des Ersten (1239–1307); angeblich saugte sie ihrem Gatten während einer Kreuzfahrt nach Palästina Gift aus einer Armwunde.

Die drei Garridebs

The Three Garridebs. ›Collier's Magazine‹ (USA), Oktober 1924; ›The Strand Magazine‹, Januar 1925.

Seite 137
»kurz nach Beendigung des südafrikanischen Krieges« – siehe Anmerkung zu S. 45.

Seite 141
»Topeka« – Hauptstadt des nordamerikanischen Staates Kansas.

Seite 144
»Tyburn Tree« – Bis 1783 der öffentliche Richtplatz Londons.
»aus der frühen georgianischen Epoche« – meint die Epoche der englischen Könige George I., II., III. und IV. (1714–1830).

Seite 145
»Syrakusisch – aus der Blütezeit ... Alexandria-Schule« – Gemeint ist die Zeit, da der östliche Teil Siziliens von den griechischen Tyrannen (Dionysios I. & II.) beherrscht wurde (405–344 v. Chr.). – Das alte Alexandria wurde 331 v. Chr. von Alexander dem Großen an der Küste Unterägyptens erbaut.

Seite 146
»Sotheby oder Christie« – siehe Anmerkung zu S. 35.
»Hans Sloane« – Sir Hans Sloane (1660–1753) begleitete 1687–89 den Herzog von Albemarle nach Jamaika, wurde 1727 Leibarzt des Königs und bald darauf Präsident der Royal Society. Mit seinen Sammlungen wurde 1759 das British Museum begründet. Er schrieb: »Catalogus plantarum, quae in insula Jamaica sponte proveniunt, etc.«

Seite 148
»artesischer Brunnen« – Brunnen, dessen Wasser durch natürlichen Überdruck von selbst zutage tritt.

Seite 151
»Queen Anne« – Anna Stuart, Königin von England (1702–1714).
»das Wort ›Pflug‹ falsch geschrieben« – In der Annonce stand statt des englischen *plough* das amerikanische *plow*.

»Bockwagen« – amerikanisch »buckboard«, ein leichter vierrädriger Pferdewagen.

Seite 152
»Newgate Calendar« – Newgate ist das älteste Gefängnis in London. Der Calendar erschien ab 1773 und enthielt Beschreibungen von Leben und Sterben der berühmtesten Insassen. Eine handliche Ausgabe, herausgegeben von Frank. T. Zumbach, gibt es ab 1991 im Haffmans Verlag.

Seite 155
»unsere Seelen in Geduld fassen« – im Original »possess our souls in patience«: Holmes zitiert hier das Neue Testament, nämlich Lukas 21, 19.

Seite 158
»C.I.D.« – siehe Anmerkung zu S. 77.

Die Thor-Brücke

The Problem of Thor Bridge. ›The Strand Magazine‹, 1922.

Seite 161
»M.D.« = *Medicinae Doctor.*
»ehemaliger Angehöriger der indischen Armee« – soviel bekannt ist, war Watson nie Angehöriger der indischen, wohl aber der britischen Armee in Indien; näheres hierzu im ersten Kapitel von *Eine Studie in Scharlachrot*, S. 9ff., sowie in den Anmerkungen des betreffenden Bandes, S. 157f.

Seite 163
»Leichenschau-Kommission« – im Original *coroner's jury:* siehe Anmerkung zu S. 8.
»bei der polizeigerichtlichen Verhandlung« – siehe Anmerkung zu S. 43.

Seite 179
»Tudor ... georgianisch« – siehe Anmerkungen zu S. 126 u. 144.

Der Mann mit dem geduckten Gang

The Creeping Man. ›The Strand Magazine‹, 1923.

Seite 196
»an den *Blutbuchen*« – nachzulesen in *Die Abenteuer des Sherlock Holmes*, S. 323ff.

Seite 197
»Camford« – fiktive Stadt; zusammengesetzt aus *Cam*bridge & Ox*ford.*

Seite 200
»E.C.-Stempel« = East-Central-Stempel (Postbezirk Londons).

Seite 207
»Excelsior« – lat.; etwa im Sinne von »immer höher hinauf«. Holmes könnte sich allerdings auch auf ein gleichnamiges Gedicht von Henry Wadsworth Longfellow (1807–1882) beziehen, dessen 1. Strophe wie folgt lautet:

The shades of night were falling fast,
As through an Alpine village passed
A youth, who bore, 'mid snow and ice,
A banner with the strange device
Excelsior!

Seite 219
»Anthropoiden« = Menschenaffen (von griech. *ánthropos*, Mensch).

Seite 220
»Überleben der wenigst Tauglichen« – im Original *»survival of the least fit«*. Holmes stellt hier im Zusammenhang von Affen und Menschen Charles Darwins berühmte Formulierung auf den Kopf. 1916 hatte sich Conan Doyle erstmals zum Spiritismus bekannt.

Die Löwenmähne

The Lion's Mane. ›Liberty Magazine‹ (USA), November 1926; ›The Strand Magazine‹, Dezember 1926.

Seite 223
»am Südhang der Downs« – Kreidehügelkette, die sich vom Südwesten Hampshires durch West Sussex bis zur Küste von East Sussex bei Eastbourne erstreckt.

Seite 224
»war seinerzeit ein wohlbekannter College-Ruderer« – im Original »was a well-known rowing Blue in his day«. Blue nennt man an den Universitäten von Oxford und Cambridge das Recht eines Studenten, die blaue Universitäts-Sportkleidung zu tragen und damit bei Sportwettkämpfen in den jeweiligen Mannschaften aufzutreten.

Seite 229
»Lewes« – Hauptort der Grafschaft Sussex.
»Leichenschau« – siehe Anmerkung zu S. 8.

Seite 244
»von dem berühmten Forscher J. G. Wood« – Reverend John George Wood

(1827–1889) war Verfasser von nahezu 60 Büchern; er war einer der ersten, die an der allgemeinen Verbreitung naturwissenschaftlicher Studien Anteil hatten. Der vollständige Titel des von Holmes zitierten Werkes lautet: *Out of Doors: A Selection of Original Articles on Practical Natural History*.

Die verschleierte Mieterin

The Veiled Lodger. ›Liberty Magazine‹ (USA), Januar 1927; ›The Strand Magazine‹, Februar 1927.

Seite 250
»South Brixton« – südlicher Stadtteil Londons.

Seite 253
»Coroner« – siehe Anmerkung zu S. 8.
»Wombwell ... Sanger« – Wombwells Wander-Menagerie und der Zirkus von »Lord« George Sanger zählten zu den bekanntesten Show-Attraktionen der damaligen Zeit.

Seite 255
»Allahabad« – Hauptstadt der weiland britisch-indischen Nordwestprovinzen.

Seite 256
»Ihr Diamant hat nur ein einziges Wölkchen« – im Original: »Only one flaw in your diamond«. Als Wolke bezeichnet man eine Ansammlung mikroskopisch kleiner Bläschen oder anderer Einschlüsse in einem Edelstein.
»eine Flasche Montrachet« – ein weißer Burgunder.

Shoscombe Old Place

The Adventure of Shoscombe Old Place. ›Liberty Magazine‹ (USA), März 1927; ›The Strand Magazine‹, April 1927.

Seite 265
»Verwundeten-Rente« – Dr. Watson wurde während der Afghanistan-Kampagne von einer Jezail-Kugel getroffen; seither bezieht er eine jährliche Verwundeten-Rente. Näheres hierzu in *Eine Studie in Scharlachrot*, S. 9 ff. sowie in den Anmerkungen zu dem betreffenden Band, S. 157 f.

Seite 266
»Newmarket-Heath« – Der Rennplatz von Newmarket. 1634 fand dort das erste Cup-Rennen statt.
»Grand National« – »The Grand National Steeplechase«: berühmtestes Jagdrennen der Welt; es findet alljährlich auf der Rennbahn von Aintree bei Liverpool statt, führt über 4,855 Meilen (ca. 7200 m) und über 30, zum Teil

recht hohe Sprünge. Das Rennen steht in einem zwielichtigen Ruf, da sein schwieriger Kurs jährlich einige Pferde (zuweilen auch Reiter) das Leben kostet.
»Georgs des Vierten« – Georg IV., König von England (1820–1830); laut Meyers Konversationslexikon von 1907 in seiner Jugend »ein Spieler, Verschwender und Wüstling«.

Seite 268
»Harley Street« – eine nach dem engl. Staatsmann Robert Harley (1661–1724) benannte Straße in London, in der berühmte Ärzte wohnen und praktizieren.

Seite 284
»Sache eines Coroners« – siehe Anmerkung S. 8.

Der Farbenhändler im Ruhestand

The Retired Colourman. ›Liberty Magazine‹ (USA), Dezember 1926; ›The Strand Magazine‹, Januar 1927.

Seite 287 f.
»Lewisham« – Vorort im Südosten von London.

Seite 291
»Theater am Haymarket« – Theater in London, eröffnet 1720. Berühmte Uraufführungen fanden dort statt; u. a. Oscar Wildes *Ein idealer Ehemann* (Neu übersetzt von Hans Wollschläger. Zürich: Haffmans 1986.)

Seite 296
»M.A.« = *Magister Artium, Master of Arts.*
»siebzehn Uhr zwanzig ab Liverpool Street« – Hier spielte das Kursbuch Watson offenbar einen Streich: Um die angegebene Uhrzeit gab es keine Zugverbindung – wahrscheinlich deshalb, weil es gar kein Little Purlington gibt.

Seite 299
»Alles muß in Würde und Ordnung geschehen« – Wieder einmal zitiert Holmes die Bibel herbei; diesmal den 1. Korintherbrief (14.40).

Seite 300
»auf der Surrey-Seite« – gemeint ist der Teil von London, der südlich der Themse liegt.

Seite 301
»Broadmoor« – ein Gefängnis für geisteskranke Verbrecher im Südosten von Berkshire.

H. W.

SIR ARTHUR CONAN DOYLE, geboren am 22.5.1859 in Edinburgh, gestorben am 7.7.1930 in Crowborough/Sussex; promovierter Dr. med., geadelter Sir Arthur; Schöpfer der unsterblichen Dioskuren Sherlock Holmes und Dr. Watson.

Sämtliche Sherlock-Holmes-Geschichten und -Romane in 9 Bänden im Haffmans Verlag: *Eine Studie in Scharlachrot* (Romane 1. Deutsch von Gisbert Haefs, 1984) – *Das Zeichen der Vier* (Romane 2. Deutsch von Leslie Giger, 1988) – *Der Hund der Baskervilles* (Romane 3. Deutsch von Gisbert Haefs, 1984) – *Das Tal der Angst* (Romane 4. Deutsch von Hans Wolf, 1986) – *Die Abenteuer des Sherlock Holmes* (Erzählungen 1. Deutsch von Gisbert Haefs, 1984) – *Die Memoiren des Sherlock Holmes* (Erzählungen 2. Deutsch von Nikolaus Stingl, 1985) – *Die Rückkehr des Sherlock Holmes* (Erzählungen 3. Deutsch von Werner Schmitz, 1985) – *Seine Abschiedsvorstellung* (Erzählungen 4. Deutsch von Leslie Giger, 1988) – *Sherlock Holmes´ Buch der Fälle* (Erzählungen 5. Deutsch von Hans Wolf, 1987) – Außerdem das *Sherlock-Holmes-Handbuch* (Herausgegeben von Zeus Weinstein). Alle Bände neu ediert, neu übersetzt, mit Anmerkungen versehen, in der Baskerville gesetzt, schön gedruckt und elegant ausgestattet.

SIR ARTHUR CONAN DOYLE
SHERLOCK HOLMES
WERKAUSGABE IN NEUN EINZELBÄNDEN
NACH DEN ERSTAUSGABEN NEU UND
GETREU ÜBERSETZT

EINE STUDIE IN SCHARLACHROT
Romane Bd. I.
Aus dem Englischen von Gisbert Haefs

DAS ZEICHEN DER VIER
Romane Bd. II.
Deutsch von Leslie Giger

DER HUND DER BASKERVILLES
Romane Bd. III.
Deutsch von Gisbert Haefs

DAS TAL DER ANGST
Romane Bd. IV.
Deutsch von Hans Wolf

DIE ABENTEUER DES SHERLOCK HOLMES
Erzählungen Bd. I.
Deutsch von Gisbert Haefs

DIE MEMOIREN DES SHERLOCK HOLMES
Erzählungen Bd. II.
Deutsch von Nikolaus Stingl

DIE RÜCKKEHR DES SHERLOCK HOLMES
Erzählungen Bd. III.
Deutsch von Werner Schmitz

SEINE ABSCHIEDSVORSTELLUNG
Erzählungen Bd. IV.
Deutsch von Leslie Giger

SHERLOCK HOLMES' BUCH DER FÄLLE
Erzählungen Bd. V.
Deutsch von Hans Wolf

sowie

SHERLOCK-HOLMES-HANDBUCH
Conan-Doyle-Chronik. Die Plots aller Stories. Who-is-who in Sherlock Holmes.
Holmes-Illustrationen. Holmes-Verfilmungen. Karten, Fotos etc.
Herausgegeben von Zeus Weinstein.